Unwiderstehlich

Karen Robards

Unwiderstehlich

Deutsch von Alice Jakubeit

Weltbild

Originaltitel: *Irresistible*
Originalverlag: Pocket Books, New York

Besuchen Sie uns im Internet:
www.weltbild.de

Die Autorin

Karen Robards hat im Alter von 24 Jahren ihren ersten Roman veröffentlicht. Inzwischen hat sie 33 Bücher geschrieben. Sie ist Mutter von drei Söhnen und sagt von sich: »Lesen, schreiben und Kinder herumkutschieren – das ist mein Leben.« Sie lebt mit ihrer Familie in Louisville, Kentucky.

Dieses Buch widme ich wie stets voller Liebe meinem Ehemann Doug und meinen drei Söhnen Peter, Christopher und Jack. Meine besondere Liebe begleitet Peter, meinen fachlichen Beistand, in seinem ersten Jahr auf dem College.

1

Januar 1813

Sollten sie sie entdecken, würde sie sterben.

»Verdammich, wo sind Sie?«

Die Stimme klang grässlich nahe. Es versetzte sie in Angst und Schrecken, dass sie sie trotz der tosenden Brandung hören konnte. Sie waren ganz in der Nähe. Dieses Wissen trieb sie ungeachtet der tückischen Beschaffenheit des Pfades unter ihren Füßen zu noch größerer Eile an.

»'S wird Ihnen noch leidtun, törichtes Weibsstück, wenn ich Sie erst wieder in die Finger bekomm.«

Die Stimme war fast unmittelbar über ihr. Claire wagte einen raschen Blick nach oben und sah über dem Klippenrand das kalte Licht des Mondes leuchten. In diesem winterlichen Licht konnte sie durch den dichten grauen Nebel, der irgendwann in den langen Stunden nach Sonnenuntergang vom Meer heraufgezogen war, den dunklen Umriss des Sprechers ausmachen. Ihr Herz schlug heftig, sie zitterte und mühte sich, ihren Atem nicht in ein entsetztes und möglicherweise hörbares Keuchen umschlagen zu lassen. Der Pfad, den sie entlangschlich, mochte gefährlich sein, doch zugleich war er der einzige Fluchtweg, der ihr offen stand. Die Landzunge, die ihre Verfolger nun absuchten, war schmal und fiel dann knapp dreißig Meter steil in den stürmischen Atlantik ab, nur wenige Hundert Meter hinter der Stelle, an der sie sich an die Klippe drückte. Hätte sie sich noch immer auf der sumpfigen Anhöhe befunden, hätte sie umkehren müssen, und dann wäre sie denen, die sie zu töten beabsichtigten, direkt in die Arme gelaufen.

»Sie wer'n den Tag noch verwünschen, an dem Sie versucht haben, mich zum Narren zu halten, Fräulein, das versprech ich Ihnen.«

Er wusste – oder vermutete zumindest –, dass sie in der Nähe war, wurde Claire voller Entsetzen klar. Sonst hätten solche Drohungen keinen Sinn. Sie verzichtete auf den zweifelhaften Trost eines weiteren Blicks nach oben, denn sie hatte Angst, er könnte ihr bleiches Gesicht vor dem Hintergrund des dunklen Felsens sehen. Und so kämpfte sie das aufkommende Entsetzen nieder und schlich weiter. Unvermittelt glitt sie aus. Sie unterdrückte einen Schrei und griff nach der Felswand. Verzweifelt tastete sie den Felsen ab und umklammerte schließlich einen schartigen Vorsprung, der sie rettete. Nachdem sie das Gleichgewicht wiedererlangt hatte, blieb sie einen Augenblick reglos stehen und presste sich schwer atmend an den unnachgiebigen Granit. Das Herz schlug ihr bis zum Hals, die Augen hatte sie geschlossen. Unter größter Willensanstrengung gelang es ihr, wieder halbwegs normal zu atmen.

Als sie Sekunden später die tückische Stelle überwand, sah sie hinab zu den schaumgekrönten Wellen, die an den felsigen Strand schlugen, und dachte in einem Anfall von Galgenhumor, dass sie jedenfalls keine Angst mehr davor haben müsste, von ihren Verfolgern getötet zu werden, falls sie abstürzte.

Diese Arbeit hätte sie ihnen dann abgenommen.

Die Vorstellung, in die Tiefe zu stürzen, hilflos hinunterzuwirbeln, bis ihr Körper schließlich zermalmt auf den scharfen Felsen dort unten liegen bliebe, hätte sie ums Haar erstarren lassen. Doch dann hatte sie eine abscheuliche Vision von dem Schicksal, das ihre Verfolger für sie im Sinn hatten. In einem Zimmer neben der Küche des Bauernhauses, in das ihre Entführer sie gebracht hatten, an ein dreckiges Bettgestell gefesselt, hatte sie ihre Pläne mit angehört: In den frühen Morgenstunden, wenn ehrbare Menschen noch schliefen und alle anderen lieber wegschauten, hatten sie sie hinaus auf See bringen und sie dort an Händen und Füßen gebunden in die eisigen Fluten werfen wollen. »Ersäuft sie wie ’ne junge Katze«, hatte ihr Anführer es formuliert, und seine gedankenlose Leutseligkeit hatte ihr grauenerregend in den Ohren geklungen.

Claire zitterte heftig, als sie sich an die rohen Worte erinnerte.

Diese Bande brutaler Fremder wollte sie töten. Aber warum? *Warum nur?* Sie hatte sich das Hirn zermartert, ohne eine Antwort zu finden, die einen Sinn ergab. Seit sie den Mann überredet hatte, sie loszubinden, indem sie behauptet hatte, sie müsse dringend Gebrauch vom Nachtgeschirr machen, um es ihm dann über den Schädel zu ziehen, als er es ihr widerwillig angereicht und ihr den Rücken zugedreht hatte – seitdem hatte sie sich die Frage nach dem Warum nicht mehr gestellt. Das konnte sie in Erfahrung bringen, wenn sie diesen Alptraum hinter sich gelassen hatte. Falls sie überlebte.

»He, Briggs, was machst du denn da? Du erschreckst das arme Mädel ja.«

Die zweite Stimme klang ebenso nah wie die erste. Claire erkannte sie als die des Anführers der Gruppe. Diesmal konnte sie trotz aller guten Vorsätze nicht umhin, einen entsetzten Blick nach oben zu werfen. Zwei Gestalten standen dicht am Rand der Klippe rund zwölf Meter über ihr eng beieinander. Ihrer Haltung nach zu urteilen, hielten sie vermutlich nach den anderen Ausschau, die immer noch die Landzunge nach ihr absuchten. Der nächste suchende Blick offenbarte ihr wenig mehr als die schäumenden Brecher und die tintenschwarze Unendlichkeit der Nacht jenseits des Nebels. Doch sie wusste, dass schätzungsweise fünfzehn Meter Klippe sie nach wie vor von der relativen Sicherheit des Strandes trennten.

Kannten ihre Verfolger diesen Pfad? Wussten sie, dass sie

ihn genommen hatte und sich nun unmittelbar unter ihnen befand, während sie sich unterhielten? Spielten sie mit ihr wie grausame Katzen mit einer schreckensstarren Maus? Diese Möglichkeit war ihr soeben erst in den Sinn gekommen, und sie machte ihr schreckliche Angst.

Mit einem raschen Blick hinauf in den Himmel betete sie zu Gott.

Sie wollte nicht sterben. Nicht heute, nicht so. Sie war doch erst einundzwanzig Jahre alt.

Zu ihrem Entsetzen begannen ihr die Knie zu zittern.

So ging das nicht. Reiß dich zusammen, Claire, befahl sie sich streng. Sie würde *nicht* sterben. Sie hatte bereits so viel durchgemacht: den viel zu frühen Tod ihrer Mutter; eine Kindheit, die ihr Vater mit seiner Grausamkeit düster und furchterregend gestaltet hatte; eine viel versprechende Ehe, die sich als freudlos und leer erwiesen hatte; und das Verbrechen, das sie ihren Verfolgern in die Hände gespielt hatte. Sie hatte zu viel überlebt, um nun zu sterben.

Grimmig führte Claire sich dies alles vor Augen, gab sich einen Ruck und schlich weiter. Kiesel unter ihren Füßen ließen sie ein zweites Mal gefährlich ins Straucheln geraten, und wieder hätte sie beinahe laut geschrien. Doch sie unterdrückte den Schrei und fasste gleich wieder Tritt, biss die Zähne zusammen und zwang sich weiterzugehen. Mit etwas Glück würden sie denken, sie habe sich irgendwo dort oben im stacheligen Ginster versteckt. Mit etwas Glück kämen sie gar nicht auf die Idee, nach unten zu sehen.

Wenn sie erst den Strand erreichte, sagte sie sich zwischen unsicheren Schritten und tiefen beruhigenden Atemzügen, läge zwischen ihr und der Sicherheit von Hayleigh Castle, dem Familiensitz ihres Ehemanns, nur noch ein Fußweg von nicht einmal mehr einer Stunde. Zwar hatte sie das riesige Bauwerk mit seinen Türmchen vom ersten Anblick an verabscheut, doch nun sehnte ihr Herz sich danach. Welche Ironie des Schicksals, dass sich dort ihr Ehegatte befand, nicht wissend, welche Gefahr ihr drohte, während sie praktisch im Schatten des Schlosses um ihr Leben kämpfte. Sie mochte noch so sehr danach Ausschau halten, in der nebelverhangenen Schwärze der Nacht konnte sie nichts davon erkennen. Doch sie wusste, dass es dort war. Wie ein riesiger steinerner Falke hockte es auf der felsigen Landspitze, die ein Zwilling dieser Landzunge war. Die hoch aufragende Granitklippe, auf der das Schloss erbaut war, und die, die sie gerade hinabkletterte – Hayleigh's Point –, waren gewissermaßen die Eckpfeiler in einem Halbkreis von Klippen, die eine Bucht säumten, die aussah, als hätte ein hungriger Riese ein Stück aus der Küstenlinie herausgebissen.

Vom Schloss bis zu dieser Stelle mochte die Entfernung sechs Meilen betragen. Im Osten befand sich ödes Marschland, das mit Leuchtfeuern übersät war, die man jederzeit entzünden könnte, sollte Boney – Napoleon Bonaparte –, der zurzeit glücklicherweise in Russland beschäftigt war, beschließen, doch noch anzugreifen. Im Westen fiel das Land abrupt und schwindelerregend ab ins stürmische Wasser des Atlantiks.

Hinab oder hinauf gelangte man einzig über vielleicht ein halbes Dutzend schmaler gefährlicher Pfade, die sich die Felsen hinaufwanden. Die Einheimischen nannten sie Schmugglerpfade: Einst hatten sie den Ziegen gehört, doch nun wurden sie beinahe ausschließlich von den »Gentlemen« benutzt, wie man die Schmuggler in dieser Gegend nannte, die im Lauf des Krieges das Brechen der französischen Blockade zu einer hohen Kunst entwickelt hatten.

Heute hatte ihr dieser spezielle Pfad das Leben gerettet. Von daher war sie selbst denjenigen dankbar, die heimlich mit den verhassten Franzosen Handel trieben, gleichgültig, was andere an ihnen auszusetzen haben mochten.

»Kommen Sie, Milady, seien Sie nicht töricht, Sie werden sehen, wir krümmen Ihnen kein Haar.« Der Anführer sprach mit reinstem Sussexakzent. Seine Stimme klang nun, da er lauter sprach, um sich trotz des tosenden Meeres Gehör zu verschaffen, einschmeichelnd. Ganz eindeutig wusste – oder vermutete – auch er, dass sie in der Nähe war.

»Wir bringen Sie nach Hause, heil und ganz, wie wir's die ganze Zeit vorhatten, verlassen Sie sich drauf. 'S ging doch nur um ein kleines Lösegeld, das inzwischen schon bezahlt wurde.«

Milady? ... Ein Lösegeld? ... Bezahlt? Wussten sie also, dass sie Lady Claire Lynes war, die Ehefrau des Erben des Herzogs von Richmond, eines der reichsten Adeligen im Königreich? Doch David, ihr charakterschwacher Ehemann, hatte nur wenig eigenes Geld, und bis er erbte – wenn er denn je erben sollte –, würde er sich auch keine namhaften Summen verschaffen können. Da der gegenwärtige Herzog, der seit Jahren im Ausland lebte, sowohl ledig als auch kinderlos war, hegte David in dieser Richtung einige Hoffnung. Dennoch, mit Hoffnung allein konnte man kein Lösegeld bezahlen. Zudem waren seit ihrer Entführung auch erst wenige Stunden vergangen. Sie hatten also außerordentlich wenig Zeit gehabt ...

Doch nein. Es war eine Lüge, eine List, die sie dazu bringen sollte, sich ihnen zu zeigen. Sie war jedoch keine solche Närrin, darauf hereinzufallen, gleichgültig, wie sehr sie sich wünschen mochte, dass es die Wahrheit wäre. Sie hatte ihren Plan mit eigenen Ohren vernommen, und es gab keinen Grund, anzunehmen, dass er sich durch ihre Flucht geändert hatte.

So leicht fangt ihr mich nicht, schwor Claire den Männern über sich im Stillen. Sie ging weiter und zwang sich, nicht mehr über ihre Entführung nachzudenken, bis sie wieder festen Boden unter den Füßen hätte. In ihrer Lage konnte ein einziger Fehltritt tödliche Folgen haben. Um sich zu beruhigen, konzentrierte sie sich auf die Wellen, die unter ihr rhythmisch auf die Felsen klatschten. Schweißnasse Handflächen, weiche Knie und ein rasender Puls bildeten ein verhängnisvolles Gemisch, das wusste sie. Sie befeuchtete sich die Lippen und schmeckte zu ihrer Überraschung Salz. Erst da bemerkte sie, dass die großen Gischtwolken, die immer wieder an der Klippe hochspritzten, sie bis auf die Haut durchnässt hatten. Sie war völlig ausgekühlt; ihre Hände waren eisig und gefühllos. Zwar trug sie ein hochgeschlossenes, langärmeliges Reisekleid aus Wolle, doch war es ein sehr feiner Kaschmirwollstoff, der kaum wärmte und eindeutig nicht dazu gedacht war, den Elementen zu trotzen. Und ihre Stiefel, ihre niedlichen kleinen Halbstiefel, die in dieser Saison so modern waren, eigneten sich ebenfalls nicht für eine todesverachtende Kletterpartie über eine beinahe senkrechte Klippe. Die glatten Ledersohlen rutschten und glitten wie Schlittschuhe über den schlüpfrigen Untergrund. Sie trug nicht einmal einen Umhang, der ihr Schutz vor den Elementen böte. Wie alles Übrige, das sie auf der Rückreise von ihrer Schwester in Yorkshire nach Hayleigh Castle bei sich gehabt hatte, war er zurückgeblieben, als man sie aus der Kutsche gezerrt hatte.

»Wenn ich die Hunde holen muss, um Sie aufzuspüren, Milady, wird Ihnen das noch leidtun.« Der zuvor einschmeichelnde Ton des Anführers klang nun unverblümt bedrohlich.

Claire wagte einen weiteren Blick nach oben und sah, dass die Männer sich nicht von der Stelle gerührt hatten. Doch nun hatten sie eine Laterne. Sie gab ein warmes Licht und schwang sanft in der Hand des Anführers, als er nun Claire und dem Meer den Rücken zukehrte und die Laterne hoch hielt, um die Nacht zu erhellen.

Sie schnappte nach Luft und hätte beinahe aufgeschluchzt, denn das Licht war so hell, dass sie einen blutenden Kratzer auf ihrer Hand erkennen konnte, mit der sie sich an einem vorspringenden Felsen festklammerte. Sollten die Männer sich umdrehen und über den Rand der Klippe sehen, wäre es hell genug, um sie zu entdecken.

Sie hatte mehr als den halben Weg nach unten zurückgelegt, schätzte sie, als sie nun, vom Licht entmutigt, stehen blieb und sich mit beiden Händen an den Felsen festhielt. Sie schloss die Augen und legte die Stirn an den von der Gischt glitschigen Granit. Dann sandte sie ein weiteres Gebet gen Himmel und tat erneut einen tiefen beruhigenden Atemzug. Wenn sie nur den Strand erreichen könnte, würde sie rennen, als wäre der Teufel hinter ihr her. Irgendwo am anderen Ende des Strandes führte ein Pfad zum Schloss und damit in Sicherheit.

Doch zunächst musste sie den Strand erreichen, und zu diesem Behufe musste sie sich bewegen.

Mit zusammengebissenen Zähnen tat sie es.

»Also gut, Milady, Sie haben es nicht anders gewollt.« Die Stimme des Anführers klang schroff vor Enttäuschung. Claire lauschte mit einem unguten Gefühl in der Magengegend, als er vermutlich dem Rest der Bande, der immer noch die Landzunge absuchte, zurief: »Ihr erlebt euer blaues Wunder, wenn ihr sie nicht findet, habt ihr verstanden? Euer blaues Wunder! Briggs, hol Marleys Jagdhunde.«

»Aye.«

Ein Blick nach oben bestätigte ihren Verdacht: Nur ein dunkler Umriss war noch zu sehen. Briggs war in die Nacht verschwunden, vermutlich, um Hunde zu holen, mit denen sie sie jagen wollten wie ein wildes Tier. Claires Herz setzte kurz aus und ihr Atem beschleunigte sich. Erneut drohte Entsetzen sie zu lähmen.

Warum tat man ihr das an? Entgegen ihrem Vorsatz, sich diese Frage aus dem Kopf zu schlagen, war ihr das nicht gelungen. So sehr sie auch grübelte, es ergab einfach keinen Sinn. War es irgendeine unglückliche Verkettung von Zeit und Ort, wie sie zunächst angenommen hatte, oder war es, was immer wahrscheinlicher schien, ein sorgfältig ausgeführter Plan, der speziell auf sie abzielte? Sie hatte das Weihnachtsfest in Yorkshire verbracht, im Schoß ihrer eigenen Familie, da sie den Aufenthalt auf Morningtide, wo ihre

Schwester Gabby lebte, einer Feier mit ihrem Ehegatten und dessen Mutter vorzog. Als Ausflucht hatte ihr der dringende Wunsch gedient, bei Gabby zu sein, die durch ihre schwierige erste Schwangerschaft beinahe ans Bett gefesselt war. Ihre Eltern waren beide tot: Ihr grausamer, liebloser Vater, der Graf von Wickham, war drei Jahre zuvor gestorben, und seine dritte Frau, Claires schöne, doch aus bescheidenen Verhältnissen stammende Mutter, als Claire noch ein Kleinkind gewesen war. So waren ihre beiden Schwestern und nun auch Gabbys Ehemann ihre einzige Familie und zugleich die Menschen, die sie auf der Welt am meisten liebte. Die Feiertage waren die heiterste Zeit für sie gewesen, seit sie David geheiratet hatte. Jede Minute hatte sie genossen. Eine Woche nach dem zweiten Weihnachtsfeiertag war sie dann widerwillig Davids Wunsch nachgekommen, sich ihm und seinen Gästen in dem riesigen zugigen Anachronismus namens Hayleigh Castle – dem Wohnsitz der Familie ihres Mannes seit der Zeit Wilhelms des Eroberers – anzuschließen, und hatte sich auf die Rückreise begeben.

Das war vor zwei Tagen gewesen.

Kurz vor Einbruch der Dunkelheit – ihre Reisekutsche hatte sich allmählich dem Ziel genähert – hatte sie eine nicht unvertraute Niedergeschlagenheit an sich bemerkt, als die Wiedervereinigung mit ihrem Ehegatten immer näher gerückt war. Der Tag war grau und trübe gewesen, und der Himmel hatte Regen angekündigt – diese Trostlosigkeit hatte perfekt ihrer Stimmung entsprochen. Dann war ihre Kutsche in einem dichten Wald wenige Meilen vom Schloss entfernt überfallen worden. Aus dem Nichts war eine Bande maskierter Reiter aufgetaucht, hatte die Kutsche umzingelt und sie gezwungen anzuhalten. Der Kutscher hatte mit seinem Tromblon herumhantiert und war sogleich von seinem Kutschbock geschossen worden. Sie war vor Entsetzen noch völlig gelähmt gewesen, als die Kutschentür aufgerissen wurde und zwei stämmige Männer hereingeschaut hatten.

Sie wollte wirklich tapfer sein, doch dann hatte sie ebenso hysterisch geschrien wie ihre Kammerzofe Alice, ein goldiges Mädchen vom Lande aus Gabbys Haushalt. Alice hatte den Platz ihrer geliebten Twindle eingenommen, die sie zurückgelassen hatte, damit sie sich um Gabby kümmerte. Claire war in den üppig gepolsterten Sitz zurückgewichen und hatte sich so gut es ging gegen die groben Hände gewehrt, die nach ihr gegriffen hatten. Undeutlich erinnerte sie sich daran, dass Alice hinter ihr aus der Kutsche gezerrt worden war; die Schreie des Mädchens waren abrupt verstummt, und kurz darauf hatte man Claire einen übel riechenden Lumpen auf Nase und Mund gedrückt.

Danach hatte sie nichts mehr mitbekommen, bis sie auf diesem Bett im Raum hinter der Küche des Bauernhauses aufgewacht war, allein.

»Ich bitte Sie jetzt zum letzten Mal, Milady, sein Sie doch ein vernünftiges Mädel«, rief der Anführer und holte sie abrupt zurück in die Gegenwart. Claire blickte nach oben und bemerkte, dass er nicht mehr zu sehen war. Er musste sich vom Rand der Klippe entfernt haben. Nur seine Stimme und das Licht der Laterne, das den Rand der Klippe golden beleuchtete, zeigten ihr, dass er noch ganz in der Nähe war. Offensichtlich wusste er nichts von diesem Pfad, oder er hatte ihn vergessen. Es war ihr Glück, dass das Verbrechen sich in einer Gegend ereignet hatte, die sie kannte. Sie hatte die ersten Monate ihrer Ehe auf Hayleigh Castle verbracht, und David selbst hatte ihr in einem seiner immer seltener werdenden charmanten Momente diesen Pfad hinab zu dem windigen, schiefergrauen, halbmondförmigen Strand gezeigt.

Das Meer brauste ihr in den Ohren, als sie sich ihm zentimeterweise näherte. Durch den Nebel konnte sie die Schaumbogen sehen, wo die Wellen ans Ufer schlugen. Dahinter verschmolz die schwarze Weite des Ozeans so nahtlos mit der schwarzen Weite des Himmels, dass die beiden nicht auseinander zu halten waren.

Vor ihr lagen nur noch etwa sechs Meter, schätzte sie mit neu erwachter Hoffnung. Sobald sie am Strand wäre, würde sie losrennen, als ob sämtliche Höllenhunde hinter ihr her wären – was zu diesem Zeitpunkt sehr wohl der Fall sein mochte.

Ganz kurz leuchtete ein nadelfeines Licht auf dem Meer auf, warm und gelb inmitten der kalten Schwärze. Sie riss die Augen auf und stolperte. Das Licht leuchtete erneut auf, und als sie sich darauf konzentrierte, war es verschwunden. Es kam und ging so schnell, dass sich nicht sicher war, ob ihre Sinne ihr einen Streich spielten – bis es wieder aufleuchtete.

Immer noch einigermaßen verblüfft, starrte sie aufs Meer hinaus und erreichte endlich den obersten Bereich des Strandes. Am Übergang vom schlüpfrigen Pfad zum unebenen Untergrund strauchelte sie ein wenig. Mit gerunzelter Stirn suchte sie weiter die Dunkelheit nach dem flüchtigen Licht ab. Dann raffte sie mit einer Hand ihre durchnässten Röcke, um sich Bewegungsfreiheit zu verschaffen, und kletterte über die Felsen auf den eigentlichen Strand zu. Hatte sie sich das Licht nur eingebildet? Nein, da war es wieder. Kein Zweifel.

Jagten ihre Verfolger ihr nun schon im Boot nach?, fragte sie sich und geriet erneut in Panik. Doch nein. Ein Blick nach oben bestätigte, dass sie sich immer noch oberhalb von ihr befanden und wahrscheinlich die Klippe absuchten. Der gelbliche Schein der Laterne, der den Nebel durchdrang, war unverkennbar.

Dennoch hatte sie irgendetwas gesehen. Vielleicht war es nur ein Irrlicht, dachte sie und kletterte zitternd über einen weiteren Felsen hinweg.

Schließlich erreichte sie den eigentlichen Strand, der relativ flach war. Die Moore in der Gegend waren berüchtigt für die flüchtigen Lichterscheinungen, die mitten in der Nacht gesichtet wurden – Irrlichter nannte man sie. Oder vielleicht war es auch ein Fischer, der spät zurückkehrte. Oder, wahrscheinlicher, Schmuggler …

Ein gedämpftes Knirschen auf dem Schiefer hinter ihr war die einzige Vorwarnung. Bei dem Geräusch setzte Claires Herz aus. Sie wirbelte herum, doch es war zu spät: Ein Mann tauchte hinter ihr auf, ein hochgewachsener dunkler Schatten, der sich aus den unzähligen Schatten der Felsen, der Klippe und des Meeres löste, nahe genug, um sie zu berühren. Man würde sie ergreifen! Man würde sie töten …

Sie hatte keine Zeit, den Schrei auszustoßen, der in ihrer Kehle aufstieg – irgendetwas schlug ihr mit Wucht auf den Hinterkopf, alles wurde schwarz, und sie sackte lautlos zusammen.

2

»Das war ja einfach.« James Harris' Stimme klang gedämpft, aber erfreut, als er nun seine Pistole senkte.

Hugh Battancourt, der die zusammensinkende Frau instinktiv um die Taille fasste, damit sie nicht der Länge nach auf den nassglänzenden Schiefer schlug, warf seinem Gefolgsmann einen sarkastischen Blick zu, den James in der nebelverhangenen Dunkelheit natürlich nicht sehen konnte.

»In der Tat, einfach.«

»Dann trollen wir uns wohl am besten, bevor die, die bei ihr waren, auch hier rumschnüffeln. Wo wir doch nicht grade die Männer sind, auf die sie gewartet haben.«

Zu diesem Schluss war Hugh selbst bereits gekommen. Er hatte sich die Frau über die Schulter geworfen und ging zurück zum Meer.

Wie James gesagt hatte, war dieser Teil der Aufgabe, der theoretisch so viele Möglichkeiten zu scheitern geboten hatte, bisher problemlos verlaufen. Unter den gegebenen Umständen zog er es jedoch vor, die Unglücksgötter nicht mehr als nötig herauszufordern.

Eine erfolgreiche Mission war schließlich eine geheime Mission, bei welcher der Feind erst dann herausfand, dass man ihn übertrumpft hatte, wenn es viel zu spät war.

»Gib ihnen das Signal erst, wenn wir ein gutes Stück vom Ufer entfernt sind«, gab er über die Schulter zurück, während er seine Last höchst erleichtert in das wartende große Beiboot legte.

»Aye, mit etwas Glück glauben sie, die Franzmänner haben sie in Sicherheit gebracht.« James lachte in sich hinein. Offensichtlich wusste er die Vorstellung einer solcherart gelungenen List zu schätzen. »Jedenfalls bis sie die Franzmänner treffen.«

Seit zwei Tagen wurde Hugh von der Vorahnung heimgesucht, dass seiner neuesten Mission ein schlimmes Ende beschieden sein würde. Die Vorahnung hatte sich eine Woche zuvor in Form eines Abwurfs von seinem Pferd eingestellt. Ein solch peinliches Missgeschick war ihm in seinem Erwachsenenleben erst wenige Male passiert, und jedes Mal hatte ihn hinterher ein weit unheilvolleres Missgeschick ereilt. Dieser spezielle Sturz war spektakulär gewesen: Vor den Augen eines ganzen Hofes voller kichernder französischer Adeliger hatte er sich neben weniger handfesten Verletzungen mehrere Rippenprellungen zugezogen. Nun hatte er stechende Schmerzen im Rumpf, wann immer er eine unvorsichtige Bewegung machte. Zudem zog ein solcher Sturz seiner Erfahrung nach unweigerlich eine zweite Katastrophe nach sich. Dessen ungeachtet war er dem Ruf der Pflicht gefolgt, als er ihn erhalten hatte.

Dieser Ruf war aus Paris gekommen, wo er in seiner Rolle als affektierter *cher ami* der sagenhaft reichen Louise, Marquise von Alençon, sehr aufmerksam beobachtet hatte, wie Napoleon Bonaparte sowie die versprengten Überreste seiner Armee nach Paris zurückgekehrt waren. Der kleine General war vor Wut einem Schlaganfall nahe gewesen, als der strenge russische Winter seine Truppen besiegt hatte. Doch er hatte seinen habgierigen Blick bereits wieder gen England gewandt und plante neue Gräueltaten, mit denen er zweifellos hoffte, seine Niederlage zu kompensieren. Bisher war es Hugh noch nicht gelungen, herauszufinden, welche Form diese Gräueltaten annehmen würden, doch er zweifelte nicht daran, dass sich das bald ändern würde.

Das war schließlich seine Arbeit, und er war gut darin.

Dann hatte ihn über die üblichen Kanäle eine dringende Botschaft erreicht: Aufgrund eines eklatanten Verstoßes gegen die Sicherheitsbestimmungen im Kriegsministerium waren seine Identität sowie die mehrerer anderer britischer Geheimagenten in Frankreich aufgedeckt worden. Wenn diese Informationen in die Hände der geplagten Franzosen fielen, wäre dies ein großer Coup für sie und eine ebenso große Katastrophe für die Briten. Hughs Gewährsmann zufolge hatte die Person, die sich im Besitz der Informationen befand, noch keine Gelegenheit gehabt, dem Feind mehr zu enthüllen, als dass sie die Informationen besaß. Der Möchtegerninformant hielt sich nun in England verborgen und wartete darauf, im Schutz der Dunkelheit an einem bestimmten Strand in Sussex abgeholt und nach Frankreich gebracht zu werden, wo er den interessierten Parteien seine Informationen gegen ein üppiges Entgelt aushändigen würde. Wenn der Informant nicht rechtzeitig zum Schweigen gebracht wurde, wäre Hughs Zeit als Spion fur die Briten beendet; auch sein Leben wäre beendet, sollten die Franzosen ihn fangen, ehe er ihr Land verlassen konnte. Es gab rund ein Dutzend Männer wie ihn, deren Leben und Arbeit durch das Informationsleck gefährdet waren.

Seine Mission: den Verräter am Treffpunkt abfangen, die Informationen zurückerlangen, seinen Gefangenen verhören und sodann die Welt von ihm befreien.

In den achtundvierzig Stunden, seit man die Sachlage vor ihm ausgebreitet hatte, war er *ventre à terre* von Paris nach Dieppe geritten, an Bord eines lecken dreimastigen Schoners unter dem Befehl eines loyalen Freibeuters gegangen, hatte den sturmumtosten Englischen Kanal überquert und den Treffpunkt rechtzeitig erreicht.

Und nun hatte er sich heroisch daran beteiligt, eine Frau brutal niederzuknüppeln.

Er hätte den Auftrag ablehnen sollen. Der Sturz vom Pferd hätte ihm eine Warnung sein sollen. Das war er auch gewesen, nur hatte Hugh sich dickköpfig geweigert, auf diese Warnung zu hören. Er konnte folglich niemandem als sich selbst die Schuld an den nachfolgenden Ereignissen geben.

Von Anbeginn an war alles schiefgegangen. Zunächst einmal waren da die verdammten Rippen. Wenn er einmal keine starken stechenden Schmerzen hatte, quälten sie ihn wie ein vereiterter Zahn und machten ihn so übel gelaunt wie Prinny – Prinzregent George –, wenn ihn sein Korsett drückte. Und wenn er sie einfach missachtete, krümmte er sich vor Schmerzen. Außerdem hatte es ununterbrochen geregnet, seit er Paris verlassen hatte. Kalter strömender Regen, von einem starken Wind gepeitscht, der die Straßen in Morast und die Felder und Wiesen in unpassierbare Sümpfe verwandelte.

Zu Pferd hatte er dem nicht einen Augenblick entgehen können. Regentropfen hatten als steter Strom den Weg in den aufgestellten Kragen seines Mantels gefunden und die einst stramme Krempe seines Kastorhutes erschlaffen lassen, bis sie ihm völlig durchweicht über die Ohren hing. Sein missbilligender Begleiter – einfach James Harris, bevor sie nach Frankreich gegangen waren, und nun (aufgrund seines schauderhaften Französisch) allen und jedem als sein stummer Diener Etienne bekannt – war eine weitere Quelle des Ärgers, zumal eine, die beinahe ebenso unwillkommen war wie der Regen. Doch da James dem Überbringer der schlechten Nachricht die Tür geöffnet hatte und kraft verschlagenen Lauschens an einer geschlossenen Tür zum Mitwisser des Plans geworden war, hatte es keine Möglichkeit gegeben, ihn vom Mitkommen abzubringen, es sei denn durch einen Mord – und das war Hugh, der den unerträglichen Gesellen insgeheim sehr gern hatte, denn doch zuwider. Obendrein war die Mannschaft des Freibeuters erschreckend undiszipliniert, die See war rau gewesen und – dies hatte ihm den Gnadenstoß versetzt – an Bord hatte ihn eine Nachricht erwartet, der zufolge der Verräter eine Frau war. Genauer gesagt, eine gewisse Sophy Towbridge, eine ehrgeizige junge Londonerin, die ihrem Wohltäter Lord Archer, einem ältlichen Adligen, der immer noch durchs Kriegsministerium wankte, offenbar einen Packen Briefe mit den Informationen entwendet hatte.

Die Enthüllung des Geschlechts seines Opfers hatte Hugh erschüttert. Er sollte eine *Frau* verhören und töten? Davon hatte Hildebrandt ihm nichts gesagt. Andererseits war Hildebrandt ein Meister darin, bestimmte ausgewählte Geheimnisse für sich zu behalten, wenn es ihm gefiel. Er hatte sicherlich gewusst, dass Hugh sich gesträubt hätte, einer Frau Schmerzen zuzufügen, Krieg hin oder her.

Doch da er die wiederholten Warnungen des Universums in den Wind geschlagen hatte, war er nun hier und hatte diese Mission am Hals. Jetzt hatte er im Interesse der Sicherheit seines Landes, von seiner eigenen Sicherheit ganz zu schweigen, keine Wahl mehr. Hildebrandt hatte auch dies sicherlich gewusst.

Verflucht sei Hildebrandt. Und Boney. Und all die verfluchten Froschfresser. Und die Frau vor ihm, bewusstlos und wie ein Kind zu einer Kugel zusammengerollt lag sie in dem Beiboot, das sie nun zurück zum Schiff brachte, wo es seine Aufgabe sein würde, sie der belastenden Briefe, die sie gestohlen hatte, zu entledigen, herauszufinden, was sie dazu veranlasst hatte, sie zu stehlen, sowie andere Details im Umfeld des Verbrechens in Erfahrung zu bringen, und sie dann, wenn er genug wüsste, um das Leck von beiden Seiten zu stopfen, zu beseitigen, als wäre sie Unrat.

Hugh hatte nicht bemerkt, dass er laut fluchte, bis James, der im Schneidersitz auf der anderen Seite der Frau saß und die Laterne verdunkelte, mit der er soeben den ehemaligen Begleitern der Frau signalisiert hatte, dass alles in Ordnung sei, seinen Blick auffing und zustimmend nickte.

»Aye, und das Wetter soll auch verflucht sein. Wir sind bestimmt völlig durchgefroren, bis wir zum Schiff kommen – *wenn* wir's überhaupt zurück zum Schiff schaffen, heißt das.«

Diese düstere Bemerkung bezog sich offenbar auf den anschwellenden Wellengang, der das Beiboot in die Höhe und wieder in die Tiefe schleuderte. Gischt prasselte wie Regen auf sie nieder; der Boden des Bootes war bereits überflutet.

»Wir lassense nich' ertrinken, Colonel, machense sich da mal keine Sorgen.« Der ihnen am nächsten Sitzende der Ruderer richtete seine Bemerkung an Hugh. Er musste schreien, ums sich trotz des tosenden Meeres Gehör zu verschaffen.

Die Tatsache, dass der Seemann seinen militärischen Rang kannte, überraschte Hugh eigentlich nicht. Alle an Bord der *Nadine* schienen zu wissen, dass er ein britischer Geheimdienstoffizier in *sehr wichtiger Mission* war, wie man ihm von dem Augenblick an klar gemacht hatte, in dem er einen Fuß an Bord gesetzt hatte – ein weiterer eindringlicher Hinweis auf die Sicherheitsbedingungen im Kriegsministerium. Glücklicherweise war das französische Schiff, das den Passagier eigentlich hätte aufnehmen sollen, noch nicht am Treffpunkt erschienen, und die Eskorte, die Miss Towbridge zu ihrem Bestimmungsort hatte begleiten sollen, war nun längst außer Hörweite. Daher war Diskretion jetzt nicht so zwingend erforderlich, wie es sonst der Fall gewesen wäre. Dennoch, er führte nun schon sehr lange ein Doppelleben, und bei dem Gedanken, dass diese Seeleute – allesamt erfahrene Schmuggler – bis auf den letzten Mann bestens über jedes Detail seiner Mission im Bilde waren, stellten sich ihm die Nackenhaare auf.

»Verdammich!«, sagte James, als das kleine Boot in ein Wellental stürzte, das so tief war wie ein richtiges Tal.

Die abrupte Bewegung lenkte Hughs Gedanken auf nahe liegendere Belange. Er blickte hoch und sah, wie das Schiff, auf das sie zuhielten, sich hoch über ihnen aufbäumte wie ein feuriges Pferd. Wenige Sekunden später schoss das Beiboot eine weitere Welle hinauf. Der Seegang wurde schlimmer, daran bestand kein Zweifel. Er war froh, dass sie wieder an Bord der *Nadine* sein würden, ehe der sich abzeichnende Sturm ernsthaft losbrach.

»Aaah.«

Seine Hand lag auf dem Kopf der Frau, daher spürte er das leise Stöhnen eher, als dass er es hörte. Er beobachtete, wie sie sich regte, während eisiges Wasser über die Seitenwand des Bootes schlug und sich erneut über sie ergoss. Sie lag bereits in einer mehrere Zentimeter tiefen Pfütze. Hugh wusste, wie kalt und tief das Wasser war, denn er saß selbst darin. Mit einer Hand untersuchte er ihren Kopf, um das Ausmaß ihrer Verletzung in Erfahrung zu bringen, mit der anderen hielt er sich verzweifelt an der Seitenwand fest.

»Ist sie tot?«, fragte James ohne erkennbares Bedauern. Offensichtlich hatte er gerade bemerkt, dass Hugh den Kopf ihrer Gefangenen untersuchte.

James hatte ihr am Strand mit seiner Pistole auf den Kopf geschlagen, als Hugh sich von hinten an sie herangeschlichen hatte.

»Tot nicht.« Hughs war Ton sarkastisch, doch James schien das nicht zu bemerken.

Die Haare der Frau waren nass und kalt und fühlten sich sehr fein an. Sie hatten sich aus den Haarnadeln gelöst und fielen ihr ins Gesicht wie ein Gewirr aus Seidenfäden. In der Dunkelheit wirkten sie schwarz wie das Meer. Sie hatte eine gute Figur und ließ sich zudem leicht tragen. So viel wusste er, doch beinahe ausschließlich durch Berührung, denn nachdem er sie aufgefangen hatte, hatte er automatisch seine Schulter gegen ihren Bauch gestemmt und sie sich über die Schulter geworfen – und seine Rippen hatten ihn dafür einen hohen Preis zahlen lassen, als er endlich das Boot erreicht hatte.

Er hatte sich innerlich stählen müssen, um den messerscharfen Schmerz in seiner Körpermitte ignorieren zu können, als er sie ohne viel Federlesens ins Ruderboot verfrachtet hatte. Es war alles so schnell gegangen, dass die Seeleute noch immer mit dem Sichern des Bootes beschäftigt gewesen waren. Wäre das Boot noch viel weiter entfernt gewesen, hätte er, so befürchtete er, seinen Stolz fahren lassen und das

Frauenzimmer an James weiterreichen müssen, der den ganzen Weg über neben ihm besorgte Geräusche von sich gegeben hatte wie eine Glucke, aus Sorge, er könnte sich verletzen. Es wäre ihm höchst zuwider gewesen, wenn er das Frauenzimmer an James hätte übergeben müssen.

Das *verräterische* Frauenzimmer.

Hugh rief sich dies bewusst in Erinnerung. Er verweilte mit grimmiger Entschlossenheit bei diesem Wort und versuchte so, sich für seine spätere Aufgabe zu stählen. Der schmächtige, hilflose, verletzliche Körper vor ihm gehörte einer Person, die eine Gefahr für sie alle darstellte, eine Gefahr für England.

Er würde sie nicht einmal als verräterisches Frauenzimmer betrachten. Einfach als Verräter; das Geschlecht spielte keine Rolle.

Dieser Gedanke erfüllte seinen Zweck und verhärtete sein Herz. Dennoch konnte er nicht anders, als zu bemerken, dass ihr Kopf in seiner Hand sich unverwechselbar weiblich anfühlte, ihre Haut weich war und ihr Haar eine beunruhigende Neigung dazu hatte, sich um seine forschenden Finger zu winden. Verflucht, sie fühlte sich an wie eine Frau.

Er ignorierte es, so gut er konnte, und setzte seine Untersuchung fort. Seine Bemühungen wurden belohnt, als er hinter ihrem linken Ohr etwas Warmes, Klebriges ertastete: Blut.

»Sie blutet.« Seine Stimme klang ausdruckslos. Dass es ihn eine gewisse Mühe kostete, sie als *Verräter* statt als *Frau* zu sehen, brauchte außer ihm niemand zu wissen. Er kam zu dem Schluss, dass die Verletzung offenbar nicht lebensbedrohlich war, und löste seine Hand aus ihren Locken. Ein leichter Schlag auf den Kopf würde ihre geringste Sorge sein, nun, da man sie ergriffen hatte, sagte er sich grimmig. Insgeheim war ihm zwar unwohl bei dieser Vorstellung, doch er sagte sich, es sei an der Zeit, daran zu denken, dass er zuallererst ein Soldat in Kriegszeiten war. Niemand hatte ihm versprochen, dass die Aufgaben, die er für sein Land erledigen müsste, angenehm oder leicht sein würden.

»Aye, tja, wundert mich gar nicht. Ich hab das Weib ziemlich feste geschlagen.«

James, der offenbar keine Bedenken wegen des Geschlechts ihrer Gefangenen hatte, drehte sich um und sah über die Schulter zur *Nadine*, die ihnen nun so nahe war, dass ihre Steuerbordseite wie eine riesige schwarze Mauer vor ihnen aufragte, wenn sie einen Wellenkamm erklommen. An Deck waren vom flackernden Licht der Laternen beleuchtete Gesichter zu erkennen. Etwa ein halbes Dutzend Männer versammelten sich an der Reling und machten sich bereit, sie hinaufzuholen. Die Segel des Schoners waren eingeholt, sodass seine kahlen Masten die Dunkelheit durchbohrten wie Skelettfinger, die sich nach dem sturmschweren Himmel reckten.

»Rudert hart nach Backbord!«, schrie jemand. Die Männer gehorchten, und das Beiboot schwang herum.

Hugh stützte sich ab und drückte der Frau nun eine Hand flach auf den Rücken, um sie vor den hohen Wellen zu schützen. Er beobachtete, wie an der Seite der *Nadine* eine Strickleiter herabgelassen wurde. Der erste Teil seiner Aufgabe war abgeschlossen: Er hatte den Verräter in seiner Gewalt. In wenigen Minuten würden sie an Deck in Sicherheit sein – zumindest vor dem Meer. Dann würde der zweite Teil seines Auftrags beginnen.

Als er darüber nachdachte, was das mit sich bringen mochte, schob er grimmig das Kinn vor.

»Dreht bei!«, schrie ein Seemann.

Die Ruderer legten sich nochmals in die Riemen und brachten das Beiboot längsseits der *Nadine*. Und zwar gerade rechtzeitig. Der Sturm nahm rasch an Stärke zu. Die Wellen waren nun höher, folgten dichter aufeinander, schäumten wütend. Gerade als Hugh dies bemerkte, trug eine weitere mächtige Woge ihr Boot in die Höhe, immer höher und fort von ihrem Ziel, während eisige Gischt über sie sprühte.

Er packte zwischen den Schultern der Frau eine Hand voll Damenkleid, um sie festzuhalten – es war edles, teures Tuch. Das Boot glitt vom Wellenkamm in die Tiefe und entfernte sich dabei leider von der *Nadine*. Die Frau regte sich, stöhnte. Wieder spürte er den leisen Laut eher, als dass er ihn gehört hätte. Er hatte etwas Hilfloses an sich. Auch sie hatte etwas Hilfloses an sich, wie sie so zusammengerollt da lag, nunmehr gegen seine Beine gedrückt – am liebsten hätte er seine Faust irgendwo hineingerammt, vorzugsweise in Hildebrandts Gesicht.

Er war der Erste, der zugäbe, dass man ihm vieles vorwerfen konnte, und häufig gehörte Zügellosigkeit dazu, doch er hatte noch nie im Leben einer Frau körperlichen Schaden zugefügt.

Nun würde er für sein Land diese Frau möglicherweise foltern, auf jeden Fall aber töten müssen.

O Gott.

Ihr Rücken drängte sich beim Einatmen gegen seine Handfläche. Er berührte hier einen unverkennbar weiblichen Körper. Hugh krümmte in stillem Protest die Finger und dachte erneut grimmig, dass Hildebrandt eine schlechte Wahl getroffen hatte: Er war nicht der richtige Mann für diesen Auftrag.

Aber natürlich würde er letzten Endes tun, was er tun musste, wie immer.

Auch dies hatte Hildebrandt sicherlich gewusst, überlegte Hugh grimmig. Verflucht sei der Mann!

3

Claire trieb noch immer am Rande der Bewusstlosigkeit dahin, da spürte sie den Schock einer eisigen Dusche, die auf sie niederprasselte, und öffnete die Augen, die sogleich zu brennen begannen. Sie blinzelte einige Male rasch hintereinander und begriff, dass ihre Augen von Salzwasser brannten, und das Salzwasser stammte aus dem Meer. Das Meer war selbstverständlich das bockende, sich hebende und senkende Wesen, auf dessen Rücken sie zu reiten schien. Ihr Instinkt warnte sie davor, zu erkennen zu geben, dass sie wieder bei Bewusstsein war; sie ballte die Fäuste, um dem Impuls zu widerstehen, sich die Augen zu reiben, und blinzelte weiter unauffällig, bis der schlimmste Schmerz vorüber war. Sie war nass bis auf die Haut, und ihr war so kalt, dass sie sich eher wie ein Fisch fühlte, den man zum Verkauf auf Eis gelegt hatte. Ihr wurde klar, dass sie sich am Boden eines auf den Wellen tanzenden kleinen Bootes befand, das ungeachtet der schäumenden schwarzen Wogen und des starken Windes auf einem stetigen Kurs gerudert wurde, der die Entfernung zwischen ihr und dem Strand Stück für Stück vergrößerte.

Bald, sobald sie weit genug draußen wären, würde man sie über Bord werfen.

Sie hatten sie gefangen.

Dieser Gedanke ließ sie all ihr körperliches Elend vergessen: die brennenden Augen, den schmerzenden Kopf, die gefühllosen Finger und Zehen. Ihr Herz raste. Der Magen drehte sich ihr um. Ihre Kehle trocknete aus. Die Angst ließ sie sofort die Muskeln anspannen und schärfte ihre Sinne, versetzte sie in äußerste Alarmbereitschaft, wo sie noch Sekunden zuvor gegen die letzten Überreste von Benommenheit angekämpft hatte.

Ersäuft sie wie 'ne junge Katze – sie hörte noch die grausame Unbekümmertheit in der Stimme des Anführers. Das war der Plan ihrer Entführer – der Plan, den sie in diesem Moment gerade in die Tat umsetzten. Rasch, konvulsivisch, bewegte sie Hände und Füße. Sie waren nicht gefesselt. Waren sie zu dem Schluss gekommen, dass sie sie nicht zu fesseln brauchten, nachdem sie sie bewusstlos geschlagen hatten? Oder hatten sie es lediglich vergessen – und falls dem so war, würden sie sich daran erinnern, ehe sie sie über Bord warfen? Selbstverständlich würden sie das. Sie wagte nicht, darauf zu setzen, dass sie es nicht tun würden. In diesem grausamen Spiel ging es schließlich um ihr Leben.

Ein eiliger, leicht verschwommener Blick in die Runde zeigte ihr, dass sich sechs Männer im Boot befanden: vier saßen an den Rudern, zwei auf dem Boden, und sie lag zwischen ihnen in der Falle. Sechs Männer, deren Ziel ihre Ermordung war.

Wie konnte sie ihnen entkommen?

Ein harter Knoten bildete sich in ihrer Magengrube, als sie der Wahrheit ins Gesicht sah: Diesmal schien eine Flucht so gut wie ausgeschlossen. Statt mit einem Kretin wie in jenem Bauernhaus hatte sie es nun mit sechs Männern zu tun, und sie hatte kein schweres Nachtgeschirr zur Hand. Und anstelle eines Fensters, das auf festen Boden hinausging, konnte sie nur ins Meer flüchten, sollte es ihr gelingen, ihren Entführern zu entrinnen.

Andererseits: So trübe die Erfolgsaussichten auch sein mochten, sie musste etwas tun. Denn wenn sie nicht ganz schnell handelte, würde sie sterben.

Ein Wimmern schlich sich ihre Kehle. Sie schluckte es mühsam herunter, ehe es sich Gehör verschaffen konnte. Sämtliche Instinkte drängten sie, aufzuspringen, zu kämpfen, zu fliehen. Doch unter den gegebenen Umständen waren ihre

Instinkte mehr als nutzlos, erkannte sie. Also widerstand sie ihnen und zwang sich, völlig reglos liegen zu bleiben, während sie ihre Lage überdachte.

Sie konnte schlecht und recht schwimmen. Ihr Ungeheuer von einem Vater und seine ebenso verderbten Freunde hatten sich eines Sommers mehrere Nachmittage damit vergnügt, sie und ihre jüngere Schwester Beth von einem Segelboot in einen See in der Nähe ihres Hauses in Yorkshire zu werfen und darauf zu wetten, welches der beiden Mädchen zuerst das Ufer erreichen würde. Dass die beiden Kinder schreckliche Angst gehabt und geschrien hatten, als man sie über Bord warf, war ihnen gleichgültig gewesen. Sie und Beth hatten entgegen ihren schlechten Erfolgsaussichten und eigenen Erwartungen überlebt, und nun dachte Claire zu ihrer eigenen Verblüffung, dass jene höllischen Schwimmlektionen ihr womöglich noch zustatten kämen.

Ein weiterer verstohlener Blick in die Runde machte auch jene schwache Hoffnung zunichte. Sie konnte in diesem brodelnden Hexenkessel windgepeitschter Wellen nicht schwimmen. Ihr Können war der Wildheit des Meeres nicht gewachsen.

Doch sie befürchtete, dass die Devise lautete: Schwimmen oder Sterben.

Claire kämpfte gegen das wachsende Entsetzen an, das sie zu lähmen drohte, und setzte die Bestandsaufnahme fort. Das Boot war lang, schmal und offen; es rollte und schlingerte, wenn es die Wellen in Angriff nahm. Die Männer mussten sich auf engstem Raum zusammendrängen und waren kaum mehr als Schatten vor der glänzenden Schwärze des Wassers und der formloseren Schwärze der nebligen Nacht. Der grollende Himmel war beinahe ebenso schwarz wie das Meer; der Mond war nun vollständig hinter Wolken verborgen. In regelmäßigen Abständen war das Eintauchen der Ruder vor dem Hintergrund des tosenden Meeres zu hören.

Die Fingerknöchel eines Mannes pressten sich unangenehm zwischen ihre Schulterblätter. Claire verzog missbilligend das Gesicht und dachte darüber nach. Ihr Rücken drückte gegen seine harten Schienbeine; ihr fiel auf, dass er sie an ihrem Kleid festhielt, um sie nicht vorzeitig an die wogende See zu verlieren. Sie spürte die Form seiner Faust wie einen großen Stein, der sich ihr ins Fleisch bohrte. Das einzig Positive daran war, dass er ein geringes Maß an Wärme abgab. Nicht, dass sein Griff sie beruhigt hätte – nicht, wenn sie darüber nachdachte. Erschreckend deutlich sah sie voraus, dass er diesen Griff gegen sie einsetzen würde, sobald sie die Stelle erreichten, auf die sie zuhielten – vermutlich irgendwo weit jenseits der Brandung, damit ihre Leiche nicht sofort an Land gespült würde. Mit diesem Griff würde er sicherstellen, dass sie ihm nicht entfloh, während sie ihr Hände und Füße fesselten und sie über Bord warfen.

Da war es besser, selbst über Bord zu springen, ohne Fesseln, aus eigener Kraft, anstatt darauf zu warten, dass sie sie banden und hinauswarfen.

Sie *wollte* doch noch nicht sterben. Nicht in dieser Nacht. Erst wenn sie eine sehr, sehr alte Dame wäre, und dann, bitte, lieber Gott, friedlich in ihrem Bett.

Im Interesse ihres Überlebens zwang sie sich, die Augen wieder zu öffnen, diesmal nur einen schmalen Spalt weit. Dort, direkt in ihrem Blickfeld, lagen diverse Gegenstände unter einer der Bänke: ein zusammengerolltes Seil, eine unbenutzte zerbeulte Laterne und ein Krug. Ein großer Krug aus irgendeinem hellen Steingut mit Griff und Korken. Sie konnte das gedrungene Gefäß in der Dunkelheit gerade eben erkennen. Während sie ihn mit verzweifeltem Blick taxierte, erfasste ihn die Pfütze im schwankenden Boot und trug ihn zu ihr. Was er auch einst enthalten haben mochte – ein alkoholisches Getränk vielleicht oder Wasser –, nun war er ganz offensichtlich leer. Er schwamm auf dem Wasser.

Er schwamm auf dem Wasser.

Im Nu wusste Claire, was sie zu tun hatte. Sie hatte Angst,

sich zu bewegen – die Männer achteten nicht auf sie, und daran wollte sie nichts ändern –, doch der Krug schlug gegen ihr Knie, als das Boot sich auf die Seite legte, und sie wusste, er würde wieder außer Reichweite sein, sobald das Boot sich auf die andere Seite legte. Sie wusste auch, dass der Krug ihre beste – vielleicht sogar ihre einzige – Hoffnung auf Überleben darstellte.

Rasch sandte sie ein weiteres inbrünstiges Gebet gen Himmel, griff verstohlen nach dem schlüpfrigen Griff und bekam ihn tatsächlich zu packen.

»Sie sind also wach, ja?«

Der Mann, der ihr seine Faust in den Rücken rammte, musste ihre Bewegung entweder gesehen oder gespürt haben, denn er beugte sich zu ihr herab und sprach ihr beinahe ins Ohr. Sein warmer Atem streifte leicht ihre Wange. Seine Aussprache war die der britischen Oberschicht, und das überraschte sie angesichts der Sprechweise seiner Kumpane. Ehe sie sich über Sinn und Unsinn klar werden konnte, sah sie unwillkürlich zu ihm hoch und bemerkte das Funkeln in seinen Augen, sein dunkles Haar und seine dunkle Haut, die einschüchternde Breite seiner Schultern vor dem Hintergrund der sich auftürmenden Wellen. Dann wurde ihr klar, dass sie womöglich ihrem Mörder ins Gesicht sah, und sie konnte keinen zusammenhängenden Gedanken mehr fassen.

Entsetzliche Angst ließ sie erstarren. Sie hielt den Atem an. Selbst im Schneidersitz war er ein großer Mann, das konnte sie sehen. Ein großer starker Mann, muskulös und körperlich in Form. Er könnte sie mit bloßen Händen töten, wenn er wollte – und da waren noch fünf weitere Männer wie er.

Ihr Magen krampfte sich zusammen. Gegen das lähmende Entsetzen ankämpfend, zwang sie sich, wieder zu atmen und sog zittrig salz- und fischgeschwängerte Luft ein.

Jetzt oder nie.

Claire packte den Krug, als wäre er ihre einzige Hoffnung auf Rettung – was er ja auch war –, griff auf ihre letzten

Kraftreserven und ihre Entschlossenheit zurück und schnellte auf die Knie hoch, wobei sie Hugh ihr Kleid entriss. Verdutzt sah er sie an, als seine Hand herabfiel. Sie befanden sich praktisch Nase an Nase – sie auf den Knien und er im Schneidersitz vor ihr. Ihre Blicke trafen sich und verschränkten sich für den Bruchteil einer Sekunde ineinander. Er öffnete den Mund, als wollte er etwas sagen, doch da schwang sie ihre improvisierte Waffe verzweifelt in einem großen Bogen gegen ihn. Der schwere Krug traf ihn mit Wucht im Gesicht. Trotz des tosenden Meeres hörte man den Schlag.

»Gottverdammt!«

Mit der Hand am Gesicht kippte er nach hinten, während der Aufprall Wellen der Erschütterung durch Claires Arm sandte, sodass sie beinahe den Krug fallen gelassen hätte. Verzweifelt hielt sie ihn fest, ihr Puls jagte, und sie kroch ungeschickt zur Bordwand.

»Master Hugh!«

Der andere Mann, der im Schneidersitz gesessen hatte, kniete nun ebenfalls, ergriff eine Hand voll Stoff von ihrem Kleid und zerrte sie zurück, als sie soeben ins Meer tauchen wollte. Sie riss sich los, fiel jedoch dem Schwanken des Bootes zum Opfer und taumelte gegen den Mann, den sie geschlagen hatte. In einem Augenblick vorübergehender Lähmung spürte Claire seinen harten, starken Körper an ihrem Leib. Dann packte er sie am Arm, dass es schmerzte, und sie wandte sich ihm mit einer aus schierer Verzweiflung geborenen Kraft zu, schlug mit dem Krug nach ihm und kreischte wie eine Irre.

»Gütiger Himmel! Pack sie, James!«

»Aye, hab sie!«

Sie schwang immer noch ihren Krug, als der zweite Mann ihr einen Arm um die Taille schlang und sie fortzog. Er fühlte sich weicher an als der erste Mann; sein schwammiger, nachgiebiger Bauch war wie ein weiches Polster in ihrem Rücken. Im Hintergrund brüllten die Ruderer. Als sie ihren Gefährten zu Hilfe eilten, bewegten sie sich so unvorsichtig, dass sie beinahe das heftig schwankende Boot zum Kentern gebracht hätten.

Wild rammte Claire ihren Ellbogen in diesen schwammigen Bauch. Der Mann stöhnte, sein Griff lockerte sich. Es gelang ihr, sich freizukämpfen, doch schon ergriff der erste Mann ihr Handgelenk. Mit wild hämmerndem Herzen und einer Kehle, die so trocken war, dass ihre Schreie nur noch als raues Krächzen herauskamen, fuhr sie herum.

»Das reicht, Xanthippe!«

Seine Worte waren ein Knurren. Er atmete heftig, doch hielt er ihr Handgelenk so eisern gepackt wie ein Schraubstock. Während sie Atem schöpfte, blickte sie einen Augenblick lang in Augen, die in diesem grauen Licht so schwarz und unbarmherzig wirkten wie zwei leere Räume. Seine Zähne schimmerten, als er sie entblößte. Mit seiner rechten Hand hielt er ihr Handgelenk gepackt, ihre linke Hand hatte sie zwischen ihnen beiden erhoben. In der rechten Hand hielt sie nach wie vor in verzweifeltem Griff den Krug gepackt. Hinter ihr griff der andere Mann schon wieder nach ihr.

Der Kampf war vorüber.

Doch nein. Hier ging es um ihr Leben, und sie würde, sie konnte sich nicht geschlagen geben, solange noch ein Atemzug in ihr war. Entsetzen, noch befeuert vom kalten Odem der drohenden Auslöschung, verlieh ihr noch ein Mal neue Kräfte. Katzengleich beugte sie sich vor und schlug ihre Zähne in die Hand, die sie festhielt.

»Aaaah!«

Er heulte auf, riss seine Hand fort, und plötzlich war sie frei. Den Krug verzweifelt fest im Griff sprang sie zur Bordwand des Bootes. Es schwankte, diesmal zur rechten Zeit, und ohne, dass sie noch etwas dazu hätte tun müssen, ging sie über Bord und stürzte kopfüber ins eisige, brodelnde Wasser.

4

Das Wasser war so kalt, dass sämtliche Organe in Claires Körper vorübergehend den Dienst eingestellt zu haben schienen, nachdem das Meer sie verschluckt hatte. Dann erwachte ihr Herz mit einem mächtigen Schlag wieder zum Leben. Warmes Blut zirkulierte erneut in ihren Adern. Ihre Augen öffneten sich, und sie konnte sich wieder bewegen. Ein Hochgefühl wogte durch ihren Körper und verlieh ihr neue Energie. Sie hatte es geschafft! Sie war entkommen!

Doch unglücklicherweise war diese Freude nur von kurzer Dauer. Sie kämpfte gegen einen Sog an, der sie offenbar unbedingt in die Tiefe zerren wollte, war behindert durch das Gewicht ihrer vollgesogenen Röcke, die sich um ihre Beine wickelten – sie war dem Meer auf Gedeih und Verderb ausgeliefert. Das Bedürfnis nach Luft wurde immer drängender; sie paddelte und trat Wasser, um an die Oberfläche zu gelangen. Zwar waren ihre Augen offen, doch sie konnte nichts sehen; in der undurchdringlichen Dunkelheit konnte sie zu ihrem Entsetzen oben und unten nicht auseinanderhalten.

Doch den mit Luft gefüllten Krug zog es nach oben. Sie hatte es ja gewusst, er war ihre Rettung. Mit der Kraft der Verzweiflung klammerte sie sich an ihn und stieg mit ihm auf. Ihr Kopf durchbrach die Wasseroberfläche; vor Erleichterung war sie ganz schwach. Wie ein Verhungernder nach Nahrung gieren mochte, schnappte sie nach Luft – doch dann rollte eine Welle über sie hinweg und drückte sie erneut in die Tiefe.

Wieder suchte der Krug die Oberfläche und nahm sie mit. Doch unvermittelt ließen ihre vor Kälte gefühllosen Finger sie im Stich: Sie fanden keinen Halt mehr auf der schlüpfrigen Oberfläche. Im einen Moment krümmten ihre Finger sich noch um den Griff; im nächsten war ihr, ehe sie sich's versah, der Krug entglitten.

Entsetzt schnappte Claire noch nach ihm, doch im Nu war er verschwunden, verschmolzen mit der wirbelnden Schwärze über ihr. Angsterfüllt strampelte sie mit den Beinen, versuchte verzweifelt zu schwimmen, und ihre Gliedmaßen rekonstruierten die entsprechenden Bewegungen auch heldenhaft aus dem Gedächtnis. Doch ihr Kampf blieb wirkungslos; zu ihrer Verzweiflung erkannte sie, dass ihre Bemühungen schwächlich und vergeblich waren gegen die Übermacht des Meeres.

Ich werde sterben, dachte sie. Noch drang diese Erkenntnis nicht vollständig zu ihr durch, obwohl der Gedanke sich wie zur Vorbereitung darauf klar und deutlich in ihrem Kopf formte. Nun, da der Auftrieb des Krugs kein Gegengewicht mehr bildete, zog die Strömung sie wie ein riesiger saugender Mund in die Tiefe. Ihr Herz hämmerte ihr gegen die Brust. Ihre Lungen schmerzten und brannten bereits. Sie musste atmen, doch es gab keine Atemluft. Überall nur Wasser. Nichts als Wasser überall um sie herum, in ihren Augen, in ihren Ohren; es versuchte, ihr in Mund und Nase zu dringen, lähmte sie, erstickte sie …

Sie brauchte unbedingt Luft. Wo war die Oberfläche? In dieser chaotischen flüssigen Schwärze verlor sie jede Orientierung; sie wusste nicht, was oben und unten war. Es war ohnehin gleichgültig. So sehr sie sich auch abmühen mochte, bei einem derart schweren Seegang konnte sie nicht schwimmen. Ihre Bemühungen, seiner Gewalt zu trotzen, waren erbarmungswürdig. Das Meer würde mit ihr verfahren, wie es wollte; es würde sie nach Lust und Laune verschlucken und wieder ausspucken. Sie war so hilflos wie ein Säugling.

Das Komische daran war, dass sie eigentlich nicht einmal mehr Angst hatte, dachte sie versonnen, während ihre eisigen Glieder schwer und unbeholfen wurden und ihr Ringen immer kraftloser wurde. Ihr war schwindlig, sie fühlte sich wie benebelt. Ihr noch immer verzweifelt schlagendes Herz fühlte sich schwer und aufgebläht an, als könnte es jeden Augenblick platzen. Ihre Lungen pochten. Es fehlte nicht viel, und sie würde ihrem dringenden Bedürfnis nachgeben, indem sie einatmete und es hinter sich brachte. Wasser einzuatmen ... bedeutete zu ertrinken. Geistesabwesend fragte sie sich, ob es wohl wehtat, zu ertrinken.

Mit neu aufflammender Angst begriff Claire, dass sie kurz davor stand, das Bewusstsein zu verlieren, der Kälte, dem Sauerstoffmangel, der Dunkelheit, der Verzweiflung zu erliegen.

Vor ihrem geistigen Auge sah sie Bilder ihrer Schwestern: Gabby und Beth – die eine schlank, mit kastanienbraunem Haar und mit dem ersten Kind schwanger, die andere eine rundliche hübsche Rothaarige, die sich auf ihre Einführung in die Gesellschaft freute. Sie würden beide gramgebeugt sein, wenn sie starb. Man würde Beths Debüt verschieben müssen; da Gabby unpässlich war, hatte Claire es in die Hand genommen, ihre jüngere Schwester in diesem Frühjahr in die Gesellschaft einzuführen. Ihre Pläne waren bereits weit gediehen; Beth sollte im März zu ihr nach London kommen. Nun würde Beth noch ein Jahr warten müssen. Auch Twindle würde sich grämen. Ebenso Tante Augusta auf ihre eigene unwirsche Art. Selbst Nick, Gabbys Ehemann, würde um sie trauern, auch wenn seine Aufmerksamkeit sich ganz zu Recht auf Gabby richten würde, der die Schwangerschaft bereits solche Qualen bescherte. David, ihr eigener Ehemann, würde nicht um sie trauern. Oh, er würde überzeugend Trauer heucheln, er und auch seine Mutter, doch im Grunde ihrer Herzen würden sie nicht um sie trauern.

Diese bittere Wahrheit rüttelte Claire noch einmal auf. Erneut begehrte sie gegen ihr Schicksal auf und trat heftig Wasser, um an die Oberfläche zu gelangen; mit ihren gefühllosen Armen schlugen sie wild um sich ...

Da streifte etwas ihre Hand – etwas Festes – etwas in Stoff Gekleidetes. Unvermittelt wurde sie an den Haaren gerissen. Der jähe heftige Schmerz in ihrer Kopfhaut hätte sie beinahe aufkeuchen lassen, was dem Kampf auf jeden Fall sofort ein Ende gesetzt hätte. Ihr Kopf fuhr herum, doch die Wasserhölle, in der sie gefangen war, war zu dunkel: Sie konnte nicht sehen, was sie gepackt hatte. Es zog sie in eine Richtung, die sie für oben hielt. Deshalb kämpfte sie nicht dagegen an, als es sie ins Schlepptau nahm. Sie ging mit und verdrängte das schwarze Wasser mit Händen und Füßen. Ihre Lunge schmerzte jetzt ungemein, war ein brennendes Folterinstrument in ihrer Brust. Ihr Herz hämmerte stürmisch gegen den Brustkasten wie die Flügel eines ungezähmten Vogels in einem Käfig. Das Blut pulsierte wie wild in ihren Schläfen.

Plötzlich wurde ihr klar, dass sie ihre Frage nun beantworten konnte: Ja, es tat weh, zu ertrinken.

Bei diesem Gedanken durchbrach ihr Kopf wundersamerweise die Wasseroberfläche. Ihre weit offenen, brennenden Augen nahmen verschwommene Bilder von hohen Wellen mit weißen Schaumkronen wahr, die sich vor einem sternenlosen Himmel abzeichneten. Instinktiv öffnete sich ihr Mund wie der eines hungrigen Vogeljungen. In gierigen Zügen sog sie die Luft, die süße Luft ein. Doch schon brach das Meer mit Wucht wieder über sie herein und drückte sie erneut unter Wasser.

Diesmal jedoch war sie nicht allein, als sie Salzwasser würgte und gegen das Absinken in eisige Tiefen ankämpfte. Hinter sich spürte sie eine massive Präsenz, die mit ihr Wasser trat und kämpfte. Irgendetwas schlang sich ihr um die Taille – ein Arm, dachte sie. Dem Umfang und der eisernen Kraft nach zu urteilen, ein Männerarm. Wer auch immer sie an ihren Haaren aus dem Abgrund wieder heraufgezogen hatte, er war noch bei ihr. Einer ihrer Möchtegernmörder, der sie aus dem Wasser retten wollte, damit er sie auf seine eigene Weise ertränken konnte? Die Absurdität dieser Vorstellung machte sie schwindeln.

Nicht, dass seine Gründe sie in diesem Augenblick gekümmert hätten, erkannte sie, als ihre Lunge wieder brannte. In diesem Augenblick wollte sich nichts als Luft zum Atmen …

So unerwartet, wie sie untergegangen war, gelangte sie wieder an die Oberfläche. Besser gesagt, sie gelangten beide wieder an die Oberfläche. Ihr Retter befand sich gleich hinter ihr. Sie hörte, wie er heftig nach Luft schnappte, was ihr das eigene Keuchen noch stärker bewusst machte. Er hatte ihr den Arm nun genau unter den Brüsten um den Brustkorb geschlungen. So unnachgiebig wie eine Handschelle hielt er ihren Rücken an die Vorderseite seines großen starken Körpers gedrückt, der unablässig in Bewegung war, um sie an der Oberfläche zu halten. Trotz all seiner – und auch ihrer – Anstrengungen ragte ihr Kinn nur knapp über die wogenden Wassermassen.

Immerhin: Sie konnte atmen.

»Master Hugh!«

Instinktiv blickte Claire in die Richtung, aus welcher der Ruf gekommen war. Sie hatte sich so darauf konzentriert, nach Luft zu schnappen, dass sie erst jetzt das Beiboot bemerkte, das in einiger Entfernung auf den Wellen ritt. Man hatte die Laterne angezündet und hielt sie hoch; ihr gelbes Licht erhellte das Boot und die aufgewühlten schwarzen Wassermassen. Sie und ihr Retter waren hingegen weit außer Reichweite der Laterne.

»Hier!«

Die Antwort dröhnte dicht an ihrem Ohr, heiser, jedoch erstaunlich laut. Claire fuhr zusammen und spürte, wie der Arm unter ihren Brüsten sie fester umschlang. Die Brust an ihrem Rücken hob und senkte sich. Sie spürte die Bewegung von starken Beinen, die hinter den ihren Wasser traten, sah einen muskulösen Arm – den Zwilling dessen, der sie an ihn fesselte – in einem nassen weißen Hemdsärmel vor sich durch das Wasser pflügen und versuchte erneut zu helfen. Doch ihre Glieder waren gefühllos und ihre Bewegungen schwach.

»Halt still, Weib, oder ich schlage dich bewusstlos.«

Die Drohung war ein wildes Knurren an ihrem Ohr. Sie spürte ein kratziges Kinn an ihrer Wange, als er sprach, und bemerkte, dass sein fester Griff ihr nun beinahe wehtat.

»Ich will doch nur helfen.« Sie hätte ihre eigene Stimme beinahe nicht wiedererkannt. Sie klang heiser, rau, über dem Tosen des Meeres beinahe nicht zu hören. Sie war sich nicht sicher, ob er sie gehört hatte.

Claire war, wie sie nun mit bedrückender Klarheit erkannte, über alles Kampfen hinaus. Ihre Kräfte waren erschöpft. Als sie erneut unter Wasser geriet, zwang sie ihre erstarrten Glieder mit reiner Willenskraft, sich zu bewegen. Zur Strafe drückte der Arm unter ihren Brüsten sie noch fester an ihn. Sekunden später durchbrach ihr Kopf wieder die Wasseroberfläche, und sie holte gierig Luft.

»Halt still, verdammt!«

Auch er gierte nach Luft. Sie hörte ihn heftig keuchen, als sein stoppeliges Kinn erneut über ihre Wange kratzte. Sein Arm umschlang sie so fest, dass sie den Brustkorb kaum genug weiten konnte, um einzuatmen. Aus Protest wand sie sich kraftlos in seinem Griff.

»Ich kann nicht atmen. Ihr Arm …«

Er gab einen schroffen Laut von sich, doch er musste sie wohl verstanden haben, denn er lockerte seinen Griff um ihren Rumpf ein wenig. Dankbar atmete sie tief ein. Ihr Herz schlug nach wie vor mit dreifacher Geschwindigkeit, und ihre Glieder hätten auch aus Blei bestehen können. Auch ihr Kopf fühlte sich plötzlich erstaunlich schwer an, zu schwer für ihren Hals. Von selbst fiel er nach hinten und fand eine Ruhestätte an der breiten Schulter ihres Retters. Ein Seitenblick zeigte ihr, dass auch seine Lippen geöffnet waren und er nach Luft rang. Was sie von seinem Profil erkennen konnte, war in mattes Gold getaucht. Seine Stirn, seine Nase und sein Kinn waren, wie ihr nebenbei auffiel, wohlgeformt und unverkennbar maskulin.

»Master Hugh!«

Der Schrei war lauter als zuvor und lenkte ihre Aufmerksamkeit nach links. Dort war das Beiboot, wundersamerweise nur noch wenige Meter von ihnen entfernt. Selbstverständlich war das Licht der Laterne an Bord für den mattgoldenen Schimmer auf den Zügen ihres Retters verantwortlich.

Unterdessen flog ein Seil geschmeidig wie eine Schlange durch die Luft und schlug neben ihnen auf der Wasseroberfläche auf. Es begann rasch zu sinken. Ehe es verschwinden konnte, griff er danach – eine starke Männerhand, die ohne zu zögern nach einem Rettungsseil griff –, schlang es sich mit einigen gewandten Bewegungen seines Handgelenks mehrfach um die Hand und ballte die Faust. Plötzlich schossen sie mit erstaunlicher Wucht und Geschwindigkeit über die Wogen hinweg, ob durch einen Kraftakt ihres Retters oder der Männer im Boot, wusste sie nicht zu sagen.

Und so, dachte sie freudlos, endete ihr Fluchtversuch. Claire fand sich damit ab, auch wenn ihr bewusst war, dass die Sicherheit, die das Boot darstellte, nur eine Illusion war. Eigentlich tauschte sie nur einen schrecklichen Tod gegen einen anderen, späteren ein.

Doch die Aussicht, weiterzuleben, wie kurz es ihr auch vergönnt sein mochte, war plötzlich unerträglich verlockend.

Als zwei der Männer ihr unter die Arme griffen und sie an Bord hievten, konnte sie nicht anders, als dankbar zu sein.

»Passt auf sie auf«, sagte ihr Retter, als sie in einem nassen, zitternden Haufen im Boot zusammensackte.

Sie musste krampfhaft husten, als ihr Körper versuchte, sich des Wassers zu entledigen, das er aufgenommen hatte. Dann lag sie wie zuvor zusammengerollt da, doch nun bei Bewusstsein und von allen Fluchtgedanken geheilt. Ihre Zunge fühlte sich belegt und geschwollen an. Ihre Augen brannten.

Völlig erschöpft beobachtete sie, wie man auch ihn aus dem Wasser zog. Er verzog das Gesicht und ließ sich dicht neben ihr nieder. Mit dem Rücken lehnte er sich an eine Bank, zog die Knie an den Körper und legte die Arme ausgestreckt darüber, sodass seine Hände frei herabhingen. Sie sahen kräftig aus, und von den langen Fingern tropfte in stetigem Rhythmus Wasser. Auch er hustete, allerdings nicht so heftig wie sie. Plötzlich verwandelte sich der Husten in ein Keuchen. Sie hörte, wie er vor Schmerz scharf die Luft zwischen den Zähnen einsog.

Der andere Mann – der mit der Laterne – kauerte sich neben ihn und sah ihn besorgt an. Im Licht seiner Laterne sah sie, dass dieser zweite Mann einen ordentlich gestutzten Bart trug und, wie sie vermutet hatte, recht dicklich war. Ihr Retter hingegen war muskulös und schlank.

»Um Himmels willen, mach das Licht aus«, sagte ihr Retter unwirsch zwischen zwei keuchenden Atemzügen.

»Oh – aye.«

Er öffnete das Türchen und löschte das Licht. Nunmehr wieder im Dunkeln fuhr das Boot beinahe völlig lautlos über die Wellen. Nur von den Seeleuten drang hin und wieder ein Murmeln zu ihr, dazu das Eintauchen der Ruder ins Wasser und das Tosen des Meeres.

»Trinken Sie das, Master Hugh.«

Der dickliche Mann hielt ihrem Retter eine Krug ganz ähnlich dem, der sie verführt und dann im Stich gelassen hatte, an die Lippen. Mit einem ärgerlichen Laut nahm ihr Retter den Krug und stürzte einen ansehnlichen Teil des Inhalts hinunter.

»Gib ihr auch was.« Er nickte in Claires Richtung.

Der dickliche Mann sah sie voller Abneigung an, doch er nahm den Krug und wandte sich an sie.

»Du da. Trink.«

Sie nahm die Worte ebenso wie den feindseligen Unterton zur Kenntnis, doch selbst wenn sie gewollt hätte, überstieg jede Art von Bewegung im Augenblick ihre Kräfte. Als sie nicht antwortete, knurrte er ungeduldig und hob ihren Kopf an, sodass er an seinem Bein ruhte. Er setzte den Krug an ihre Lippen und kippte ihn. Instinktiv öffnete Claire den Mund.

Es war Bier, stellte sie fest, so derb und unangenehm im Geschmack, dass sie beinahe gewürgt hätte. Doch es war nass, und es überdeckte den grässlichen salzigen Geschmack in ihrem Mund. Sie schluckte ein Mal, dann noch ein Mal. Als das Getränk in ihrem Magen anlangte, breitete sich ein wenig Wärme in ihr aus, die sehr willkommen war. Schließlich musste sie husten und konnte nichts mehr trinken. Sie schob den Krug zur Seite. Wortlos entfernte sich der dickliche Mann wieder.

Emotional wie auch körperlich erschöpft und vom Gefühl her nicht mehr als eine bebende Gallertmasse, lag sie kläglich zu Füßen ihres Retters, von Meerwasser umflutet. Sie hustete nicht mehr, doch ihr war immer noch so kalt und sie war so erschöpft, dass ihr nur marginal bewusst war, was um sie herum geschah.

Jemand zog ihr die Hände hinter den Rücken und band ihre Handgelenke zusammen – sie wehrte sich nicht. Dann banden sie ihr auch die Füße, allerdings nicht allzu fest, nur so sehr, dass sie sie nicht gebrauchen konnte. Sie blickte nach unten und sah, dass der dickliche Mann sie fesselte. Er traf eindeutig Vorsichtsmaßnahmen, damit sie nicht noch einen Fluchtversuch unternahm.

Oder schnürte er sie nur zusammen, um sie zurück ins Meer zu werfen?

Als der letzte Knoten geknüpft war, traf ihr Blick den seinen, doch ohne Groll, ohne Abneigung. Sie hätte sich fürchten sollen, das wusste sie, doch stattdessen verspürte sie – Resignation. Sie schloss die Augen, erleichtert über die völlige Teilnahmslosigkeit, die sie ergriffen hatte. So ließ sich das alles viel leichter ertragen, auch das Wissen, dass sie früher oder später in dieser höllischen Nacht sterben würde.

Wenige Minuten darauf veranlassten sie Rufe und hektische Aktivität seitens der Männer, die Augen zu öffnen. Angst drang wie ein Messer durch den Mantel der Teilnahmslosigkeit, mit dem sie sich umgeben hatte, als sie sich fragte, ob der Tumult bedeutete, dass ihre Zeit gekommen war. Ihr Blick fiel auf einen großen schwarzen Koloss von einem Schiff, der wie ein Berg vor dem kleinen Boot aufragte. Das Ruderboot befand sich nun parallel zu dem riesigen Neuankömmling.

Stirnrunzelnd versuchte Claire, das Erscheinen des Schiffs mit dem, was sie von den Plänen ihrer Entführer wusste, in Einklang zu bringen – es gelang ihr nicht. Darüber rätselte sie immer noch, als Leinen herabgeworfen und aufgefangen wurden und das Ruderboot festgemacht wurde.

»Du da, nimm sie.«

Das war die Stimme ihres Retters. Die Worte waren eindeutig ein Befehl. Claire blickte sich nach ihm um, doch da stieg, während das Ruderboot wie betrunken stampfte, ein muskulöser Seemann über die Sitzbank hinter ihr und beugte sich breitbeinig über sie. Ohne Vorankündigung hob er sie hoch und warf sie sich über seine kräftige Schulter. Sie hing mit dem Kopf nach unten, während der Mann mit ihr eine Strickleiter erklomm, die man vom Schiff herabgelassen hatte.

5

Die Strickleiter war eine unsichere Angelegenheit, die sich bei jeder Welle verdrehte und schaukelte. Doch der Seemann schien damit bestens zurechtzukommen, trotz seiner zusätzlichen Last. Claire ihrerseits hielt ganz still. Ein entsetzter Blick hinab auf das aufgewühlte schwarze Wasser überzeugte sie davon, dass Widerstand Selbstmord wäre, und verursachte ihr zudem einen übelkeiterregenden Schwindel.

Der gefahrvolle Aufstieg schien eine Ewigkeit zu dauern, doch sie blieb schlaff wie ein Sack Mehl, hielt die Augen fest geschlossen und betete inbrünstig.

Da ihr die Hände hinter dem Rücken gefesselt waren, hatte sie keine Möglichkeit, sich abzustützen. Ihr zitternder Körper schwankte mit jeder Bewegung des Seemanns. Sollte er den Halt verlieren, würde sie geradewegs in das kleine Boot unter ihnen hinabstürzen – oder, schlimmer noch, in die hungrigen Wellen.

Bitte, lieber Gott, lass mich heute Nacht nicht sterben, war die Litanei, die sie im Stillen immer wieder herbetete. Sie hatte das Gefühl, dieses Gebet schon ewig zu sprechen. Wie, wie nur war sie in diese Situation geraten? Nicht einmal zwölf Stunden zuvor hatte sie noch sicher in ihrer eigenen Kutsche gesessen.

Mit einem heftigen Ruck, bei dem sie sich beinahe auf die Zunge gebissen hätte, hatte der Seemann mit ihr die Reling überwunden.

»He, seht euch das ma' an! Der junge Corbin hat uns was mitgebracht!«

»Gut gemacht, Jungchen!«

»Ich tausch meine Rumration gegen sie.«

»Ah, die ist aber mehr wert! Ich sag dir was: Ich geb dir meinen Chronometer.«

Unter Rufen und Pfiffen und so vielen unzüchtigen Bemerkungen, dass Claire die Ohren vor ihnen verschloss, schien die gesamte Mannschaft sich um sie zu versammeln, als sie das Deck überquerten. Claire riss die Augen auf, als sie dem Seemann unvermittelt von der Schulter gerissen wurde und einer Gruppe von Männern in die Hände fiel, die es offenbar kaum erwarten konnten, sie in die Finger zu bekommen. Sechs von ihnen fingen sie auf und bewahrten sie davor, schmerzhaft auf dem Boden aufzuschlagen. Doch es wäre ihr lieber gewesen, wenn sie sie fallen gelassen hätten. Gefesselt, wie sie war, hatte sie keine Möglichkeit, die Männer davon abzuhalten, mit den Händen über ihre Knie, ihre Waden, ja, sogar ihre Schenkel zu fahren. Ihre schlanken weißen Beine waren entblößt, stellte sie zu ihrem Entsetzen fest; offenbar hatte sie ihre Halbstiefel und ihre Strümpfe im Meer verloren, ohne es zu bemerken. Hände glitten unter ihre Arme und verharrten mit gespreizten Fingern unangenehm dicht an ihren Brüsten. Entsetzt erkannte Claire, dass die Männer ihr Vergnügen hatten, dass sie es genossen, sie zu berühren.

Voller Abscheu erschauderte sie. Beim Gedanken an das, was sie als Nächstes tun mochten, drehte sich ihr der Magen um, als läge sie noch im Beiboot. Ein Adrenalinstoß verlieh ihr Kraft. Ihre gallertweichen Muskeln gehorchten und gewannen wieder an Festigkeit. Sie hatte gedacht, sie wäre völlig erschöpft und hätte keinen Kampfgeist mehr in sich. Doch angesichts dieser grässlichen neuen Bedrohung stellte sie unendlich dankbar fest, dass sie sich geirrt hatte.

»Lassen Sie mich los!«

Claire wusste nicht, wie viele Paar Hände sie so in Rückenlage über dem Deck festhielten. Sie versuchte, sich freizukämpfen, und wand sich wie eine Raupe, die sich aus ihrem Kokon befreien will. Natürlich ignorierten sie ihre Bemühungen. Sie grinsten nur blöde und gluckten allesamt vor

Vergnügen, als es ihr gelang, einen beinahe zahnlosen alten Mann mit ihren gefesselten Füßen in den Bauch zu treten, sodass er sich krümmte. Ein Mann ließ eine Laterne über ihr baumeln; die anderen drängten sich glotzend noch näher heran.

»'N hübsches Weib ist das!«

»Lassen Sie mich runter! Nehmen Sie Ihre Hände weg!« Ihr Leben lang hatte Claire sich gegen Männer zur Wehr setzen müssen, die Böses im Schilde führten. Die Wut darüber verlieh ihrem empörten Schrei zusätzlichen Nachdruck.

»Eieiei, macht mir richtig Angst, das Weib!«

Schallendes Gelächter quittierte diesen Ausspruch; die Hände, die sie hielten, verschoben sich, packten sie fester. Fuchsteufelswild über ihre Hilflosigkeit zischte sie durch die Zähne und versuchte erneut, jemanden zu treten. Da sie gefesselt war, war dies jedoch ein vergebliches Unterfangen. Sie bot ihnen damit lediglich ein noch interessanteres Schauspiel, während sie ihr lachend auswichen.

»Verdammich, sieht aus, als hätten wir uns 'ne echte Meerjungfrau an Land gezogen!«

»Aye, aber wenn die auch nur halb so kalt ist, wie se sich anfühlt, dann wird das 'ne ziemlich frostige Angelegenheit mit der.«

»Hawks, du Trottel, wir wärmense doch erst auf.«

»Falls ihr Freiwillige braucht, übernehm ich das Aufwärmen gern.«

Der letzte Sprecher verzog sein grau behaartes Gesicht zu einem breiten Grinsen; ein anderer, jüngerer bärtiger Mann drängte sich so dicht an sie heran, dass sie seinen säuerlichen Atem roch. Er wollte sie küssen, wurde ihr voller Abscheu klar, und sie wandte heftig den Kopf zur Seite. So streiften seine feuchten Lippen nur ihren Hals. Sie bekam eine Gänsehaut. Seine Kumpel grölten zustimmend.

»Aufhören! Lassen Sie mich in Ruhe!«

Es war sinnlos, sich zu wehren. Sie tat es dennoch. Eine

Hand liebkoste ihre nackte Wade. Der Mann mit dem säuerlichen Atem unternahm einen weiteren Versuch, sie zu küssen. In Claire zog sich alles zusammen, und vor Furcht wurde ihr Mund trocken, als sie ihm ein zweites Mal auswich. Man musste nicht besonders intelligent sein, um zu erkennen, was gleich geschehen würde. Sie konnte es nicht ertragen …

»Also gut, hört auf! Du da und du: Bringt sie in meine Kabine.«

Noch vor kurzem hatte diese raue Stimme Claire eisige Schauder über den Rücken gejagt. Nun begrüßte sie sie, wie sie morgens die Sonne begrüßen würde. Sie gehörte ihrem Retter – Master Hugh hatte der dickliche Mann ihn genannt –, der nun ebenfalls an Deck war, und sie ließ die Männer unverzüglich in ihrem Tun innehalten. Der mit dem säuerlichen Atem richtete sich auf. Die Hand, die ihren Schenkel hinaufglitt, wurde zurückgezogen. Hugh blieb nicht stehen, sondern ging an ihr und den versammelten Männern vorbei, ohne ihnen mehr als einen flüchtigen Blick zuzuwerfen. Er erwartete eindeutig, dass man seiner Anordnung Folge leistete. Was sie nun von ihm sah, bestätigte ihren früheren Eindruck: Hochgewachsen und schlank, mit breiten Schultern, und er bewegte sich mit der mühelosen Eleganz eines Athleten. Er war so nass wie sie: Das schulterlange tropfende Haar klebte ihm am Kopf; im Licht der Laterne glänzte es schwarz wie das Fell eines Seehunds. Seine Kleidung – weißes Hemd und schwarze Kniehose – war durchnässt und klebte ihm am Körper. Auch er hatte seine Schuhe und Strümpfe an den Ozean verloren. Seine nackten Füße sahen bleich aus auf den schwarzen Planken, und er hinterließ eine Wasserspur.

»Ach, Sir, 's kann doch nich' schaden, wenn wir'n kleines bisschen Spaß mit ihr haben?«, rief einer der Männer Hugh schmeichlerisch hinterher.

»Ihr habt mich gehört. Bringt sie in meine Kabine.«

Dieser Mann war ihr Feind und wollte ihr Böses. Dennoch war er ins Meer gesprungen, um ihr das Leben zu retten, und nun rief er die Seeleute zur Ordnung. Er war nicht ihr Freund, das wusste sie. Doch plötzlich wirkte er eher wie ein Verbündeter als alle anderen. Warum er sie gerettet hatte, und wie dieses Szenario zu den Plänen ihrer Entführer passte, sie irgendwann umzubringen, war ihr allerdings nicht klar.

War es möglich, regte sich eine betörende Hoffnung, dass der Anführer doch die Wahrheit gesagt hatte und bereits ein Lösegeld gezahlt worden war? Dass sie sie womöglich irgendwohin brachten, wo man sie freilassen würde, anstatt immer noch ihre Ermordung zu betreiben?

Ja, und vielleicht würde sie eines Tages als Königin von England aufwachen, wies Claire sich zurecht.

Der kleine Anflug von Hoffnung, gerade erst geweckt, welkte in ihrem Geist wie eine Pflanze ohne Wasser. Dennoch sträubte sie sich nicht, als man sie nun unter vielem Gemurre und finsteren Blicken in Hughs Richtung an Händen und Füßen zur Kajütstreppe trug, wobei einer der Männer sie nach wie vor viel zu aufdringlich unter den Armen gepackt hatte.

Im starken Nachtwind zitterte Claire unkontrolliert. Erst da fiel ihr auf, dass sie bereits die ganze Zeit gezittert hatte, aus Angst ebenso sehr wie der Kälte wegen.

Wie würde es nun weitergehen?

»Sie haben Ihre Angelegenheit also zufriedenstellend erledigt, nehme ich an?«

Hugh war nicht weit von ihr bei einem schmächtigen, durchschnittlich großen Mann mit Perücke und kostbarer Kleidung stehen geblieben, sah Claire. Sie nahm an, dass er der Sprecher war.

Hinter ihnen erhoben sich die Kapitänskajüte, die dunkel war, und das Achterdeck, auf dem es zuging, wie in einem Bienenstock. Taue knallten im Wind, und die weißen, in der Dunkelheit geisterhaft bleichen Segel bauschten sich heftig, als sie gehisst wurden und der Wind hineinfuhr. In der Ferne war ein Kurbeln, ein knirschendes metallisches Geräusch zu hören. Claire kam zu dem Schluss, dass der Anker gelichtet wurde.

»Das habe ich, Kapitän, und ich danke Ihnen dafür, dass Sie mich unterstützt und mir Ihr Schiff geborgt haben«, sagte Hugh höflich.

»Ach, das war uns ein Vergnügen, seien Sie dessen versichert. Wir sind schließlich alle loyale Untertanen Seiner Majestät.«

Der Rest des Gesprächs entging Claire. Ungeschickt trug man sie eine steile Kajütstreppe hinab und einen schmalen knarrenden Korridor entlang, vorbei an unzähligen Ballen Stoff und aufeinandergestapelten festgezurrten Fässern. Doch wenige Minuten später hörte sie den Kapitän brüllen: »Macht die Leinen da los! Bewegt euch, Jungs, es geht los!«

Kurz darauf gab es einen mächtigen Schub nach vorne, und das Schiff bewegte sich heftiger. Sie hatte das Reisen noch nie gut vertragen und reagierte nun mit Besorgnis auf diese Schaukelbewegungen. Glücklicherweise war ihr Magen beinahe leer; zuletzt hatte sie in einem Gasthaus gegessen, als die Kutsche unterwegs Halt gemacht hatte, damit die Pferde sich ausruhen konnten. Dort hatte sie eine Tasse Tee und ein wenig mit Butter bestrichenes Brot zu sich genommen. Mit Alice – doch es brachte sie nicht weiter, nun an ihre arme Kammerzofe oder deren mögliches Schicksal zu denken. Sie konnte nichts für sie oder für den Kutscher John oder für irgendjemand anderen tun. Sie musste einfach versuchen, nach Möglichkeit sich selbst zu retten, und die anderen aus ihren Gedanken verbannen.

Jene bescheidene Mahlzeit lag nun mehr als zwölf Stunden zurück, denn es musste weit nach Mitternacht sein, wenn sie mit ihrer Schätzung nicht grob fehlging. Doch Claire bemerkte, dass das Schiff immer stärker schaukelte, als man sie in eine Kabine mit angeschrägten Wänden trug, die so schmal war, dass ein erwachsener Mann mit ausgestreckten Armen beinahe beide Seiten berühren konnte. Was die Länge des Raums betraf – nun, die Männer, die sie trugen, traten sich praktisch gegenseitig auf die Füße, sobald sie über die Schwelle geschritten waren. Wärme schien Claire einzuhüllen, und sie bemerkte, dass die Temperatur hier unten, wo sie vor dem Wind geschützt war, eigentlich recht erträglich war. In dem Augenblick, in dem sie eintraten, krängte das Schiff gerade heftig, und eine Welle brach sich am Rumpf. Es krachte so laut wie ein Kanonenknall, und ließ Claire nicht vergessen, dass schwerer Seegang herrschte.

»Nicht in die Koje, ihr verdammten Idioten! Seht ihr nicht, dass sie völlig durchnässt ist?«

Die Stimme gehörte zu dem dicklichen Mann. Er entzündete eine Laterne, die an einer Kette von einem dicken Balken herabhing. Als der Docht Feuer fing, schloss er das Glastürchen und wandte sich zu ihnen um. Er ließ die Laterne los, und sie begann, wie ein Pendel an der Kette hin- und herzuschwingen.

Eilig wandte Claire ihre Aufmerksamkeit dem dicklichen Mann zu. Neben seinem Bart bemerkte sie nun, dass er kurzes graues Haar und eine lange schnabelförmige Nase hatte. Dies waren die auffallendsten Züge einer ansonsten unauffälligen Erscheinung. Er trug einen schlichten schwarzen Rock und Kniehosen, die einem Bediensteten anstanden, dazu ein weißes Hemd, weiße Strümpfe und robuste schwarze Schuhe.

»Und was soll'n wer dann mit ihr tun?«

Die beiden Männer, die sie trugen, waren tatsächlich auf die schmale Koje zugesteuert, die beinahe eine gesamte Wand einnahm. Nun blieben sie stehen. Für einen Augenblick baumelte Claire zwischen ihnen wie ein zusammengerollter Teppich, der in der Mitte durchhing.

»Legt sie auf den Boden.«

Kaum hatte der dickliche Mann diese Worte gesprochen, da ließen die Seeleute sie ohne viel Federlesens auf die harten Planken fallen. Claire konnte sich den kleinen Schmerzensschrei nicht verkneifen, der ihr entfuhr, als sie unvermittelt auf dem Gesäß landete und dann nach hinten auf ihre gefesselten Hände fiel. Es tat weh, so kalt und gefühllos diese Glieder auch waren, daher rollte Claire sich auf die Seite. Ihr Schrei zog die Aufmerksamkeit der Männer auf sie – alle drei starrten sie an. Beunruhigt rollte Claire sich wieder zu einer Kugel zusammen: Sie zog die Knie an die Brust, legte ihr Kinn auf die Knie und warf ihren Kopf so herum, dass ein Großteil der Haare ihr übers Gesicht fiel und als nasser verhedderter Schleier ihre Züge verdeckte. Instinktiv versuchte sie, den Männern so wenig wie möglich von sich zu zeigen. Sie zitterte immer noch, ihr wurde zunehmend übel, und sie hatte Kopfschmerzen, doch dies alles war ihr kleinstes Problem, erkannte sie, als sie durch die schützenden Strähnen spähte. Die Seeleute starrten sie lüstern an, und als sie an sich hinabsah, begriff sie auch, warum. Ihre nassen Röcke waren bis zu den Knien hochgerutscht und enthüllten ihre Unterschenkel.

Da ihre Hände gefesselt waren, konnte sie daran nichts ändern. Erschöpft und verängstigt biss sie die Zähne zusammen, damit sie nicht mehr klapperten. Sie lag ganz still und schloss die Augen. Sie war zu erschöpft, um sich noch darum zu sorgen, was ihr geschehen mochte. Ob sie überlebte oder starb, lag in Gottes Hand.

»Frische Kleidung, James, und ein Handtuch.«

Mit diesen Worten betrat Hugh die Kabine, und Claire stellte fest, dass sie trotz ihrer Absicht, sich in ihr Schicksal zu ergeben, diesem Geschick nicht ganz so gleichgültig gegenüberstand, wie sie angenommen hatte. Sie riss die Augen auf und beobachtete ihn. Die kleine Kammer wirkte plötzlich überfüllt, nun, da er hier war. Sein großer Körper schien jeden verbleibenden Zentimeter Raum einzunehmen.

»Aye, die brauchen Sie.« Der dickliche Mann – James – nickte, öffnete einen Schrank, der in das Schott eingebaut war, und durchsuchte ein Paar Satteltaschen. Unterdessen stand Hugh in einer von ihm verursachten, rasch anwachsenden Pfütze, wie Claire durch einen Vorhang aus gesenkten Wimpern und nassen Haaren sah. Wasser rann in Strömen seine nackten muskulösen Waden hinab, tropfte von seinem Hemd und aus seinem schwarzen Haar. Er war ein wenig blau um die Nase, wie sie selbst vermutlich ebenfalls. Eine frische Schramme an der linken Schläfe kennzeichnete die Stelle, an der sie ihn mit dem Krug getroffen hatte. Sein Kopf schien beinahe an die Deckenbalken zu stoßen, sie schätzte ihn auf über einen Meter achtzig. Sein durchnässtes Hemd war stellenweise beinahe durchsichtig, wo es an seinen breiten Schultern und seiner breiten Brust klebte. Darunter war ein dunklerer Schatten zu erkennen, den sie für üppige Brustbehaarung hielt. Seine Kniehosen waren zwar aus festerem Material, doch sie verhüllten die geschmeidigen athletischen Hüften und die festen Muskeln seiner Schenkel kaum besser. Er schien Anfang bis Mitte dreißig zu sein, um Mund und Augen hatte er Fältchen. Sein Gesicht mit den kühnen Zügen hätte sie zwar nicht gut aussehend, dafür jedoch eindrucksvoll genannt; insgesamt wirkte es ein wenig streng: Die Nase war gebieterisch, der Mund breit und dünnlippig, die Augen lagen unter schweren Lidern. Im flackernden Licht der Laterne konnte Claire ihre Farbe nicht eindeutig erkennen, doch sie schienen dunkel zu sein. Sie lagen unter geraden, markanten rabenschwarzen Augenbrauen. Seine hageren Wangen bedeckte ein mindestens einen Tag alter Bartwuchs; seine Stirn war hoch und leicht gerunzelt, und seine Kieferpartie ließ einen Hang zum Starrsinn erkennen. Seine Gesichtsfarbe und sein Haar waren dunkel wie die eines Zigeuners.

Er wirkte so gefährlich wie der mörderischste Bandit.

Und das war er aller Wahrscheinlichkeit nach ja auch, dachte sie, und ihr Herz tat einen Satz. Er hatte sie aus dem Meer gerettet, das war wohl richtig, und vor den Seeleuten droben, doch das war noch lange kein Grund, ihn nicht zu fürchten. Sein Motiv würde ihr Herz wahrscheinlich mit Entsetzen erfüllen.

Als sie den Blick wieder auf sein Gesicht richtete, musste sie zu ihrer Bestürzung erkennen, dass er sie mit einer grimmigen Miene betrachtete, die nichts Gutes verhieß.

Das unverkennbare Geräusch schmatzender Lippen lenkte ihre Aufmerksamkeit flugs in eine andere Richtung. Noch immer schützend zu einer Kugel zusammengerollt, versuchte sie, bis auf Augenbewegungen völlig reglos zu liegen. So spähte sie hinter ihrer sorgfältig angelegten Deckung hervor und stellte fest, dass die Seeleute, die sie in diese Kabine getragen hatten, nunmehr Schulter an Schulter über ihr standen und ihre nackten Beine anstarrten. In ihren Mienen las sie etwas, dass sie an hungrige Hunde und Fleischpasteten denken ließ, und ihr wurde ganz übel. Beim Anblick ihrer Lüsternheit bekam sie eine Gänsehaut.

Es war klar, was sie mit ihr tun würden. Fleischliche Begierde war ihnen unmissverständlich ins Gesicht geschrieben. Erneut dachte sie: Ich ertrage es nicht.

Ein neuer Adrenalinschub ließ ihr Herz schneller schlagen, wärmte ihre ausgekühlten Glieder und stärkte ihre Willenskraft. Sie würde bis zur völlig Verausgabung kämpfen und darüber hinaus, bevor sie eine Vergewaltigung zuließe.

»Ihr könnt gehen.«

Hughs Stimme war so streng wie sein Blick, der, wie sie nun sah, nicht mehr auf sie, sondern auf die beiden Männer gerichtet war. Er schickte sie fort – Gott sei Dank, Gott sei Dank. Bei seinen Worten sahen die Seeleute auf, und für einen Augenblick war die Atmosphäre angespannt. Hugh starrte sie nieder; seine Haltung war entspannt, signalisierte aber Handlungsbereitschaft. Die Pistole in seiner Hand schien den Ausschlag zu geben. Es gab eine geringfügige, jedoch erkennbare Änderung im Auftreten der Seemänner: Sie wirkten nicht mehr ganz so bedrohlich. Claire atmete ein wenig – nur ein wenig – auf.

»Aye, Sir«, antwortete der Größere der beiden resigniert. »Falls Sie ma' Hilfe brauchen mit der, Herr, gebense uns am besten Bescheid.« Sein Kumpan war optimistischer.

»Aye, wir helfen doch gern«, stimmte der erste Seemann mit neu erwachter Fröhlichkeit zu und grinste wölfisch. »Besonders, wenn's um das leckere Mädel da geht.«

»Ich werde es mir merken«, erwiderte Hugh in trockenem Ton.

»Und jetzt verschwindet! Los. Raus hier!« Mit einer bunten Mischung von Männerkleidung im Arm wandte James sich vom Kleiderschrank ab und scheuchte die Seeleute aus der Kabine. Hinter ihnen schloss er die Tür und legte den Riegel vor. Dann wandte er sich wieder Hugh zu, der ein wenig in sich zusammenzusacken schien, sobald die Seeleute fort waren. James beobachtete Hugh mit Argusaugen, als dieser das Gesicht verzog und zischend ausatmete.

»Aye, Sie haben sich was wehgetan mit Ihren Dummheiten, das hab ich gleich gewusst.« James Ton klang grimmig, als er nun durch die Kabine zu dem anderen Mann ging. Zu Claires Erstaunen schien Hugh, der sich an der Pistole zu schaffen machte, keinen Anstoß daran zu nehmen, dass man mit ihm wie mit einem Kind sprach, das auf Abwege geraten war.

»Lass gut sein, James.« Hugh legte die Pistole auf einen kleinen halbrunden Tisch, der an der Wand gegenüber der Koje befestigt war, und atmete langsam tief ein. »Ich bin nicht in der Stimmung, mir deine Schelte anzuhören, sei also gewarnt.«

Doch dann sank er widerspruchslos auf den Sprossenstuhl, den James ihm heranzog. Er zuckte zusammen, drückte eine Hand flach auf seinen linken Brustkorb, rieb recht behutsam über die Stelle, lehnte sich vorsichtig zurück und streckte die Beine von sich. Nebenbei bemerkte Claire, dass seine nackten Füße schmal und unverkennbar maskulin waren, wie auch seine Hände. Sie war nun so angespannt wie eine Sprungfeder, bereit, jede Gelegenheit, die sich ihr bot, beim Schopf zu packen, um sich zu retten. Doch im Augenblick konnte sie nur still daliegen und Mäuschen spielen.

»Kann ich mir vorstellen. Wegen so was ins Wasser zu springen, und das in Ihrem Zustand. Master Hugh, ich sage Ihnen ganz offen, ein zehnjähriger Knabe hat mehr Verstand.«

»Hätte ich das Frauenzimmer denn ertrinken lassen sollen?« Die Worte wurde mit zusammengebissenen Zähnen gesprochen. Kein Zweifel, dachte Claire: Der Mann hatte Schmerzen.

»Ich hätte einen von den Matrosen hinter ihr hergeschickt, wie es jeder vernünftige Mann getan hätte.«

»Sehr wahrscheinlich, aber in dem Augenblick habe ich nicht daran gedacht.«

Claire sah besorgt, dass Hugh seinen Blick nun ihr zuwandte, als James die Kleidung auf den Tisch fallen ließ, der wegen der Enge ihres Quartiers gleich neben Hughs Ellenbogen stand. Dann stellte James sich vor Hugh hin, nestelte an den Verschlüssen an seinem Hemd und lenkte ihn damit wirksam von Claire ab.

Hugh schlug seine Hände weg. »Ich kann mich selbst entkleiden, alter Mann. Im Gegensatz zu deiner offenbar festen Überzeugung bin ich weder hilflos noch ein Kind. Gib mir das Handtuch da und fertig.«

Mit gekränkter Miene tat James, wie geheißen. Zu Claires Bestürzung richtete Hugh seinen Blick erneut auf sie, während er sich den Kopf mit dem Handtuch abtrocknete.

»Was Sie angeht, Sie Xanthippe, will ich nicht lügen, indem ich sage, es sei mir ein Vergnügen, Ihre Bekanntschaft zu machen. Ich möchte darauf hinweisen, dass ich mir Ihrer Gegenwart jederzeit absolut bewusst bin. Denken Sie bloß nicht, ich sehe Sie nicht, nur weil Sie sich ganz klein machen.«

6

Völlig unerwartet blickte Hugh in zwei Augen, die zu seinem Erstaunen golden glänzten, als das Licht der Laterne sich durch das Gewirr ihrer schwarzen Haare in ihnen fing. Die Augen einer Sirene … Zu seiner Bestürzung drang dieser Gedanke in sein Bewusstsein vor, ehe er ihn unterbinden konnte.

Sein Gesicht nahm einen grimmigen Ausdruck an. Er würde diesen Augen nicht gestatten, ihn zu beeinflussen. Sie waren zuallererst die Augen eines Verräters. Sein Blick schweifte erneut zu James, der nun neben ihm kauerte und versuchte, seine Füße und Beine zu trocknen. Unwillig rückte er außer Reichweite. James gab ein verärgertes Geräusch von sich und sah missbilligend zu ihm hoch.

»Wenn ich's nicht mit eigenen Augen gesehen hätte, würde ich nicht glauben, dass Sie einfach ins Meer gesprungen sind, ohne dran zu denken, zuerst die Stiefel auszuziehen«, sagte James. Sein Tonfall war halb ärgerlich, halb bedauernd. »Dabei waren sie noch ganz neu, mit den feinen Chamoisstulpen und den Quasten, die ausgesehen haben wie die Schwänze von goldenen Pferden. Und jetzt? Die Stiefel sind verloren, und Sie haben kein Schuhwerk mehr dabei. Ein feiner Anblick werden Sie sein, wenn Sie in Strümpfen durch Frankreich reiten. Aber ein schönes Paar bestickte Strümpfe haben Sie ja auch noch verloren.«

»Dann muss ich eben deine Schuhe tragen, nicht wahr?« Er würde sich zwar eher hängen lassen, als es James gegenüber zuzugeben, aber er bedauerte den Verlust seiner Stiefel tatsächlich ein wenig. Er hatte sie erst eine Woche zuvor erstanden. »Und deine Strümpfe auch.«

»Und was ist mit Ihrem Rock, hm? Den hat auch das Meer, und der andere ist noch feucht und fast ruiniert von dem Regen, durch den wir hierher geritten sind.«

»Du keifst schlimmer als ein Weib, weißt du das?«

Hugh sah seinen getreuen Gefolgsmann mit zusammengekniffenen Augen an.

»Geh mir aus den Augen, du traurige Gestalt, und sieh nach, was der Kapitän an Spirituosen besitzt. Mich dürstet.«

»Aye, das soll ich wohl glauben, was? Sie schauen in die Flasche, um Ihre Schmerzen zu lindern, da machen Sie mir nichts vor, und das alles nur, weil Sie so verdammt töricht waren.«

Bei Bediensteten, die einen von Geburt an kannten, konnte man sich darauf verlassen, dass sie einem im Laufe der Jahre immer weniger Respekt zollten. Das war das Problem mit ihnen, dachte Hugh missmutig und warf James einen vernichtenden Blick zu. Dieser war bereits bei zahllosen Gelegenheiten der Adressat eines ähnlichen Blicks gewesen und hatte daher keine Schwierigkeiten, ihn zu deuten – oder zu ignorieren. Mit einem demonstrativen Schnauben, das seine Gefühle so klar zum Ausdruck brachte wie die lauteste Schimpftirade, ließ er von den seiner Meinung nach nicht gebührend gewürdigten Bemühungen ab, es seinem Herrn bequemer zu machen, und stand mit dem Handtuch in der Hand auf.

»Sehr wohl, dann gehe ich jetzt. Geben Sie Acht, was Sie tun.«

Hugh erwiderte nichts auf diesen Beleg dafür, dass sein lebenslanger Gefolgsmann wenig Vertrauen in seine Fähigkeit hatte, auch ohne ihn einigermaßen zurechtzukommen. Mit einem letzten, vielsagenden Schnaufen, das Hugh ebenfalls ignorierte, verließ James die Kajüte.

Als die Tür sich hinter James schloss, richtete Hugh seine Aufmerksamkeit wieder auf die Frau. Sie lag zusammengerollt auf der Seite, das Gesicht von langen, wirren Strähnen tintenschwarzen Haars verdeckt, durch die ihre Augen ihn noch immer anblickten – nicht die Augen einer Sirene, Gott bewahre!, viel eher die eines ungezähmten Geschöpfs. Die Knie bis ans Kinn gezogen, lag sie in einer Pfütze, die immer größer wurde. Ihre durchnässten Röcke – in trockenem Zustand wären sie in etwa tabakbraun, schätzte er – umgaben sie wie eine verwelkte Blüte. Ihr Gewand wirkte sowohl modisch als auch angesichts ihres Berufs erstaunlich bescheiden. Es war aus feiner Wolle, wie ihm bereits aufgefallen war, hochgeschlossen, besaß lange, mehrfach gebauschte Puffärmel und war mit dünnen, offenbar aus dunklem Samt gefertigten Bändern geschmückt; er vermutete, das unfreundliche Wetter hatte bei der Wahl ihrer Kleidung eine Rolle gespielt, denn unter normalen Umständen wäre es ein recht sittsames Gewand gewesen. Die gegenwärtigen Bedingungen waren jedoch alles andere als normal.

Das durchnässte Oberteil schmiegte sich eng an runde Brüste, die sehr hübsch in Teetassen gepasst hätten, und unter dem Stoff zeichneten sich Brustwarzen ab, die sich durch die Kälte keck aufgerichtet hatten und nun alles andere als sittsam gegen den Stoff drängten; zudem befanden sich ihre Röcke in beträchtlicher Unordnung – sie waren hochgerutscht und ließen schlanke, wohlgeformte Waden sowie Knöchel sehen, die so zart und elegant geformt waren, dass sie das Seil, mit dem sie gebunden waren, weitaus dicker erscheinen ließen, als es war.

Wäre er diesen Knöcheln auf der Straße begegnet, weil ein, sagen wir, schelmischer Windstoß sie entblößt hätte, hätte er blitzartig darauf reagiert. Tatsächlich zeigte sein Körper trotz allem, was er über die Frau wusste, eine beunruhigende Neigung, wie der eines jeden ganz normalen Mannes auf solche Reize zu reagieren, und es verlangte Hugh beträchtliche Selbstbeherrschung ab, diese Neigung zu zügeln.

Wenn schon sonst nichts, überlegte er sarkastisch, so hatte der alte Archer doch einen guten Geschmack bei seinen Liebchen bewiesen, das musste man ihm lassen. Falls sich unter ihrem Haar nicht gerade eine Fratze verbarg, war dieses Weib hier wirklich eine Edelmetze.

Als er sich wieder unter Kontrolle hatte, beendete er seine Musterung rasch und distanziert, beinahe kühl, wozu er sich im Stillen gratulierte.

Ihre Füße waren so feingliedrig wie der Rest ihres Körpers, mit kleinen Zehen, die wie Muscheln gebogen waren. Was er von ihrer Haut sehen konnte, war sehr blass, beinahe durchscheinend, mit einem Anflug von Blau, den man, wie er wusste, wohl der Tatsache zuschreiben konnte, dass sie nass wie Seetang war und vermutlich halb erfroren. Ihre Figur war, wie er bereits gespürt hatte, die eines jungen Mädchens: schlank und geschmeidig, mit Hüften, die fast knabenhaft schmal waren, und einer schmalen Taille unterhalb dieser sinnlichen Brüste.

Unwillkürlich hoffte er, sie möge älter sein, als sie bisher auf ihn wirkte; hoffte, das Gesicht, das immer noch größtenteils vor ihm verborgen war, möge – welch eine beruhigende Vorstellung! – schlaffe Wangen aufweisen und wäre von Falten oder anderen Spuren eines langen ausschweifenden Lebens gezeichnet.

Nicht, dass ihr Alter, wie niedrig oder hoch es auch sein mochte, unter den gegebenen Umständen irgendeine Rolle spielte.

Abrupt stand er auf – seine Rippen zahlten ihm diese unvorsichtige Bewegung mit einem schmerzhaften Stechen heim – und ging die drei Schritte bis zur Tür. Er hatte eigentlich keinen Grund, der Mannschaft der *Nadine* zu misstrauen, doch es konnte nicht schaden, wenn er vorsichtig war. Daher verriegelte er die Tür. Dann ging er zurück und knöpfte dabei sein nasses Hemd auf. Als er den Tisch erreichte, wurde ihm bewusst, dass seine Gefangene ihn so genau beobachtete wie eine Katze ein Mauseloch. Als er von den schlüpfrigen Knöpfen abließ und das Kleidungsstück kurzerhand über den Kopf zog, leuchtete der goldene Glanz heller hinter ihren Haaren auf, ehe er dann ganz verlosch, als er das durchnässte Hemd zu Boden fallen ließ. Offensichtlich hatte sie die Augen geschlossen. Eine sittsame Dirne? Dieses Rätsel weckte seine Neugier.

Er konnte es sich nicht erlauben, seine Neugier von ihr wecken zu lassen.

»Sie sind in großen Schwierigkeiten, wissen Sie das?«

Er legte seine feuchtkalten Kniehosen ab und sprach dabei in einem grimmigen Ton, der seinem Gemütszustand entsprach, zu der zusammengerollten Gestalt.

»Wenn es dabei um Geld geht, ich werde Sie gut dafür entlohnen, wenn Sie mich gehen lassen.«

Ihre Stimme war leise, heiser, damenhaft moduliert. Er hörte sie nun zum ersten Male richtig und war überrascht, wie sehr sie ihn verstörte. Wie alles an ihr war ihre Stimme zu anziehend, zu weiblich, zu wohlerzogen für seinen Geschmack, wenn er bedachte, welches Ende ihrer Bekanntschaft bestimmt war. Beim Sprechen hatte sie die Augen geöffnet; nun riss sie sie noch weiter auf. Einige Sekunden lang beobachtete sie, wie er sich nackt abtrocknete. Dann kniff sie die Augen wieder zu.

Er presste die Lippen aufeinander, warf das Handtuch zur Seite und griff nach dem trockenen Hemd, das James ihm auf dem Tisch bereitgelegt hatte.

»Tatsächlich? Haben Sie denn Geld dabei?«

Falls sie Geld bei sich hatte, war anzunehmen, dass die Briefe an derselben Stelle versteckt waren.

Vielleicht unter ihren Röcken, in einem wasserdichten Behältnis aus Ölzeug?

Sie riss die Augen wieder auf, als er gerade nach seiner Unterhose griff. »Nicht hier. Aber – ich kann es beschaffen.«

Selbstverständlich hatte er nicht erwartet, dass seine Mission so leicht zu erfüllen sein würde. In seinem Geschäft war das nie so.

»Leere Versprechungen«, sagte er und zog seine Kniehosen an – strapazierfähige eng anliegende schwarze Hosen, die seiner Position als mittelloser Franzose entsprachen, der zu sein er vorgab, solange er in Paris weilte.

»Das stimmt nicht! Ich kann es beschaffen. Ich schwöre es!«

Ihre Augen weiteten sich. Erregt hob sie den Kopf einige Zentimeter vom nassen Boden, schüttelte ihn, wie ein nasser Hund sich schütteln mochte, und warf dabei die Haare zurück, die ihr Gesicht bisher verborgen hatten. Ein kleiner Sprühregen stob in alle Richtungen. Hugh spürte, wie sein letztes trockenes Paar Kniehosen bespritzt wurde, und senkte stirnrunzelnd den Blick.

Als er wieder hochsah, erblickte er zu seinem Entsetzen plötzlich eine der hinreißendsten Schönheiten, die er seit Jahren gesehen hatte.

Von wegen Fratze. Auch die Bezeichnung Edelmetze wurde ihr nicht gerecht. Was er da ansah, war nicht weniger als ein Diamant von reinstem Wasser. Und als wäre das noch nicht genug, sah sie kaum älter aus als eine Debütantin.

Betroffen taxierte Hugh seine Widersacherin von oben bis unten und empfand unvermittelt etwas, das weitaus schlimmer war als Bestürzung. Er hatte Recht gehabt, als er die goldenen Augen, die ihn durch die schwarze Mähne hindurch angesehen hatten, die Augen einer Sirene genannt hatte. Sie waren von der Farbe in Kerzenschein getauchten Honigs, von dicken schwarzen Wimpern gesäumt, und lagen schräg unter zarten schwarzen, außen aufwärts geschwungenen Brauen. Ihr Gesicht hatte eine klassische ovale Form mit hohen Wangenknochen, einer faltenlosen Stirn und einer zart geformten Kinnpartie. Ihre Nase war klein, gerade und nobel, die Lippen waren ein wahres Meisterwerk: Ein köstlicher Amorbogen krönte die Oberlippe; die Unterlippe war üppig geschwungen. Selbst leicht bläulich verfärbt wie jetzt, waren diese Lippen außerordentlich küssenswert.

Bei diesem Gedanken gebot Hugh sich Einhalt. Schönheit hin oder her, für den Auftrag, den er zu erfüllen hatte, war das ohne Belang.

»Was, wenn ich Ihnen sage, dass ich einen Preis habe, der sich nicht in Geld bemisst?«, fragte er, während er das Messer, das er stets am Körper versteckt trug, wieder vom Tisch nahm, wo er es beim Ausziehen abgelegt hatte. Er zog es aus der Scheide und näherte sich ihr, wobei er das Messer ganz bewusst so hielt, dass die scharfe Klinge im Licht der Laterne silbrig aufblitzte.

Mit weit aufgerissenen Augen starrte sie das Messer an, ganz, wie er es beabsichtigt hatte. Furcht verschleierte ihre Augen. Gut, sagte er sich. Es war sehr wohl möglich, dass er sich ihrer Furcht noch bedienen musste.

Seine nackten Füße erreichten den äußeren Rand der kalten Pfütze, die sie hinterlassen hatte, und er blickte zu Boden. Wenn er sie noch länger dort liegen ließ, würde sie womöglich einfach ihrer Unterkühlung erliegen. In diesem Fall würde er sich gar nicht weiter damit befassen müssen, die Welt von einem Verräter zu befreien.

Ach, aber der Natur ihren Lauf zu lassen, verschaffte ihm noch lange nicht die Informationen, die er benötigte. Zudem war es höchst riskant. Sie sah lediglich zerbrechlich aus, rief er sich ins Gedächtnis. Seiner Erfahrung nach – und er hatte reichlich und verschiedenartige Erfahrung auf diesem Gebiet – neigten Frauen ihres Schlages dazu, unerwartet zäh zu sein.

»Ich – ich würde ihn bezahlen.« Ihre Stimme bebte; ihre vor Besorgnis weit aufgerissenen Augen waren fest auf sein Gesicht gerichtet. Dann flatterten ihre Wimpern, und ihre Lider senkten sich. Wider Willen beobachtete er, wie sie mit der Spitze ihrer kleinen Zunge die Lippen befeuchtete. Unvermittelt hoben sich ihre Lider wieder, sodass diese Sirenenaugen ihn voll ansahen.

»Jeden Preis.«

Was sie da gesagt hatte, war nicht misszuverstehen. Doch

klang in diesen letzten beiden Worten eine grimmige Entschlossenheit an, die weit entfernt war von dem verführerischen Reiz, den ein solches Angebot eigentlich ausstrahlen sollte.

Paradoxerweise machte es ihr Angebot viel attraktiver, dass sie nicht mit ihm kokettierte.

Es ärgerte Hugh, dass er, wenn auch nur vorübergehend, in Versuchung geriet.

»Tatsächlich?« Seine Stimme klang nun so unnachgiebig, wie es seiner neu gewonnenen Entschlossenheit entsprach. Um die Pfütze herum trat er hinter sie. Das Messer hielt er absichtlich noch immer in der Hand.

»Ich … Was haben Sie vor?«

Nun klang sie verängstigt – des Messers wegen, schätzte er – und versuchte, sich aufzusetzen, während sie den Hals reckte, um ihn im Blick zu behalten. Mit ihren gefesselten Gliedern fielen ihre Bewegungen unbeholfen und ziellos aus. Plötzlich verlor er die Geduld und setzte dem ein Ende, indem er ihr einfach eine Hand auf die Schulter legte und sie wieder zu Boden drückte. Mühelos hielt er sie dort fest. Wie zuvor lag sie auf der Seite. Nach kurzem Sträuben gab sie sich geschlagen, doch er konnte durch den feuchten Stoff hindurch die Anspannung in ihren Muskeln spüren.

Wie er so hinter ihr kauerte, und sie krampfhaft versuchte, ihn über die Schulter anzusehen, hatte er gute Sicht auf ihr Profil: Es war makellos wie eine Kamee. Er musste genügend Flüche herunterschlucken, um eine Äbtissin zu schockieren.

Es war ohnehin ein kosmischer Witz, dass seine Beute sich als Frau erwiesen hatte. Dass sie so ein blutjunges Ding war, und noch dazu eine hinreißende Schönheit, war wirklich zu viel des Guten.

Hugh schob sein Messer in den Bund seiner Hose und drehte Claire mit einem Ruck auf den Bauch.

»Was haben Sie vor?«, fragte sie erneut und beobachtete ihn immer noch über die Schulter. Sie klang so verängstigt, dass er beinahe Mitleid mit ihr gehabt hätte. Er hielt sie durch eine einfache Maßnahme am Boden fest: Gleich unterhalb ihrer gefesselten Hände stemmte er ihr ein Knie in den Rücken.

»Liegen Sie still.«

Er gab Acht, dass er nicht zu schwer auf ihrem zierlichen Körper lastete – und war über seine eigene Zimperlichkeit höchst verärgert. Dann unternahm er eine gründliche Körperdurchsuchung: Mit den Händen fuhr er ihre Arme hinab, an den Innen- und Außenseiten ihrer Schenkel entlang, um ihre schmale Taille herum und über die bezaubernde Rundung ihres Gesäßes. Der feuchte Stoff verbarg nichts; Hugh spürte jeden köstlichen Zentimeter ihres Körpers. Bei seiner ersten Berührung holte sie scharf Luft und lag dann völlig reglos und ohne sich zu wehren da. Als er sein Gewicht verlagerte und mit den Händen unter ihren Körper glitt, um ihren Brustkorb abzutasten, erschauerte sie ein Mal und schien zurückzuschrecken, doch sie leistete immer noch keinen Widerstand.

Sie lag mit dem Gesicht zur Wand, die Wange auf dem nassen Boden.

Die Augen hatte sie geschlossen, und so konnte er in Ruhe ihre langen schwarzen elegant gebogenen Wimpern, die ihr bis auf die Wangen reichten, sowie die weichen, leicht geöffneten Lippen betrachten, die kaum merklich bebten, während er seine Durchsuchung vornahm. Sie wirkte hilflos und verängstigt, und nicht viel älter als achtzehn.

Wenn Hildebrandt dafür nicht in der Hölle schmoren musste, gab es keine Gerechtigkeit auf Erden.

Die weichen Rundungen ihrer Brüste unter seinen Händen und das Gefühl ihrer festen kleinen Brustwarzen an seinen Handflächen wären ihm beinahe zum Verhängnis geworden.

Er biss die Zähne zusammen, denn ihm war nur allzu bewusst, dass sein Puls raste und seine Männlichkeit anschwoll, trotz seiner tapferen Versuche, beides zu ignorieren.

Und so gab er sich schließlich geschlagen, nachdem er sich vergewissert hatte, dass im Umfeld ihrer Brüste nichts verborgen war. Insgeheim fluchend, zog er seine Hände schneller zurück, als er es bei einem anderen Verdächtigen getan hätte, und erklärte die Durchsuchung, so unvollkommen sie auch sein mochte, für beendet.

Falls sie das Päckchen Briefe, das er suchte, oder eine Waffe oder irgendetwas anderes am Körper versteckt hatte, war es zu gut verborgen, um es auf diese Weise zu finden.

Er zog sein Messer aus dem Hosenbund.

Sie schnappte deutlich hörbar nach Luft und hielt dann den Atem an. Offensichtlich hatte sie ihn durch ihre Wimpern hindurch beobachtet.

Diese Dirnenlist hatte er ganz vergessen. Alles hatte er für einen Moment vergessen bis auf das, was er unter seinen Händen gespürt hatte.

Und das reichte verdammt noch einmal aus, um jeden Mann, der noch einen Tropfen Blut in sich hatte, um den Verstand zu bringen. Es würde ihm wohl anstehen, dachte er bei sich, Acht zu geben, was er tat, wie James ihm geraten hatte. Natürlich war James nicht klar gewesen, dass Hugh sich am meisten vor sich selbst in Acht nehmen musste.

»Was haben Sie mit dem Messer vor?«

»Was glauben Sie denn, was ich damit vorhabe?«

Sein barscher Ton war Absicht. Im Gegensatz zu dem, was sie offensichtlich befürchtete, war es ihm nicht möglich, das Messer zu etwas anderem zu gebrauchen als dazu, die Fesseln zu durchschneiden, die sie an Händen und Füßen banden, das war ihm bereits klar geworden.

»Ich – weiß nicht. Bitte – tun Sie mir nicht weh.«

Ihre Stimme war immer leiser geworden, bis sie nur noch ein zittriges Flüstern war. Hugh schluckte einen weiteren Fluch herunter. Sein erster Impuls war, sie zu beruhigen, doch den unterdrückte er erbarmungslos. Das konnte er sich nun wirklich nicht erlauben.

»Liegen Sie still«, sagte er noch barscher als zuvor und kauerte sich mit dem Messer in der Hand neben sie. Sie atmete zittrig ein, lag jedoch still und beobachtete ihn aus dem Augenwinkel. Sie atmete zu schnell; er merkte es daran, wie rasch ihr schlanker Rücken sich hob und senkte.

»Sie heißen Hugh, nicht wahr?«

Mit ihrer leisen kehligen Stimme gesprochen, erhielt sein Name eine ganz neue Dimension. Wieder erschien ihre Zunge, um die Lippen zu befeuchten. Hugh spürte, wie ihm die Hitze erneut in die Lenden fuhr, und wappnete sich, um ihren Listen wie auch seinen eigenen niederen Instinkten zu widerstehen.

Es war sehr gut möglich, sagte er sich grimmig, dass sie ihn ganz bewusst verführte.

»Ja.«

Ein langer Schauder überlief sie, vermutlich aufgrund der Kälte; allerdings lagen auch Furcht oder ein bewusster Versuch, sein Mitgefühl zu gewinnen, im Bereich des Möglichen. Ihm kam der Gedanke, dass man sie in Decken packen und an ein loderndes Kaminfeuer setzen sollte, doch streng verbot er sich diese Anwandlung von Mitleid.

Sie war eine Verräterin.

»Bitte, tun Sie mir nicht weh, Hugh.«

Das Beben in ihrer Stimme ging ihm zu Herzen. Trotz allem, was er über sie wusste, und obwohl er vermutete, dass sie es ganz bewusst auf sein Mitgefühl angelegt hatte, war er, wie er leicht verärgert feststellte, nicht gegen ihr scheinbar verängstigtes Flehen gefeit, auch wenn er sich das noch so sehr wünschte.

»Ich werde Ihnen nicht wehtun – jedenfalls nicht, wenn Sie sich ruhig verhalten. Ich will Ihre Fesseln durchschneiden.« Im Stillen schimpfte er sich einen törichten Narren, während er nun neben ihr kniete. »Aber seien Sie gewarnt – wenn Sie mir auch nur den geringsten Ärger machen, werden Sie es bereuen.«

Er spürte, wie ihr Körper sich ein wenig entspannte, als er ihre beinahe bis zur Taille reichende Mähne beiseiteschob und sich an die Arbeit machte. Als er ihre Haut berührte, merkte er, dass sie leichenkalt, aber auch weich und glatt war. Und sie hatte zart geformte, gepflegte Finger. An ihrer linken Hand war ein langer Kratzer, doch er sah keinerlei Anzeichen dafür, dass sie in ihrem Leben jemals etwas Anstrengenderes getan hatte, als sich eine Praline in den Mund zu stecken. Kurz gesagt, sie hatte die Hände einer Dame, nahm er widerwillig zur Kenntnis. Er legte das Messer an die Fessel, die ihre Handgelenke band, und sägte wütend an der nassen Hanffaser. Er würde ihr die Fesseln abnehmen und dafür sorgen, dass sie trocken wurde und es warm hatte, weil es ratsam war, dies zu tun. Er würde sie in dem Glauben lassen, dass er sie vielleicht gehen lassen würde, wenn sie ihm gäbe, was er wollte.

Die Briefe also und die ganze Geschichte, wie und warum sie sich die Dokumente beschafft hatte und wem sie sie in Frankreich hatte geben wollen.

Sonst nichts.

»Hugh – danke. Ich wäre ertrunken, wenn Sie mir nicht hinterhergesprungen wären. Sie haben mir das Leben gerettet.«

Offensichtlich versuchte sie, ein Band zwischen ihnen zu knüpfen. In all den Jahren, die er im Dienst für sein Land verbracht hatte, war er dieser List mehr als ein Mal begegnet. Genau genommen war es ein klassischer Schachzug zwischen Gefangenem und Kerkermeister. Er war schon viel zu lange in diesem Geschäft, um darauf hereinzufallen. Dennoch war sie erstaunlich gewitzt für eine so frisch gebackene Spionin, dachte er mit einem willkommenen Anflug von Zynismus. Zugleich sprach er unwillkürlich auf ihre sanfte, süße Stimme an.

»Ich hatte meine Gründe.«

»Dennoch. Ich danke Ihnen.«

Er antwortete nicht. Als die Fessel schließlich zu Boden fiel, setzte sie sich mit einem raschen Blick durch flatternde Wimpern zu ihm auf.

Sie zog ihre Beine neben sich, rieb sich die Handgelenke und schüttelte die Hände aus, vermutlich um die Durchblutung wiederanzuregen.

Wortlos machte Hugh sich an ihre Fußfesseln.

»Warum tun Sie das?«

»Die Seile durchschneiden?«, lautete seine trockene Gegenfrage. Er sägte weiter an der zähen Hanffaser und konzentrierte sich ganz auf diese Tätigkeit.

»Warum haben Sie mich entführt? Was wollen Sie von mir?«

Als die letzte Fessel zu Boden fiel, sah er zu ihr hoch. Ihr Gesicht war nur wenige Zentimeter von seinem entfernt. Mit der Löwenmähne aus nassen, verfilzten und verknoteten Strähnen, die ihre zarten Gesichtszüge umgab, und den Augen, die im Licht der Laterne einen wilden goldenen Glanz verströmten, sah sie aus wie ein in die Enge getriebenes ungezähmtes Geschöpf. Ein Geschöpf von exquisiter Schönheit. Das musste er zugeben, als ihre Blicke sich nun trafen. Sie betrachtete ihn argwöhnisch, doch mit weniger Furcht als zuvor. Dann probierte sie ein kleines Lächeln.

»Zunächst einmal will ich die Briefe, die Sie Lord Archer gestohlen haben«, sagte er, angesichts ihres Lächelns in besonders grimmigem Ton. »Es wäre für uns alle am einfachsten, wenn Sie sie mir einfach geben würden und fertig.«

Ihre Augen weiteten sich – ein Anblick reinster Unschuld. Ihr Mund öffnete und rundete sich. Ihre Verwirrung war gut gespielt, sehr gut sogar. Hugh verzog abschätzig den Mund, als er dieses Mienenspiel in all seinen Nuancen begutachtete. Sie war zweifellos eine nicht wenig talentierte Schauspielerin. Zu schade, dass sie sich nicht für die Bühne entschieden hatte, anstatt ihr Land zu verraten.

»Ich weiß nicht, was Sie meinen.«

Diese gespielte Arglosigkeit ärgerte ihn, und dafür war er ihr dankbar.

Es würde ihm viel leichter fallen, seinen Auftrag zu erfüllen, wenn er sie als die gewissenlose, intrigante Hexe sehen konnte, die sie zweifellos war, und nicht als das bezaubernde junge Mädchen, das sie zu sein schien.

»Natürlich nicht.«

Er stand auf, schob das Messer wieder in den Hosenbund und musterte sie hämisch. Sie spielte immer noch die personifizierte Unschuld, als er sich bückte, sie am Ellbogen ergriff und sie ohne Umstände auf die Füße zog.

Selbst mit nassen Kleidern wog sie erstaunlich wenig. So wenig, dass er ein schlechtes Gewissen bekam, weil er seine Körperkraft gegen sie eingesetzt hatte. Genau genommen fühlte er sich wie der schlimmste Grobian auf Erden. Hilflose Frauen zu misshandeln war normalerweise nicht seine Art.

Selbstverständlich war sie gar keine hilflose Frau. Das musste er sich immer wieder sagen. Während er noch versuchte, das Bild, das seine Sinne ihm übermittelten, durch die Person zu ersetzen, die sie tatsächlich war, hing sie unbeholfen in seinem Griff und strauchelte ein wenig, als sie wieder auf die Füße kam.

»Wenn Sie sich die Sache schwer machen wollen, bitte sehr.«

Seine Stimme klang unnachgiebig. »Sie werden so freundlich sein, Ihre Kleidung abzulegen.«

Eine Durchsuchung jedes Kleidungsstücks war dringend erforderlich für den Fall, dass sie die Briefe in eine Geheimtasche in ihren Unterröcken oder ihrem Unterhemd eingenäht hatte. Im Oberteil ihres Kleides waren sie nicht. Das könnte er beschwören.

»Wie bitte?«

Mit einem Ausdruck vollständiger Bestürzung versuchte sie, sich von ihm loszureißen, doch er hielt sie fest. Als sie ihren Blick nun auf sein Gesicht heftete, waren ihre Augen erneut weit aufgerissen, und die Angst in ihrem Blick schien echt zu sein.

Wieder musste er ihre schauspielerische Leistung bewundern, doch angesichts ihres Berufs und der Tatsache, dass sie sich ihm bereits angeboten hatte, übertrieb sie die Rolle der erschütterten Unschuld vielleicht doch ein wenig.

»Sie haben mich gehört.«

Er war absichtlich grob.

»Ziehen Sie sich aus.«

7

»Hugh. Bitte. Sie müssen mich anhören: Hier liegt ein Missverständnis vor.«

Claire wusste, sie klang verzweifelt, was nur verständlich war, denn sie war verzweifelt. Ihr Atem ging rasch und flach, und ihr Herz schlug heftig, während sie versuchte, die Ruhe zu bewahren, nachzudenken, einen Plan zu entwerfen. Alle Erschöpfung war vergessen. Dieser Mann mit dem strengen Gesicht, dessen Hand an ihrem Arm ihr wehtat, hatte etwas Grimmiges an sich, das ihr erneut Angst machte. Die Anständigkeit, die sie zuvor in ihm entdeckt zu haben geglaubt – gehofft? – hatte, war verschwunden. Seine Augen – sie waren grau, das sah sie nun, bleigrau, kalt und glanzlos – blickten so frostig wie der Tag, den sie gerade hinter sich hatte. Sie begriff, dass sie sich schwertun würde, ihm erfolgreich Widerstand zu leisten, falls er darauf verfallen sollte, sie zu etwas zu zwingen, zu was auch immer. Sie hatte bereits Bekanntschaft mit seiner Körperkraft gemacht, und zudem war er weit größer als sie. Sie reichte ihm nicht einmal bis zum Kinn, und mit seinen breiten Schultern und der breiten Brust ließ er sie zwergenhaft erscheinen. Zudem: Als er sich vor ihren weit aufgerissenen Augen so nonchalant seiner Kleidung entledigt hatte, hatte er ihr mehr von seinem muskulösen Körper gezeigt, als sie hatte sehen wollen.

Ihre eigene Stärke, praktisch ihre einzige Stärke, waren die Worte, und sie setzte sie verzweifelt ein.

»Wahrhaftig, es liegt ein Missverständnis vor. Ich weiß nichts von Briefen, und was Lord Archer anbetrifft – ich glaube, er ist ein Freund meiner Tante. Ich bin ihm aber noch nie begegnet.«

Hugh kniff die Augen zusammen und blickte auf sie herab. Er war ihr so nah, dass sie die Fältchen in seinen Augenwinkeln sehen konnte; so nahe, dass sie beinahe jedes einzelne schwarze Barthaar auf seiner Wange erkennen konnte; so nahe, dass sie den schwachen Salzgeruch des Meeres an ihm wahrnahm.

Ganz kurz glaubte sie mit aufkeimender Hoffnung, er denke über ihre Worte nach. Dann verzog er hämisch den Mund.

»Ich bin ein zu alter Hase, um auf eine glatte Zunge und ein Paar großer Augen hereinzufallen. Ich warne Sie also. Kommen Sie, wir werden schneller handelseinig, wenn Sie Ihre Heuchelei aufgeben. Ich gebe Ihnen noch eine Chance, mir die Briefe freiwillig auszuhändigen, und zwar genau eine. Also?«

»Ich habe keine Briefe«, beharrte Claire.

Seine Lippen wurden schmal.

»Nicht die Antwort, die ich hören will. Versuchen Sie's noch einmal.«

Claire zögerte ratlos. Wie sollte sie ihn überzeugen? Sie presste die Lippen aufeinander und musterte sein Gesicht. Noch nie hatte ein Mann sie so angesehen: Sein Blick war wachsam, doch unter der Wachsamkeit verborgen lag – war das Geringschätzung? Sie wusste um die Wirkung, die Macht ihrer Schönheit. Sie lebte damit, zum Guten wie zum Schlechten (und meist war es zum Schlechten gewesen), seit sie ein kleines Mädchen gewesen war. Alle Männer, denen sie je begegnet war, hatten ihr nur Bewunderung entgegengebracht. Kein Mann hatte sie je so angesehen wie dieser hier jetzt: als wäre sie Gegenstand seiner – Verachtung.

Bei dem Versuch, dies zu ergründen, wurde ihr schwindelig, oder vielleicht war es auch ihr körperlicher Zustand, der für die zunehmende Benommenheit verantwortlich war, die sie verspürte. Ihr war so kalt, dass sie nicht einmal mehr zitterte, so nass, dass es keinen trockenen Zentimeter Haut an ihrem Körper gab, und so erschöpft, dass sie kaum noch stehen konnte. Es kostete sie viel Kraft, wachsam zu bleiben, doch sie wusste, ihr Überleben konnte davon abhängen, ob es ihr gelang, eine sich bietende Gelegenheit sofort beim Schopfe zu packen. Doch aus diesem Alptraum wurde sie einfach nicht schlau.

»Ich habe keine Briefe! Ich schwöre Ihnen, dass ich keine Briefe habe!« Claire merkte, wie Hysterie von ihr Besitz ergriff. »Wenn ich sie hätte, würde ich sie Ihnen geben, glauben Sie mir. Sehen Sie denn nicht, dass Sie sich geirrt haben?«

»Papperlapapp!«

Seine Miene war unnachgiebig. Sein Griff um ihren Arm schmerzte.

Als sie unwillkürlich eine Bewegung machte, um sich loszureißen, packte er noch fester zu.

»Sie tun mir weh!«

Sie hatte ganz instinktiv protestiert. Hätte sie vorher darüber nachgedacht, hätte sie sich die Mühe gespart. Sie hätte angenommen, dass es ihm gleichgültig war.

Seine Lippen wurden schmal. Dann lockerte er seinen Griff zu ihrer Überraschung gerade so weit, dass es nicht mehr schmerzte, auch wenn er sie nicht losließ.

Diesem einen kleinen Akt der Rücksichtnahme durfte man nicht zu viel Bedeutung beimessen. Dennoch war er ein Hoffnungszeichen in einer trostlosen Situation. Sie hatte von Kindesbeinen an Männer betört, ob nun willentlich oder unbeabsichtigt. Ihre Schwestern hatten gesagt, diese Gabe sei ihr in die Wiege gelegt worden. Claire hatte bereits erwogen, sie einzusetzen, um ihr Leben zu retten. Im Gegensatz zu ihren anderen Entführern schien dieser Hugh in mancher Hinsicht geradezu ein Gentleman zu sein. Sie würde versuchen, ihn bei seiner Ritterlichkeit zu packen, so tief sie auch verschüttet sein mochte.

»Die Briefe, Miss Towbridge.«

Gerade öffnete Claire den Mund, um ihm erneut zu versichern, dass sie seine Briefe nicht hatte, dass sie genau genommen nicht einmal die geringste Vorstellung hatte, wovon er da redete, da drang der Name, den er genannt hatte, zu ihr durch. Mit weit aufgerissenen Augen sah sie ihn an. Na bitte, sie hatte ja gewusst, dass da ein Irrtum vorlag. Ihr ganzes schreckliches Martyrium war die Folge eines ungeheuren Irrtums.

Ihr war beinahe schwindelig vor Erleichterung.

»Sehen Sie, Sie irren sich. Selbstverständlich habe ich ihre Briefe nicht. Ich bin nicht Miss Towbridge. Ich bin Lady Claire Lynes.«

Sein Blick flackerte.

Vorübergehend schien er sprachlos und musterte sie forschend.

Dann verhärtete sich seine Miene.

»In Ordnung, Sie hatten Ihre Chance. Ich habe keine Geduld mehr mit Ihren Lügen. Entkleiden Sie sich.«

Claire begegnete seinem stählernen Blick mit wachsender Bestürzung. Er glaubte ihr nicht; das war ganz offensichtlich.

»Ich *bin* Lady Claire Lynes! Ich gebe Ihnen mein Wort!«

Erneut versuchte sie, sich loszureißen. Auch wenn er seinen Griff um ihren Arm gelockert hatte, war es, als versuchte sie, sich aus eisernen Fesseln zu befreien. Seine Finger waren so lang, dass sie ihren Arm beinahe vollständig umschlossen, und so stark, dass sie seinen Griff nicht lösen konnte, es sei denn, sie würde mit einem stumpfen Gegenstand auf ihn einschlagen, doch unglücklicherweise hatte sie gerade nichts dergleichen zur Hand.

Hugh gab einen barschen Laut von sich, der deutlich zum Ausdruck brachte, was er von ihrer Behauptung hielt. Sein Mund verzog sich zu einem höhnischen Lächeln.

»Es ist ein Missverständnis, verstehen Sie denn nicht? Ich …«

»Sie vergeuden Ihren Atem und meine Zeit«, unterbrach er sie unwirsch und schüttelte ihren Arm. »Ich will diese

Briefe, und ich werde alles tun, was ich muss, um sie zu erlangen. Wenn Sie sie mir nicht unverzüglich aushändigen, ziehe ich Sie nackt aus und durchsuche erst Ihre Kleidung und dann Sie selbst, bis ich die Briefe entweder finde oder mich davon überzeugt habe, dass sie nicht hier sind. Und wenn ich davon überzeugt bin, dann, glauben Sie mir, werden Sie mir genau erklären, wo sie sind.«

Plötzlich war Claire außer sich vor Zorn. Sie war in dieser Nacht ein Dutzend Male beinahe gestorben, und das alles nur wegen eines Irrtums. Wegen eines Irrtums, den dieser Trottel, der statt eines Hirns Brei im Kopf hatte, offenbar nicht den Verstand hatte, auch nur in Betracht zu ziehen. »Sie *sind* anderswo! Sind Sie taub? Hören Sie nicht, was ich Ihnen sage? Also gut, dann sage ich es noch ein Mal: Ich bin nicht die Person, die Sie suchen, und ich weiß nichts von Ihren Briefen!«

»Das reicht!«

Sein Griff um ihren Arm wurde wieder fester. Diesmal tat er ihr zwar nicht weh, doch er ließ sie die Kraft seiner Finger spüren. »Ich habe nicht die Absicht, mich mit Ihnen zu streiten. Sie haben die Wahl: Entweder entkleiden Sie sich selbst, oder ich tue es für Sie.«

Unfähig, sich aus seiner Gewalt zu befreien, auch wenn sie es erneut versuchte, starrte Claire wütend zu ihm hoch. Die Erkenntnis, dass es völlig sinnlos war, weiter auf etwas zu beharren, das er offenkundig nicht glaubte und wofür ihr einfach keine Möglichkeit des Beweises einfallen wollte, verschlug ihr die Sprache. Sogar ihre Eheringe waren fort, stellte sie fest, als sie auf die Idee kam, sie als Beleg dafür vorzubringen, dass sie wenigstens eine verheiratete Frau und keine Miss war. Sie waren ihr wohl gestohlen worden, während sie bewusstlos in dem Bauernhaus gelegen hatte, vermutete sie, oder im Meer verloren gegangen. Vor Enttäuschung hätte sie beinahe mit dem Fuß aufgestampft, doch ihre armen misshandelten Glieder waren so kalt, dass sie befürchtete, sie werde sich dabei selbst Schmerzen zufügen. Zudem war eine solch kindische Geste dem Ernst der Lage beziehungsweise einer Frau ihres Alters nicht angemessen.

Wenn er ihr glauben würde, dass er sich geirrt hatte, würde er sie sicherlich freilassen. Die Schwierigkeit bestand darin, ihn zu überzeugen.

Claire holte tief Luft und versuchte es erneut, wobei sie so eindringlich sprach, wie man es vielleicht tun würde, wenn jemand schwerhörig oder ein winziges bisschen begriffsstutzig war. Und genau das schien ja in diesem Fall das Problem zu sein, fand sie.

»Sie haben sich geirrt. Ich sage Ihnen: Ich bin nicht Miss Towbridge. Ich bin Lady Claire Lynes.«

»Von den Lynes in Sussex, nehme ich an?« Seine Stimme klang gefährlich sanft. Das hätte sie vielleicht warnen sollen.

Aber Claire fühlte sich ermutigt und nickte hoffnungsfroh. Offenbar konnte sie sich doch noch verständlich machen.

»Sie behaupten tatsächlich, Sie seien eine Verwandte des Herzogs von Richmond statt eines habgierigen Flittchens, das beinahe ein Jahr von Lord Archer protegiert wurde – einem Mann, der alt genug ist, um Ihr Großvater zu sein?« Sein Ton war ironisch. »Für wie dumm halten Sie mich eigentlich, Mädchen? Ich sollte Sie wohl davon in Kenntnis setzen, dass ich mit der Familie Lynes bekannt bin – und Sie haben jetzt etwa eine Minute Zeit, sich Ihrer Kleidung zu entledigen.«

Er nickte vielsagend in Richtung einer kleinen Uhr in einem Messinggehäuse, die auf einem Regal über dem Tisch befestigt war.

Vor Empörung verschlug es Claire den Atem. »Nennen Sie mich etwa ein – ein leichtes Mädchen, Sie einfältiger Flegel?«

Er blickte sie aus verengten Augen an. »Ich nenne Sie ein lügnerisches Weibsbild. Und übrigens, Sie haben noch etwa vierzig Sekunden.«

Claire öffnete den Mund, um eine hitzige Antwort zu geben, blickte in sein Gesicht, sah dort schroffe Unerbittlichkeit, schloss den Mund wieder und schäumte schweigend vor Wut. Sie hatte nicht die geringste Aussicht, ihn zu überzeugen, begriff sie. Dennoch versuchte sie es noch ein Mal.

»Ich bin Lady Claire Lynes, ob Sie mir nun glauben mögen oder nicht.«

In ihrem Tonfall und in dem Blick, dem sie ihm zuwarf, lag unterdrückte Wut. Ihr war bewusst, dass ihr Herz wie wild hämmerte, während sie sich einen rudimentären Plan zurechtlegte.

Entschlossen presste er die Lippen aufeinander.

»Nun gut«, fügte Claire hastig hinzu, da es so aussah, als werde er sein grässliches Vorhaben gleich in die Tat umsetzen. Kapitulation schien ihr nun die beste Vorgehensweise zu sein – oder etwas in der Art. »Da Sie mir keine Wahl lassen, werde ich tun, was Sie wünschen. Bitte lassen Sie meinen Arm los.«

»Eine weise Entscheidung.« Seine Hand fiel von ihrem Arm herab.

Claire konnte einen Schritt zurücktreten. Unbemerkt (hoffte sie) tat sie einen tiefen, beruhigenden Atemzug. Sie war wackelig auf den Beinen, ihr war übel, und klopfende Kopfschmerzen setzten ihr zu. Doch nichts von alledem durfte nun eine Rolle spielen. Hier bot sich ihr spontan eine Gelegenheit dar, und sie musste überlegen, wie sie sie am besten nutzte.

Instinktiv hob Claire eine Hand an den Kopf, um das Pochen zu lindern, und berührte eine eigroße Beule hinter ihrem Ohr – offenbar der Ursprung der Schmerzen. Die Beule war erstaunlich weich.

Natürlich, man hatte sie ja auf den Kopf geschlagen. Angesichts all dessen, was seither geschehen war, hatte sie das beinahe vergessen.

»Kopfschmerzen?«

In den grauen Augen flackerte etwas auf, das beinahe aussah wie – Reue. Natürlich, er – oder einer seiner Gefolgsmänner – war zweifellos für den Schlag verantwortlich. Hugh war derjenige gewesen, der sie am Strand überrascht hatte, dessen war sie sich beinahe sicher. Seine hochgewachsene muskulöse Gestalt war kaum zu verwechseln. Dann musste wohl James oder jemand, den sie nicht gesehen hatte, sie von hinten geschlagen haben.

Doch Hugh trug die Verantwortung.

»Ein wenig«, erwiderte sie und blickte ihn missbilligend an.

»Wundert mich nicht.«

Diese Worte wurden in eher trockenem Ton geäußert, ohne den leisesten Anflug von Bedauern. Jegliche Reue, die er vielleicht vorübergehend empfunden haben mochte – wenn sie sich da nicht ohnehin geirrt hatte –, glänzte nun durch Abwesenheit.

Weder in seiner Stimme noch in seiner Miene lag auch nur ein Hauch von Gewissensbissen. Doch dies passte natürlich zu einem Grobian, der eine Dame, ohne mit der Wimper zu zucken, misshandeln würde.

Als sie so darüber nachdachte, wie man sie von hinten niedergeschlagen hatte, steigerte sich ihre Wut noch. Claire begrüßte ihren glühenden Zorn als wirksames Gegenmittel gegen ihre Angst.

Er warf einen vielsagenden Seitenblick zur Uhr.

»Ihre Zeit ist um.«

Ihr lag auf der Zunge, ihm erneut zu sagen, dass er einem Missverständnis zum Opfer gefallen sei. Doch solcher Protest hatte ihn auch zuvor schon nicht gerührt; womöglich würde sie ihn damit nur zu Gewalttätigkeiten anstacheln. Lieber ging sie das Risiko ein, ihren Plan in die Tat umzusetzen. Sie hatte wenig zu verlieren, falls er fehlschlüge.

Sie hob das Kinn und sah ihm in die Augen.

»Bitte drehen Sie sich um.« Kalte Würde umgab ihre Worte.

Er lachte und verschränkte die Arme vor der Brust. Seine

Absicht, nichts dergleichen zu tun, hätte nicht deutlicher werden können, wenn er sie lauthals verkündet hätte. Wie er so dastand, den Kopf schräg gelegt, barfüßig und breitbeinig, sah er aus wie ein unverbesserlicher Schurke, wie ein Pirat.

»Sie wären weitaus glaubwürdiger in Ihrer Rolle als empörte Unschuld, hätten Sie sich mir nicht bereits angeboten«, bemerkte er und dehnte seine Worte so, dass es Claire durch Mark und Bein ging. »Sie sagten doch, Sie würden mir ›jeden Preis‹ bezahlen, wenn ich Sie gehen ließe, nicht wahr? Woraus ich schloss, dass Sie mir anboten, mich an Ihren zugegebenermaßen köstlichen Reizen zu ergötzen – doch Sie können mich natürlich korrigieren, sollte ich mich geirrt haben.«

Wenn er versuchte, sie in Verlegenheit zu bringen, würde er damit keinen Erfolg haben. Claire war zu stolz, um auch nur den leisesten Anflug von Scham zu zeigen oder zu fühlen.

Sie hatte das Angebot in Todesangst gemacht, und wenn eine solche Handlung der Preis war, den sie für ihr Überleben zu zahlen hatte, dann würde sie ihn zahlen. Seit ihrer Hochzeit hatte sie sich gründlich vertraut machen können mit dem Beischlaf zwischen Mann und Frau. Er besaß nicht mehr die Macht, sie zu schrecken oder sogar zu erregen. Kurz gesagt, er war unangenehm, doch rasch vorüber – ein kleiner Preis für das eigene Leben. Man schloss die Augen und erduldete die Rohheit des Mannes die wenigen Minuten, die es dauerte, bis er fertig war. Wenn man sich hinterher eher wie ein Nachttopf fühlte, nun, so war eben das Los der Frau. In dieser besonderen Situation konnte sie es sich nicht leisten, den Akt als etwas anderes denn als Tauschobjekt zu betrachten, nicht mehr und nicht weniger – praktisch das einzige Tauschobjekt, über das sie verfügte.

»Ich werde gewiss nicht leugnen, dass ich bereit bin, alles zu tun, was nötig ist, um zu überleben, wie es jeder normale

Mensch täte. Unter den gegebenen Umständen habe ich jedoch nicht mehr den Eindruck, dass die Notwendigkeit eines solchen Opfers besteht: Ich sage Ihnen, Sie verwechseln mich mit jemand anderem.«

Er grunzte verächtlich. »Sie haben genug von meiner Zeit vergeudet. Kommen Sie her.«

Er griff nach ihr. Claire wich ihm aus und trat einen Schritt zurück.

»Nehmen Sie Ihre Hände weg«, sagte sie mit kalter Arroganz. »Ich mache es selbst.«

Ehe er erneut nach ihr greifen konnte, hob sie die Arme über den Kopf und griff dann auf ihrem Rücken nach dem ersten der zwei Dutzend winzigen Jettknöpfe, mit denen ihr Kleid vom Nacken bis knapp unterhalb der Taille geschlossen war. Wenn sie tatsächlich die Absicht gehabt hätte, ihm zu gehorchen, wäre es ihr höchst schwer gefallen, sich alleine zu entkleiden. Das oben eng anliegende Kleid mit dem schmalen Rock, das sie trug, war wie ihre übrigen Kleider dafür gedacht, mithilfe eines Dienstmädchens an- und ausgezogen zu werden.

Doch sie hatte ohnehin nicht die Absicht, ihm zu gehorchen. Herausfordernd hielt sie seinem Blick stand, während sie mühsam den ersten Knopf öffnete. Ihre Finger waren vor Kälte ganz ungelenk, als sie sich daranmachte, die Ränder des klammen Stoffs voneinander zu lösen.

Erneut verschränkte Hugh die Hände vor der Brust und beobachtete sie mit völlig undurchschaubarer Miene, während sie einen Knopf nach dem anderen in Angriff nahm. Glücklicherweise schien er nicht zu bemerken, dass sie dabei zugleich immer weiter zurückwich. Oder vielleicht schrieb er ihren Rückzug auch der unablässigen Bewegung des Schiffs zu. Das Schwanken der Laterne über ihnen und das immer lautere Knarren des Schiffsrumpfs zeugten zur Genüge von der Macht der Dünung; sie war auf jeden Fall stark genug, um einen taumeln zu machen.

Wie auch immer, der Schuft würde bald feststellen, dass Claire Banning – denn so nannte sie sich im tiefsten Inneren auch so viele Monate nach ihrer Hochzeit immer noch – nicht so leicht einzuschüchtern und zum Gehorsam zu zwingen war.

Bis sie in die Schlingen dieser alptraumhaften Situation geraten war, hätte sie niemals gedacht, dass sie einmal dankbar sein würde für die schwierigen Umstände, unter denen sie aufgewachsen war, doch nun war sie es. Wenn auch sonst nichts, so hatte ihre grässliche Kindheit sie doch wenigstens gelehrt zu überleben.

Claire öffnete einen weiteren Knopf und spürte, wie das Oberteil ihres Kleides sich entsprechend lockerte. Mit voller Absicht zuckte sie mit den Achseln, sodass der Ausschnitt gerade so weit hinabrutschte, dass ihre samtigen Schultern und die Mulde am Halsansatz zu sehen waren. Er bemerkte die Ablenkung, die sie ihm darbot, und richtete den Blick weiter nach unten. Währenddessen ließ sie die Arme sinken und veränderte ihre Haltung. Nun knöpfte sie das Kleid von der Taille an aufwärts auf – und trat einen weiteren, etwas größeren Schritt zurück.

»Sie könnten dieser Farce auch ein Ende setzen, denn ich bin nicht Miss Towbridge und ich habe keine Briefe. Ich schwöre es«, sagte sie, mehr, um ihn noch weiter abzulenken, als weil sie gehofft hätte, dass ihre Worte endlich in seinen dicken Schädel vordringen würden.

»Hm, hm.« Das klang abgelenkt, als hätte er ihr nicht richtig zugehört, und das hatte er wohl auch nicht. Sein Blick war auf ihre Brüste geheftet, die sich unter dem nassen Stoff höchst unanständig abzeichneten, da ihre Haltung sie zwang, die Brust vorzustrecken. In seinen Augen glänzte unverkennbar ein sehr männliches Interesse. Claire hatte diesen Blick bei zu vielen Männern gesehen und wusste zweifelsfrei, was er bedeutete: Er begehrte sie.

In diesem Augenblick, als sie die unverfälschte sexuelle Begierde in seinem Blick sah, erinnerte sie sich auch daran, dass das, was als energische unpersönliche Durchsuchung ihrer Person begonnen hatte, sich am Ende in ein unanständig intimes Abtasten verwandelt hatte, das er aus welchen Gründen auch immer abrupt abgebrochen hatte, nachdem seine Hände auf ihren Brüsten verharrt hatten. Möglicherweise hatte ihr einziges Tauschobjekt noch mehr Wert, als ihr zuvor klar gewesen war: Ganz offensichtlich waren seine fleischlichen Begierden stark und sein Verlangen nach ihr groß.

Ein furchtsamer Schauder lief ihr den Rücken hinab, als sie ins Auge fasste, diesem Fremden mit den kühlen Augen zu gestatten, seine Lust an ihrem Körper zu stillen. Sie hatte bislang nur mit ihrem Ehegatten Verkehr gehabt. Allerdings ging sie davon aus, dass es da keinen großen Unterschied geben würde. Unter der Bettdecke glichen sich die Männer wahrscheinlich sehr in ihrem Verhalten. Als sie sich die Vorstellung durch den Kopf gehen ließ, bei diesem Mann zu liegen, musste sie krampfhaft schlucken – und merkte, dass sie nicht nur Angst verspürte.

In die Angst mischte sich – und sie schämte sich, es auch nur sich selbst einzugestehen – eine Art fiebrig-erregtes Gewahrwerden ihres eigenen Körpers.

David hatte ihr gleich zu Beginn ihrer Ehe gesagt, dass Damen keinen Gefallen am ehelichen Akt fänden, und sie hatte ihm nie widersprochen. Als er sich zum dritten Mal zu ihr gelegt hatte, war ihr klar geworden, dass er völlig Recht hatte. Jene ersten unanständigen Regungen, die sie verspürt hatte, als ihr frisch gebackener Ehemann zu ihr in ihr Ehebett gekommen war, waren ihrer Unwissenheit und ihrer Vorfreude geschuldet gewesen und leider erstickt worden. Seither waren diese zarten Gefühle ihr schuldbewusst gehütetes Geheimnis, das sie niemandem offenbaren durfte. Glücklicherweise waren sie ohnehin verkümmert.

Doch als dieser Verbrecher mit seinen Händen über ihren

Körper gefahren war, hatte sie sie erneut gespürt, was höchst unerklärlich und beschämend war. Als er seine Handflächen auf ihre Brüste gelegt hatte, hatte sich das geheime Kribbeln, das im Gefolge seiner Hände ihre Nervenenden hatte erbeben lassen, bereits bis zu ihren Lenden ausgebreitet, wo es sich fest eingenistet hatte. Es war, als hätte er ihren seit langem schlummernden Körper mit seiner Berührung erweckt, sodass er sich erneut nach etwas sehnte, was sie nicht erklären konnte.

Männer bezogen irgendeine Art tierischer Befriedigung aus dem Beischlaf.

Frauen bekamen Kinder, wenn sie Glück hatten (und das traf auf sie wohl nicht zu, da David schon seit Monaten nicht mehr in ihr Bett gekommen war).

Erfreulicherweise würde sie nicht lange genug in der Gewalt dieses Mannes sein, um sich mit der beschämenden Erregung ihres eigensinnigen Körpers befassen zu müssen. Jedenfalls nicht, wenn ihr Plan wie erhofft Früchte trug.

Ihre Worte schienen arg verspätet bei ihm anzukommen, denn plötzlich runzelte er die Stirn, und sein Blick begegnete dem ihren. Der lüsterne Glanz war fort, als hätte es ihn nie gegeben. An seine Stelle war reine Unnachgiebigkeit getreten. Doch mochte er seine Erregung auch noch so gut verstecken, sie wusste, was sie gesehen hatte.

»Warum nur glaube ich Ihnen wohl nicht?« Er lächelte sie an, doch es war kein freundliches Lächeln. »Sie spielen Ihre Rolle wirklich sehr gut, eine erfahrene Kurtisane auf der Höhe ihrer Verführungskunst. Sie mimen die errötende Unschuld, die Sie nicht sind, wirklich erstaunlich überzeugend. Aber unglücklicherweise ist eine langwierige Entblätterungszeremonie bei mir vergeudet. Sie werden damit keine Schonung erreichen. Ich werde diese Briefe bekommen, und zwar schnell, wenn Ihnen Ihr Kleid lieb ist.«

Bei dieser alles andere als subtilen Drohung, ihr das Kleid vom Leib zu reißen, stieß sie mit dem Gesäß an den Tisch, der die ganze Zeit über ihr Ziel gewesen war. Claire ließ von ihren Knöpfen ab und tastete mit einer Hand auf der glatten Oberfläche des Holzes verstohlen nach dem, was sie suchte.

»Ich muss sagen, es ist jammerschade, dass Sie ein solcher Narr sind«, sagte sie ruhig, während ihre Finger sich hinter dem Rücken um ihre Beute schlossen: die Pistole, die er so sorglos auf dem Tisch hatte liegen lassen. Nun lächelte sie ihn ihrerseits an, während sie die Waffe richtig in die Hand nahm. »So bin ich leider gezwungen, das hier zu benutzen.«

Mit diesen Worten riss sie die Pistole nach vorne und richtete sie in Höhe ihrer Taille auf Hugh.

8

»Was zum Teufel …?«

Zunächst starrte Hugh seine Pistole nur wie vom Donner gerührt an. Claire hielt sie jetzt mit beiden Händen und umklammerte den Griff ein wenig verkrampft. Dann kniff er bedrohlich die Augen zusammen und hob den Blick zu ihrem Gesicht. Diese grauen Augen waren nicht kalt wie Blei. Vielmehr leuchteten sie im Licht der Lampe wie geschmolzenes Silber. Claires Herzschlag beschleunigte sich, als sie erkannte, wie wütend er war.

Nun, auch sie war wütend.

»Rühren Sie sich nicht von der Stelle«, warnte sie ihn. »Und nehmen Sie die Hände hoch.«

Sie war bei einem Vater aufgewachsen, der seinen Sprösslingen keine Liebe entgegengebracht hatte, der von Natur aus niederträchtig und verderbt gewesen war und zudem häufig gleich gesinnte Gäste gehabt hatte. Vielfach war sie gezwungen gewesen, ihre Ehre mit allem, was ihr zur Verfügung gestanden hatte, zu verteidigen, und so waren ihr Pistolen nicht fremd. Besagte Freunde hatten es beinahe als vergnüglichen Wettstreit betrachtet, die schöne zweite Tochter des Grafen von Wickham ins Bett zu bekommen. Die Tatsache, dass sie sich ihre Jungfräulichkeit bis zur Hochzeitsnacht bewahrt hatte, zeugte davon, dass sie sich zu helfen wusste, wenn sie in die Enge getrieben war.

Wenn sie es recht bedachte, entbehrte es zudem nicht einer gewissen Ironie.

Doch für solche Erwägungen hatte sie im Augenblick eindeutig nicht die Muße.

»Verfluchtes Weibsstück«, sagte Hugh gedehnt. Er hob die

Hände bis über die Schultern, doch ansonsten regte er sich nicht, und dafür war sie dankbar.

»Ein intelligenter Mann würde zweifellos erkennen, dass es unter den gegebenen Umständen nicht klug ist, mich zu beleidigen«, bemerkte sie gedankenvoll. »Ich möchte Sie eigentlich nicht erschießen, aber wenn nötig, werde ich es tun. Damit wir uns da nicht falsch verstehen.«

»Soweit zu Ihren Unschuldsbeteuerungen, hm? Wenigstens kommen wir der Wahrheit allmählich näher. Da ich jetzt in Ihrer Gewalt bin statt umgekehrt, könnten Sie wenigstens meine Neugier befriedigen und mir sagen, wo die Briefe versteckt sind.«

Wütend funkelte Claire ihn an: »Ich habe Ihnen die Wahrheit gesagt, Sie hirnloser Rüpel: Ich bin Lady Claire Lynes, und ich weiß nichts von Ihren Briefen. Aber ob Sie mir nun glauben oder nicht, spielt keine Rolle mehr. Wie Sie ganz richtig festgestellt haben, habe ich jetzt hier das Sagen, und Sie werden tun, was ich Ihnen sage. Und seien Sie gewarnt: Eine falsche Bewegung, und ich erschieße Sie.«

Die Pistole zeigte unerschütterlich auf seine Brust. Claire war stolz darauf, dass ihre Hände nicht zitterten.

Da lächelte er.

Sein Lächeln gefiel Claire gar nicht.

»Sie können sicher sein, dass Ihr geringster Wunsch mir nun Befehl ist, meine blutrünstige Schönheit. Doch ehe Sie sich meiner entledigen, möchte ich zumindest wissen, wie Sie von der Existenz dieser Briefe erfahren haben. Hat Lord Archer vielleicht im Bett geplaudert? Oder hat jemand Sie auf die Briefe angesetzt?«

»Ihr Schwachsinn kennt offenbar keine Grenzen.« Claire starrte ihn wütend an. »Und lassen Sie die Hände oben!«, ermahnte sie ihn mit schneidender Stimme, als er seine Hände ein wenig sinken ließ. Sie erinnerte sich nur zu gut an das Messer, das er in den Bund seiner Kniehose gesteckt hatte. Zweifellos dachte auch er daran.

»Drehen Sie sich um. Und Ihre Hände bleiben da, wo ich sie sehen kann.«

Er hob die Augenbrauen.

»Denken Sie daran, mich in den Rücken zu schießen? Das scheint mir doch ein wenig feige.«

Claire blickte ihn finster an. »Drehen Sie sich um.«

Zu ihrer Erleichterung tat er, wie geheißen. Ganz kurz betrachtete sie ihn reglos. Sein Haar trocknete allmählich; es glänzte immer noch schwarz wie das Fell eines Seehunds, doch die dicken Strähnen, die ihm bis auf die Schultern hingen, lockten sich nun, was ausgesprochen einnehmend wirkte. Seine Schultern schienen angespannt, als befürchtete er tatsächlich, sie werde jeden Augenblick den Abzug betätigen. Ein Bild seiner unbekleideten Schultern schoss ihr ungewollt durch den Kopf: Sie waren bronzefarben; seidig glänzende Haut bedeckte das Spiel seiner Muskeln. Der Rücken darunter verjüngte sich v-förmig bis zur Taille, und die beiden Gesäßhälften waren klein und rund; sie hatten ausgesehen, als würden sie sich fest anfühlen. Doch sie hatte ihn gar nicht nackt sehen wollen; genau genommen hatte sie rasch die Augen geschlossen.

Sie wollte nicht, dass solche unanständigen Bilder sie jetzt heimsuchten. Mit der Gegenwart und seiner Rolle darin hatte sie mehr als genug zu tun.

Sein Hemd hing locker über der Hose; es bedeckte ihn bis zur Mitte der Oberschenkel. *Doch sie erinnerte sich gut an das schwarze Haardreieck auf seiner Brust, die festen Bauchmuskeln und die erstaunliche Größe jenes intimsten Körperteils.* O Gott, daran hatte sie sich nicht erinnern wollen. Sie hatte das gar nicht bemerken, gar nicht sehen wollen. Warum, o warum nur hatte es sich in ihrer Erinnerung festgesetzt?

Entschlossen verbannte sie es aus ihren Gedanken.

Breitbeinig stand er da, seine Beine waren lang und kräftig. *An den Schenkeln hatte er feste, mächtige Muskeln.* Unterhalb seiner Kniehose konnte sie die dunklen Haare sehen, die sich auf seinen aus Muskeln modellierten Waden kräuselten. *Seine Beine waren überall behaart gewesen, auch die Oberschenkel.*

Hör auf damit, sagte sie sich erbost. Sie würde jetzt nicht daran denken, wie er ohne Kleidung ausgesehen hatte. Es war schändlich, dass eine Dame solche Bilder mit sich herumtrug. Schlimmer noch, es war – verderbt.

Sie würde sich nicht gestatten, sich für derlei zu interessieren. Oder vielmehr, sie *war* nicht an derlei interessiert.

Ganz und gar nicht.

Und wenn sie diese Begegnung überleben wollte, musste sie mit dem fortfahren, was sie begonnen hatte.

Claire atmete tief durch und konzentrierte sich auf den Mann vor ihr. Den bekleideten Mann, der real vor ihr stand. Er wandte ihr den Rücken in seiner ganzen Breite zu, sodass er nicht sehen konnte, was sie tat. Gott sei Dank dafür, dachte sie. Wenigstens konnte er so nicht von ihrem Gesichtsausdruck auf ihre ungehörigen Gedanken schließen.

Argwöhnisch machte Claire sich auf plötzliche Bewegungen gefasst und stellte sich unmittelbar hinter ihn. Aus dieser Nähe wirkte er noch einschüchternder. Mit einem Blick erfasste sie seinen starken Rücken, seine muskulösen Unterarme, die gut zu sehen waren, da er die Ärmel nicht zugeknöpft hatte, welche deshalb frei herabhingen, sowie seine hünenhafte Körpergröße und schluckte. Wenn er nun herumwirbelte, wäre alles verloren. Dann schüttelte sie innerlich den Kopf. Nein, wenn er nun herumwirbelte, würde sie genau das tun, was sie angekündigt hatte: ihn erschießen.

Oder nicht?

Doch, das würde sie.

»Keine Bewegung«, warnte sie ihn erneut und hoffte, dass ihrer Stimme nicht anzuhören war, wie trocken ihr Mund plötzlich geworden war.

»Würde ich im Traum nicht wagen.«

Ehe ihre zunehmend gereizten Nerven ihr einen Streich spielen konnten, nahm Claire die Pistole in eine Hand und griff mit der anderen unter sein Hemd. Dort fuhr sie mit den Händen über seine Taille, bis sie das kühle Heft seines Messers gefunden hatte. Sie erinnerte sich an eine Prellung von der Größe und Form einer großen Gurke, dunkelviolett mit gelben Rändern – sie hatte schmerzhaft ausgesehen. Instinktiv berührte sie ihn an dieser Stelle möglichst sanft. Das war einfach lächerlich, sagte sie sich wütend. Sie war bereit, den Mann zu erschießen, aber Schmerzen wollte sie ihm nicht zufügen?

Nun, versuchte sie, diesen Widerspruch aufzulösen, sie würde ihn ja nur dann erschießen, wenn er ihr keine andere Wahl ließ.

Trotz ihrer Entschlossenheit konnte sie nicht umhin, die warme Elastizität seiner Haut, die festen Muskeln um die Körpermitte, die kräftig vorspringenden Hüftknochen und, als ihre Hand seinen Bauch erreichte, dessen flache Härte und seidige, gekräuselte Behaarung zu spüren, die, wie sie aus früherer Anschauung wusste, seinen Bauch in zwei Hälften teilte.

Um sich sodann zu einem eindrucksvoll üppigen Nest für jenes beeindruckende männliche Glied zu weiten.

Trotz bester Vorsätze schoss ihr dieses Bild wieder durch den Kopf.

Lieber Gott, warum gelang es ihr nicht, das lebhafte Bild von Hugh in all seiner nackten männlichen Pracht aus ihren Gedanken zu verbannen? War sie, wie sie früher gelegentlich befürchtet hatte, moralisch völlig verdorben?

Nunmehr gänzlich verwirrt, riss Claire das Messer aus seinem Versteck und zog ihre Hand zurück. Dann entfernte sie sich rasch von ihm, bis sie mit dem Rücken an die Wand stieß.

Sie würde nie wieder an seinen nackten Körper denken.

Glücklicherweise wandte er ihr immer noch den Rücken

zu. Sie nahm sich einen Augenblick Zeit, um einfach nur zu atmen, während sie ihren Geist fest vor dieser Erinnerung verschloss. Solch ein schockierendes Bild musste von seiner Natur her einen starken Eindruck hinterlassen, versicherte sie sich. Dass sie sich so lebhaft daran erinnerte, bedeutete nicht, dass sie verdorben war. Wenn ihr Herz raste, so nur, weil es sie verlegen machte, dass sie so viel gesehen hatte. Wenn ihr nun heiß war, dann nur, weil es in der Kabine so stickig war.

Einen anderen Grund gab es nicht.

Der Tisch befand sich nun links von ihr; immer noch tief durchatmend legte Claire das Messer dort ab und ergriff die Pistole dann wieder mit beiden Händen.

Zu ihrer Erleichterung zitterten sie nicht.

»Sie können sich wieder umdrehen.«

Sie klang schroff.

Selbstverständlich konnte er keine Vorstellung davon haben, welch demütigenden Verlauf ihre Gedanken soeben genommen hatten. Dennoch, als er sich nun umdrehte, spürte sie Verlegenheit heiß in sich aufwallen.

»Sie sehen mich erleichtert, noch unter den Lebenden zu weilen.«

Sein Blick fiel auf die Pistole, dann hob er sich zu ihrem Gesicht. Gott sei Dank war ihr zu kalt, als dass sie hätte erröten können, war ihr erster Gedanke, als ihre Blicke sich trafen. Dann hatte Claire zu ihrem Entsetzen den Eindruck, dass er insgeheim amüsiert war. Hatte er irgendwie erraten, was in ihr vorgegangen war? Nein. Das war nicht möglich.

Sie mochte es nicht einmal in Betracht ziehen. Doch sie spürte, wie ihre Wangen heiß wurden, obwohl sie völlig durchnässt und durchgefroren war.

»Ich gestehe, ich war recht aufgeregt: Als Ihre Hand unter mein Hemd glitt, erwartete ich, wenn nicht ermordet, so doch zumindest geschändet zu werden.«

Unglaublich! Er neckte sie, und zwar just in dem Punkt,

an den sie am allerwenigsten zu denken wünschte. Die ärgerliche Vorstellung, dass er über eine solche Sache spotten konnte, hatte die höchst willkommene Auswirkung, ihre Nerven zu beruhigen.

Ihre Verlegenheit schwand, und sie warf ihm einen langen gleichmütigen Blick zu.

»An Ihrer Stelle würde ich mich einer wohlerzogenen Sprache befleißigen, Kerl. Ich habe mich immer noch nicht entschieden, was ich mit Ihnen tun soll, und Ihre Unverschämtheit könnte den Ausschlag geben.«

Er lachte. Plötzlich trat ein warmer Glanz in seine Augen, und seine Mundwinkel verzogen sich zu einem schiefen Grinsen. Er wirkte recht einnehmend, dachte sie einigermaßen überrascht, verbesserte sich jedoch hastig: recht einnehmend für einen mordlustigen Schurken.

»Sie befinden sich in einem ziemlichen Dilemma, nicht wahr?«, meinte er und klang beinahe mitfühlend.

Doch sie ließ sich davon nicht täuschen. Er konnte sich bei ihr einschmeicheln, bis die Wasser des Englischen Kanals sich für Napoleon teilten; schließlich hatte sie mehr oder weniger die gleiche Taktik angewandt. Doch bei ihm hatte sie nicht gefruchtet – und bei ihr würde das nicht anders sein. Sie packte die Pistole fester und beobachtete ihn argwöhnisch, während er fortfuhr.

»Sie müssen sich fragen: Was mache ich jetzt? Sie könnten mich natürlich erschießen, aber was dann? Sie werden immer noch in dieser Kajüte sein, auf diesem Schiff, das nun schon ein gutes Stück vom Land entfernt ist. Lassen Sie uns einmal annehmen, Sie erschießen mich und bleiben in der Kajüte, bis das Schiff anlegt. Dann müssen Sie die Tür entriegeln, hinausgehen, das Schiff verlassen und irgendwie Ihren Mittelsmann finden. Doch zuerst müssen Sie sich mit James befassen. Selbst wenn er den Schuss nicht hört, mit dem Sie sich meiner entledigen – und er hat Ohren wie ein Luchs –, wird er lange, bevor Sie die Tür entriegeln, herausbekommen haben, dass da etwas ganz und gar nicht stimmt, und wie eine wütende Bärin, die ihr Junges verteidigt, vor der Tür auf Sie warten, wenn er nicht vorher Mittel und Wege gefunden hat, die Tür aufzubrechen. Er wird außerordentlich erzürnt sein, weil Sie mich getötet haben, das kann ich Ihnen versichern, und er neigt unter normalen Umständen schon zu Gewalttätigkeit, wie Sie an der Beule an Ihrem Kopf sicherlich bereits bemerkt haben. Wenn es Ihnen durch irgendein Wunder gelingen sollte, James auszuschalten, müssen Sie immer noch an Kapitän Dorsey und seiner Mannschaft vorbei. Dann sind Sie natürlich eine Engländerin in Frankreich, und Sie können sich darauf verlassen, dass dies Sie bei der Bürgerschaft alles andere als beliebt machen wird. Und schließlich: Falls Sie alle diese Hürden nehmen, müssen Sie immer noch einen Weg finden, mit Ihrem Mittelsmann in Verbindung zu treten, der mittlerweile höchstwahrscheinlich Ihre Spur verloren hat.«

Ihre Blicke trafen sich und hielten einander fest. Abgesehen von Hughs Annahme, dass Sie irgendeinen Mittelsmann in Frankreich hatte, entsprach alles, was er sagte, der Wahrheit, erkannte Claire mit wachsender Bestürzung. Wenn sie ihn tötete – was sie ohnehin eigentlich nicht wollte –, hätte sich ihre Situation in keiner Weise gebessert, sondern vermutlich eher deutlich verschlechtert. Als ihr wieder einfiel, wie die Seeleute sie betastet und beäugt hatten, musste sie schlucken.

Welche Fehler dieser Mann auch hatte, und sie waren zahlreich und mannigfaltig, wenigstens hatte er keine Vergewaltigung im Sinne.

»Sie haben da mehrere zutreffende Punkte angesprochen«, sagte sie mit kühler Stimme, während sie fieberhaft nachdachte.

»Seien Sie versichert, dass ich sie sämtlich bedenken werde. Sie am Leben zu lassen scheint die klügere Wahl zu sein, zumindest im Augenblick und solange Sie es mir leicht machen.«

Es klopfte. Beide fuhren sie zusammen und blickten im selben Augenblick zur verriegelten Tür. Das Klopfen war leise, beinahe verstohlen.

»Das wird James sein«, sagte Hugh und sah lächelnd wieder zu ihr.

Claire spürte das Entsetzen wie Galle in ihrer Kehle aufsteigen.

Ihr Herz hämmerte wie wild. Ihr Atem beschleunigte sich. Nervös befeuchtete sie ihre Lippen, die immer noch schwach nach Bier schmeckten.

»Master Hugh!«

Es klopfte erneut, diesmal ein wenig drängender. Hughs Augenbrauen schossen fragend in die Höhe. Nun sah er beinahe aus, als würde er sich amüsieren, der Schuft.

Finster blickte sie ihn an.

»Wenn Ihnen Ihr Leben lieb ist, werden Sie tun, was ich Ihnen sage«, flüsterte sie ihm hitzig zu und legte sich währenddessen rasch einen Plan zurecht. »Wir werden zur Tür gehen, Sie vor mir, und Sie werden die Tür öffnen. Ohne Ihren Diener in die Kajüte zu lassen, werden Sie ihm sagen, dass Ihnen etwas eingefallen ist, weshalb das Schiff dringend zurück an Land muss. In England wohlgemerkt. Dann wird er Ihren Befehl dem Kapitän überbringen, während Sie und ich hier warten. Wenn wir anlegen, werden Sie mich vom Schiff begleiten. Und ich warne Sie: Diese Pistole wird die ganze Zeit über auf Ihr Herz gerichtet sein. Es wird mich keine Sekunde meines Schlafs kosten, wenn ich den Abzug betätigen muss.«

Sein Lächeln wurde breiter, und er nickte scheinbar zustimmend, was Claire paradoxerweise noch wachsamer werden ließ als zuvor.

»Ein guter Plan. Mein Kompliment. Aber da wäre ein Umstand, der Ihrer Aufmerksamkeit entgangen ist. Dies ist nicht mein Schiff. Meine Beziehung zur Mannschaft ist nicht von der Art, dass ich eine solche Order geben und dafür sorgen könnte, dass sie auch befolgt wird. Bitte beachten Sie die verriegelte Tür; sicherlich ist Ihnen klar, dass sie einen gewissen Mangel an Vertrauen gegenüber den Absichten erkennen lässt, welche die Mannschaft mir und meiner Begleitung gegenüber hegt. Unser Ziel ist Frankreich, und nach Frankreich, so fürchte ich sehr, werden wir auch fahren.«

Claire kniff die Augen zusammen. Das war eine List – dessen war sie sich beinahe sicher.

»Sie werden tun, was ich Ihnen sage.«

Claires Stimme klang kühl und optimistisch. Dennoch warf sie einen verstohlenen Blick zur Tür. Wie er gesagt hatte, war sie verriegelt. Würde die Mannschaft seinen Anordnungen wirklich nicht gehorchen? Bisher war er mit Befehlen recht freigebig gewesen, fiel ihr nun wieder ein, und sie waren bereitwillig ausgeführt worden, soweit sie es beurteilen konnte. Doch wie er schon sagte, er war nicht der Kapitän des Schiffs.

»Master Hugh!«

Der Ruf und das begleitende Klopfen waren beträchtlich lauter geworden. Ein aufgebrachtes Murren folgte, dessen Bedeutung im Tonfall klar zum Ausdruck kam, wenn sie auch die Worte nicht verstehen konnte.

»Antworten Sie«, zischte sie und kam sich vor wie eine Katze auf einem heißen Dach, die nicht wusste, in welche Richtung sie springen sollte, weil sie sich höchstwahrscheinlich ohnehin verbrennen würde, gleichgültig, wo sie landete.

»Immer langsam mit den jungen Pferden, James. Ich komme ja«, rief Hugh. Vertraulich senkte er die Stimme und fügte zu Claire gewandt hinzu: »Die Mannschaft gehorcht mir nur insoweit, als es den Männern passt, und das ist die Wahrheit. Seien Sie versichert, dass sie nicht allzu sehr trauern würden, wenn Sie den Abzug betätigen und die Welt von mir befreien sollten. Aber vielleicht tut es Ihnen am Ende noch leid. Denn dann wären Sie Ihnen auf Gedeih und Verderb ausgeliefert.« Scheinbar nonchalant zuckte er mit den Achseln. »Andererseits würde es vielleicht die Kraft einer

Frau mit Ihrer – Erfahrung mit Männern, ein besseres Wort will mir jetzt nicht einfallen –, gar nicht übersteigen, bei der gesamten Mannschaft zu liegen, wenn Sie das Schiff so lebendig verlassen könnten. Nicht dass ich glaube, dass Ihnen das gelingen wird, wohlgemerkt.«

»Ich an Ihrer Stelle wäre vorsichtig mit Beleidigungen, wenn ich am falschen Ende der Pistole stünde, Kerl«, erwiderte sie unnachgiebig.

»Meines Erachtens ist es doch so: Sie können es mit mir zu tun haben, oder Sie können es mit der ganzen Mannschaft zu tun bekommen«, fuhr er fort und lächelte ihr engelsgleich zu. »Sie haben die Wahl.«

9

»Ah, Brandy«, sagte Hugh und nahm James Flasche und Glas mit echter Dankbarkeit ab. Wenn seine Einschätzung der Mannschaft der *Nadine* zutraf, würde es sich um edlen französischen Brandy handeln, den man von einer kürzlich nach England geschmuggelten Ladung zurückbehalten hatte.

»Was gibt es zu tun?« James stand nach wie vor im dunklen Korridor und blickte Hugh fragend und mit gerunzelter Stirn an. Der wiederum verstellte mit seinem Körper die nur teilweise geöffnete Tür. Ein wenig hinter Hugh stand rechts von ihm und gerade außerhalb von James' Blickfeld seine allzu fesselnde Gefangene und hielt die Pistole auf ihn gerichtet. Sie schwankte im Rhythmus des Schiffs, den grimmigen Blick fest auf ihn gerichtet. Hugh fragte sich, ob sie tatsächlich den Abzug betätigen würde, wenn er es darauf ankommen ließe.

Es wäre interessant, das herauszufinden.

»Ich befrage gerade die Gefangene«, sagte er und blickte James aus zusammengekniffenen Augen an. »Im Augenblick brauche ich dich nicht.«

»Aber …«, widersprach James, ehe er Hughs Blick auffing. »Oh. Sie brauchen mich jetzt nicht.«

»So ist es.«

Ein schlanker nackter Fuß stupste Hughs Bein bedeutungsvoll an. Ihm fiel auf, dass sie darauf achtete, ihm nicht zu nahe zu kommen, doch ihr kleiner Vorstoß hatte sie beinahe das Gleichgewicht verlieren lassen. Er schürzte verächtlich die Lippen, als er aus dem Augenwinkel beobachtete, wie sie zur Seite taumelte, jedoch rasch ihr Gleichgewicht zurückgewann. Diese nicht eben unauffällige Erinnerung an das, was sie ihm in dringendem Flüsterton auf dem Weg zur Tür erneut zu sagen eingeschärft hatte, war jedoch unnötig. Er erinnerte sich an jedes Wort.

»Du musst für mich eine Nachricht an Kapitän Dorsey überbringen«, sagte er zu James. »Sag ihm, dass unvorhergesehene Umstände eingetreten sind und ich ihn auffordere, nach England zurückzukehren. Dann werde ich die Gefangene von Bord bringen.«

James riss die Augen auf. Einen Augenblick starrte er Hugh sprachlos an. Dann verzog er das Gesicht und verdrehte die Augen. Er hatte die Botschaft, dass er nichts dergleichen tun solle, offenbar verstanden.

»Sehr wohl, Master Hugh. Ich sage es dem Kapitän.«

James' Stimme klang ein wenig steif. Seine Missbilligung dessen, was er »dieses Treiben« nennen würde, stand ihm deutlich ins Gesicht geschrieben. Je nun, seine Antwort, so hoffte Hugh, klang überzeugend genug für jemanden, der seine Miene nicht sah.

»Dann mach dich gleich daran.« Hugh schloss die Tür, doch zuvor gelang es James noch, missbilligend den Kopf zu schütteln.

»Sehr gut«, sagte Hughs Gefangene, als er sie ansah. Dann: »Verriegeln Sie die Tür.«

»Das würde ich gerne, allein, ich bin ein wenig behindert, wie Sie sehen.«

Er hielt die von James beschaffte Flasche Brandy hoch, auf der kopfüber ein einzelnes Glas steckte.

»Ich halte sie.«

Sie beobachtete ihn genau, als rechnete sie jeden Augenblick damit, dass er sie anspringen werde, löste sodann ihre linke Hand von der grimmig umklammerten Pistole und streckte sie ihm entgegen. Schwach lächelnd reichte er ihr die Flasche und verriegelte die Tür. Dann blickte er sie wieder an.

»Was nun, o Herrin?«

Claire kaute auf der Unterlippe. Sie wirkte unentschlossen und war zudem, gestand Hugh sich widerwillig ein, recht köstlich anzuschauen. Sie hatte die Stirn gerunzelt; die goldenen Augen blickten sorgenverhangen. Ihr trocknendes Haar war pechschwarz und fiel ihr nun, da es von allen Nadeln oder was auch immer ihre Frisur gehalten hatte, befreit war, in üppigen Wellen über die Schultern und den Rücken hinab bis fast zur Taille. Ihr nasses Kleid bildete jede köstliche Rundung und jede Vertiefung ihres Körpers gewissenhaft ab. Ihre Brustwarzen reckten sich immer noch keck gegen den nassen Wollstoff, der an ihren Brüsten klebte.

Beim bloßen Anblick dieser Brüste – ihres ganzen Körpers – schoss die Hitze in seine Lenden. Himmel, was für eine Schönheit! Und jung – sie konnte nicht so jung sein, wie sie aussah. Beinahe hätte er sie nach ihrem Alter gefragt, doch er tat es nicht. Er wollte es eigentlich gar nicht wissen – und sie hätte wahrscheinlich ohnehin gelogen, wie sie es ja schon die ganze Zeit tat. Ganz bewusst dachte er an Lord Archer. Zweifellos hatte es den tatterigen alten Narren in Ekstase versetzt, ein so unvergleichliches Weib in seinem Bett vorzufinden. Wie der Mann es hatte zulassen können, dass eine Dirne ihm Papiere abnahm, die für die Sicherheit seines Landes von entscheidender Bedeutung waren, erklärte sich nun, da Hugh die fragliche Dirne selbst in Augenschein genommen hatte, von selbst. Man musste dem alten Mann seinen Fehler beinahe nachsehen. Nur ein blutleerer Eunuch könnte einem jungen Ding wie diesem widerstehen – oder, fügte er hastig hinzu, ein Mann mit seinem eisernen Willen.

Hoffentlich.

»Ich möchte, dass Sie den Stuhl dort zur Wand drehen und darauf Platz nehmen.«

Ihre Stimme klang kühl und gebieterisch. Ganz offensichtlich genoss sie es, die Oberhand zu haben. Glücklicherweise war Hugh bei dem Gedanken an den armen, hinters Licht geführten Archer wieder zur Besinnung gekommen. Er selbst war immerhin insofern im Vorteil, als er wusste, was für ein verräterisches Weibsstück sie war, gleichgültig, wie gut sie aussah, dachte Hugh und bewegte sich in die angegebene Richtung. Hätte er es nicht besser gewusst, dann hätte er womöglich einen ebensolchen Narren aus sich gemacht wie zuvor Archer – und dies war ein Gedanke, der ihm nicht sonderlich zusagte und bei dem er gewiss nicht verweilen mochte.

Doch gewarnt sein heißt gewappnet sein.

Sie beobachtete ihn von der anderen Seite des Tisches aus, als er gehorsam den Stuhl herumdrehte und sich mit dem Gesicht zur Wand darauf niederließ. Sein Messer, das sie zunächst auf den Tisch gelegt hatte – Hugh würde nicht so schnell vergessen, wie sie ihn danach durchsucht hatte –, hielt sie nun in der Hand, offenkundig, damit er nicht herankam. Sie hielt es ein wenig unbeholfen, als wüsste sie nicht, was sie damit anfangen sollte. In der anderen Hand hielt sie die Pistole. Einhändig getragen wirkte die Waffe zu schwer für sie. Sie schien Schwierigkeiten zu haben, sie ruhig zu halten. Flüchtig hoffte er, sie werde den Abzug nicht aus Versehen betätigen.

Doch dann tat er diesen Gedanken als etwas ab, worauf er keinen Einfluss hatte, weswegen er sich darum auch keine Sorgen machen sollte.

Sein Blick wanderte zum Tisch. Sie hatte den Brandy dort abgestellt, wo sein Messer noch vor wenigen Augenblicken gelegen hatte. Die bernsteinfarbene Flüssigkeit schwappte einladend in der dickwandigen Flasche, während das Schiff wie eine Wiege hin- und herschaukelte. Im Licht der Lampe erinnerte ihn die Farbe des Brandys an ihre Augen: Sie waren von warmem Gold und verhießen alle Arten sinnlicher Wonnen.

Im Vergleich zu besagten Wonnen war die Hand, die über seine Taille geglitten war, klein und kalt gewesen; sie hätte nicht ein so drängendes Verlangen danach in ihm erwecken dürfen, seine Finger darum zu schließen und sie in eine intimere Körperregion zu lenken – und doch hatte sie es getan.

»Sie können mir einen Schluck Brandy einschenken.«

Ihre Anordnung war eine willkommene Ablenkung von den plötzlich in ihm aufsteigenden erotischen Bildern, die er, so sehr er es auch versuchte, nicht aus seinen Gedanken verbannen konnte. Es dauerte ein, zwei Sekunden, ehe er wirklich begriff, was sie gesagt hatte. Dann schossen Hughs Augenbrauen in die Höhe. Damen tranken keinen Brandy – doch natürlich war sie gar keine Dame. Es war ein Anzeichen dafür, wie gut sie ihre Rolle spielte, dass er auch nur vorübergehend überrascht gewesen war, als sie von ihrer Rolle abwich.

»Nur einen Schluck?«, fragte er.

Seine Stimme wies einen leicht ironischen Unterton auf, doch war die Ironie gegen ihn selbst gerichtet, denn auch, wenn er es früher nicht geglaubt hätte, erwies er sich nun als ebenso anfällig für die erregende Wirkung einer schönen Frau wie jeder andere Mann.

»Meine Kehle ist trocken.« Das klang wie eine Rechtfertigung.

»Wenn dem so ist, muss das so ziemlich der einzige Teil Ihres Körpers sein, der trocken ist.« Er sprach bewusst leichthin, entkorkte die Flasche und goss ihr die gewünschte Menge ein. Als er wieder aufblickte, sah er geradewegs in die schwarze Mündung der Pistole, die unnachgiebig auf ihn gerichtet war. Auch wenn sie eine schöne junge Frau war, die nach Belieben ein weibliches Gebaren an den Tag legen und wieder ablegen konnte, wäre er ein Narr, wenn er daran zweifelte, dass sie ihn erschießen würde, falls und wenn es ihr gefiel. »In den Satteltaschen in dem Schrank dort befindet sich Kleidung, die Sie anziehen könnten. Keine Frauenkleider, fürchte ich, aber wenigstens sind die Sachen trocken.«

Mit einem Nicken deutete er auf den Schrank, während er

ihr das Glas zuschob. Sie warf einen Blick in diese Richtung, kaum mehr als einen raschen Seitenblick, ehe sie ihn misstrauisch musterte. Dass sie die Vorstellung, sich ihrer durchnässten Kleidung zu entledigen, reizvoll fand, stand ihr deutlich ins Gesicht geschrieben.

Sollte er sie überreden können, ihre Kleidung freiwillig abzulegen, käme ihm das mehr entgegen, als wenn er sie zwänge, sich zu entkleiden.

Gab es da nicht irgendein Sprichwort des Inhalts, dass man mit Speck Mäuse fängt?

»Da sind wollene Strümpfe«, sagte er, um sie in Versuchung zu führen. »Dazu ein Hemd und Kniehosen. Und ein Handtuch, glaube ich.«

Die erwähnten Textilien gehörten alle James, der auf ihrer Reise weit sorgsamer mit seiner Kleidung umgegangen war als Hugh. Er selbst besaß an trockenen, sauberen Kleidern gerade einmal Unterwäsche – wenn er Glück hatte.

»Ich kann mir nicht vorstellen, dass Sie an meinem Wohlergehen interessiert sind.«

Während sie sprach, nahm sie den Brandy, den er ihr eingegossen hatte. Einen Augenblick lang schwenkte sie ihn im Glas und sah aus, als vermutete sie irgendeine ruchlose Beimischung im Brandy. Dann hob sie das Glas an die Nase, roch misstrauisch daran und trank.

Gleich darauf hustete sie, verzog das Gesicht und gab einen entzückenden kleinen Rülpser von sich. Sie schlug die Hand vor den Mund, und ihr Blick schnellte zu ihm. Ihre beschämte Miene war seines Erachtens sehr gut gespielt.

»Eigentlich nicht«, sagte er und weigerte sich, sich einzugestehen, dass er ihre Reaktion auf den Brandy bezaubernd fand. »Was ich von Ihnen will, sind die Briefe, die Sie Lord Archer gestohlen haben, dazu den Namen desjenigen, der Sie darauf angesetzt hat, den Namen des Mannes, dem Sie die Briefe aushändigen sollten, sobald Sie Frankreich erreicht haben, sowie die Namen jeder Person, die Ihnen unterwegs geholfen hat. Sobald Sie mir dies alles gegeben haben, werde ich Sie nur zu gern ziehen lassen.«

Ob er diese letzte Versicherung ernst meinte, konnte sie ja nicht überprüfen.

Sie betrachtete ihn kühl. »Es mangelt Ihnen ganz offensichtlich entweder an geistigen Fähigkeiten oder am Hörvermögen. Ich wiederhole: Ich weiß nichts von Ihren Briefen und dem Übrigen.« Dann fügte sie warnend hinzu: »Wagen Sie es nicht, aufzustehen, und keine falsche Bewegung.«

»Ich denke, wir haben bereits festgestellt, dass ich das nicht tue.«

Sein Tonfall war trocken. Er hatte nicht erwartet, dass sie ihm einfach geben würde, worum er sie bat, von daher kam ihre Antwort nicht überraschend. Dennoch, die Tatsache, dass sie das Verwirrspiel auch jetzt noch aufrechterhielt, wo sie sozusagen die Peitsche schwang, versetzte seiner Überzeugung einen Stich, wie ein kleiner Dorn, der durch einen dicken Wollstrumpf drang.

Konnte es sein, dass sie die Wahrheit sprach? Flüchtig zog er diese Möglichkeit in Betracht, doch eigentlich war es unmöglich, dass noch eine Frau außer der, die abzufangen er geschickt worden war, mitten in dieser Nacht an genau diesem abgelegenen Strand in eben dieser wenig bevölkerten Gegend der Sussex Downs gewartet haben konnte.

Die Wahrscheinlichkeit war so gering, dass man sie außer Acht lassen konnte. Doch die Tatsache, dass er die Möglichkeit überhaupt in Erwägung gezogen hatte – nun, die war beunruhigend. Die Frau war wirklich gefährlich, wenn er, der doch genau wusste, wer sie war, Gefahr lief, auf ihre Lügen hereinzufallen.

Lady Claire Lynes, was sie nicht sagte. Damit war sie weit übers Ziel hinausgeschossen. Doch dass sie just diesen Namen sozusagen als ihren Decknamen gewählt hatte – was hatte das zu bedeuten? Es musste etwas zu bedeuten haben. Wie bei ihrer Anwesenheit an jenem Strand bestand auch hier eine geringe Möglichkeit, dass sie den Namen rein zufällig gewählt hatte, doch er glaubte es nicht.

Er glaubte eigentlich nicht an Zufall.

Nachdenklich betrachtete er sie und versuchte, aus dem beklagenswerten Durcheinander in seinem Kopf schlau zu werden. Es gab Antworten auf seine Fragen, und die hatte sie. Der Schlüssel zu dem, was er wollte, lag wohl darin, herauszufinden, was sie wollte, und es ihr als Köder vor die Nase zu halten.

Sie bewegte sich rückwärts auf den Schrank zu und hielt dabei den Blick – und die Pistole – auf ihn gerichtet. Schließlich verschwand sie aus seinem Blickfeld. Nachdenklich begutachtete Hugh das, was unmittelbar vor seiner Nase lag: die zerkratzte Täfelung, die im flackernden Laternenlicht eine erstaunlich zarte Färbung angenommen hatte; drei Vier tel des Tisches, auf dem nur die Brandyflasche und das Glas standen, das sie geleert hatte; die Uhr mit dem runden Zifferblatt in ihrem Messinggehäuse, die auf dem Regal über dem Tisch festgeschraubt war.

Es war beinahe drei Uhr morgens, bemerkte er, als er die Uhr betrachtete und ihrem Ticken sowie dem Geräusch lauschte, mit dem der Schrank hinter ihm geöffnet wurde. Es blieben noch viele Stunden, ehe sie ihren Zielort erreichten, schätzte er, während ein leiser Aufprall und das darauf folgende Rascheln ihm sagten, dass sie die Satteltaschen mit der Ausrüstung gefunden hatte. Dann hörte er nichts mehr von ihr. Das unablässige Knarren der Balken sowie das rhythmische Klatschen der Wellen gegen den Schiffsrumpf vereinten sich mit anderen Hintergrundgeräuschen, sodass es schwierig war, durch reines Lauschen herauszufinden, was sie vorhatte.

»Sehen Sie sich nicht um.«

Gerade wollte er instinktiv den Kopf wenden, um nach ihrem Verbleib zu sehen.

»Warum nicht?« Sobald er begriff, dass sie sich umkleiden

wollte, konnte er dem Impuls, sie trotz allem, was er von ihr wusste, ein wenig zu necken, nicht widerstehen und reckte mit gespielter Unschuld seinen Hals, als wollte er eine gute Sicht haben. Sie stand unmittelbar vor der Koje. Die Schranktür war wieder geschlossen, und sie hielt einige von James' Kleidern im Arm. Als sie seinem Blick begegnete, sah sie aus wie ein erschrockenes Reh. Dann funkelte sie ihn wütend an.

»Weil ich es sage«, fauchte sie und deutete drohend mit der Pistole auf ihn.

»Ah, in der Tat ein exzellenter Grund.«

Hugh ließ seinen Blick von den Kleidungsstücken über ihr Gesicht zur Pistole schweifen und starrte dann zufrieden wieder die Wand an.

Er lächelte still, achtete jedoch darauf, es sie nicht sehen zu lassen, und lehnte sich auf seinem unbequemen Stuhl zurück, den Blick scheinbar auf die Wand vor ihm geheftet. Die Rache seiner geprellten Rippen für die alles andere als kluge Bewegung suchte er nach Kräften zu ignorieren. Der Brandy wartete auf dem Tisch, gleich neben seinem Ellenbogen. Hugh griff nach Flasche und Glas und gratulierte sich, dass er so gescheit gewesen war zu erkennen, dass es mehr als eine Möglichkeit gab, dieser Katze das Fell über die Ohren zu ziehen.

»Was tun Sie da?« Sie klang erschrocken, als er sich erneut bewegte.

»Ich dachte, ich gieße mir einen Brandy ein. Haben Sie etwas dagegen einzuwenden?«

Er sah sich ganz bewusst nicht um, denn er wollte sie nicht erschrecken – nicht, wenn die Dinge sich für ihn so gut entwickelten.

Sie gab einen Laut von sich, den er als Erlaubnis interpretierte. So schenkte er sich ein Glas ein, nahm einen Schluck und genoss das Aroma und den vollen würzigen Geschmack der Flüssigkeit auf seiner Zunge mit echter Dankbarkeit.

Noch größere Dankbarkeit verspürte er für die glänzende Messingoberfläche der Uhr, dachte er, während er den Brandy hinunterschluckte. Dort sah er Claire so klar und deutlich wie in einem Spiegel, lediglich im Kleinen und in einer warmen goldenen Tönung.

Gleich darauf beobachtete er interessiert, wie sie sich, beide Hände hinter dem Rücken verdreht, bemühte, die verbleibenden Knöpfe an ihrem Kleid zu öffnen. Die Knöpfe, die leicht zu erreichen waren, hatte sie bereits geöffnet; nun musste sie sich ziemlich strecken. Die Pistole lag, wie er bemerkte, ein kleines Stück hinter ihr in der Koje. Das Messer lag daneben, wie auch James' Kleidung, die sie willkürlich auf einen Haufen geworfen hatte. Hugh war zuversichtlich, dass er sie erreichen könnte, ehe sie eine der Waffen ergriffen hätte, sollte er das Bedürfnis verspüren.

Andererseits hielt er ein viel versprechendes Blatt in der Hand. Wenn er sich bewegte, müsste er zudem auf die köstliche Aussicht verzichten, sie zu beobachten, während sie vor seinen wachsamen, aber dennoch anerkennenden Augen, sämtliche Kleidungsstücke ablegte.

10

Als Claire schließlich den letzten Knopf geöffnet hatte, seufzte sie erleichtert. Sie sah kurz zu Hugh: Er hatte den Kopf leicht in den Nacken gelegt und trank seinen Brandy, doch er saß noch so auf dem Stuhl, wie sie es ihm befohlen hatte, und wandte ihr gleichmütig den Rücken zu. Sie befreite ihre Arme aus dem nassen Kaschmirstoff, schob dann nach einem weiteren blitzschnellen Blick zu Hugh ihr Kleid hinunter und trat heraus.

Das Schiff krängte stärker als bisher. Ihr Magen krängte mit ihm und drohte mit allerlei grässlichen Konsequenzen, sollte diese Bewegung unvermindert anhalten. Ohne etwas dagegen tun zu können, taumelte sie seitlich gegen die Koje, ehe sie das Gleichgewicht wiedererlangte. Sie schluckte zwei Mal rasch nacheinander, um ihren zunehmend aufsässigen Magen zu beruhigen. Abgesehen von der Übelkeit, die in ihr aufstieg, die sie jedoch entschlossen war zu ignorieren, musste sie das heftige Schwanken wohl oder übel als gutes Zeichen betrachten. Hatte ihre List Erfolg? Drehte das Schiff tatsächlich um?

»Woher wissen wir, ob Ihre Befehle ausgeführt werden?«

Sie erkannte, dass sie ohne Sicht auf den Himmel und das Meer unmöglich wissen konnte, in welche Richtung das Schiff segelte.

»Ihre Befehle, meinen Sie?« In seiner Stimme lag ein leicht ironischer Unterton.

»In Ordnung, meine Befehle. Woher wissen wir, ob das Schiff nach England zurückkehrt?«

»Wir werden es zweifellos herausfinden, wenn wir an Land gehen.«

Claire gab einen leisen verärgerten Laut von sich. Er war wenig hilfreich, und das mit Absicht.

»Vorher.«

Er zuckte mit den Achseln.

»Wenn James zurückkehrt – und er wird zurückkehren –, können Sie ihn gerne fragen.«

Claire blickte ihn finster an – was er selbstverständlich nicht sehen konnte, da er ihr den Rücken zukehrte –, dann gab sie auf. Ob sie nun umkehrten oder nicht, sie konnte im Augenblick nichts daran ändern. Sie konnte sich genauso gut darauf konzentrieren, sich abzutrocknen und wieder warm zu werden.

Es lag eine gewisse Ironie darin, dass ihr nun, da sie sich ihres durchnässten Kleides entledigt hatte, plötzlich kalt war. Auf ihren nackten Armen bildete sich eine Gänsehaut, und Kälteschauer liefen ihr erneut über den Rücken. Wäre sie noch viel länger gezwungen gewesen, die nasse Kleidung zu tragen, hätte sie sich womöglich eine Lungenentzündung oder eine andere schwere Erkrankung zugezogen. Das wäre allerdings nur dann ein Problem, wenn sie lebend aus diesem Alptraum hervorging.

»Wissen Sie, ich habe nachgedacht: Vielleicht können wir einen Handel abschließen, Sie und ich«, sagte Hugh unvermittelt. Sie fuhr zusammen. Ihr Blick schnellte zu ihm. Gott sei Dank hatte er sich offenbar nicht gerührt. Sie trug nur ihr Korsett und ein dünnes Unterhemd, und darüber einen einzigen durchnässten Unterrock, folglich war sie so gut wie nackt. Sie hatte mit den ebenfalls nassen Schnüren ihres Korsetts gekämpft, die sich verknotet hatten und sie zur Weißglut trieben. In der Bestürzung über die unerwartete Unterbrechung hatte sie das Ende verloren, an dem sie gezogen hatte.

»Wie meinen Sie das?«, fragte sie ärgerlich und wandte den Blick diesmal nicht von ihm ab, als sie den Kampf mit den widerspenstigen Schnüren wieder aufnahm.

»Ich nehme an, man bezahlt Sie für die Briefe. Anstatt Ihr Land zu verraten – Ihnen ist klar, dass Sie eben dies tun, ja? –, verkaufen Sie sie doch mir. Ich bin bereit, mit jedem Angebot gleichzuziehen, das Ihnen gemacht wird.«

Claire hatte den Knoten endlich entwirrt und wand sich gerade aus dem Korsett, als ihr auffiel, wessen er sie da beschuldigte.

»Sie glauben, ich sei eine Verräterin?«, keuchte sie, als das Korsett sich zu dem Gewand zu ihren Füßen gesellte. »Wie können Sie so etwas Abscheuliches sagen?«

»Wie können Sie so etwas Abscheuliches tun?« Seine Stimme klang nüchtern. Sie konnte sein Gesicht nicht sehen, aber sein Tonfall sagte ihr, dass er wirklich glaubte, was er sagte.

Mit zusammengekniffenen Augenbrauen starrte sie seinen Hinterkopf an.

»Sie sind offenbar so dumm wie Bohnenstroh!«, sagte sie voller Abscheu. »Kann denn nichts Sie davon überzeugen, dass ich nicht die bin, für die Sie mich halten? Ich will es Ihnen noch ein Mal erklären: Sie sind einem Irrtum erlegen. Einem Irrtum, verstehen Sie? Wenn Sie so viel Verstand hätten, wie Gott einem Floh gewährt hat, würden Sie mich gehen lassen und nach der echten Miss Towbridge suchen. Sie hat Ihre Briefe, Sie Trottel, und ich bin nicht sie!«

»Nehmen wir an, ich biete Ihnen das Doppelte von dem, was man Ihnen bezahlt.«

Ungläubig starrte Claire ihn an. Ihr schoss der Gedanke durch den Kopf, ihm etwas an seinen dickschädeligen Kopf zu werfen, doch sie hatte nichts bis auf die Pistole und das Messer, und sie würde ganz gewiss keins von beiden in seine Reichweite bringen. Die Vorstellung, ihm ein wenig Verstand einzubläuen, schien ihr sehr verlockend. Andererseits, dachte sie, als sie mit heftigen Bewegungen die Bänder ihres Unterrocks löste, würde das wahrscheinlich ohnehin nichts bewirken. Es war unmöglich, einem Holzklotz Verstand einzubläuen. Wenn sie ihn zusammenschlüge, würde sie wahrscheinlich höchstens erreichen, dass sie sich besser fühlte.

»Also?«, fragte er ungeduldig, als sie nicht antwortete.

Wutentbrannt funkelte sie ihn an, was erneut reine Zeitverschwendung war, da er sie ja nicht sehen konnte – und das war auch gut so, denn nun trug sie nur noch ihr Unterhemd, und der Batist klebte beinahe obszön an ihren Brüsten und war ansonsten so gut wie durchsichtig. Sie atmete tief durch.

»Was um alles auf der Welt steht eigentlich in diesen Briefen?«, fragte sie aufgebracht. Nachdem sie sich vergewissert hatte, dass er keinerlei Anstalten machte, sich umzusehen, zog sie das Hemd über den Kopf und ließ es zu Boden fallen. Nackt und zitternd warf sie ihm einen weiteren argwöhnischen Blick zu und griff nach dem Handtuch. Wenn ihr nicht bald warm wurde, dachte sie plötzlich, würde sie vielleicht erfrieren.

»Kann es sein, dass Sie das nicht wissen?« Seine Stimme klang heiserer als zuvor, und erneut blickte sie misstrauisch zu ihm hinüber. Sein Blick war nach wie vor auf die Wand gerichtet, sein Rücken war ihr in voller Breite zugewandt, seine rechte Hand lag auf dem Tisch und umfasste das leere Glas. Ihr fiel das heiße Aufflammen von Begehren ein, das sie in seinen Augen gesehen hatte, als er sie zuvor betrachtet hatte, und sie fragte sich, ob die bloße Vorstellung, dass sie sich hinter ihm entkleidete, seine Stimme so verändert hatte. Seltsamerweise erregte diese Vorstellung sie selbst ein wenig.

Doch solche Gedanken führten zu nichts. Es war die reine Narretei – oder Schlimmeres –, sich zu gestatten, dass sie sich von diesem Kerl auch nur im Mindesten angezogen fühlte. Wie auch immer, eine wahrscheinlichere Erklärung war wohl eher die Flasche an seinem Ellenbogen, sagte sie sich. Wie das Glas war sie leer. Er hatte die ganze Flasche geleert. Sie hatte den Geschmack immer noch im Mund. Der Brandy hatte zwar ihren trockenen Mund und ihre Kehle benetzt, wie sie gehofft hatte, doch er hatte auch ein unangenehmes Brennen nach sich gezogen. Hugh hatte viel mehr davon getrunken als sie. Vielleicht erklärten die Nachwirkungen einer solchen Menge Brandy in so kurzer Zeit seine plötzlich raue Stimme.

Falls es eine andere Erklärung gab, fuhr sie besser damit, wenn sie sie nicht kannte.

»Diese Briefe enthalten Informationen, die Englands Bemühungen, den Krieg zu gewinnen, ernsthaft gefährden könnten«, fuhr Hugh fort. Dann hielt er inne und räusperte sich. Claire rubbelte ihre Oberschenkel mit einem Handtuch ab, um das Blut wieder zirkulieren zu lassen. Sie unterbrach ihr Tun und sah erneut misstrauisch zu ihm hoch. Er hatte sich nicht bewegt. Nichts hatte sich bewegt. Sie machte sich ja lächerlich. Verbissen senkte sie den Blick wieder und konzentrierte sich darauf, ihre Waden und Füße gut abzutrocknen.

»Wenn die Franzosen sie in die Hände bekommen, wird das viele Unschuldige das Leben kosten. Unschuldige Engländer. Das wollen Sie doch nicht, oder? Gestatten Sie mir, Ihnen die Briefe abzukaufen, und beantworten Sie meine Fragen wahrheitsgemäß. So können Sie sich beträchtlich bereichern und dennoch des Nachts schlafen, weil Sie wissen, dass Sie Ihrem Land am Ende doch treu geblieben sind.«

Jedweder Gedanke an ihn als Mann, der von ihr angezogen wurde und den sie ihrerseits anziehend fand, wurde bei diesem erneuten Vorwurf, dass sie eine Verräterin sei, von einer Welle der Empörung hinweggeschwemmt, und für diese kleine Gnade war Claire dankbar. Er war einfach ein sturer stumpfsinniger Rüpel, der sie womöglich wegen eines Missverständnisses ermorden würde. Mehr musste sie von ihm nicht wissen. Als sie sich mit dem Handtuch in der Hand aufrichtete, dachte sie ganz kurz daran, zu wiederholen, was ihr mittlerweile schon fast wie eine Gebetsformel erschien: Du hast die Falsche, du Kretin!

Doch es war sinnlos, das wusste sie. Er würde ihr nicht glauben, gleichgültig, wie oft sie es wiederholte. Es war schlimm genug, dass er sie für ein leichtes Mädchen und obendrein eine Lügnerin hielt, doch dass er sie auch für fähig hielt, ihr Land zu verraten – das war zu viel. Sie trocknete ihre Haare mit dem Handtuch und beäugte ihn nachdenklich.

Solange sie im Besitz der Pistole war, konnte er ihr nichts anhaben, gleichgültig, wie sehr sie ihn verärgerte. Und mit diesem Gedanken im Kopf beschloss sie, ihn ein wenig für all das büßen zu lassen, was sie seinetwegen hatte erleiden müssen.

»Es ist sehr gut möglich, dass ich wünsche, eine loyale Engländerin zu bleiben, wie Sie schon sagen«, begann sie, ging zum einen Ende der Koje und drapierte das feuchte Handtuch über das Brett am Fußende. Nackt und immer noch zitternd, doch immerhin köstlich trocken, griff sie nach dem weißen Leinenhemd, das sie in den Satteltaschen gefunden hatte, und zog es über den Kopf. Es war wahrhaft riesengroß, stellte sie fest, als sie ihre Haare aus dem Kragen befreite und das Hemd zurechtzupfte. Es reichte ihr beinahe bis auf die Knie und war so breit, dass sie es mehrfach um ihren Körper hätte wickeln können. Die Ärmel waren viel zu lang und sie krempelte sie auf, während sie fortfuhr. »Und nur einmal angenommen, wohlgemerkt, es wäre so, dann könnten Sie mich vielleicht wirklich dazu überreden, mir Ihren Vorschlag anzuhören. Aber zuerst müssen Sie mir eine Frage beantworten: Was wollen Sie mit den Briefen? Wenn sie so gefährlich für England sind, wieso sollte ich sie dann ausgerechnet Ihnen geben?«

Sie musterte seinen Rücken und glaubte, eine kaum wahrnehmbare Lockerung in seinem Schulterbereich zu erkennen, als entspannten sich zuvor angespannte Muskeln. Eine interessante Regung, fand sie.

»Sie geben also zu, dass Sie sie haben?« Falls seine Muskeln sich entspannt hatten, seine Stimme nicht; sie war eindeutig grimmiger als zuvor.

Sie lachte, ein höhnischer kleiner Laut, und setzte sich auf die Koje, um die Strümpfe anzuziehen. Wie das Hemd waren sie riesig und weiß, ganz schlicht und so dick gewebt, dass ihre armen Füße voller Vorfreude zuckten.

»Ich gebe gar nichts zu. Aber ich würde gerne wissen, was Sie mit den Briefen vorhaben.« Sie steckte einen Fuß in das weiche wollene Nest, das sie bereitet hatte, und zog den ersten Strumpf hoch. Er ging ihr bis übers Knie und wärmte sie sogleich. Sie stieß einen kleinen lustvollen Seufzer aus. »Sind Sie vielleicht ein Agent der britischen Regierung, den man ausgeschickt hat, denjenigen, der sie gestohlen hat, vor Gericht zu bringen? Oder sind Sie selbst ein Schurke und Dieb, der irgendwie Wind davon bekommen hat und sie an den Höchstbietenden verkaufen will, falls Sie sie in die Hände bekommen?«

»Ich bin bereit, Ihnen eine große Summe Geldes für die Briefe zu zahlen. Sagen wir, zehntausend Pfund.«

Sprachlos ob der wahrhaft ungeheuren Summe, benötigte Claire einen Augenblick, um zu erkennen, dass er ihr nicht geantwortet hatte.

»Beeindruckend«, sagte sie und machte oberhalb des Knies unbeholfen einen Knoten in den Strumpf, damit er nicht wieder herunterrutschte.

»Sie wären gut beraten, mein Angebot anzunehmen, mein Mädchen.«

In seiner Stimme klang nun ein unheilvoller Unterton mit.

In gespielter Sorge hob sie die Augenbrauen. Dann verzog sie das Gesicht, als ihr wieder einfiel, das er sie nicht sehen konnte.

»Nun, wenn ich die Pistole nicht hätte, hätte ich Angst, alles preiszugeben«, erwiderte sie.

Allmählich genoss sie dieses Spiel beinahe, bemerkte sie, während sie den zweiten Strumpf anzog. Unter den gegebenen Umständen war es ein Vergnügen, ihn zu ködern – gewiss das größte Vergnügen, das sie an diesem höllischen Tag gehabt hatte.

»Kann ich Sie mit einer größeren Summe in Versuchung führen? Innerhalb eines vernünftigen Rahmens können Sie mir selbst einen Preis nennen.«

Ein kaum merklicher, jedoch unverkennbar verächtlicher Unterton schwang bei diesem Angebot mit. Das erinnerte sie daran, was er von ihr hielt, und dies erzürnte sie erneut.

Wütend starrte sie auf seinen Rücken und schwieg. Dann sagte sie in bewusst aufreizendem Ton: »Danke, aber ich denke, ich muss doch ablehnen.«

Da drehte er sich so unvermittelt um, dass sie zusammenfuhr.

Mit einem unangenehmen Kratzgeräusch scharrten die Stuhlbeine über den Boden.

Überrascht schnappte Claire nach Luft, ließ die Hose fallen, die sie gerade in die Hand genommen hatte, und griff stattdessen nach der Pistole. Rasch, wenn auch nicht völlig graziös, glitt sie vom Bett herunter und richtete die Pistole ruhig auf ihn. Sie vermutete, dass sie sowohl lächerlich als auch unzüchtig aussah in dem übergroßen Hemd, das ihr bis auf die Knie hing, und den warmen Wollstrümpfen, die sie zugeknotet hatte, doch es scherte sie nicht.

»Keine Bewegung«, befahl sie ihm. Zu ihrem Verdruss kiekste ihre Stimme ein wenig.

Er saß noch, doch nun war der Stuhl ihr beinahe ganz zugewandt, sodass er sie ansah. Eine Hand stützte er auf den Tisch, und die Füße hatte er fest vor sich gestellt. Er sah aus, als wollte er gleich quer durch die Kajüte auf sie zuspringen und ihr die Pistole entreißen. Sein Gesichtsausdruck verstärkte diesen Eindruck. Wütend starrte er sie an, das Kinn vorgereckt und den Mund ärgerlich zusammengepresst.

Mit einem Wort: Er sah gefährlich aus. War dies wirklich der Mann, von dem sie nur wenige Augenblicke zuvor gedacht hatte, dass er ihr niemals echte Schmerzen zufügen würde? Nun schien er bereit, seine Hände um ihren Hals zu legen und alles Leben aus ihr herauszupressen, dachte sie, und ihr Puls raste. Obwohl ihr nun warm war – nun ja, vergleichsweise warm –, zitterten ihre Hände, die sie um den Griff der Pistole gelegt hatte. Sie bändigte das Zittern ebenso, wie sie – hoffentlich – auch den entsetzten Ausdruck bändigte, den ihr Gesicht sogleich angenommen hatte: mit einer enormen Willensanstrengung.

»Wenn nicht Geld der Grund war, weshalb Sie diese Torheit begangen haben, was dann? Jemand hat Sie ganz offensichtlich dazu angestiftet. Wer? Ein Liebhaber? Jemand neben Archer – jemand, mit dem Sie sich noch neben Archer getroffen haben? Jemand Jüngeres zweifellos. Ein Emigrant vielleicht? Tun Sie das für ihn? Wer ist er?«

Claire starrte ihn wütend an. Die Starrköpfigkeit dieses Mannes war zum Verrücktwerden.

»Sie können nun wirklich nicht erwarten, dass ich Ihnen alle meine Geheimnisse verraten«, sagte sie hochmütig.

Seine Augen funkelten zornig. Claire wäre beinahe einen Schritt zurückgetreten. Gott sei Dank für die Pistole, dachte sie, und umklammerte sie noch fester. Sie fühlte sich beruhigend schwer und solide in ihren Händen an.

»Wer es auch ist, er benutzt Sie.« Er klang grimmig und wandte den Blick keine Sekunde von ihrem Gesicht ab. »Denken Sie nach, Sophy: Wenn er sich etwas aus Ihnen machen würde, würde er Sie dann solcher Gefahr aussetzen? Ich sagen Ihnen ganz offen: Kein Mann würde eine Frau, die er liebt, einer solchen Gefahr aussetzen. Aber Sie können sich noch immer retten: Sagen Sie mir, wo Sie die Briefe versteckt haben.«

Es war an der Zeit, diese närrische Farce zu beenden, sah Claire ein, ehe sie ihn noch so reizte, dass er sie ansprang – er sah nämlich aus, als stünde er kurz davor. Trotz allem würde sie ihn lieber nicht erschießen müssen. Nicht, dass es irgendetwas fruchten würde, ihm – aufs Neue! – zu sagen, dass er einem Irrtum erlegen war. Er war ja ganz offensichtlich fest entschlossen, ihr nicht zu glauben, komme, was da wolle.

»Ich habe Ihre Briefe nirgends versteckt«, sagte sie müde. »Ich habe sie noch nie zu Gesicht bekommen. Ich habe es Ihnen bereits öfter gesagt, als ich zählen kann: Hier liegt ein Missverständnis vor. Ich bin Lady Claire Lynes, nicht Miss Towbridge und nicht Sophy.«

Einen Augenblick starrte er sie einfach sprachlos an. Dann verdüsterte sich sein Blick und wurde hart wie Stahl, und sein Mund wurde noch schmaler.

»Das reicht«, sagte er. Erneut scharrten die Stuhlbeine über den Boden, als er unvermittelt aufstand. »Meine Geduld ist erschöpft. Ich werde dieses lächerliche Spiel nicht mehr mitspielen. Wenn Sie wissen, was gut für Sie ist, dann sagen Sie mir jetzt die Wahrheit.«

»Bleiben Sie, wo Sie sind!«

Ihr Herzschlag beschleunigte sich, bis er sich in ihrer Brust anfühlte wie die Hufe eine galoppierenden Pferdes. Ihre Hände umklammerten den Pistolengriff, die Augen hatte sie weit aufgerissen. Er war groß und breitschultrig und sah gefährlich aus – seine Miene hätte dem Teufel selbst gut zu Gesicht gestanden. Sie hatte sich alle Mühe gegeben, sich nicht von ihm einschüchtern zu lassen, doch nun flößte er ihr Angst ein. Er strahlte wilde Entschlossenheit aus.

Hugh lachte, ein misstönender, höhnischer Laut.

»Bleiben Sie sofort stehen!«, forderte sie ihn auf und streckte ihm voller Panik die Pistole entgegen, als wollte sie ihn abwehren, während sie zugleich zurückwich. »Ich schieße gleich, ich schwöre es Ihnen.«

O Gott, er würde nicht stehen bleiben. Was sollte sie tun? Durch ihr eigenes törichtes Handeln war sie nun genau in der Situation, die sie am meisten gefürchtet hatte.

Ihre Finger krümmten sich um den Abzug, sie zögerte. Ihre Atmung beschleunigte sich. Die Handflächen wurden feucht.

»Dann schießen Sie doch«, sagte er und ließ ihren Blick nicht los. Mit langsamen ausgreifenden Schritten kam er weiter auf sie zu.

Claire wich zurück, bis sie mit den Beinen gegen die Koje stieß und nicht mehr weiter konnte. Da spannte sie in einem Anflug schwindelerregender Angst und Verzweiflung den Hahn. Sie würde ihn erschießen müssen …

In letzter Sekunde, als er bereits erschreckend nahe vor ihr aufragte, richtete sie die Pistole statt auf seine Brust nach unten auf sein linkes Knie. Dann biss sie die Zähne zusammen und schloss die Augen.

11

Am Ende brachte Claire es doch nicht fertig. Sie konnte den Abzug einfach nicht betätigen. Bei der Vorstellung, ein Loch in ihn zu schießen, und sei es auch nur in das Knie, wurde ihr ganz übel und schwindelig. Oder vielleicht verdankte sie die Reaktion ihres Magens auf das blutige Bild, das sogleich vor ihrem geistigen Auge entstanden war, auch zumindest teilweise der schweren See – sie wusste es nicht. Sie wusste lediglich, der Gedanke, dass Blut aus diesem festen Männerkörper strömte, verursachte ihr Übelkeit.

Eine Hand schloss sich um ihr Handgelenk, und die Pistole wurde ihr ohne viel Federlesens entwunden.

»Nein!« Sie riss die Augen auf und kniff die Finger zusammen, doch es war zu spät. Die Pistole war fort. Sie hätte sich weggedreht, sich außer Reichweite gebracht, doch sie konnte nicht; hinter ihr war die Koje, deren Kante unangenehm gegen die Rückseiten ihrer Oberschenkel drückte, und vor ihr stand er, nur wenige Zentimeter entfernt, verwehrte ihr die Flucht und hatte nun die Pistole in seiner Gewalt. Sie musste den Kopf weit in den Nacken legen, um ihm in die Augen zu sehen. Sie waren wieder grau, fiel ihr auf, der Blick immer noch stählern, doch nicht mehr schwarz vor Wut. Dennoch raste ihr Herz, und die Kehle wurde ihr trocken, als sie so zu ihm aufschaute – vor Angst, versicherte sie sich. Eine andere Möglichkeit weigerte sie sich, in Betracht zu ziehen. Die Angst stand doch gewiss im Vordergrund: Das Blatt hatte sich erneut gewendet, von Grund auf.

»Was nun, Xanthippe?«, fragte er viel zu liebenswürdig – ein Widerhall der Frage, die ihr durch den Kopf schoss. Er ließ ihre Hand los und fasste sie unters Kinn; warme starke

Finger hoben ihren Kopf an, damit er ihr ins Gesicht sehen konnte. Er kam ihr noch näher. Nun war er ihr so nahe, dass ihre Brüste, die unter dem dünnen Batisthemd nackt waren, seine Brust streiften – wie die Berührung eines Schmetterlings. Zu ihrem Entsetzen spürte sie, wie ihre Brustwarzen sich sofort aufrichteten. Unvermittelt bebte sie innerlich ebenso, wie sie äußerlich gezittert hatte, seit er sie aus dem Meer gerettet hatte. Als sie sich bewegte – eine unwillkürliche Reaktion auf diese unwillkommene Nähe – streifte ihr nacktes Knie seine elegante Hose. Sogleich war sie sich des Schenkels darunter mit den festen Muskeln bewusst. Sie versuchte zurückzutreten, mehr Abstand zwischen sie beide zu bringen, doch mit der Koje im Rücken und seiner Hand unter ihrem Kinn war das unmöglich. Verängstigt und beschämt, sich dabei aber zugleich auch qualvoll der entsetzlich unpassenden Erregung ihres niederträchtigen Körpers bewusst, rang sie darum, sich ihre Empfindungen nicht anmerken zu lassen. Um ihre Schwäche zu bezähmen, ballte sie die nunmehr waffenlosen Hände zu Fäusten und hielt seinem stählernen Blick stand, während er wie ein siegreicher Krieger über ihr aufragte.

»Nehmen Sie Ihre Hände weg!« Sie war stolz auf ihre feste Stimme.

»Sie haben nicht abgedrückt.« Als Claire nicht antwortete, sondern ihn nur wütend anstarrte, verzog sich sein Mund zu einem spöttischen Lächeln. »Vorsicht, wenn Sie so weitermachen, denke ich am Ende noch, Sie mögen mich.«

Claire kniff die Augen zusammen. Ihr war klar, dass er sich über sie lustig machte, doch die Bemerkung kam der Wahrheit für ihren Geschmack ein wenig zu nahe.

»Im Gegensatz zu Ihnen habe ich keine Vorliebe für Gewalttaten.«

»Oder Sie haben genügend Verstand, um zu wissen, was in Ihrem Interesse liegt.«

»Auch das«, sagte sie, erleichtert über diese elegante Erklärung dafür, dass sie nicht geschossen hatte. Wenn seine Nähe sie nicht so verwirren würde, wäre sie von sich aus darauf gekommen. Schließlich war es die reine Wahrheit. »Sie haben vorhin selbst darauf hingewiesen: Ich habe die Wahl, mich mit Ihnen oder mit der Mannschaft des Schiffs auseinander zu setzen, und ich habe mich für Sie entschieden.«

»Wie schmeichelhaft für mich.«

Sein Daumen strich über die Unterseite ihres Kinns, eine halbe Liebkosung. Sein Blick glitt zu ihrem Mund und verharrte dort. Claire beobachtete, wie er auf ihre Lippen blickte, und bemerkte, dass ihr Puls wieder raste – und diesmal hatte Angst überhaupt nichts damit zu tun. Ihr kam der Gedanke, dass seine harten Gesichtszüge auf eine Weise attraktiv waren, die nichts mit einfachem guten Aussehen zu tun hatte. Sie konnte – oder mochte – es nicht recht benennen, doch sie wusste, es hatte etwas damit zu tun, dass er so männlich war. Sie war sich seiner Nähe brennend bewusst, ihrer Brüste, die seine Brust streiften, ihrer Knie, die seine Beine streiften. Unvermittelt war ihr am ganzen Körper heiß, heißer als je zuvor, da war keine Spur mehr von der Kälte, unter der sie die ganze Nacht gelitten hatte.

»Ich an Ihrer Stelle wäre nicht allzu geschmeichelt.« Es kostete sie Mühe, doch ihre Stimme klang beißend, um die Wirkung, die er auf sie hatte, zu tarnen. »Es ist, als hätte man die Wahl zwischen einem Vipernnest und einer Viper. Der einzige Unterschied ist die Giftmenge.«

Er hob den Blick und sah ihr wieder in die Augen. »Manchmal kann Gift in der richtigen Menge und unter den richtigen Umständen sehr heilsame Wirkungen haben.«

In den nunmehr silbrigen Tiefen seiner Augen war jetzt ein Funkeln, das ihr beinahe vollständig den Atem nahm. Es erregte ihren Körper auf eine Art, die sie beschämte und ihr zugleich überaus angenehm war. Sie konnte, sie würde nicht zulassen, dass sie sich zu ihm hingezogen fühlte, dachte sie und bemerkte entsetzt, dass ihre Zehen sich in den angenehm warmen Strümpfen nun aus einem Grund krümmten, der mit Kälte nichts zu tun hatte. Doch ihr eigensinniger Körper kümmerte sich nicht um ihre Vorsätze.

Sie senkte die Lider und versuchte, ihm ihr Kinn zu entziehen, denn unvermittelt befürchtete sie, er könne womöglich in ihren Augen lesen, was sie fühlte. Er hielt sie ja bereits für eine Metze; zu dieser Einschätzung wollte sie ihm keinen Anlass geben.

»Lassen Sie mich los.«

»Noch nicht.«

Er lächelte ganz leicht, wie sie mit einem raschen Blick unter gesenkten Wimper hervor erkannte. Hatte er gespürt, welche Wirkung er auf sie hatte? Der Gedanke war unerträglich demütigend. Wenn sie nun noch davon ausging, dass dieses Wissen der Grund für sein Lächeln war, war ihre Demütigung vollständig.

»Ihr Einsatz war zu hoch, mein Mädchen, und nun müssen Sie die Zeche zahlen.« Nun war es nicht einmal mehr ein Lächeln; eher eine kaum wahrnehmbare Dehnung seiner Lippen. Als ihr Blick auf diesen breiten, fein geschnittenen Mund fiel, fragte sie sich unwillkürlich, wie er sich an ihrem Mund anfühlen würde.

Ihr Herz hämmerte ihr gegen die Rippen.

»Ich sagte, lassen Sie mich los!« Über sich selbst entsetzt, versuchte sie, diese fehlgeleiteten Gefühle und inneren Bilder auszumerzen, als träte sie kleine Flammen aus, die aus einem lodernden Flächenbrand herauszüngelten. Doch es war bereits zu spät. Ihre Blicke trafen sich. Er schüttelte beinahe neckisch den Kopf, und sein Daumen nahm die sanfte Liebkosung der weichen Haut unter ihrem Kinn wieder auf. Claire spürte diese Berührung bis in ihre Zehen. Unbewusst öffnete sie die Lippen. Plötzlich glühten seine Augen, und er neigte den Kopf.

Sie erschrak zu Tode, als sie erkannte, dass er beabsichtigte, sie zu küssen. Ihr Atem ging so schnell, als wäre sie kilometerweit gelaufen. Hilflos hob sie beide Hände und umklammerte die starke Hand, die ihr Kinn festhielt. Erneut versuchte sie, sich zu befreien, allerdings höchstens halbherzig, und er hielt sie beinahe mühelos fest. Und dann bemerkte sie, dass das Verlangen, das in ihr erwachte, sie lähmte, trotz ihres Vorsatzes, ihm auszuweichen, sich zu wehren, zu schreien, ihm nicht nachzugeben. Zu ihrem Entsetzen erkannte sie, dass sie von ihm geküsst werden wollte. Sie stand ganz still – nun ja, wenn sie ehrlich war, bebte sie plötzlich ungestüm, hoffte jedoch, dass es nur innerlich war – , als ihre Lippen sich trafen.

Claire schloss die Augen und seufzte leise. Hughs Lippen waren fest und warm, sie bewegten sich mit sanftem Druck über ihren Mund. Die Berührung brachte ihre Gefühle völlig durcheinander. Seine Zunge strich über ihre Lippen und glitt dann in ihren Mund. Es löste ein sehnsuchtsvolles Pulsieren in ihr aus, das anders war als alles, was sie bisher gespürt hatte. Er schmeckte schwach nach Brandy, und plötzlich wusste sie, sie mochte diesen Geschmack. Sie genoss die Art, wie er mit der Zunge über ihre Zähne fuhr, wie seine Zunge ihren Mund ausfüllte, ehe er sie wieder zurückzog, um sie zu necken; die Art, wie seine Zunge über ihre Zunge strich.

Sie genoss so ziemlich alles, was er mit ihr tat.

David hatte sie nie so geküsst. Niemand hatte sie je so geküsst. Sie hatte nicht geahnt, dass die Welt solche Küsse bereithielt. Urplötzlich erkannte sie, dass sie durch reinen Zufall auf etwas gestoßen war, wonach ihr Körper sich seit Jahren gesehnt hatte. Claire kam sich vor wie ein unscheinbares Mauerblümchen, das man plötzlich zum Tanz aufgefordert hatte.

Unvermittelt hob er den Kopf und brach den Kuss ab. Claire umklammerte protestierend sein Handgelenk. Sie merkte kaum, dass ihre Nägel sich in sein Fleisch bohrten. Ihre Augen öffneten sich flatternd. Ihre Lippen waren noch immer geöffnet, noch immer feucht von seinem Kuss. O Gott, sie wollte mehr davon.

Sein Blick huschte über ihr Gesicht, berührte ihren Mund, ihre Wangen, die, wie sie wusste, gerötet sein mussten, und begegnete schließlich ihrem verwirrten Blick.

»Sophy, mein liebliches Täubchen, du könntest versuchen, meinen Kuss zu erwidern.«

Sophy. Der Name holte sie zurück in die Wirklichkeit wie ein Schlag vor den Kopf. Er behandelte sie wie die verdorbenste Dirne, denn dafür hielt er sie, begriff sie. Die Mätresse des alten senilen Lord Archer, um genau zu sein. Und es ließ sich nicht leugnen – sie benahm sich wie eine Dirne. Beschämung ergriff sie und brannte beinahe so intensiv wie ihr Verlangen nach ihm nur wenige Sekunden zuvor. Als ihr klar wurde, in welchem Maße er sie beleidigt hatte, verwandelte sich die Beschämung innerhalb eines Herzschlages in glühenden Zorn.

»Ich hätte Sie erschießen sollen«, sagte Claire und begrüßte den Zorn als das unter den zahllosen Gefühlen, die in ihrem Inneren miteinander im Widerstreit lagen, das am ungefährlichsten war, und setzte es ein, um seinem Blick standzuhalten.

Er lachte. Dann kniff er sie beinahe onkelhaft ins Kinn und ließ es los, was sie halb bedauerte, halb erleichtert begrüßte. Er wandte den Blick ab. Mit einer Hand richtete er die Pistole fast beiläufig auf das Fußende der Koje, und während Claire noch entsetzt nach Luft schnappte, drückte er ab.

Anstelle der Entladung, für die sie sich instinktiv gewappnet hatte, war nur ein metallisches Klicken zu hören.

Er drückte erneut ab, und noch ein Mal.

Klick. Klick.

Ihr Blick schnellte zu ihm; der Kuss war vergessen. In seinem Blick lag Spott.

»Sie war gar nicht geladen!«

»Nein«, stimmte er zu. Mit nunmehr beinahe trägen Bewegungen warf er die Pistole in die Koje und legte ihr beide Hände auf die Hüften.

Claire versuchte noch, sich einen Reim auf die jüngsten Geschehnisse zu machen. Als ihr endlich klar wurde, was daraus folgte, riss sie die Augen weit auf, und das Gefühl, missbraucht worden zu sein, ergriff mit aller Macht Besitz von ihr.

»Sie wussten, dass sie nicht geladen war.«

»Ich wusste es, weil ich sie heute Nachmittag entladen hatte, kurz nachdem ich in die Kajüte gekommen war. Ich hatte die Pistole im Boot liegen lassen, als ich hinter Ihnen hergesprungen war, aber offenbar ist sie trotzdem nass geworden, wie ich feststellte, als ich sie überprüfte. Ich werde sie reinigen und trocknen lassen. Ich hoffe, sie ist nicht ruiniert.«

»Sie hätten sie mir jederzeit abnehmen können.«

»Das hätte ich.«

»Warum haben Sie dann … warum …?« Ihr fehlten die Worte. Bitterböse starrte sie ihn an.

»Sie hatten ein solches Vergnügen daran«, sagte er mit einem aufreizenden Lächeln, sodass sie ihn am liebsten geschlagen hätte. »Sie müssen mir vergeben, ich muss gestehen, dass es gelinde gesagt einigermaßen unterhaltsam war, zu beobachten, wie Sie sich das Untier vom Leib gehalten haben.«

»Sie sind wirklich ein Rüpel.«

Claire war fuchsteufelswild, wütender, als sie je zuvor gewesen war, so wütend, dass es sie nicht mehr kümmerte, wessen Gefangene sie war. In einer einzigen eleganten, vom Zorn beflügelten Bewegung stieß sie seine Hände fort. Diesmal machte er keinen Versuch, sie aufzuhalten. Den Kopf hoch erhoben, den Rücken so gerade durchgedrückt, als hätte sie einen Schürhaken verschluckt, ging Claire steif zum Tisch und drehte sich zu ihm um. Sie lehnte sich mit dem Rücken an und packte mit beiden Händen die schmale Tischkante.

Sein Lächeln war womöglich noch aufreizender, als er sie

nun musterte, langsam und bedächtig, von Kopf bis Fuß. Plötzlich war ihr unangenehm bewusst, wie außerordentlich unschicklich ihre Bekleidung war. Der Batist, aus dem ihr Hemd bestand, war so fein, dass er beinahe durchsichtig war, zumal es sehr locker saß und die Laterne noch bestimmte Lichteffekte bewirkte. Als Claire schuldbewusst an sich herabblickte, sah sie, wie sich ihre sanft gerundeten tropfenförmigen Brüste beim Atmen unter dem dünnen Stoff hoben und senkten. Ihre Brustwarzen waren deutlich zu erkennen: kleine harte Knospen, die sich gegen den Batist reckten. Angesichts dieser Demütigung verlor die Tatsache, dass das Hemd oberhalb ihres Knies endete und die Strümpfe ihr nur bis knapp unters Knie gingen, sodass die Knie selbst sowie ein großes Stück Schenkel frei lagen, ein wenig an Bedeutung. Ruckartig verschränkte sie die Arme vor der Brust, schüttelte ihre Haare nach vorne und sorgte so dafür, dass ihre hervorstechendsten Körperteile so gut es ging verhüllt waren. Dennoch blieb die Tatsache bestehen, dass nur eine hauchdünne Stoffschicht sie von der Nacktheit trennte.

Natürlich war er nicht so vornehm, dass er nicht hingesehen hätte. Doch er war ja auch kein Gentleman, sagte sich Claire. Er unterzog sie einer langsamen gründlichen Musterung, und als ihre Blicke sich wieder begegneten, starrte sie ihn wütend an. Er machte eine spöttische kleine Verbeugung.

»Äußerst charmant«, sagte er.

Claire presste die Lippen zusammen.

»Ich wäre Ihnen dankbar, wenn Sie mir eine Decke zuwerfen könnten.« Ihre Stimme klang steif und würdevoll. Vielsagend blickte sie in die Koje hinter ihm.

»Ach, wirklich, mein Täubchen? Wie schon gesagt, Ihr Wunsch ist mir Befehl. Sogar wenn Sie mir keine Waffe unter die Nase halten.«

Er drehte sich um, zog die Bettdecke vom Bett, stopfte sie sich unter den Arm, ging quer durch den Raum auf sie zu und reichte sie ihr mit einer schwungvollen Gebärde.

Seinem Blick zu begegnen war schwierig, doch sie war zu stolz, um ihm auszuweichen. Er lächelte sie an, ein so schalkhaftes Lächeln, dass es sie sofort an das eine erinnerte, an das sie um nichts auf der Welt denken mochte: jenen erschütternden Kuss. Sie hob das Kinn und betete inbrünstig darum, nicht zu erröten, nahm die Decke mit einem dankbaren Nicken entgegen und hüllte sich sofort in mehrere Meter grober grauer Wolle.

»Wie alt sind Sie?«, fragte er unvermittelt. Sein Lächeln schwand. Nun wirkte er streng, und die Falten um Augen und Mund schienen plötzlich ausgeprägter.

»Ich bin einundzwanzig.« Claire strich sich die Haare mit einer Hand wieder aus dem Gesicht. Nun, da sie in die Decke gehüllt war, fühlte sie sich viel sicherer. Nicht, dass ihr das Schreckgespenst der Vergewaltigung noch Sorgen bereitete, jedenfalls nicht, was ihn betraf. Sie hatte sich nach dem Kuss ungehindert entfernen können, und er hatte ihr die Decke gereicht, als sie darum gebeten hatte. Was er auch sonst sein mochte – und ihr fielen da eine Menge wenig schmeichelhafter Adjektive ein –, er war kein Frauenschänder.

»Ein wenig jung für dieses Spiel, oder?« Er kauerte neben ihrem abgelegten Kleid, das in einem nassen Haufen am Boden lag. »Hat Ihr Liebhaber Ihnen gesagt, dass die Strafe für Spionage der Tod ist?«

Claire schüttelte angewidert den Kopf. »Mit Ihnen kann man einfach nicht reden, nicht wahr?«

»Es wäre hilfreich, wenn Sie mir die Wahrheit sagen würden.«

Claires einzige Antwort war ein aufgebrachtes Schnauben. Er wendete ihr nasses Kleid und untersuchte gründlich jeden Stich und jeden Saum. Dann verfuhr er ebenso mit ihrem Unterrock und schließlich mit ihrem Korsett und ihrem Unterhemd. Nach einem Augenblick der Verwirrung begriff sie, dass er ihre Kleidung nach seinen kostbaren Briefen durchsuchte, und ihre Verärgerung verwandelte sich in regelrechte

Wut. Die Decke fest um sich gezogen, beobachtete sie ihn sprachlos. Seine Hände wirkten dunkel auf dem weißen Leinen ihrer Unterwäsche, und als er das Fischbein ihres Korsetts befingerte, sahen seine Finger lang und stark aus – was sie ja auch waren, wie sie aus eigener Erfahrung wusste. Plötzlich war der Anblick ihrer Unterwäsche in seinen Händen zu viel für sie. Nervös und peinlich berührt, wandte Claire sich ab und erblickte die Uhr.

Es war beinahe vier Uhr morgens. Sie sollte rechtmäßig müde sein. Was sie in der Tat auch war, nun, da sie darüber nachdachte. Allerdings würde es ihr wohl kaum nutzen, dass sie sich eingestand, wie müde sie war. Sie musste wach und wachsam bleiben, für alles gewappnet. Doch sie hatte nun seit beinahe vierundzwanzig Stunden nicht mehr geschlafen. Am vorhergehenden Morgen war sie vor sieben Uhr aufgestanden, um sich früh auf die Reise begeben zu können. Sie hatte Tee getrunken und ein wenig Gebäck gegessen, und dann war sie in die Kutsche gestiegen, ohne zu ahnen, was der Tag bringen würde.

In ihren wildesten Fantasien hätte sie sich nicht ausmalen können, was sie erwartete. Es kam ihr wie ein Alptraum vor, aus dem sie doch irgendwann gewiss erwachen musste.

Dann wäre Hugh – was? Der Dämon, der sie in ihrem Schlaf heimsuchte?

Wenn es nur so wäre. Wenn sie nur aufwachen könnte, und er und diese Kajüte und alles andere wären im Nu verschwunden.

Ja, und wenn Wünsche Pferde wären, würden Bettler reiten.

Zu ihrer Verärgerung stellte Claire fest, dass sie auf der blanken Oberfläche des Uhrgehäuses immer noch die Szene sehen konnte, deretwegen sie sich abgewandt hatte. Klein und golden getönt, doch in allen Einzelheiten zu erkennen, kauerte Hugh am Boden und befühlte die zarte Spitze, die ihr Hemd säumte.

Es dauerte ein, zwei Sekunden, ehe sie begriff, was das bedeutete, doch dann stockte ihr der Atem. Sie erinnerte sich deutlich daran, wie sie sich hinter ihm entkleidet hatte, und auch an ihren Argwohn, er könnte sie irgendwie beobachten.

Er hatte sie beobachtet. Mithilfe der Uhr.

»Sie Lump!«

Er sah hoch, folgte ihrem Blick und kam geschmeidig auf die Füße.

»Sie ordinärer Schuft!«

Sie wandte sich um, als er auf sie zukam, lehnte sich wieder an den Tisch und starrte ihn außer sich vor Wut an. In die Decke gewickelt, mit ihren nun beinahe trockenen schwarzen Haaren, die ihr Gesicht einrahmten und in wirren Locken über ihren Rücken fielen, barfuß und mit vor Wut funkelnden Augen musste sie wohl aussehen wie eine Xanthippe – so hatte er sie ja genannt. Und das war ihr nur recht, denn zänkisch war ihr nun auch zumute.

»Sie haben mich die ganze Zeit beobachtet!«

Er blieb vor ihr stehen, die Hände in die Hüften gestemmt, und sah mit nachdenklicher Miene auf sie herab. Er war weit größer und kräftiger als sie, wirkte dunkel und gefährlich und stand nicht mehr als dreißig Zentimeter von ihr entfernt. Doch Claire stellte fest, dass sie nicht mehr die geringste Angst vor ihm hatte.

»Es war eine recht gelungene Darbietung«, erwiderte er mit der Andeutung eines Lächelns. »Meine Anerkennung.«

Claire sah rot. Ihre Finger krallten sich fest in die grobe Wolle der Decke. Dafür, dass er sie beobachtet hatte, während sie sich entkleidet und mit dem Handtuch getrocknet hatte, hätte sie ihm am liebsten die Augen ausgekratzt. Sie war nackt gewesen; nur ihr Dienstmädchen hatte sie je völlig unbekleidet gesehen. Selbst wenn David sie in ihrem Bett aufgesucht hatte, hatte sie ein Nachthemd getragen. Sie hätte im Traum nicht daran gedacht, sich ihm nackt zu zeigen, und er hatte auch nie zu erkennen gegeben, dass er dergleichen wünschte. Dass dieser Mann, dieser Fremde, der sie entführt und misshandelt und bedroht hatte, sie nun im Evaskostüm gesehen hatte, war so demütigend, dass sie am liebsten gestorben wäre – oder gemordet hätte. Ihn, um genau zu sein.

»Wie können Sie es wagen?«, sagte sie mit leiser, beinahe kehliger Stimme.

»Ach, kommen Sie.« Plötzlich ungehalten verzog er das Gesicht. »Dieser Anfall von jungfräulicher Sittsamkeit ist ja sehr gut gespielt, aber an mich völlig vergeudet.«

Plötzlich stand er unmittelbar vor ihr, so dicht, dass ihre Arme, die sie unter der Decke vor der Brust verschränkt hatte, seine Brust berührten. Er packte sie durch die dicke Decke locker an den Oberarmen und sah ihr in die Augen.

Sie funkelte ihn wütend an. Sein Blick huschte über ihr Gesicht, und sein Mund verzog sich sarkastisch.

»Sie sind ein schönes Exemplar, wirklich eine Edelmetze. Wir könnten gut miteinander ins Geschäft kommen, Sie und ich. Falls Sie dies aus Liebe tun, mein Täubchen, dann lassen Sie sich gesagt sein, dass man vielerorts Liebe finden kann. Beispielsweise könnten Sie sie sogar bei mir finden.«

Er packte ihre Arme fester und senkte den Kopf, eindeutig, um sie erneut zu küssen. Doch diesmal würde Claire das nicht zulassen. Im selben Moment, als sein Mund den ihren berührte, gab sie einen wütenden Laut von sich – und boxte ihn mit geballten Fäusten so fest sie konnte in die Rippen.

12

Es tat höllisch weh. Einige Herzschläge lang sah Hugh Sterne. Er stöhnte, krümmte sich zusammen und taumelte rückwärts, die Arme um seinen verletzten Brustkorb geschlungen. Vom Rollen des Schiffs noch beschleunigt, stieß er gegen die Koje und brach darauf zusammen. Er biss die Zähne zusammen und streckte sich der Länge nach auf der muffigen Matratze aus, die nun kahl war, da Claire das trug, was die Koje an Bettzeug bereitgehalten hatte. Dann schloss er die Augen und wartete darauf, dass der Schmerz nachließ.

Als er die Augen schließlich wieder öffnete, stand seine Nemesis mit weit aufgerissenen Augen über ihm. Mit der einen Hand hielt sie sich oben an der Koje fest, mit der anderen hielt sie die graue Decke zusammen. Sie verbarg Claires Rundungen weitaus besser als jeder Domino, den ein schuldbewusster Besucher bei einem Maskenfest in Covent Garden tragen mochte. Ihr schwarzes Haar fiel ihr in wirren Kaskaden über die Schultern. Ihre Augen waren so groß wie Dublonen und beinahe von der gleichen Farbe. Sie sah besorgt aus – und wunderschön. So schön, dass Hugh erneut stöhnte und die Augen schloss.

Wenn er das nächste Mal vom Pferd fiel, würde er der himmlischen Warnung Beachtung schenken.

»Geht es Ihnen gut?«

Wenn man bedachte, dass sie ihm gerade ihre Fäuste in die Rippen gerammt hatte, war diese Frage beinahe amüsant. Unter normalen Umständen hätte ein Faustschlag ihrer zartgliedrigen Hand in seine Rippen ihn nicht einmal kurz aufgehalten. Doch zurzeit waren die Rippen seine Achillesferse. Es war zwar tröstlich, dass auch legendäre Helden von ungelegen kommenden Hieben auf ihre Schwachstellen außer Gefecht gesetzt worden waren, doch es war nur ein geringer Trost.

Er öffnete wieder die Augen.

»Nein, es geht mir verdammt noch mal nicht gut.«

Es ärgerte ihn, dass er zwischen den Worten keuchte. Glücklicherweise schaukelte das Schiff vor und zurück wie ein Schwein, das sich im Schweinestall suhlt, begleitet von vielerlei Knarren und Stöhnen im Gebälk. So hoffte er, dass sie das Pfeifen, das seine langsamen, vorsichtigen Atemzüge begleitete, überhörte.

»Ich wollte Ihnen nicht richtig wehtun.«

Unglücklicherweise schmälerte ein leiser, aber unverkennbar triumphaler Unterton die Überzeugungskraft dieser Versicherung, als ihr Blick von seinem Gesicht auf seinen Brustkorb glitt, den er schützend umschlungen hielt. Sie klang stolz auf sich selbst, ein wenig wie ein grüner Junge es wäre, wenn er den großen Boxmeister Gentleman Jackson mit einem einzigen Schlag außer Gefecht gesetzt hätte.

Sein männlicher Stolz war absurderweise verletzt. Zwar wusste er, dass es nur törichte Eitelkeit war. Dennoch mochte er sie nicht in dem Glauben lassen, dass ein schmächtiges Mädchen wie sie ihn unter normalen Umständen hätte niederstrecken können.

»Ich habe mir vor kurzem bei einem Sturz vom Pferd die Rippen verletzt.« Er presste die Worte zwischen zusammengebissenen Zähnen hervor. Das Bedürfnis, sich zu erklären, widerte ihn selbst an – dennoch, er war gekränkt.

»Jeder stürzt hin und wieder«, sagte sie mitfühlend.

Hugh beäugte sie finster. Er würde ihr *nicht* sagen, dass er normalerweise so ritt, wie er atmete: mühelos. Da ging ihm auf, dass er sie beeindrucken wollte, und diese Erkenntnis gefiel ihm gar nicht.

Bis er sie kennen gelernt hatte, hatte er sich für jemanden gehalten, der sein Metier beherrschte: Effizient, wenn nötig emotionslos hatte er sich stets völlig der Erfüllung seines Auftrags gewidmet. Diese Frau veranlasste ihn nun, alles an sich infrage zu stellen, und das missfiel ihm sehr.

Bisher hatte er ihr in etwa so viel nützliche Informationen entlockt wie eine Biene, die Honig aus einem Felsen gewinnen will. Sie dagegen – sie dagegen trug die Mauer der Unpersönlichkeit, die er stets um sich herum errichtete, wenn er einen Auftrag übernahm, Stein für aufschlussreichen Stein ab.

»Soll ich jemanden rufen? James?« Sie blickte zur Tür.

Hugh folgte ihrem Blick zur verriegelten Tür und wurde nervös. Man benötigte nicht viel Fantasie, um auf verschiedene Methoden zu kommen, wie dieses drei Mal verfluchte junge Ding Nutzen daraus ziehen könnte, dass er vorübergehend außer Gefecht gesetzt war. Sie könnte beispielsweise zur Tür laufen, sie entriegeln und sich irgendwo auf dem Schiff verstecken. Sie könnte über Bord springen. Sie könnte sein Messer ergreifen und ihm die Kehle aufschlitzen.

Sie könnte …

Ach, zur Hölle, wer wusste, was in ihrem Kopf vorging? Er musste eben jeder Handlung ihrerseits zuvorkommen. Er packte die Hand, mit der sie die Decke vor ihrem Körper zusammenhielt, und zog. Mit aller Macht.

»Oh.«

Mit diesem Laut des Erstaunens fiel sie auf ihn herab. Um seine nach wie vor schmerzenden Rippen zu schützen wie auch, um sie genau dorthin zu manövrieren, wo er sie haben wollte, schlang er ihr seinen freien Arm um die Taille, fing sie so ab und rollte sie über seine Hüfte, sodass sie zwischen seinem Körper und der Wand zu liegen kam. Wenn sie nun aufstehen wollte, musste sie über ihn hinwegklettern.

Sie landete in einem Gewirr aus fliegenden Haaren, Decke und nackten Beinen. Lange, schlanke, ausgesprochen wohlgeformte nackte Beine, wie er ja bereits gesehen hatte, die in riesigen Wollstrümpfen steckten, welche ihr auf die Köchel gerutscht waren, sodass nur diese sowie ihre Füße bedeckt waren. Nie hatten James' Strümpfe eine so charmante Trägerin gehabt, dachte Hugh innerlich augenzwinkernd, und gelobte sich, dies seinem Gefolgsmann zu sagen, sollte sich je die Gelegenheit dazu ergeben. Ihre Beine verwandelten diese unscheinbaren Strümpfe in die verführerischsten Kleidungsstücke, die er sich denken konnte. Er bewunderte sie immer noch – und schalt sich zugleich innerlich dafür, dass er so empfänglich für ihre Reize war –, als sie ihm in dem Versuch, sich wieder in die Decke zu hüllen, mit dem Ellenbogen in die Rippen stieß.

»Jesus Christus!«, schrie er auf.

Hugh umklammerte die fragliche Körperseite mit frischer Inbrunst und dachte, dass ihm recht geschehen war. Wäre er nicht so auf ihre Beine fixiert gewesen, dann hätte sie sie nicht so hektisch bedecken wollen.

»Liegen Sie still«, sagte er und bedachte sie mit einem Blick, aus dem hoffentlich die Mordlust sprach, für den Fall, dass sie nicht gehorchte. Sie kämpfte nach wie vor mit der widerspenstigen Decke und versuchte, sie so weit herabzuziehen, dass sie jeden Zentimeter entblößter Haut bedeckte. Bei seinen Worten blickte sie auf. Als sie seinem Blick begegnete, riss sie die Augen auf und regte sich nicht mehr.

Gut, dachte er. Seine Botschaft war also angekommen. Als er sicher war, dass sie nicht einmal daran dachte, sich wieder zu bewegen, schloss er die Augen und gab sich ganz der Erholung von seinen Schmerzen hin.

»Es tut mir leid, dass ich Ihnen wehgetan habe, aber Sie hätten mich nicht auf der Uhr beobachten sollen«, sagte sie nach einigen Minuten des Schweigens schließlich leise, aber trotzig. Da hatte der Schmerz bereits größtenteils nachgelassen, und Hugh atmete mehr oder weniger normal. Er öffnete die Augen und warf ihr einen feindseligen Blick zu. Falls sie hier ein Spiel mit hohen Einsätzen spielten, ein Spiel, bei dem der Sieger alles bekam, dann musste er einräumen, dass sie besser darin war als er. Empörte Tugendhaftigkeit war keine weit verbreitete Eigenschaft bei den Dirnen, die er kannte – und im Lauf der Jahre hatte er einige kennen gelernt.

»Ich entschuldige mich, falls ich Sie gekränkt habe«, sagte er sehr höflich.

Misstrauisch sah sie ihn an. »Es tut Ihnen kein bisschen leid, und das wissen Sie auch.«

»Nein, da irren Sie. Glauben Sie mir, es tut mir sehr leid.«

»Nur weil ich Sie in die Rippen gestoßen habe.«

»Das auch.« Seine Stimme war ernst – zu ernst, dachte er –, doch ihr schien der amüsierte Unterton nicht aufzufallen. Als er sie betrachtete, während sie ihn finster anblickte, hatte er plötzlich das absurde Gefühl, von diesem würmerzerfressenen Schiff in den Salon einer Herzogin befördert worden zu sein.

Er blickte nach oben zur dunklen Holzdecke der Koje knapp einen Meter über ihm, die, wie er geistesabwesend feststellte, mit Staub und Spinnweben wie mit Girlanden verziert war. Mit gerunzelter Stirn fragte er sich: Wie wahrscheinlich war es, dass eine Dirne einen solchen Eindruck erweckte?

Wenn er es nicht besser wüsste, hätte er beinahe geglaubt, dass diese wie angeboren wirkende Würde echt war. Dass ihre Lieblichkeit echt war. Dass ihre Geschichte – zu lachhaft, um auch nur ansatzweise wahr zu sein – stimmte.

Wusste er es besser?

Sie hatte nicht abgedrückt, sie hatte die Briefe weder an ihrem Körper noch in ihren Kleidern versteckt, und sie küsste nicht wie irgendeine der Dirnen, die er in seinem Leben geküsst hatte. Sie küsste wie ein unerfahrenes Fräulein.

Falls sie wirklich schauspielerte, sollte Mrs Siddons sich vor ihr in Acht nehmen.

Andererseits, war es ihr – oder besser Sophy Towbridge, falls es sich um ein und dieselbe Person handeln sollte – gelungen, ihn zweifeln zu lassen. Die Waage konnte sich in beide Richtungen neigen.

Doch der entscheidende Umstand: Dieses Mädchen mit dem Gesicht einer Venus, die ihn nun mit wachsender Sorge aus großen unschuldig wirkenden Augen beobachtete, war zur verabredeten Zeit am Treffpunkt gewesen. Dem Treffpunkt, der von Bonapartes Netzwerk geheimer Agenten in England – seinen Pendants – verabredet worden war, um Sophy Towbridge und die Informationen, über die sie verfügte, den Franzosen zu übergeben.

Wenn sie nicht Sophy Towbridge war, was hatte sie dann dort am Strand gesucht? Und nebenbei bemerkt, wo war Sophy Towbridge? Die Frau konnte sich ja schlecht in Luft aufgelöst haben.

Das war der Knackpunkt. Um dem reizvollen Geschöpf an seiner Seite glauben zu können, musste er auch glauben, dass es zwei Frauen gab, von denen die eine unerklärlicherweise verschwunden war, während die andere zufällig zur falschen Zeit am falschen Ort gewesen war.

Also, wie wahrscheinlich war das?

Sein Verstand sagte ihm: absolut unwahrscheinlich. Seine Sinne sagten: vielleicht. Aber die waren möglicherweise ein wenig umnebelt von ihrer weichen Wärme an seiner Seite, von den großen goldenen Augen mit den langen Wimpern, deren Blick auf sein Gesicht gerichtet war, und von ihren sanft geschwungenen rosigen Lippen, die beim Atmen leicht geöffnet waren.

Vorsicht, warnte er sich. Er konnte es sich nicht leisten, sich von einer vollendeten Schauspielerin mit dem Gesicht eines Engels und dem Körper einer Nymphe zum Narren halten zu lassen. Zu viel stand auf dem Spiel. Und nicht nur für ihn persönlich. Auch für die anderen britischen Agenten in Frankreich und vor allem für England.

»Wo haben Sie die Briefe versteckt?«, fragte er beinahe im Plauderton und betrachtete sie genau. Sie lag auf der Seite und beobachtete ihn. Ihr Kopf lag auf dem einzigen Kissen der Koje, einem schmuddeligen klumpigen Ding, ihre Wange ruhte in einer kleinen Hand, die Decke hatte sie ganz um sich gezogen.

Als er die Frage stellte, spürte er, wie sie sich versteifte. Ihre golden-strahlenden Augen funkelten wütend, ihr Blick durchbohrte ihn.

»Wo Sie sie niemals finden werden«, sagte sie übertrieben liebenswürdig.

Nun, das war hervorragend, fand er, verlagerte seine Aufmerksamkeit wieder zu den Spinnweben an der Holzdecke der Koje und dachte nach. Das war genau das, was sie sagen würde, wenn sie das wäre, was zu sein sie behauptete – eine zu Unrecht beschuldigte Unschuldige, die nicht ahnte, in welch bedrohlicher Situation sie sich befand. Ihr herablassender Tonfall brachte klar zum Ausdruck, dass sie keine große Angst vor ihm hatte. Sophy Towbridge mochte vielleicht nicht wissen, wer er war, doch sie wäre in der Lage, eine relativ zutreffende Vermutung darüber anzustellen, was er war, und sie würde Todesangst haben, zu Recht. Andererseits könnte diese freche Antwort auch das sein, was Sophy Towbridge sagen würde, wenn sie schuldig, kaltblütig und so gescheit war, wie Dirnen es normalerweise nicht waren, und verzweifelt versuchte, ihn von ihrer Unschuld zu überzeugen.

»Ehrlich gesagt, habe ich Ihre dämlichen Briefe nicht«, sagte sie schmollend, als er nicht antwortete. »Aus dem einfachen Grund, das ich nicht Sophy Towbridge bin. Ich heiße Claire.«

Claire.

»Das haben Sie schon mehrfach gesagt, Schätzchen«, erwiderte er trocken und warf ihr einen prüfenden Blick zu. Sie erwiderte seinen Blick, ohne mit der Wimper zu zucken, und er war beinahe bereit zu schwören, dass ihrer Miene keine Unwahrhaftigkeit innewohnte.

»Weil ich immer noch hoffe, dass es irgendwann zu Ihnen durchdringt. Ich hätte daran denken sollen, dass es nicht viel gibt, was festen Stein durchdringt.«

Darüber musste er lächeln – von einer weiblichen Gefangenen beleidigt zu werden, während sie mit ihm im Bett lag, fügte den Annalen seiner Laufbahn ein ganz neues Kapitel hinzu –, und als sie sein Lächeln sah, kniff sie ärgerlich die Augen zusammen.

»Es freut mich, dass Sie das amüsant finden. Ich unglücklicherweise nicht.«

»Daran hätten Sie denken sollen, bevor Sie sich aufs Spionieren verlegt haben.«

Sie gab einen unartikulierten wütenden Laut von sich. Sofort dachte er an mögliche Konsequenzen, drehte sich – unbeholfen, weil er seine Rippen schonen wollte – auf die Seite und packte durch die Decke hindurch ihre Handgelenke. Sie hatte die Fäuste geballt, wie er vorhergesehen hatte.

»Nicht doch«, warnte er und schüttelte den Kopf.

»Feigling«, erwiderte sie.

»Verdammt richtig.«

Sie sah ihn fuchsteufelswild an, sagte jedoch nichts mehr. Als sein Blick über ihr Gesicht wanderte, fiel ihm auf, dass sie wahrhaft erschöpft aussah: Ihre Lider schlossen sich immer wieder, als könnten sie kaum das Gewicht der Wimpern tragen, und unter ihren Augen lagen schwache bläuliche Schatten. Ihre Haut war sehr blass, beinahe durchscheinend, blasser, als sie ihm noch vor einer Weile erschienen war. Als er dies gerade zur Kenntnis nahm, bewegte sie sich ein wenig – die Koje war eng, und sie hatte sehr wenig Platz –, und plötzlich war er sich zutiefst bewusst, dass ihr weicher warmer Körper nun zur Gänze gegen ihn gedrückt war. Brüste, Bauch, Hüften – unwillkürlich identifizierte er jeden Berührungspunkt, und sein Körper reagierte ebenso unwillkürlich.

Ihm schoss die Frage durch den Kopf, ob sie das absichtlich tat.

Er ließ ihre Hände los, legte sich wieder auf den Rücken und konzentrierte sich erneut auf die staubige Holzdecke über ihm, die Stirn gerunzelt, als könnte ihm das dabei helfen, die Angelegenheit zu ergründen. Er war zuallererst Soldat, und sein Land befand sich in einem Kampf auf Leben und Tod. Die letzten zehn Jahre hatte er in Feldzügen von Afrika bis Spanien Krieg gegen das französische Ungeheuer geführt, und seine Heimat war stets wichtiger als alles andere gewesen. Nicht ein einziges Mal hatte er einen Befehl infrage gestellt. Die verwegene Gleichgültigkeit gegenüber seiner eigenen Sicherheit – in den Kriegsberichten hieß das Tapferkeit, doch es war leicht, tapfer zu sein, wenn man beim Eintritt in den Krieg nicht sicher war, dass man ihn auch überleben wollte –, dazu sein Glück, der Katastrophe immer noch um Haaresbreite zu entrinnen, nachdem er sein Ziel erreicht hatte, hatten seine Vorgesetzten dazu bewogen, sich darauf zu verlassen, dass er Missionen ausführte, die im Laufe der Jahre immer gefährlicher geworden waren. Sein gegenwärtiger Einsatz in Frankreich war ein Drahtseilakt ohne Netz, jedoch für die Interessen seines Landes von entscheidender Bedeutung.

Sie – Sophy Towbridge – konnte ihm diesen Einsatz um die Ohren fliegen lassen. Er hatte Anordnung, sie zu töten.

Bisher hatte er noch jeden Auftrag ausgeführt, selbst wenn er anderer Meinung gewesen war, was gelegentlich der Fall war. Und das wusste Hildebrandt natürlich. Manchmal argwöhnte Hugh, dass Hildebrandt mehr über ihn wusste, als unbedingt nötig war. Dieses Wissen über ihn – über einen Teil seiner Vergangenheit – hatte den Leiter der britischen Agenten dazu veranlasst, Hugh auf Sophy Towbridge anzusetzen. Doch Hildebrandt wusste nicht alles. Sonst hätte er ihm nie befohlen, eine Frau zu töten.

Nein, berichtigte er sich, er war beauftragt worden, einen Verräter zu töten. Wenn der Verräter eine Frau war, war das unerheblich – oder sollte es wenigstens sein.

Im Prinzip stimmte Hugh völlig mit der Maxime überein, dass Verräter den Tod verdienten.

Doch sein Verräter war kaum mehr als ein junges Mädchen, obendrein süß und frech – und atemberaubend schön. Widerwillig gestand er sich ein, dass er sie mehr als nur ein wenig bezaubernd fand.

Grimmig versuchte Hugh, sich vorzustellen, wie er sie tötete. Er konnte es nicht.

Doch er hatte nun einmal diesen Auftrag. Er hatte sich verpflichtet, ihn erfolgreich durchzuführen, und sein Befehl lautete, Sophy Towbridge musste sterben.

Damit stellte sich die Frage: War das lästige junge Ding, dass so traulich an ihn geschmiegt lag, Sophy Towbridge? Oder war sie es nicht?

Salomon hatte nie vor einer so schwierigen Entscheidung gestanden.

13

Mit vorsichtigen Bewegungen drehte Hugh sich wieder auf die Seite und wandte sich dem Grund seines Dilemmas zu. Er stützte den Kopf in die Hand und sah nachdenklich auf sie hinab. Ihr Blick begegnete dem seinen ein wenig argwöhnisch, doch ohne erkennbare Furcht, und erneute dachte er, dass Sophy Towbridge genug gewusst hätte, um sich vor ihm zu fürchten. Als er ihre Augen auf Anzeichen von Furcht oder etwas anderen absuchte, was ihn entweder vom einen oder vom anderen überzeugen würde, bemerkte er geistesabwesend, dass das klare Gold ihrer Iris in Wirklichkeit eher wie Schildpatt aus verschiedenen Gold-, Braun- und Grautönen zusammengesetzt war, mit einem dunklen Ring außen herum. Ihre Augen standen leicht schräg und waren von dichten geschwungenen schwarzen Wimpern umgeben. Es waren die Augen einer Frau, die gewiss von der Wiege an eine Herzensbrecherin gewesen war. War ihre Unschuld nur vorgetäuscht?

Es wäre so leicht, sich von diesen Augen bezirzen zu lassen. Er hatte Recht gehabt mit seinem ersten Gedanken – es waren die Augen einer Sirene.

Stand er etwa kurz davor, dem Gesang einer Sirene zu verfallen?

»Habe ich einen Schmutzfleck auf der Nase, dass Sie mich so anstarren?«

Hugh war ein wenig verblüfft über diese patzige Unterbrechung seiner gewichtigen Gedanken, doch dann hätte er beinahe gelächelt. Nein, sie schien keine erkennbare Furcht vor ihm zu haben, was an sich bereits aufschlussreich war. Unwillkürlich hob er eine Hand und zeichnete mit dem Finger besagten Körperteil nach. Sie kräuselte die Nase. Anbetungswürdig.

Ließ er sich Sand in die Augen streuen? Möglich war es. Zur Hölle, möglich war alles. Er befürchtete sehr, dass sein viel gerühmtes gutes Urteilsvermögen ihn im Stich lassen könnte, wenn es um sie ging.

»Ehrlich gesagt scheinen Sie einen Pickel zu bekommen.«

»O nein! Bitte nicht!« Sogleich flog ihre Hand zur Nase.

Diesmal lächelte Hugh. Eine Bedrohung für England – und sie machte sich Sorgen wegen eines Pickels an der Nase? Bei diesem Gedanken wurde ihm schwindelig. Sie ließ die Hand sinken und funkelte ihn wütend an, als sie erkannte, dass er sie neckte – doch dann grinste sie schelmisch, wodurch sie Grübchen bekam. Sie war absolut bezaubernd.

Es fehlte nicht viel, und dieses hinreißende Lächeln würde ihn völlig betören, das wusste er. Konnte sie denn wirklich eine Vorstellung von den tödlichen Konsequenzen in diesem Spiel haben, selbst wenn sie Sophy Towbridge war, fragte er sich.

Ganz bewusst rief er sich in Erinnerung, dass das keine Rolle spielte. Wenn sie Sophy Towbridge war, dann musste sie sterben.

»Sie sollten öfter lächeln«, sagte sie.

Das kam völlig aus heiterem Himmel und wurde in leicht missbilligendem Tonfall vorgebracht. Er blickte verständnislos drein.

»Sollte ich?«, fragte er, verzweifelt um einen Rest Gleichmut bemüht. Ihre Nähe – und ihr Lächeln und ihre Jugend und ihre Schönheit und so ziemlich alles andere an ihr – beeinträchtigte sein objektives Urteilsvermögen.

»Das lässt Sie jünger aussehen.«

»Ich bin einunddreißig.« Sein Tonfall war defensiv, als störte es ihn, wenn sie ihn für älter hielte, als er war, und als er das bemerkte, hätte er sich in den Hintern treten können. Lief er tatsächlich Gefahr, sein sonst so zuverlässiges Urteilsvermögen zu verlieren? Ha! Jeder unvoreingenommene Beobachter könnte mit Fug und Recht glauben, dass er es bereits völlig und restlos verloren hatte.

»Wirklich? Dann sind Sie zehn Jahre älter als ich.«

»Hmm.«

Wenn seine Antwort wenig ermutigend ausfiel, dann deshalb, weil er verzweifelt versuchte, seine Gedanken neu zu ordnen. Er konnte einfach nicht akzeptieren, was seine Sinne ihm über sie mitteilten, denn seine Sinne waren benebelt von ihrem Aussehen, der Art, wie sie sich anfühlte, wie sie roch. Auf seine Sinne war immer weniger Verlass, und das machte ihn verrückt. Er musste objektiv bleiben, musste abwägen, musste nachdenken.

Das war allerdings schwierig, so dicht neben ihrem Körper; selbst durch die nicht unbeträchtliche Barriere, welche die kratzige Decke darstellte, spürte er ihre Rundungen, ihre Weichheit, ihre Wärme. Sie streckte sich ein wenig, katzengleich, und er erahnte die Fülle ihrer Brüste und weiter unten die entzückende Vertiefung ihrer Taille und die sanfte Rundung ihrer Hüften und Schenkel. Das war unglaublich erregend.

Er biss die Zähne zusammen, um gegen seine Empfindungen anzukämpfen.

Wusste sie, was sie bei ihm anrichtete? Erneut musterte er ihre Augen. Sie beobachtete ihn beinahe schläfrig, doch er sah keinerlei Anzeichen dafür, dass sie auf der Hut wäre. Er war bereit zu schwören, dass sie arglos war.

Mit nachdenklich gerunzelter Stirn strich er ihr eine eigensinnige Strähne hinters Ohr. Sie fühlte sich an wie Seide.

Sie blickte ihn erstaunt an.

»Wissen Sie, Sie können wirklich liebenswürdig sein.«

»Finden Sie?« Hugh war beinahe fasziniert von seiner eigenen Reaktion auf sie. Entweder war sie völlig naiv, oder er war so anfällig für weibliche Reize wie der grünste aller grünen Jungen.

»Hm-hm. Wenn Sie nicht versuchen, mich einzuschüchtern.«

»Versuche ich das denn?«

»Ich glaube schon.«

Hugh bemühte sich, seine Skepsis beizubehalten, doch das war nicht leicht. Er sah sie durchdringend an, doch sie schien in keiner Weise zu versuchen, ihn zu manipulieren. Wer sie auch sein mochte – Sophy Towbridge oder Lady Claire Lynes, wie sie behauptete –, sie hätte Angst vor ihm haben sollen. Schließlich hatte er sie in seine Gewalt gebracht, und sie war seine Gefangene. Sie war ihm auf Gedeih und Verderb ausgeliefert, und er konnte alles, wirklich alles mit ihr tun, was ihm in den Sinn kam, und niemand konnte ihn davon abhalten. Doch falls ihr das klar war, gab sie es nicht zu erkennen.

»Und habe ich Erfolg damit?«

»Hm, im Moment nicht so sehr.«

Diesmal bewegten sich ihre Lippen kaum, doch ihre Augen lächelten ihn auf eine Art an, die, wie er zu seinem Ärger feststellte, sein Herz schneller schlagen ließ. Ihm kam der Gedanke, ihre Unschuld auf eine harte, nonverbale Probe zu stellen, und als er so darüber nachdachte, wurde der Gedanke beinahe unwiderstehlich. Als er sie vor einer Weile geküsst hatte, war sie hellwach und ausgesprochen wachsam gewesen. Nun schlief sie praktisch schon in seinen Armen ein, behaglich und weitaus anfälliger dafür, ihr wahres Ich ans Licht zu lassen.

Himmel! Er gebot sich Einhalt, ehe die Versuchung die Oberhand gewinnen konnte. Unter den gegebenen Umständen war das Schlimmste, was er tun konnte, sie zu küssen.

Apropos benebeltes Urteilsvermögen …

»Sie sollten aber Angst vor mir haben«, sagte er barsch und ließ seinen Blick unablässig über ihr Gesicht wandern. »Es ist töricht von Ihnen, keine Angst vor mir zu haben.«

»Dann bin ich wohl eine Närrin.«

Sie sah kurz zu ihm hoch, die Lider schwer und schläfrig, der Mund weich und bezaubernd geschwungen. Wie aus eigenem Entschluss hob sich seine Hand und strich über die samtige Weichheit ihrer Wange. Ihre Haut war köstlich glatt und ließ ihn an die Blütenblätter einer Rose denken, einer weißen Rose mit rosigen Rändern, und sie war warm. So warm.

Das konnte Hugh nachvollziehen. Auch er selbst schien plötzlich von Wärme durchströmt.

»Du bist das Schönste, was ich in meinem Leben je gesehen habe«, sagte er und erkannte, dass er im Begriff stand, einen Fehler von womöglich historischen Ausmaßen zu begehen. Doch er konnte sich nicht bezähmen. Mit dem Daumen berührte er ihren Mundwinkel, strich wie eine Feder darüber. Sie lächelte ihn noch immer schläfrig an.

Da beugte er sich zu ihr herab und küsste sie. Einfach so. Als ihm klar wurde, was er da tat, war es bereits zu spät. Sein Herz hämmerte gegen seinen Brustkasten, seine Atmung ging heftig und schnell, und er war so hart und heiß und hungerte nach ihr, dass er sie beinahe ohne weiteres auf den Rücken geworfen und seine Lust mit einer Wildheit zwischen ihren Beinen entladen hätte, die mehr von einem Tier denn von einem Menschen hatte.

Was ihn davon abhielt, war die Unschuld ihres Mundes.

Er war ein erwachsener Mann, ein erwachsener Mann, der Frauen mochte und den Frauen anziehend fanden. Er hatte mit so vielen Angehörigen des schwachen Geschlechts zusammengelegen, dass er schon lange die Übersicht verloren hatte. Er wusste, wie eine Frau, deren Leidenschaft erregt war, aussah, wie sie klang, wie sie küsste.

Nicht so.

Auch wenn es ihm meistens gelang, es zu vergessen, so war er doch als Mann von Stand geboren worden und aufgewachsen. Seine lange zurückliegende Erziehung gab ihm die erforderliche Kraft, um seinen Mund sogleich von dem ihren zu lösen, als ihm das Ausmaß ihrer Unerfahrenheit klar wurde. So viel Selbstbeherrschung konnte er sich immerhin zugute halten. Doch nun hatte sie ihre Hände mit der Vorderseite seines Hemdes verflochten, was ihm, wie er vermutete, als er den Kopf hob, die nötige Entschuldigung verschaffte, sich nicht von ihr zu lösen und aufzustehen.

Die Wahrheit war: Er wollte nicht aufstehen und sich von ihr entfernen. Das gestand er sich im selben Moment ein, in dem sie die Augen öffnete und ihn ansah, als hätte sie soeben nach zwei Wochen Regen die Sonne gesehen. Sie war unerfahren – dessen war er sich so sicher wie seines eigenen Namens. Doch er wusste ebenso sicher, dass sie bereit war.

»Hugh?«, murmelte sie und packte sein Hemd fester.

Eine weitere Einladung benötigte er nicht.

Denn seit der ersten Berührung ihrer Lippen stand er in Flammen. Sie hatte nicht protestiert, hatte nicht einmal den Kopf weggedreht. Stattdessen hatte sie ihm ihr Gesicht mit einem leisen Seufzer zugewandt und seinen Kuss scheinbar willkommen geheißen. Ihre Lippen waren weich gewesen und hatten gebebt und sich ihm von selbst geöffnet. Als er die Augen geschlossen hatte und seine Zunge in ihren Mund geschlüpft war, war aus der Flamme, die ihn verzehrt hatte, bereits eine regelrechte Feuersbrunst geworden. Er hatte ihre Zunge gefunden, sie liebkost, war tief in ihren Mund eingedrungen. Ihr Mund hatte ganz schwach nach Brandy geschmeckt und war so warm und feucht und süß gewesen, dass er sich beinahe darin verloren hätte. Sein Herz hatte gerast. Sein Atem war unregelmäßig gegangen. Seine harte Männlichkeit hatte schmerzhaft gegen die sie beschränkende Hose gedrängt.

Doch sie hatte seinen Kuss nicht erwidert.

Diesmal wollte er dafür sorgen, dass sie es tat.

»Leg mir die Arme um den Hals«, sagte er und strich ihr mit einer Hand, die, wie er irritiert sah, ein wenig unsicher war, die Haare aus dem Gesicht. Ihr Blick begegnete dem seinen, ihre Augen waren noch ein wenig verschleiert von dem

Kuss, den sie getauscht hatten. Er sah es ihr an, als sie seine Worte erfasste: Ihr Blick flackerte, und mit einem langen ruhigen Seufzer atmete sie aus.

Dann ließ sie sein Hemd los und schlang ihm die Arme um den Hals. Das Gefühl dieser kühlen Finger mit der seidigen Haut, die seinen Nacken umfassten, nahm ihm den Atem. Er wollte sie unbedingt überall auf seinem Körper spüren; er malte sich aus, wie sie über seine Arme strichen, seine Brust liebkosten, seinen Rücken zerkratzten …

Es gelang ihm, noch einen Augenblick reglos zu verharren, ehe er etwas sagte oder tat, was er bereuen würde. Er war über sie gebeugt, das Gewicht seines Oberkörpers ruhte auf seinen Ellenbogen, und er musterte ihr Gesicht. Die von einer einzigen schwankenden Laterne beleuchtet Kabine lag im Dämmerlicht. Tief im Inneren der Koje, wo sie lagen, war mehr Schatten als Licht. Doch ihre zarten vornehmen Züge wurden von den Schatten, die auf ihnen tanzten, nur noch betont, und ihre Augen hatten die weiche Patina alter Münzen. Ihre Lippen, die noch immer feucht waren von ihrem Kuss, waren einladend geöffnet.

Als er sie ansah, zog sich sein Magen zusammen.

»Ich – weiß nicht, was du von mir willst«, gestand sie und verbarg ihre atemberaubenden Augen unter ihren Wimpern. Sie klang sehr jung, sehr scheu, und er dachte erneut, wenn sie schauspielerte, dann wäre sie bei weitem die beste Schauspielerin, die er je gesehen hatte.

Doch im tiefsten Inneren glaubte er nicht, dass sie schauspielerte.

»Ich möchte, dass du meinen Kuss erwiderst«, sagte er, vergrub seine Hand in ihren langen Haaren und spürte den Linien ihres Hinterkopfs nach. »Es ist nicht schwer. Mach es mir einfach nach.«

Mit der Hand umfasste er ihren Hinterkopf, drehte ihn so, dass ihr Mund ihm zugewandt war, und dann küsste er sie erneut. Er ließ ihr Zeit, sich an das Gefühl seiner Lippen auf den ihren zu gewöhnen. Als seine Zunge schließlich in ihren Mund schlüpfte, war er noch immer sanft, strich über ihre Zähne, ihren oberen Gaumen, die Innenseiten ihrer Wangen. Geduldig umschmeichelte er ihre Zunge, auf dass sie mitspiele, neckte sie, liebkoste sie. Als sie reagierte, zögernd Liebkosung mit Liebkosung beantwortete, zog er ihre Zunge in seinen Mund und saugte daran, auch wenn sein beinahe unbezähmbares Verlangen ihn fast umbrachte. Schweißperlen bildeten sich auf seiner Stirn, seine Lenden waren heiß und pochten, und ein feines Beben durchzuckte seine Muskeln, die vor lauter Verlangen nach ihr zum Zerreißen gespannt waren. Entschlossen zwang er sich, diese Anzeichen der Dringlichkeit seines Begehrens zu ignorieren und konzentrierte sich stattdessen darauf, sie in der schönen Kunst des Küssens zu unterrichten. Seine Geduld wurde belohnt: Sie erschauerte, stöhnte auf und schlang ihm die Arme fester um den Hals.

»Ich wusste nicht … dass Küssen … so sein kann.«

Ihre Worte waren nicht mehr als ein warmer Hauch, der wie eine Feder über seine Lippen strich, doch sie ließen ihn innehalten. Er hob den Kopf, sah auf sie hinab und fragte sich, ob auf seine Sinne wirklich Verlass war, ob diese Frau wirklich so vertrauensvoll naiv, so schwindelerregend begehrenswert, so unglaublich berauschend sein konnte, oder ob sie nicht doch das größte Lügengespinst webte, seit die Griechen den Trojanern ihr Geschenk dagelassen und behauptet hatten, sie zögen ab. Ihm war bewusst, dass er so schnell atmete, als wäre er kilometerweit gelaufen. Ihm war bewusst, dass er nicht mehr im vollen Besitz seiner Fähigkeiten, nicht mehr objektiv war, keinerlei Urteilsvermögen mehr besaß, wo sie betroffen war. Dann hoben sich ihre Wimpern, als wollte sie sehen, was er tat, und er blickte in Augen, die tiefe Seen geschmolzenen Feuers waren.

»Wirklich nicht?«, fragte er und wusste schon, dass er verloren war, dass jeder weitere Versuch, sich oder die Situation zu retten, zum Scheitern verurteilt war. Angezogen von diesen Augen, von diesen Lippen, küsste er sie erneut, diesmal weit weniger beherrscht, und sie reagierte mit einer heißen, süßen Wildheit, die ihn erstaunte. Sie lagen nun so eng aneinander gepresst wie Tinte auf Papier. Hugh spürte, wie ihre Brüste sich an seiner Brust hoben und senkten. Die Decke lag nicht mehr zwischen ihnen, nur zwei dünnen Stoffschichten trennten ihr Fleisch von seinem Fleisch. Er spürte die harten kleinen Knospen ihrer Brustwarzen an seiner Brust, und da wäre es beinahe um ihn geschehen gewesen. Er wollte sie, o Gott, wie er sie wollte. Es wäre leicht, so leicht, sich zu nehmen, was er wollte.

Doch wäre es klug?

Ihre Zunge schlüpfte aus seinem Mund, und er ließ sie gehen, während er darum rang, Körper und Geist wenigstens bis zu einem gewissen Grad voneinander zu trennen. Da presste sie auch ihren Unterleib an ihn, drängte gegen seine vor heißem Verlangen harte Männlichkeit, wand sich an seinem Körper, ihre Zunge schlüpfte aus eigenem Antrieb wieder in seinen Mund, und mehr brauchte es nicht.

Jede Hoffnung, einen und sei es auch noch so winzigen Teil seines Verstandes wach und funktionstüchtig zu halten, ging unter in der plötzlich auflodernden Flamme, die über ihn hinwegbrauste und ihn verzehrte. Seine Zunge drang tief in sie, und er drehte sich so, dass sie unter ihm zu liegen kam. Das leise Stechen in seinen Rippen nahm er zur Kenntnis, doch es scherte ihn nicht, und es war ihm auch völlig gleich, wer sie war oder was oder sonst etwas, er wollte nur noch sein heißes wildes Verlangen in ihrem Körper stillen. Sie fühlte sich so gut an unter ihm, so köstlich weiblich, so warm, so einladend. Seine Zunge war in ihrem Mund, ihre Arme lagen ihm um den Hals, und er zog am Saum ihres Hemdes, riss es bis zur Taille hoch.

Er würde sie nehmen, er wollte sie nehmen, er musste sie nehmen, einfach so, hinein und hinaus, hart und schnell.

Jetzt hatte er keine Zeit mehr für charmante Worte oder Lehrstunden oder sonst etwas Närrisches. Hier war nur noch Raum für die heiße, wilde Ekstase seiner Lust. Er war jenseits des Denkens, seine Männlichkeit war steif und schwer und stand in Flammen, und die einzige Erleichterung für ihn lag in dem weichen nachgiebigen Körper, der unter ihm so erregend bebte und zitterte.

Seine Hand fand ihre Brust und schloss sich darum. Er drückte sie fester als beabsichtigt, doch sein Verlangen hatte ihn längst mit sich fortgetragen, und Sanftheit lag immer weniger im Bereich seiner Möglichkeiten. Durch den dünnen Batist von (absurderweise, wie ihm flüchtig durch den Kopf schoss) James' zweitbestem Hemd, spürte er ihre kleine harte Brustwarze, die gegen seine Handfläche drängte, und er biss die Zähne zusammen, denn sein Körper kribbelte, er stand kurz vor der Explosion.

Sie, die ihn noch wenige Minuten zuvor so scheu geküsst hatte, wölbte sich ihm entgegen und stöhnte ihm ihre Lust in den Mund. Die kleinen Laute, die sie von sich gab, raubten ihm beinahe die Besinnung. Seine Hand glitt von ihrer Brust und kämpfte mit den Verschlüssen seiner Hose.

Er konnte nicht warten, keine Minute mehr, keine Sekunde mehr. Er würde sie haben, komme, was da wolle. Es war viel zu spät, und er war viel zu gierig, um nach dem Preis zu fragen.

14

»Nein. Bitte. Nein. Hugh. Hör auf.«

Mit den Händen knöpfte er seine Hose auf; mit dem Knie drängte er zwischen ihre Schenkel. Sein Körper war angespannt wie eine Bogensehne, ein Pfeil, der gleich abgeschossen würde – als sie ihren Mund von seinem löste und diese Worte hervorkeuchte.

Hör auf …

Himmel, das wollte er jetzt nicht hören. Das wollte er jetzt wirklich nicht hören. Er – konnte – ihrer Bitte – beinahe – nicht – Folge – leisten. Es schmerzte, aufzuhören. Er ballte die Fäuste, schloss die Augen, legte seine Wange an ihre und wurde ganz still.

Hör auf.

Hör auf, hatte sie gesagt.

Er konnte es nicht glauben. Doch das hatte sie gesagt.

Was er auch sonst sein mochte, er war kein Mann, der eine Frau gegen ihren Willen nahm. Verdammt – verflucht sollte er sein, und sie auch, und das ganze verdammte Universum dazu – er konnte sie nicht mit Gewalt nehmen. Er hatte noch nie eine Frau gezwungen, und er würde jetzt nicht damit beginnen.

Aber Herr im Himmel, das war knapp gewesen.

»Aufhören?«, fragte er vorsichtig, sobald er sich wieder zutraute zu sprechen. Seine Stimme war kaum mehr als ein Krächzen, und mehr als dieses eine fragende Wort brachte er im Augenblick nicht hervor. Sein ganzer Körper schmerzte, vom Scheitel bis zu den Zehen, und eine gewisse Stelle dazwischen peinigte ihn höllisch. Selbst so reglos auf ihr zu liegen, ihre bis zur Taille nackte Weichheit zu spüren, die dem

Gewicht seines harten Körpers nachgab, dem sanften Rhythmus ihrer noch beschleunigten Atmung zu lauschen, den unverkennbaren Duft nach Frau und Liebesspiel einzuatmen, war Folter.

Das Problem war, er glaubte nicht, dass er sich bewegen konnte. Jedenfalls nicht im Augenblick.

Er atmete tief ein. Selbst das Atmen schmerzte. Großer Gott, solche Pein hatte er seit Jahren nicht mehr verspürt.

Nicht seit er alt genug gewesen war, um sie so zu lindern, wie die Natur es vorgesehen hatte.

»Bitte hör auf.« Ihre Stimme war leise und kehlig und – der Todesstoß für seinen störrischen, immer noch hoffnungsfrohen Körper – flehentlich. Sie klang, als meinte sie es ernst.

»Warum?«

Auf seinen Augenbrauen hatte sich Schweiß gebildet. Zwischen seinen Ein-Wort-Fragen biss er die Zähne zusammen. Ihm schoss durch den Kopf, dass ihr Gespräch unter den gegebenen Umständen absurd war. Ein solches Gespräch hatte er seit – er konnte sich nicht mehr erinnern, seit wann – nicht mehr geführt. Ein solches Gespräch hatte er noch nie geführt. Jede Frau, die er mit in sein Bett nahm, war schmeichelhaft begierig darauf, dort zu sein, angefangen bei seiner allerersten Erfahrung mit vierzehn Jahren. Frauen sagten nicht nein zu ihm. Nie.

»D-darum.«

Diese hier sagte nein zu ihm. Ihre Taten bewiesen es. Anstatt ihn zu umarmen, wie sie es gerade noch getan hatte, schob sie seine Schultern unmissverständlich von sich. Sie versuchte – höchst naiv –, sich unter ihm hervorzuwinden, und erwies sich damit einen rechten Bärendienst.

Er wollte sie. Er konnte sie immer noch nehmen. Sie war schließlich seine Gefangene. Und vielleicht täuschte sie ihren Widerstand ja nur vor, versuchte, ihn davon zu überzeugen, dass sie zu lieb, zu tugendhaft war, um eine Dirne zu sein.

Nein.

Hugh atmete tief durch und rollte sich von ihr herunter, ehe er der Versuchung nachgeben konnte. Keuchend lag er auf dem Rücken, sein Körper schmerzte; einen Arm hielt er vor seine Augen, um die Welt auszublenden, und ein Knie hatte er angewinkelt, um sich, so gut er konnte, Linderung zu verschaffen. Obschon er seine Augen fest zusammengekniffen hatte – wie er auch die Zähne zusammenbiss und jeden Muskel anspannte –, während er den Teufel in sich zu bezähmen versuchte, bemerkte er, wie sie hastig versuchte, ihre Kleidung in Ordnung zu bringen.

Sollte sie ihm nochmals den Ellenbogen in die Rippen stoßen, dachte er grimmig, müsste er ihr beinahe dankbar dafür sein.

Wenigstens wäre er dann von dem viel größeren Unbehagen abgelenkt, das er an einer ganz anderen Stelle verspürte.

Was erneut ihre Schuld war. Das ganze verdammte Fiasko war von Anfang bis Ende ihre Schuld. Nein, es war seine Schuld. Er hätte es sich mehr zu Herzen nehmen sollen, als sein Pferd ihn abgeworfen hatte. Doch das hatte er nicht, und irgendwo lachten nun gewiss die Götter, während er dafür büßte, dass er ihre Warnung missachtet hatte.

»Darum?«, fragte er wenige Minuten später nach, als er sich beinahe vollständig wieder unter Kontrolle hatte. »Darum was?«

»Weil – ich kann einfach nicht.«

Oh, wie erhellend. Er nahm den Arm vom Gesicht, öffnete die Augen und warf ihr einen Blick zu. Sie lag so weit von ihm entfernt wie möglich – was nicht sehr weit war. Die Koje war schmal, und so trennte sie im besten Fall eine knappe Handbreit. Die Decke, in die sie sich wieder gehüllt hatte, berührte seine Seite, und er war sich der weiblichen Rundungen darunter absolut – nein, besser qualvoll – bewusst. Mit dem Rückgrat drückte sie sich an die Wand, die Arme hatte sie unter der Decke schützend vor der Brust verschränkt, und die Augen waren weit aufgerissen, während sie ihn unruhig beobachtete.

Nervös. Nicht verängstigt.

Und da kristallisierte sich für ihn etwas heraus: Sie hatte leidenschaftlich reagiert, hatte seinen Kuss erwidert, gestöhnt und sich an ihn gepresst – doch es war die Leidenschaft einer Novizin gewesen. Wenn sie wirklich ein Jahr lang Archers Geliebte gewesen war, dann konnte er sie kaum angerührt haben. Das war keine Edelmetze, kein leichtes Mädchen, nicht einmal eine erfahrene Frau. Dieses Mädchen wusste weniger über geschlechtliche Dinge als die meisten ihm bekannten Frauen von vornehmer Herkunft.

Diese Frau wusste wenig bis gar nichts über körperliche Liebe – oder sie war die größte Schauspielerin auf Erden und er der größte Narr.

Hugh atmete tief durch, drehte sich auf die Seite, stützte seinen Kopf wieder in eine Hand und bemerkte, dass sie bei seiner Bewegung erneut die Augen aufriss und versuchte, sich noch enger an die Wand zu drücken. Die Haare hatte sie sich aus dem Gesicht gestrichen, doch die pechschwarze Mähne breitete sich fächerförmig auf dem klumpigen Kopfkissen aus. Zu seinem Ärger bemerkte Hugh, dass einige gelockte Strähnen sich über seinen gebeugten Arm schlängelten. Der Anblick der mitternachtsschwarzen Seide auf seiner braunen Haut und dem weißen Hemd war beunruhigend intim. Er gemahnte ihn an das, was sie ihm vorenthielt.

»Wärst du so freundlich, mir zu erklären, warum du nicht kannst?« Sein Stimme klang ein wenig kühl. Sie sah ihn an, als fürchtete sie, er könnte sich jeden Moment wieder auf sie rollen, doch zu seiner Freude bemerkte er, dass er seine Selbstbeherrschung nun vollständig zurückerlangt hatte.

Sie zögerte und senkte die Lider. Hugh war unwillkürlich fasziniert von dem tintenschwarzen Saum dicker geschwungener Wimpern und verfluchte sich dafür, dass er so empfänglich für ihre Reize war.

»Es wäre falsch«, erwiderte sie, hob die Lider und begegnete seinem Blick. Ihre Augen waren nun keine geschmolzenen Seen der Leidenschaft mehr, wie er ebenso erleichtert wie bedauernd erkannte. Auch ihr Begehren hatte sich offenbar beträchtlich abgekühlt.

»Gestatte mir, dich darauf hinzuweisen, dass es dich nicht sonderlich gestört hat, ob es richtig oder falsch ist, als du dich mir vorhin angeboten hast.«

Sie senkte die Lider erneut. Hugh wartete mit unwillkürlich angehaltenem Atem darauf, dass sie sie wieder hob. Als sie es tat, zeigte ihre Miene Entschlossenheit, als hätte sie sich entschieden, ihm gegenüber ihren Standpunkt zu behaupten und sich nicht von ihm in Verlegenheit bringen oder einschüchtern zu lassen. Erneut war er unwillkürlich fasziniert. Oder, wenn er ganz ehrlich war, beinahe – verzaubert.

»Da dachte ich, ich müsste es vielleicht tun, um … um … um mein Leben zu retten. Jetzt weiß ich, dass du mir nichts antun wirst. Oder jedenfalls glaube ich das.«

Hugh musterte sie. War ihre Arglosigkeit echt? Gott steh mir bei, dachte er. Er war beinahe davon überzeugt, dass es so sein müsse.

»Du wärst also bereit, mit mir zu schlafen, um dein Leben zu retten, nicht aber lediglich zu deinem Vergnügen?«

Sie stieß einen schroffen Laut aus, nicht ganz ein Lachen.

»Es ist kein Vergnügen«, sagte sie, und wieder bedeckten die Wimpern ihre Augen.

»Und wie kommst du darauf?«, fragte er sie laut und beobachtete sie so aufmerksam wie eine Katze ein Mauseloch. »Archer ist ein alter Mann, das weiß ich wohl; ließ er im Bett zu wünschen übrig?«

Sie schnappte wütend nach Luft und riss die Augen wieder auf. »Woher soll ich das wissen? Ich hatte nie Gelegenheit, mit Lord Archer das Bett zu teilen. Ich weiß wie gesagt nur deshalb von ihm, weil er ein Freund meiner Tante ist.«

Nun blickten ihre goldenen Augen feindselig.

Er hob die Augenbrauen. »Und wer war dann derjenige, der dich davon überzeugt hat, dass die körperliche Liebe kein Vergnügen ist?«

»Mein Gatte«, erwiderte sie ein wenig unwirsch. »Wer sonst sollte ... Egal. Dieses Gespräch ist höchst ungehörig.«

Selbst unter den gegebenen Umständen gelang es ihr, überheblich zu wirken. Wenn man bedachte, dass sie ausgesprochen nachlässig gekleidet, ja, beinahe nackt war, in einer Koje mit ihm festsaß und ihn mit ihren Küssen beinahe in den siebten Himmel versetzt hatte, war das keine geringe Leistung.

»Das gilt für die meisten interessanten Gespräche«, versetzte er gelassen. »Erzähl mir von deinem Mann. Wie lange bist du bereits verheiratet?«

»Wir haben letztes Jahr im Juni geheiratet.«

»Etwa vor eineinhalb Jahren also. Und die Leidenschaft ist schon dahin?«

»Wie meinst du das?« Sie blickte ihn missbilligend an, wohl eher aus Unbehagen über die Wende, die ihr Gespräch genommen hatte, vermutete er, denn aus mangelndem Verständnis.

»Nun, wenn du keinen Genuss mehr daran findest, das Bett mit ihm zu teilen ...«

»Es war von Anfang an kein ...«, begann sie. Dann fielen ihre Wimpern wieder herab und verbargen den Ausdruck ihrer Augen vor ihm.

Er musterte sie genau und bemerkte fasziniert, dass eine leichte Röte ihre Wangen überzog.

»Es war von Anfang an kein – Genuss?«, führte er ihren Satz zu Ende. Daran, dass sie unvermittelt die Augen aufriss, erkannte er, dass er ins Schwarze getroffen hatte. »Dein Gatte hat dir nie Genuss im Bett bereitet?«

»Ich werde dieses Gespräch nicht fortsetzen«, sagte sie mit erstickter Stimme.

»Ist er ein alter Mann? Hässlich?«

»David ist fünfundzwanzig und gilt als ausgesprochen gut aussehend«, fuhr sie ihn an.

»David?«

Plötzlich wusste er – oder glaubte zu wissen –, wer ihr Ehemann war. Es sei denn, sie wäre eine wirklich geschickte Lügnerin gewesen.

»Mein Ehemann. Lord David Lynes.«

»Den du vor eineinhalb Jahren geheiratet hast«, sagte er langsam und überdachte im Stillen, wie wahrscheinlich das war. Falls sie nicht log … »Warum hast du ihn geheiratet? Wegen seines Geldes?«

Sie wirkte aufgebracht. »Gewiss nicht. Er hat kein Geld.«

»Warum dann?«, hakte er nach. Mittlerweile faszinierte sie ihn mehr, als sie jemals ahnen könnte.

Ganz kurz dachte er, sie würde ihm nicht antworten. Dann machte sie eine nervöse Handbewegung und verzog bitter den Mund.

»Ich wollte einen Mann, der gut zu mir ist«, erklärte sie. »Und David war gut. Er war nicht laut oder aggressiv wie viele meiner Verehrer. Er war sanft. Ich war mir recht sicher, dass er mich nie schlagen oder mich sonst wie misshandeln würde. Und – er sah – er sieht – gut aus. Er hat blonde Haare und blaue Augen, und er ist schlank, nicht sehr groß, aber größer als ich. Ich – ich verliebte mich in ihn, und ich dachte, er hätte sich auch in mich verliebt.«

»Und so hast du ihn geheiratet und dann festgestellt, dass es mit ihm im Bett keinen Spaß macht.«

»Spaß?« Sie klang, als wäre das Wort ihr im Halse stecken geblieben und blickte entsetzt drein. »Ich habe nie gesagt – ich habe nie erwartet …

»Spaß im Bett zu haben? Ein Mann und eine Frau, die das Bett teilen, sollten aber Spaß miteinander haben, mein armer betrogener Liebling. Wir hatten Spaß, du und ich, bis …

»Ich lehne es strikt ab, dieses Gespräch fortzusetzen.«

Sie warf sich herum, sodass sie ihm den Rücken zukehrte.

Er musste ihr ausweichen, um seine Rippen zu schützen. Während sie die Wand anstarrte, sah er gedankenversunken auf ihren Hinterkopf. Alles, was sie gesagt hatte, stimmte genau – wenn sie die war, die zu sein sie vorgab. Könnte Sophy Towbridge so viel gewusst haben? Vielleicht. Könnte sie so überzeugend geschauspielert haben? Erneut: vielleicht. Könnte sie wie ein Engel aussehen, wie ein unerfahrenes Mädchen küssen und eine Geschichte ersinnen, die in sämtlichen Punkten, die er beurteilen konnte, absolut wahr klang?

Wer zum Teufel sollte das wissen?

Er legte ihr eine Hand auf die Schulter und drehte sie auf den Rücken. Sie wehrte sich nicht, starrte jedoch wütend zu ihm hoch. Er bemerkte, dass sie die Decke eng um sich gerafft hielt, als könnte sie sie irgendwie vor ihm beschützen.

Falls sie Sophy Towbridge war, würde sie weit mehr Schutz benötigen als nur eine kratzige graue Decke, dachte er grimmig.

Und wenn nicht?

»In Ordnung, meine kleine Scheherazade, erzähle mir deine Geschichte«, forderte er sie sarkastisch auf und ließ seinen Blick über ihr Gesicht wandern. »Erzähle mir genau, wie du auf jenen Strand gekommen bist, an dem wir – ähm – miteinander bekannt wurden.«

Sie begegnete seinem Blick, und für einen Augenblick dachte er, sie wollte ihm nicht antworten. Dann kam ihre kleine rosige Zunge hervor, um ihre Lippen zu befeuchten – eine visuelle Folter, die er sich zwang zu ignorieren –, und sie seufzte. Dann begann sie zu erzählen. Als sie lange Zeit später endete, lag sie behaglich an ihn geschmiegt. Er lag auf dem Rücken, das Kissen unter dem Kopf, und hielt sie im Arm. Sie hatte ihren Kopf vertrauensvoll an seine Schulter gelehnt, und ein schlanker Arm war unter der Decke hervorgeschlüpft und lag nun auf seiner Brust. Eingelullt vom Schaukeln des Schiffs überließ Hugh sich seinen Gedanken. Unwillkürlich lauschte er dem leisen Rhythmus ihrer Atemzüge, während er erneut das erstaunlich kunstvolle Muster der Spinnweben über seinem Kopf betrachtete.

Er erkannte, dass die Geschichte, der er soeben gelauscht hatte, die verbale Entsprechung von Stroh war, das zu Gold gesponnen wurde. Nun musste er herausfinden, ob das Endergebnis wirklich Gold war – oder nur eine teuflisch schlaue List.

Er warf ihr einen Seitenblick zu. Ihre Augen waren nun geschlossen, und er war sich nicht einmal völlig sicher, ob sie noch wach war. Ihr Gesicht war bleich, sehr bleich, als wäre ihr alle Farbe entzogen worden. Sie sah jung und lieblich und verletzlich und vertrauensvoll aus – das genaue Gegenteil der hartherzigen Harpyie, die einen Liebhaber betrügen und ausrauben und sich dann aufmachen würde, ihr Land zu verraten, und die dann unterwegs noch den Mann verführen würde, der mit der Aufgabe betraut worden war, sie zu fassen.

Sie öffnete die Augen und blickte ihn finster an.

Dieser Blick traf ihn unerwartet. Er sah sie verständnislos an.

»Ich muss aufstehen«, sagte sie mit einer leisen, grimmigen Stimme, die er von ihr noch nicht gehört hatte.

Er runzelte die Stirn.

»Was …? Warum?«

»Lass mich raus.«

Ungeduldig stieß sie gegen seinen Arm. Es gelang ihr, sich darunter hervorzuwinden und sich aufzusetzen. Hugh sah zu ihr hoch und bemerkte interessiert, dass sie noch bleicher war als noch wenige Sekunden zuvor – abgesehen von den schwarzen Haaren, Augenbrauen und Wimpern war sie nun so weiß wie ihr Hemd.

»Rück beiseite. Bitte.«

Er hob die Augenbrauen. »Natürlich. Aber …«

»Mir wird übel.«

Da riss Hugh erschrocken die Augen auf. Ihre Leichenblässe war plötzlich aufs Scheußlichste erklärt.

»Großer Gott, willst du damit sagen, du bist seekrank?«

»Ich will sagen, mir wird übel. Jetzt.«

Sie hielt sich eine Hand vor den Mund. Schlagartig rollte Hugh sich von der Koje. Den Protest seiner Rippen ignorierte er, als ihm die wahre Natur dieses Notfalls bewusst wurde. Auf Händen und Knien tastete er unter der Koje hektisch nach dem Nachttopf, den er glücklicherweise bereits auf der Überfahrt nach England hatte suchen müssen. Er angelte ihn hervor, wandte sich noch auf den Knien um und reichte ihn ihr.

Gerade rechtzeitig.

15

»In Ordnung, Augenstern, hoch mit dir.«

Die hassenswert belustigte Stimme war Claire bereits so vertraut, dass sie nicht erst die Augen öffnen musste, um zu wissen, wem sie gehörte: Hugh. Er hatte ihr den Nachttopf gehalten, während sie schließlich doch noch so schmählich den Bewegungen des Meeres unterlegen war. Später hatte er nach James gerufen und sie mit Wasser, Seife und einem Handtuch versehen, damit sie hinterher ihr Gesicht und ihre Hände waschen konnte, mit Zahnpulver zum Reinigen ihrer Zähne und einem Glas Brandy, um ihr beim Einschlafen zu helfen. Schließlich war sie wieder in die Koje gesunken, hatte sich, in die Decke gehüllt, zu einer kleinen Kugel zusammengerollt und war eingeschlafen. Seitdem hätten zwei Stunden vergangen sein können – oder zwanzig. Von Zeit zu Zeit war sie aufgewacht und hatte die Geschehnisse um sie herum wahrgenommen: Hughs gleichmäßiges Atmen, während er neben ihr schlief, und sie sich eng an ihn schmiegte, die mollige Wärme genoss, den Kopf an seine Schulter gelehnt und den Arm um seinen Hals geschlungen; Hugh und James, die in der Kajüte leise, zum Teil sehr hitzige Gespräche führten; den Duft von Essen, als Hugh eine Mahlzeit aus Brot und Fleisch verschlungen hatte.

Dabei hatte sich ihr beinahe erneut der Magen umgedreht.

Der Geruch hing noch immer in der Kabine. Claire schnupperte und erschauderte, ohne die Augen zu öffnen. Sie roch Essen, was von allen Dingen am meisten dazu angetan war, ihr den Magen umzudrehen.

Sie war überzeugt, dass sie nie mehr essen würde.

Als daher Hugh an einer Strähne ihres Haares zog und sie

zum zweiten Mal bat aufzustehen, stöhnte sie zur Antwort, öffnete jedoch nicht einmal die Augen. Ihr war schwindelig, alles deutete darauf hin, dass ihr Magen seine Rebellion ernst meinte, und sie war sich absolut sicher, dass liegen zu bleiben die beste Strategie war.

Hugh schüttelte sie an der Schulter. »Hoch mit dir. Wir legen bald an.«

Anlegen? An Land? Sie wurde munter. Nicht sehr, aber doch ausreichend, um ein Auge zu öffnen und ihn anzusehen.

»An Land?«

Er sah womöglich noch belustigter aus, als er klang, stellte sie ein wenig verärgert fest.

»Richtig. Komm, setz dich auf. Es sei denn natürlich, du willst zurückgelassen werden, wenn James und ich an Land gehen.«

Im Augenblick verwirrte Claire die Aussicht, an Land zu gehen, mehr, als die Aussicht, zurückgelassen zu werden, sie ängstigte, doch beides ließ sie aufhorchen. Sie öffnete beide Augen und schloss sie sofort wieder, denn die Kajüte schien sich langsam um die Koje zu drehen. Dann wurde sie an den Oberarmen gepackt. Ohne viel Federlesens wurde sie hochgezogen, sodass sie aufrecht saß.

»Nein, bitte«, stöhnte sie, entzog ihm ihre Arme und lehnte sich an die Wand. Sie weigerte sich entschlossen, die Augen zu öffnen.

»Es wird dir besser gehen, sobald wir das Schiff verlassen haben.« Er klang immer noch amüsiert. »Komm, mach die Augen auf. Du kannst doch keine Angst haben, dass dir erneut übel wird. Du hast doch nichts mehr im Magen.«

Falls es Gerechtigkeit gab auf dieser Welt, dachte Claire verbittert, dann müsste sein großer Körper eigentlich sehr bald von Wellen der Übelkeit geschüttelt werden.

»James hat dir ein wenig Tee und Brot gebracht. Zieh dich an, vielleicht hast du dann noch Zeit, zu essen.«

Hugh sagte das so, als wollte er sie bestechen. Weit davon entfernt, in Versuchung zu geraten, erschauderte Claire.

»Essen ist jetzt genau das Richtige für dich, das versichere ich dir.« Wieder klang er belustigt.

Nur ein Ungeheuer – oder ein unsensibler Rüpel – würde ihr von Essen sprechen, nachdem er ihr Leiden mit angesehen hatte. Hugh lachte in sich hinein und bewies damit schlüssig, dass er mindestens Letzteres war. Er entfernte sich und kam mit einem Becher zurück, der eine dampfende Flüssigkeit enthielt. Claire warf einen angewiderten Blick darauf: Es war Tee.

»Hier«, sagte er und reichte ihr den Becher.

Claire lehnte immer noch an der Wand und fühlte sich so schlapp wie ein durchnässter Lumpen. Sie schüttelte voller Abscheu den Kopf.

»Trink das.« Hughs Augen funkelten entschlossen, und sein Kinn war auf eine Weise eigensinnig vorgereckt, die ihr allmählich vertraut war. Sein Mund – sein Mund … Du lieber Gott, er beobachtete sie, als sie auf seinen Mund starrte. Erinnerte er sich wie sie auch – denn sie konnte einfach nicht anders – daran, wie er sie geküsst hatte … und wie sie seinen Kuss erwidert hatte?

Sie riss ihren Blick von seinem Mund los – und stellte fest, dass ihr der Tee in die Hand gedrückt wurde.

»Verschütte ihn nicht«, knurrte Hugh und wandte sich ab. Claire betrachtete seinen Hinterkopf, der beinahe die Decke berührte, seine breiten Schultern und seinen kraftvollen Rücken, die schlanken Hüften und langen Beine. Hatte sie wirklich in seinen Armen gelegen? Hatte sie in voller Länge an seinen muskulösen Körper geschmiegt geschlafen? Hatte sie die Arme um diese breiten Schultern gelegt? Hatte sie diesen überaus männlichen Mund geküsst?

Gott möge ihr vergeben, das hatte sie getan.

»Der Tee wird kalt.« James' eindeutig an sie gerichtete Worte hatten einen unfreundlichen Unterton. »Sie sollten ihn jetzt trinken, Miss, und fertig. Ich habe außerdem mein Bestes getan, Ihre Kleidung zu trocknen. Allerdings ist sie stellenweise immer noch eine Spur feucht.«

Bis James gesprochen hatte, war Claire nicht einmal bewusst gewesen, dass er sich in der Kajüte befand. Sie warf ihm einen verblüfften Blick zu – er stand im Schatten in der Nähe des Tisches und wandte ihr halb den Rücken zu, als er ihr Kleid und vermutlich auch ihre übrigen Kleidungsstücke über eine Stuhllehne hängte –, und ihr wurde bewusst, dass sie nur halb bekleidet war. Ihre Beine, die sie in der Koje an ihren Körper gezogen hatte, steckten wenigstens unter der Decke. Doch die Decke endete an ihrer Taille, und der dünne Batist ihres Hemds war als sittsames Kleidungsstück ausgesprochen ungeeignet. Ihre Brüste zeichneten sich deutlich darunter ab, und der weit aufklaffende Ausschnitt war ihr über eine Schulter gerutscht, sodass jeder, dem daran gelegen war, freie Sicht auf besagte Schulter sowie ein ansehnliches Stückchen seidiger Haut hatte.

Zu ihrer Schande musste sie sich eingestehen, dass es sie nicht sonderlich störte, wenn Hugh sie so halb bekleidet sah. Bei dem Grad an Intimität, der sich im Laufe ihrer kurzen, aber ereignisreichen Bekanntschaft zwischen ihnen entwickelt hatte, erübrigte es sich mehr oder weniger, auf die Gebote normaler Sittsamkeit Rücksicht zu nehmen. Der Mann hatte sie schließlich nackt gesehen. Er hatte sie geküsst, dass sie es bis hinunter in ihre Zehen gespürt hatte, und er hatte sie gelehrt, seine Küsse auf eine Art zu erwidern, von der sie nie geglaubt hätte, dass eine Dame es tun würde – oder es auch nur wollen würde. Er war mit seinen Händen über ihren Körper gefahren, hatte ihre Brüste liebkost, hatte ihr ein Gefäß hingehalten, in das sie sich übergeben konnte, und die letzten Stunden neben ihr geschlafen. Was ihn und sie betraf, waren die gesellschaftlichen Konventionen längst gründlich verletzt worden. Sollte irgendjemand erfahren, dass sie die Nacht mit ihm in dieser winzigen Kajüte verbracht hatte –

nur sie beide –, wäre sie entehrt. Selbst wenn darüber hinaus nichts vorgefallen wäre.

Doch es war darüber hinaus etwas vorgefallen. Etwas Bedeutsames. Etwas Lebensveränderndes. Die geheime Lüsternheit in ihr, gegen die sie angekämpft hatte, seit sie sie entdeckt hatte, war nachdrücklich erweckt worden. Sie hatte seine Küsse genossen, hatte es genossen, sie zu erwidern. Das Gefühl seines Körpers an ihrem Leib hatte sie erbeben lassen. Seine Hand auf ihrer Brust hatte sie dahinschmelzen lassen. Sie hatte bei ihm liegen wollen, hatte jenen intimsten aller Akte mit ihm vollziehen wollen …

»Trink deinen Tee«, sagte Hugh barsch und holte sie mit einem Ruck zurück in die Gegenwart. Er stand nun neben der Koje, ein Arm ruhte auf dem oberen Bett. Er warf ihr einen Blick zu, der ihr zeigte, dass er meinte, was er sagte. Sie wollte den Tee nicht, doch ihr war auch nicht danach, mit ihm zu streiten. Sie nahm einen Schluck, verzog angesichts des stark gezuckerten Gebräus das Gesicht und streckte Hugh den Becher wieder hin. Anscheinend überrascht nahm Hugh ihn ihr ab. Mit einem Seitenblick zu James richtete Claire ihr Hemd und zog dann die Decke wieder um ihre Schultern, bis sie sittsam aussah. Hugh beobachtete sie derweil grübelnd.

»Ich denke aber, Sie werden Ihre Kleidung trocken genug finden, um sie zu tragen«, fuhr James fort und warf ihr über die Schulter einen Blick zu, während er die Kleidung auf dem Stuhl anordnete. Hugh entfernte sich mit dem Tee in der Hand.

»Sie hat eigentlich keine Wahl, es sei denn, sie wünscht, in deinen Kleidern draußen zu erscheinen – oder in meinen«, merkte Hugh trocken an. Er stellte die Tasse auf den Tisch und setzte sich auf die andere Seite. Den Utensilien nach zu urteilen, die dort für ihn bereitlagen, schien er einen Brief schreiben zu wollen. Er nahm eine Feder, tauchte sie in die Tinte und setzte die Spitze aufs Papier. Claire beobachtete ihn. Zum ersten Mal, so fiel ihr auf, war er sauber rasiert, und sein schwarzes Haar war nach französischer Manier ordentlich im Nacken zusammengebunden. Neben seinem Hemd und der Hose trug er ein leicht zerknittertes Halstuch, einen gut sitzenden schwarzen Gehrock und ein Paar hoher schwarzer Stiefel. Das strenge Schwarz, der Schnitt des Rocks und sogar die ein wenig altmodische Frisur standen ihm ausgezeichnet.

Hatte sie jemals gedacht, er sehe nicht gut aus? Da musste sie verrückt gewesen sein. Hochgewachsen und gut gebaut war er mit diesem schwarzen Haar und der bronzefarbenen Haut, diesen kühlen grauen Augen, den schlanken Wangen und jenem breiten, dünnen betörenden Mund atemberaubend attraktiv.

Ihr jedenfalls benahm er den Atem.

Ihn einfach nur anzusehen versetzte sie in einen Zustand bebender Erregung, für die sie sich noch vierundzwanzig Stunden zuvor bis ins Mark geschämt hätte. In den Tagen vor ihrer Hochzeit hatte sie sich insgeheim ausgemalt, wie es sein würde, wenn David in ihr Bett käme. Ihre Tagträume hatten sie erhitzt und verlegen gemacht, doch unter dem Strich hatte sie ihrer Hochzeitsnacht mit nicht wenig Vorfreude entgegengesehen. Ihre aufkeimende Neugier auf das, was zwischen Ehegatten geschah, wenn sie allein waren, war von der enttäuschenden Wirklichkeit des ehelichen Beischlafs beinahe vollständig abgetötet worden. Nun war diese Neugier unerwartet von neuem und auf das Heftigste in ihr erweckt worden – von Hugh.

Was sollte sie nur tun? Mit ihm? Bei einem Mann zu liegen, der nicht der eigene Ehemann war, war falsch …

Hugh warf ihr einen Blick zu. Hatte sie ihn angestarrt? Offenbar. Überrumpelt verwandte sie ihre Energie hastig darauf, geräuschvoll aus der Koje zu klettern, wobei sie sich so in die Decke hüllte, dass sie einen sittsamen Anblick bot. Sie erlangte die Fassung zurück – der Mann konnte schließlich keine Gedanken lesen, von daher gab es keinen Grund, sich ihrer Gedanken zu schämen – und hoffte inbrünstig, er möge die Röte, die ihr ins Gesicht stieg, nicht bemerken und seine Schlüsse daraus ziehen.

»James hat sich selbst übertroffen. Sieh nur meine Stiefel, und für dich hat er anscheinend sogar Schuhe beschafft.«

»Danke«, sagte Claire höflich zu James und stellte erleichtert fest, dass ihre Stimme beinahe normal klang. Sie hielt sich mit der einen Hand am oberen Bett fest und mit der anderen hielt sie die Decke zusammen. So wartete sie, bis sie sicher war, dass ihre weichen Knie sie tragen würden, ehe sie einen Schritt tat. Inzwischen sah sie sich um. Ein Blick auf den Stuhl, auf dem ein Paar schwarzer Schlupfschuhe aus Satin thronte, zeigte ihr, dass James tatsächlich das nahezu Unmögliche vollbracht hatte: auf einem, soweit sie es wusste, bis auf sie selbst ausschließlich mit Männern besetzen Schiff Damenschuhe aufzutreiben.

»Ist ein Schmugglerschiff. Für den richtigen Preis bekommt man hier fast alles.«

Seinem Tonfall nach zu urteilen war James alles andere als zufrieden, und Claire erinnerte sich, dass er und Hugh einige rechte heftige Auseinandersetzungen gehabt hatten, während sie zwischen Schlaf und Wachzustand hin- und hergedriftet war.

Was war noch der Gegenstand ihrer Auseinandersetzungen gewesen? Sie war nicht wach genug gewesen, um das sagen zu können. Doch es war leicht zu erraten, dass sie selbst zumindest eines der Gesprächsthemen gewesen war. Was auch entschieden worden sein mochte, James war ganz offensichtlich verstimmt darüber.

Doch natürlich hielt James sie für Sophy Towbridge, ihres Zeichens leichtes Mädchen und Spionin, erkannte sie. Verstört, wie sie war, hätte sie das beinahe vergessen, hätte tatsächlich beinahe viele der unangenehmen Umstände vergessen, die sie an diesen Punkt geführt hatten.

Sie hätte beinahe alles vergessen, nur nicht, wie es sich anfühlte, von Hugh geküsst zu werden.

Nun fiel es ihr plötzlich wieder ein.

»Als du Land gesagt hast, hast du da Frankreich gemeint?«, stieß sie hervor, und ihr Blick schnellte zu Hugh.

Er nickte geistesabwesend, ohne hochzusehen.

Claire verzweifelte. Die Chance, in England zu landen, war ohnehin bestenfalls gering gewesen, das hatte sie die ganze Zeit über gewusst. Als sie erfahren hatte, dass die Pistole, die sie auf Hugh gerichtet hatte, nicht geladen war, war sie recht sicher gewesen, dass Hughs Anordnung, das Schiff solle umkehren, nicht weiter als bis zu James gekommen war. Dennoch konnte sie es nun, da sie der Tatsache ins Auge blicken musste, dass man sie tatsächlich nach Frankreich geschafft hatte, kaum fassen. Nein, es war zu furchtbar.

Zu Hause mussten sie sich alle zu Tode ängstigen um sie. Sie wurde nun seit wie vielen Stunden vermisst? Claire warf einen Blick auf die Uhr und riss die Augen auf: Es war halb sieben.

»Ist es Morgen oder Abend?«

Ihre Stimme war kaum mehr als ein Krächzen. Sie wusste es wirklich nicht. Kein Tageslicht drang in die Kajüte, und sie hatte keine Vorstellung davon, ob sie lange oder kurze Zeit geschlafen hatte.

»Abend.« Nun sah Hugh auf. Ein kaum merklicher Anflug eines Lächelns spielte um seine Lippen. »Du hast den Tag verschlafen.«

Dann wurde sie nun seit mehr als vierundzwanzig Stunden vermisst.

Mittlerweile würde man Gabby davon in Kenntnis gesetzt haben, und Beth. Sie würden außer sich sein vor Sorge – und Gabby machte bereits die Schwangerschaft zu schaffen. Claire konnte den Gedanken nicht ertragen, dass sie Gabby womöglich weiteren Anlass zur Sorge gab. Und die arme Alice und der Kutscher – was war aus denen geworden?

»Ich muss nach Hause«, sagte sie. »Meine Familie wird mittlerweile außer sich sein vor Sorge.«

Hugh hatte sein Schreiben offenbar beendet und streute gerade Sand darüber. Er nickte, ohne sie anzusehen.

»Du wirst auch nach Hause fahren. Wenn ich sicher bin, dass du die bist, die du zu sein behauptest. Bis dahin bleibst du meine Gefangene.«

»Wir sollten aber keine Gefangenen machen.« James warf Hugh einen vielsagenden Blick zu, den Hugh, der nun seinen Brief faltete und versiegelte, entweder nicht sah oder schlicht ignorierte.

»Ich sage dir, ich muss und werde nach Hause fahren.« Claire ballte die Fäuste und blickte Hugh finster an. Bei dem langen und zunehmend schläfrigen Gespräch in der vergangenen Nacht hatte Hugh jede Kenntnis von dem Überfall auf ihre Kutsche geleugnet. Er hatte sogar die Frechheit besessen, infrage zu stellen, dass er überhaupt stattgefunden hatte. Das Wissen, dass er nach allem, was zwischen ihnen vorgefallen war, ihre Geschichte und ihre Identität immer noch anzweifelte, machte sie rasend. Es machte sie fuchsteufelswild, dass er sie als seine Gefangene betrachtete. Die Vorstellung, dass er sie aus welchen Gründen auch immer möglicherweise anlog, was seine Beteiligung an dem Überfall anbetraf, war beängstigend. »Du bist sicherlich intelligent genug, um mittlerweile begriffen zu haben, dass ich nicht die Frau bin, die du suchst.«

»Möglicherweise, Kleines, möglicherweise.« Zu ihrem Ärger grinste Hugh sie nachsichtig an, stand auf und steckte seinen Brief in die Tasche. »Ich kann sagen, dass vor allen anderen Dingen deine Bekanntschaft mit dem Nachttopf – ähm – vielleicht am überzeugendsten war.«

»Auch Verräter werden mal seekrank«, sagte James säuerlich und warf Hugh einen weiteren scharfen Blick zu.

»Ich bin jedoch keine Verräterin.« Claires empörter Blick schwenkte zu James, der ihr den Rücken zuwandte und sich damit befasste, Satteltaschen aus dem Schrank zu ziehen. Er schien sich vor ihr zu verschließen wie eine Schildkröte, die sich in ihren Panzer zurückzieht. Solcherart abgewiesen, heftete sie ihren wütenden Blick stattdessen auf Hugh. »Ich bin Claire, Lady Claire Lynes, wie ich dir *immer wieder* gesagt habe.«

James gab einen Laut von sich, der teils Grunzen, teils Schnauben war, auf jeden Fall aber die reine Skepsis zum Ausdruck brachte. »Aye, aber was ich gerne wüsste, is', wie Sie's ihm gesagt haben, Missy. Sie waren ja offenbar mächtig überzeugend.«

Claire gefiel sein Tonfall nicht. Er hatte zwar nur leise vor sich hingemurmelt, doch seine Worte hatten ihre Ohren ganz deutlich erreicht. Sie funkelte ihn wütend an. Die versteckte Andeutung war beleidigend, und das wollte sie ihm auch unmissverständlich zu verstehen geben – bis ihr einfiel, dass seine Annahme zumindest bis zu einem gewissen Grad zutraf. Sie *hatte* Hugh geküsst, und mehr als das. Hatte ihn das bewogen, seine Meinung zu ändern? Verunsichert spürte sie, wie ihre empörten Worte ihr in der Kehle erstarben.

James warf ihr einen Blick zu, der deutlicher als jedes Wort besagte: *Das habe ich mir gedacht.*

Claire versteifte sich empört und öffnete den Mund zu einer recht markigen Erwiderung.

»Das reicht, ihr beiden!«

Hugh hob eine Hand und brachte Claire zum Schweigen, ehe sie etwas entgegnen konnte. Sie und James tauschten vernichtende Blicke, doch angesichts von Hughs Verbot verspürte keiner von beiden Lust, die offene Fehde, die ganz eindeutig kurz vor dem Ausbruch gestanden hatte, weiterzuverfolgen.

Hugh sah sie an. »Falls du doch Sophy Towbridge sein und mich hier zum Narren halten solltest – ja, James, du hast deine Ansichten diesbezüglich deutlich genug zum Ausdruck gebracht –, dann hast du meine volle Anerkennung für eine meisterhafte Darbietung. Im Großen und Ganzen neige ich jedoch dazu, zu glauben, dass du … Claire bist.«

James schüttelte verzweifelt den Kopf. »Master Hugh, ich hätte nie gedacht, dass Sie sich mal so hinters Licht führen lassen.«

Claire starrte James wütend an.

»Ob du es nun glaubst oder nicht, ich *bin* Claire.« Ihr Blick schwenkte zu Hugh. »Und ich muss nach Hause, oder zumindest eine Nachricht senden. Meine Schwestern sorgen sich gewiss um mich.«

»Dein Ehegatte jedoch nicht?« Hughs Frage klang sanft. Er stand nun neben dem Tisch und betrachtete sie stirnrunzelnd. Unvermittelt merkte sie, dass sie sich bei ihm außerordentlich wohlfühlte – hatte sie ihn wirklich erst vor vierundzwanzig Stunden zum ersten Mal gesehen? Nun kannte er sie in vielerlei Hinsicht besser als ihre engsten Angehörigen. Seit der vergangenen Nacht wusste er alles über ihren Ehemann und ihre Schwestern und im Grunde über ihr ganzes Leben. Sie hatte ihm Dinge erzählt – über ihre Ehe, ihre Kindheit –, die sie noch keiner Menschenseele erzählt hatte.

Seltsam – ehe er es angesprochen hatte, hatte sie überhaupt nicht bedacht, wie David auf die Nachricht von ihrem Verschwinden reagieren könnte. Würde er bestürzt sein? Diesmal war es leichter, der Wahrheit ins Auge zu blicken: wahrscheinlich nicht. Jedenfalls gewiss nicht annähernd so sehr wie Gabby und Beth.

Sie hatte solche Angst vor der Ehe gehabt, hatte sich so bemüht, einen anständigen, gütigen, liebenswürdigen Mann zu wählen, dem sie wirklich etwas bedeutete. Wie hatte sie sich nur so unglaublich täuschen können?

»Nein, mein Ehegatte nicht«, gab sie zu, und in ihren Augen brannte die endlich erkannte und eingestandene schmerzhafte Wahrheit, als sie Hugh in die Augen sah. Er sagte nichts, doch seine Miene zeigte ihr, dass er nachvollziehen konnte, wie schwierig es für sie war, diese neue Erkenntnis zu bewältigen. In der vergangenen Nacht hatte er allem Anschein nach mit echtem Mitgefühl zugehört, als sie über ihre Ehe gesprochen hatte. Mit einem kleinen Lächeln und in Hughs Arme geschmiegt, hatte sie erzählt, wie David um sie geworben hatte, indem er ihren schönen Augen Gedichte gewidmet hatte, ihr jeden Tag die entzückendsten Sträuße hatte überbringen lassen, sie sanft auf den Handrücken geküsst sowie ihr schließlich, als Höhepunkt, einen Antrag gemacht hatte, verbunden mit dem Versprechen ewiger Liebe. Bis auf ein einziges verächtliches Schnaufen, als sie von den Gedichten gesprochen hatte – Hugh hatte es rasch durch ein Husten getarnt, doch Claire hatte es trotzdem gehört –, hatte Hugh größtenteils mitfühlend zugehört und geschwiegen, als sie von den ersten Monaten erzählt hatte, in denen sich eine, wie sie geglaubt hatte, tiefe Freundschaft in der Ehe entwickelt hatte, sowie von der Zeit danach, in der Davids mangelndes Interesse an ihr zunehmend offenbar wurde, bis er sie schließlich beinahe völlig vernachlässigte. Es hatte ihr Herz bereits erleichtert, einfach nur die Wahrheit über ihre Ehe zu auszusprechen. Ihre Schwestern hatte sie mit ihrem Unglück nicht belasten wollen, zudem war ihr das Thema viel zu intim erschienen, um es mit jemand anderem zu besprechen, und so hatte sie alles für sich behalten, selbst als ihre Ehe, die sie so hoffnungsvoll eingegangen war, wie eine Pflanze, die man nicht wässerte, dahingewelkt war.

Nun hatte sie endlich jemandem die Wahrheit erzählt, und obwohl ihr Vertrauter nicht die nahe liegendste Wahl war, war sie doch froh darüber. Sie fühlte sich weitaus unbeschwerter, nachdem sie jemandem ihr Herz ausgeschüttet hatte, auch wenn es Hugh war.

Oder vielleicht gerade deswegen.

»Mein Gatte wird sich meinetwegen nicht über Gebühr sorgen. Jedenfalls glaube ich das nicht. Wie ich dir erzählt habe, ist unsere Beziehung nicht – eng.«

»Er ist ein verdammter Idiot.« Hughs Ton war barsch.

Claire sagte nichts, doch sie lächelte ihn an. Dass er so empfand und dies auch sagte, linderte die zunächst unerträgliche seelische Verletzung, die sie erlitten hatte, als sie vor einigen Monaten allmählich der Wahrheit ins Auge geblickt hatte, dass ihr Ehemann sie nicht liebte. Doch glücklicherweise ließ dieser Schmerz wie der einer heilenden Wunde mit jedem Tag weiter nach, und mittlerweile wurde er stündlich weniger.

Hughs wegen? Selbstverständlich seinetwegen.

Claires Herz begann heftiger zu schlagen, als sie bedachte, was daraus folgte. Hugh, der sie beobachtet hatte, lächelte, ein ruhiges inniges Lächeln, das sie durch und durch wärmte. Und plötzlich war Claire sich nicht mehr so sicher, ob sie noch immer nach Hause wollte.

16

»Himmelherrgottsakrament, Master Hugh, dass Sie hier Frühlingsgefühle bekommen, wo sie das Liebchen von einem andern Mann ist, ist mehr, als ein Mann ertragen kann.«

James murmelte wieder vor sich hin, doch er hob die Stimme gerade so weit, dass man ihn »zufällig« verstehen konnte.

Claire warf ihm einen bösen Blick zu. Hugh, den James aus seinem innigen Blickwechsel mit Claire gerissen hatte, blickte plötzlich verlegen drein und fuhr seinen Gefolgsmann an.

»Hast du nichts Besseres zu tun, als hier herumzustehen und dummes Zeug zu schwatzen, alter Mann?«

»Oh, aye, ich kann ja schon mal unsere Beerdigung vorbereiten. So wird dieser Wahnsinn nämlich enden.«

Hugh verengte die Augen. »Noch mehr von deinen Widerworten, und ich setze dich ohne Zeugnis vor die Tür.«

James schnaubte, offensichtlich unbeeindruckt. »Sie werden selbstverständlich wie immer das tun, was Ihnen beliebt. Hat man je einen so sturen, leichtsinnigen, rücksichtslosen Burschen gesehen ...« Seine Stimme wurde zu einem diesmal wirklich unverständlichen Gemurmel. Er ging zum Tisch, nahm die Teetasse und ein Tellerchen mit einem Stück Brot und begab sich steif zur Tür.

»Das Abendessen der Dame lass bitte hier«, hielt Hugh ihn überraschend milde zurück, als er mit vor der Brust verschränkten Armen James' Abgang beobachtete.

»Ich möchte es nicht«, versicherte Claire ihm erschauernd.

Hughs Blick signalisierte ihr sein Einverständnis.

»Manche müssen eben durch Schaden klug werden, auch

wenn man noch so sehr versucht, sie zu warnen«, sagte James, als er die Tür erreichte, und warf Hugh einen scharfen Blick zu. Dann verließ er mit einem weiteren vernichtenden Blick zu Claire die Kajüte.

Anstatt verärgert zu sein, wie Claire erwartet hätte, sah Hugh sie an, den Mund zu einem reumütigen Lächeln verzogen.

»Ich entschuldige mich für James. Er neigt dazu, seine Fürsorge für mich ein wenig zu übertreiben.«

Claire hatte selbst beträchtliche Erfahrung mit überfürsorglichen Dienstboten, und zwar in Gestalt ihrer geliebten Twindle. Sie hatte vollstes Mitgefühl für Hughs Dilemma und ärgerte sich zudem plötzlich viel weniger über James, als er wegen der Verleumdungen, mit denen er sie überhäuft hatte, verdient hätte.

»Mein altes Kindermädchen ist genauso. Twindle führt sich immer auf, als wäre ich nicht älter als sechs.« Der Gedanke an Twindle zog Gedanken an Gabby und Beth nach sich.

Sie durfte nicht zulassen, dass sie sich um sie sorgen mussten. Nicht eine Sekunde länger als unbedingt nötig. Sie blickte Hugh flehentlich an. »Ich muss meiner Familie irgendwie Nachricht zukommen lassen, dass ich am Leben und unversehrt bin.«

Er sah sie lange und unergründlich an. Dann nickte er knapp.

»Wenn du es wünschst. Bevor du jedoch jemandem eine Nachricht zukommen lassen kannst, musst du von Bord gehen, und zu diesem Behufe solltest du dich ankleiden.«

Das war ausgesprochen vernünftig, auch wenn Hugh plötzlich beinahe distanziert klang, als zöge er sich unauffällig von ihr zurück. Doch Claire blieb keine Zeit, das Rätsel seines plötzlichen Stimmungsumschwungs zu ergründen. Das Schiff rollte, und ihr Magen machte die Bewegung mit. Claire kämpfte gegen einen beinahe unüberwindlichen

Drang an, einfach wieder auf die Koje zu sinken. Sie hielt sich am oberen Bett fest und beobachtete entsetzt, wie die Laterne in einem langsamen Bogen hin- und herschwang. Sie musste unbedingt von diesem Schiff hinunter. Ansonsten – sollte sich das Stampfen und Gieren von neuem steigern – nun, sie mochte nicht einmal daran denken.

»Zieh dich an«, sagte Hugh, und diesmal war es ein Befehl.

Claire sah ihn an, während sie gegen die rasch zunehmende Übelkeit ankämpfte, und erkannte, dass er sich plötzlich von dem Mann, von dem sie gedacht hatte, dass ihm etwas an ihr liege, in einen Fremden mit unnachgiebigem Blick verwandelt hatte. Das erinnerte sie daran, dass sie fast nichts über ihn wusste – außer, dass sie ganz in seiner Gewalt war. Was er ihr auch befehlen mochte, wenn er sie wirklich dazu zwingen wollte, hätte sie keine Wahl, als zu gehorchen.

Die Beziehung, die sich zwischen ihnen beiden entwickelt zu haben schien, war in Wirklichkeit nur eine Illusion, hervorgerufen durch eine beispiellose Kombination aus körperlicher Anziehung und erzwungener Nähe, das sollte sie tunlichst nicht vergessen. Sie durfte sich nicht zu sehr darauf verlassen – oder auf ihn.

»Wenn du willst, dass ich mich ankleide«, sagte sie in kühlem Ton, »dann musst du mich schon allein lassen.«

Hugh sah sie an. Ganz kurz schien er zu zögern. Dann zuckte er mit den Achseln und ging zur Tür.

»Beeil dich, so gut es geht«, sagte er über die Schulter gewandt. »Ich bin bald zurück. Verriegel die Tür hinter mir.«

Claire nickte. Als er fort war, ging sie zur Tür, denn sie hielt seinen Rat für außerordentlich vernünftig. Selbst wenn ihr keine echte Gefahr drohte, würde es ihr zumindest Ungestörtheit sichern, wenn sie die Tür verriegelte.

Als sie den Riegel vorlegte, konnte Claire auf der anderen Seite der Tür deutlich James' Stimme hören. Er musste Hugh wohl vor der Kajüte getroffen haben.

»Das Weibsstück da hält Sie zum Narren, Master Hugh, merken Sie das nicht?« James klang verärgert und gequält zugleich. »Sie is'n hübsches Mädel, das geb ich zu, aber wir reden hier von Ihrem Leben. Aye, und von meinem übrigens auch.«

»So weit wird es nicht kommen. Ich sage dir, James, das junge Ding ist genauso wenig Sophy Towbridge wie ich.« Hughs Stimme klang ausdruckslos.

»Aye, sie hat Sie um den kleinen Finger gewickelt, aber ...«

Beim Sprechen entfernten sie sich offenbar von der Tür. Nun konnte Claire die einzelnen Worte nicht mehr verstehen.

Es spielte keine Rolle – sie konnte sich bereits ein klares Bild von der Situation machen: Hugh neigte dazu, ihr zu glauben; James glaubte ihr überhaupt nicht und war finster entschlossen, Hugh auf seine Seite zu ziehen.

Würde er Erfolg damit haben?

Doch sie hatte nun keine Zeit für Sorgen. Sie hatte für nichts Zeit, sondern musste sich ankleiden. Nach wie vor fühlte sie sich krank, ihr war schwindelig, übel, ihre Knie waren weich. Vor allem anderen musste sie von diesem Schiff herunter.

Ebenso wie in der Nacht zuvor, als Hugh ihn herbeigerufen hatte, um ihr zu helfen, hatte James einen Krug Wasser und eine Schüssel auf einen Waschtisch unter dem Regal gestellt. Dorthin ging sie nun. Diesmal lagen neben der Schüssel eine Bürste sowie mehrere ihrer Haarnadeln, die sie aus ihrer Kleidung geborgen oder vom Boden aufgehoben haben mussten. Entzückt betrachtete Claire die für sie bereitgelegten Toilettenartikel. Da waren auch Seife, ein Handtuch, Zahnpulver und ein kleiner Handspiegel. Nachdem sie reichlich Gebrauch von der Seife – es war eine einfache, unparfümierte Seife, die ihr jedoch ebenso viel Vergnügen bereitete wie eine vornehme Duftseife – und dem Zahnpulver gemacht hatte, fühlte sie sich viel besser. Nichts, was sie in der Kürze der Zeit mit ihren Haaren bewerkstelligen könnte, würde eine modische Frisur ergeben, doch sie konnte es immerhin ausbürsten. Das tat sie, bis es knisterte. Dann drehte sie ihr Haar zu einem Knoten am Hinterkopf auf, von dem sie nicht wusste, wie lange er halten würde (sie hatte nicht genügend Haarnadeln zur Verfügung), und danach fühlte sie sich noch besser. Sie kämpfte sich in ihre Kleider. Die Nähte des Korsetts waren entschieden feucht, ebenso der Saum ihres Unterrocks sowie Ausschnitt und Puffärmel ihres Kleids, doch die Kleider passten, und sie gehörten ihr. Nun war sie beinahe wieder sie selbst.

Sie kämpfte immer noch mit den Knöpfen des vermaledeiten Kleids, als es an der Tür klopfte.

»Lass mich rein«, sagte Hugh, und es war ein Befehl.

Als Claire barfuß zur Tür tappte, bedauerte sie es gar nicht so sehr, dass sie den Kampf mit den Knöpfen unterbrechen musste.

Ihr wurde wieder recht übel, und sie würde dieses Schiff auch mit halb zugeknöpftem Kleid verlassen, wenn sie dadurch früher festen Boden unter die Füße bekäme.

Es bereitete ihr Mühe, die Tür zu entriegeln. Als sie den Riegel anhob, der schwerer war, als sie ihn in Erinnerung hatte, hatte Claire das Gefühl, sich kaum noch aufrecht halten zu können. Nervös bemerkte sie, dass ihr Unwohlsein mit jeder Sekunde schlimmer wurde. Als sie von der Tür zurücktrat, um Hugh hereinzulassen, sah sie auch, warum.

Die Laterne schaukelte wieder aufs heftigste an ihrer Kette.

»Ich muss von diesem Schiff hinunter«, sagte sie anstelle einer Begrüßung und musste sich an der Tür abstützen. Das verräterische Ding schwankte genauso wie alles andere in ihrem Blickfeld.

»Du bist tatsächlich ein wenig grün um die Nase.« Hugh betrachtete sie, und in seinem Blick lag Mitgefühl. Wenigstens besaß er so viel Anstand – oder Verstand –, nicht zu lächeln. »Was denn, noch nicht fertig angekleidet? Das Schiff legt gerade an – das ist der Grund für die heftige Bewegung, die du spürst –, und wir müssen uns bereitmachen, von Bord zu gehen, sobald es fest gemacht hat. Hier, lass mich dir helfen.«

Er legte ihr einen starken Arm um die Taille, und sie lehnte sich dankbar an ihn. Den Kopf legte sie an seine starke Schulter. So führte er sie durch die Kajüte dorthin, wo die Schuhe, die James für sie beschafft hatte, immer noch auf dem Stuhl warteten. Er nahm die Schuhe und drückte Claire auf den Stuhl. Dann ließ er sich vor ihr auf ein Knie nieder, nahm ihren kalten nackten Fuß, legte ihn auf seinen Schenkel – der schwarze Stoff seiner Hose lag glatt und eng über den harten Muskeln seines Beins – und zog ihr den Kreuzbandschuh an. Leider war es James nicht eingefallen, ihr auch angemessene Strümpfe zu beschaffen, oder diese Erfordernis war ihm nicht bewusst gewesen. So musste sie barfuß in den Schuh schlüpfen, und Hugh musste seine Finger zwischen das dünne Material des Schuhs und ihre Ferse stecken, damit sie hineinkam. Claire war sich der immer noch heftig schaukelnden Laterne über ihren Köpfen nur allzu bewusst und von daher ganz zufrieden damit, Hugh nach seinem Gutdünken verfahren zu lassen. Sie fühlte sich matt und zunehmend unwohl, saß mit den Händen im Schoß da und sah zu, wie er die schwarzen Seidenbänder ebenso gewandt wie jedes Dienstmädchen um ihren schlanken Knöchel band. Allerdings sah er nicht aus wie ein Dienstmädchen, ganz und gar nicht.

Der Anblick seiner langen dunklen, sehr maskulinen Finger auf ihrem hellen Fuß, die Wärme seiner kraftvollen Hände auf ihrer zarten Haut lenkten sie erfreulicherweise vom zunehmend prekären Zustand ihres Magens ab.

Wenn sie ihn vergangene Nacht nicht gebeten hätte aufzuhören, wüsste sie jetzt mit Sicherheit, ob alle Männer im Bett gleich waren.

Der Gedanke tauchte scheinbar aus dem Nichts in ihrem Kopf auf und erschütterte sie. Was sie noch mehr erschütterte, war die Erkenntnis, dass sie, obwohl ihre Leidenschaft in den letzten Stunden abgekühlt war, nicht zur Besinnung gekommen war, sondern es beinahe bedauerte, ihn aufgehalten zu haben.

Als sie nun auf seinen Kopf hinabsah, den er gesenkt hielt, während er die Bänder zu einer kecken Schleife band, schienen ihr sämtliche Gründe, aus denen sie ihn aufgehalten hatte – sie war eine Dame, eine verheiratete Frau, und zudem hatte sie, neben Erwägungen der Moral und der Ehre, schlicht Angst gehabt –, plötzlich weit weniger wichtig als die Empfindungen, die noch seine leiseste Berührung bei ihr auslöste. Als sie sich das eingestand, wurde ihr Mund trocken. Sie hatte mehr als alles andere, was sie sich je gewünscht hatte, gewollt, dass er sie nahm – und trotz allem wollte sie es immer noch.

»Du bist blass.« Hugh blickte hoch, fing ihren Blick auf und runzelte die Stirn.

Claire fiel beinahe vom Stuhl, als diese grauen Augen die ihren erforschten. Er konnte nicht wissen, was sie dachte, sagte sie sich fieberhaft – oder? Genau in dem Moment, in dem ihr die Hitze in die Wangen stieg, in dem ihr der Verdacht kam, dass er vielleicht – nur vielleicht – doch ihre Gedanken lesen konnte, fesselte die Laterne ihre Aufmerksamkeit. Dieses eine Mal pries sie die Lampe, weil sie sie abgelenkt hatte. Sie schaukelte heftiger denn je. Bei diesem Anblick begann ihr Magen, sich im gleichen Rhythmus zu bewegen. Plötzlich war jeder Gedanke daran, bei Hugh zu liegen, von anderen, unmittelbareren Sorgen hinweggewischt.

»Ich muss von diesem Schiff«, wiederholte sie und blickte ihn voller Verzweiflung an. Durch den Anblick der pendelnden Laterne war ihr erneut fürchterlich übel geworden.

»Nicht mehr lange, und du hast wieder festen Boden unter den Füßen«, versprach er und senkte den Blick wieder auf ihren Fuß. Sie beobachtete mit wachsender Übelkeit, wie er ihr den anderen Schuh anzog. Er war schnell und sanft. Sollte er etwas anderes als Mitgefühl mit ihrer Notlage empfinden, während er die Bänder um ihren Knöchel wand und zu einer Schleife band, so merkte sie nichts davon. Schon ihr ganzes Leben lang litt sie unter Reisekrankheit, und sie hatte festgestellt, dass die meisten Menschen im besten Fall keine Geduld mit dem hatten, was sie für eine Schwäche hielten. David beispielsweise war fest davon überzeugt, dass man lediglich Willenskraft benötigte, um lange Reisen behaglich hinter sich zu bringen, und er warf ihr nur zu gerne vor, dass ihr diese Eigenschaft fehle. Auf ihrer letzten gemeinsamen Reise – von Hayleigh Castle nach London, vier Monate nach ihrer Hochzeit – hatte er dem Kutscher befohlen, die Pferde galoppieren zu lassen, gleichgültig gegenüber dem heftigen Schaukeln der Kutsche, das, wie er damals bereits wusste, sie beinahe sicher reisekrank machen würde. Als ihr dann tatsächlich übel wurde, hatte er voller Abscheu gesagt: »Du ekelst mich an.« Danach hatte er bei der ersten Gelegenheit ein Pferd gemietet und war den Rest des Weges geritten. Dies war das letzte Mal gewesen, dass sie eine nennenswerte Zeit miteinander verbracht hatten. Von jenem Tag an schien es, als hätte er so gut wie vergessen, dass es sie gab.

Manchmal ertappte sie sich dabei, wie sie sich fragte, ob sich die Dinge zwischen ihnen anders entwickelt hätten, wenn ihr an jenem Tag nicht übel geworden wäre. Vom Verstand her wusste sie, dass die Antwort »nein« lautete. Dennoch hatte sie sich das fragen müssen. Immer und immer wieder, bis ihr nun auffiel, dass es sie nicht mehr interessierte.

»Na bitte.«

Hugh war fertig, stellte ihren Fuß wieder auf den Boden und blickte mit einem flüchtigen Lächeln zu ihr auf.

Sie versuchte zurückzulächeln, doch das Lächeln musste ihr wohl misslungen sein, denn er runzelte die Stirn. Er stand auf, und ehe sie sich's versah, hatte er sie hochgehoben und trug sie auf seinen Armen. Ihre Beine baumelten herab. Hastig hielt sie sich an ihm fest.

»Was …?«, begann sie schwach, klammerte sich an ihn und sah ihn mit großen Augen an. Ein schwacher angenehmer Seifenduft haftete ihm an. Sein Gesicht war sehr nahe, und als sie die schlanken, glatt rasierten Wangen, die gerade Nase, die grauen Augen und den nun ironisch lächelnden Mund gierig mit den Blicken verschlang, spürte sie, wie die Anziehung erneut ihr lästiges Haupt reckte. Trotz des Zustands ihres Magens ließ die Tatsache, dass er sie in den Armen hielt, ihr Herz schneller schlagen. Seine Schultern waren so breit, seine harten Arme so muskulös, und er trug sie so mühelos, als würde sie überhaupt nichts wiegen.

Ihre Atmung beschleunigte sich, als sie erkannte, wie sehr sie das genoss.

»Du siehst aus, als müsstest du dich hinlegen.« Falls ihm bewusst war, wie sehr seine Körperkraft sie beeindruckte, so ließ er es sich nicht anmerken. Er ging die zwei Schritte bis zur Koje und legte sie hinein. Claire wurde mit jeder Sekunde schwindeliger. Dankbar ließ sie sich auf die dünne Matratze sinken. Als ihr Kopf das Kissen berührte, richtete er sich auf, sah mit einem halben, reumütigen Lächeln auf sie hinab und presste eine Hand recht behutsam an seine Seite.

»Schmerzen deine Rippen denn nicht?«, fragte sie. Sie war ein wenig befangen, als ihr einfiel, wie sie ihn in der vergangenen Nacht in die Rippen geboxt hatte.

»Das hat nichts zu bedeuten.«

Er hatte die Hand sinken lassen und wandte sich von der Koje ab. Claire schloss die Augen. Sie hatte sich wirklich hinlegen müssen. Flach auf dem Rücken liegend, durfte sie zumindest hoffen, sich nicht erneut zu blamieren.

»Hier.« Es konnte nicht mehr als eine Minute vergangen sein.

Claire spürte etwas Kühles, Feuchtes auf ihrer Haut. Sie

öffnete die Augen und erblickte Hugh, der über sie gebeugt stand und ihr ein feuchtes und zu einem ordentlichen Rechteck gefaltetes Handtuch auf die Stirn legte. Es fühlte sich gut an, wohltuend. Sie brachte ein schwaches Lächeln zustande, als er seine Hand fortnahm, das Tuch jedoch liegen ließ.

»Danke. Siehst du? Habe ich nicht gesagt, dass du wirklich sehr liebenswürdig bist?«

Er grunzte und setzte sich auf den Rand der Koje. »Darauf würde ich mich an deiner Stelle nicht verlassen.« Er begegnete ihrem Blick, und unvermittelt war sie sich seiner erregenden Nähe wieder voll und ganz bewusst. Er war ihr so nahe, dass seine Hüfte ihren Schenkel berührte. Sie bemerkte einen kleinen Schnitt auf seiner Wange – offenbar hatte er sich beim Rasieren verletzt – und schwachen Seifenduft. Seine grauen Augen musterten sie von Kopf bis Fuß. »Glaubst du, du könntest dich umdrehen und mich dein Kleid zuknöpfen lassen? Wir müssen bereit sein, wenn James uns Bescheid gibt.«

»Du kannst mir das Kleid nicht zuknöpfen.« Trotz allem, was zwischen ihnen geschehen war, war Claire ehrlich entrüstet.

Amüsiert sah er sie an. »Und warum nicht?«

»Darum«, sagte sie entschlossen. Ihre Instinkte, ihre Erziehung, ihr Anstandsgefühl, alles rief laut: Gentlemen knöpften niemals Damen die Kleider zu. Es gehörte sich einfach nicht.

Er hob die Augenbrauen. »Noch eines deiner ›Darums‹, hm? Eines will ich dir sagen, Mädchen, wenn du das noch öfter machst, treibst du mich damit in den Wahnsinn. Jetzt dreh dich um und mach dich nicht lächerlich. Es sei denn, du möchtest auf dem Schiff bleiben, bis du alt und grau bist.«

Solchart gebeten, schluckte Claire ihren Protest herunter und drehte sich um, wobei sie darauf achtete, dass das belebende feuchte Tuch nicht verrutschte, während sie ihm den Rücken zuwandte. Er knöpfte die noch offenen Knöpfe ihres Kleides ebenso gewandt zu, wie er mit ihren Schuhen umgegangen war. Es war unerhört, sich von einem Mann das Kleid zuknöpfen zu lassen, doch andererseits war so vieles von dem, was ihr geschehen war, seit man sie aus der Kutsche gezerrt hatte, noch weit unerhörter, sodass dies hier, ihrem unwillkürlichen Widerspruch zum Trotz, eine Bagatelle war. Der vertraute Umgang mit Hugh fühlte sich jedenfalls nicht falsch an. So sehr sie sich auch bemühte, sie konnte deswegen nicht einmal ansatzweise Scham empfinden.

»Geht's dir besser?«

Er knöpfte den letzten Knopf zu, dann drehte er sie sanft wieder auf den Rücken. Er saß über sie gebeugt, seine Händen lagen links und rechts von ihrem Körper, und als er auf sie hinabsah, lag in seinen Augen etwas, das kein richtiges Lächeln war.

»Nein.« Sie sagte es mit solcher Überzeugung, dass er lachen musste. Sie drückte das feuchte Tuch an ihre Stirn, als wäre es ihre einzige Hoffnung auf Erlösung. Doch mittlerweile hatte es die Temperatur ihrer Haut angenommen und verschaffte ihr keine große Erleichterung mehr. Wenn sie allerdings daran dachte, wie es ihr gegangen war, ehe er ihr das Tuch gegeben hatte, mochte sie es nicht ablegen. Sie war so weit, dass sie nach jedem Strohhalm greifen würde, damit ihr nicht wieder übel wurde.

»Du siehst besser aus. Jetzt macht die Blässe dich interessant, vorher sah deine Haut aus wie der Bauch einer Schnecke.«

Sie musterte ihn finster. »Schmeichler.«

Er grinste, offenbar fand er ihre Verärgerung belustigend.

»Ich meinte natürlich, sie ist so weiß wie die kostbarste Perle.« Das Lächeln wich aus seinem Gesicht, und seine Augen blickten plötzlich ernst drein. »In Ordnung, genug des Unsinns. Hör mir einen Augenblick zu. Es ist wichtig.«

Claire riss die Augen auf und nickte. Als er sah, dass er ihre volle Aufmerksamkeit hatte, griff er in die Tasche seines

Gehrocks, zog eine Pistole heraus und hielt sie so hoch, dass sie sie gut sehen konnte.

»Die werde ich dir geben. Ich möchte, dass du sie bei dir trägst, und wenn irgendetwas passiert, wenn jemand versuchen sollte, dich zu packen oder dir irgendwie Böses will, erschieß ihn. Denk nicht lange darüber nach. Du bist da in etwas hineingeraten, das gefährlicher ist, als du weißt, und du musst bereit sein, dich gegebenenfalls zu verteidigen. Und um Himmels willen: Wenn noch einmal jemand auf dich losgeht, drück ab. Zweck der Übung ist, dafür zu sorgen, dass die Person, auf die man schießt, einem nichts tun kann, und das erreicht man am besten, in dem man denjenigen tötet.«

Widerwillig starrte Claire die Pistole an. Sie sah derjenigen, die sie in der vorhergehenden Nacht auf Hugh gerichtet hatte, sehr ähnlich. Genau genommen war es auch dieselbe Pistole: Sie erkannte die kunstvolle Silberarbeit.

»Du hast Glück gehabt, dass ich deinen Rat nicht bei dir selbst befolgt habe.« Sie zog eine Grimasse, als sie sich an das Debakel der vergangenen Nacht erinnerte. »Aber natürlich hätte es nichts genutzt, wenn ich den Abzug betätigt hätte. Als ich sie auf dich gerichtet habe, war sie ja nicht geladen.«

Ihrer Stimme war noch anzuhören, wie wütend sie darüber gewesen war.

Hugh verzog einen Mundwinkel zu einem schiefen Lächeln.

»Nun, jetzt ist sie geladen. Man kann sogar vernünftig damit schießen. Ich habe sie selbst heute Morgen an Deck getestet.«

An der Tür ertönte ein kurzes Klopfen, und ehe einer von den beiden reagieren konnte, trat James ein. Über seinem Arm hing ein langes schwarzes Kleidungsstück. James schloss die Tür und blieb stehen, als er sie erblickte. Die Furchen auf seiner Stirn vertieften sich zunehmend, während sein Blick von Claire, die in der Koje lag, zu Hugh, der ganz dicht neben ihr saß, wanderte. So deutlich, als hätte er laut geschimpft, stand ihm seine Missbilligung ins Gesicht geschrieben.

»Hast du ihn?«, fragte Hugh.

»Ja.« Mit dem Kopf deutete James auf den Mantel, der über seinem Arm hing. Seine Miene war so säuerlich wie seine Stimme. Er kam auf die Koje zu. Als sein Blick erneut auf Claire fiel, war darin offene Abscheu zu lesen. Dann wandte er sich wieder Hugh zu. »Offenbar bringt der Kerl mit den Schlupfschuhen seiner Liebsten eine ganze Truhe Kleider mit. Dieser Umhang hat Sie eine halbe Krone gekostet.«

Hugh grinste. »Du besitzt ungeahnte Qualitäten, James. Ich hatte ja keine Ahnung, dass du auch Damenkleidung einkaufen kannst.«

James blickte finster drein und schwieg. Als er neben Hugh stehen blieb, gelang ihm ein besonders missbilligender Blick. Er sah Claire an, in seinen Augen stand Ablehnung.

»Wir machen uns bereit zum Anlegen«, informierte James Hugh. »Wenn Sie schnell vom Schiff runter wollen, sollten wir jetzt gehen.«

»Das will ich.« Hugh reichte James die Pistole und sah Claire an. »Denk einfach an trockenes Land, Augenstern.«

Als James dieses Kosewort hörte, sah er aus, als müsse er an den Worten ersticken, die er sich nicht zu sagen getraute. Derweil ignorierte Hugh seinen Gefolgsmann zur Gänze, streckte die Hand aus und nahm Claire das Tuch von der Stirn, presste es zu einer Kugel zusammen und warf es in Richtung des Waschtischs. Dann stand er auf, nahm ihre Hände und zog sie zunächst in eine sitzende Position, dann ganz hoch. Ihr wurde schwindelig, sobald sie stand, und ihr Magen rebellierte, doch sie zwang sich, es so gut es ging zu ignorieren. Der Gedanke daran, das Schiff zu verlassen, war eine so wirksame Arznei wie nur irgendeine. Wenn dies ihre Belohnung sein würde, dachte sie, dann konnte sie es noch eine kurze Weile erdulden.

»Geht es?« Hugh hielt immer noch ihre Hände und stützte sie. Er stand sehr dicht bei ihr und beobachtete aufmerksam ihr Gesicht.

Die Sorge in seinen Augen wärmte ihr das Herz.

Sie nickte entschlossen.

»Tapferes Mädchen«, sagte er und ließ ihre Hände los. Sie stand nun aus eigener Kraft und versuchte, nicht so häufig zu der schaukelnden Laterne zu blicken, während Hugh James den Mantel abnahm, ihn ausschüttelte, Claire um die Schultern legte und unter dem Kinn zuband, als wäre sie ein kleines Kind in seiner Obhut. Dieser Gedanke ließ sie trotz ihres Elends lächeln. Als Hugh ihr Lächeln sah, grinste er und fasste ihr zärtlich und onkelhaft unters Kinn, sodass James empört dreinschaute. Dann nahm er James die Pistole aus der Hand und reichte sie Claire, was James endgültig konsternierte.

»Behalt die bei dir«, sagte er, während James bestürzt die Augen aufriss. »Und gibt Acht, dass niemand sie sieht.«

»Master Hugh – sie ... was ...?«, stotterte James und starrte sichtlich entgeistert die Pistole an.

»Für den Fall, dass sie das Bedürfnis hat, einen von uns zu erschießen«, sagte Hugh mit ernster Miene. James blickte ihn entsetzt an.

»Er scherzt selbstverständlich nur«, sagte Claire zu James und warf Hugh einen tadelnden Blick zu, während sie den Umhang enger um sich zog. Er war aus dicker, strapazierfähiger Wolle und verströmte einen schwach muffigen Geruch, der davon zeugte, dass er zu lange in einer Truhe gelegen hatte. Offenbar war er für eine größere Frau als Claire angefertigt worden, doch unter den gegebenen Umständen war das umso besser. In seinem üppigen Faltenwurf ließ sich die Pistole leicht verbergen, wenn sie sie in einer Hand trug und diese seitlich dicht am Körper hielt, und das hatte sie vor. Wenn Hugh glaubte, sie müsse bewaffnet sein, dann beabsichtigte sie, die Waffe um keinen Preis aufzugeben. Seit gestern wusste sie nur zu gut, dass die Welt ein gefährlicher Ort sein konnte. Nun mochte sie noch weniger sterben denn je.

»Ich bin wirklich Lady Claire Lynes, weißt du«, fügte sie, direkt an James gewandt, hinzu. »Und das ist die Wahrheit. Ich schwöre es. Du brauchst keine Angst vor mir zu haben.«

James sah nicht überzeugt aus. Hughs Augen funkelten, und er schüttelte den Kopf.

»Du wirst ihn niemals überzeugen – er sieht hinter jeder Tür eine Katastrophe.« Er zog ihr die Kapuze über den Kopf und richtete sie so aus, dass sie ihr Gesicht größtenteils verbarg. Claire blickte ihn fragend an. »Du bist viel zu hübsch, Kleines. Wir müssen ja nicht um jeden Preis die Aufmerksamkeit auf uns ziehen.«

James blickte grimmig drein.

»Danke für den Umhang«, sagte Claire zu James, als Hugh sich von den beiden entfernte. Sie lächelte ihn zögernd an in der Hoffnung, ihn auf ihre Seite zu ziehen. Es war gelinde gesagt entmutigend, für ein leichtes Mädchen, eine Verräterin und potenzielle Mörderin gehalten zu werden. »Und auch für die Schuhe. Es war sehr gütig von dir, dir wegen mir solche Umständen zu machen.«

»Ich hab's nicht für Sie getan.« Mit dem Kopf deutete James auf Hugh, der im Licht der schwankenden Laterne offenbar das Pulver einer zweiten Pistole überprüfte. »Er hat mir aufgetragen, Ihnen wenn möglich zu besorgen, was Sie brauchen, und das habe ich getan.« James' Blick begegnete Claires. Das beharrliche Misstrauen in seinen Augen war nicht zu verkennen. »Ich sag's Ihnen ganz offen, Miss: Ohne ihn wären Sie jetzt tot. Sie verdanken ihm Ihr Leben. Ich hoffe nur, Sie vergessen das nicht.«

Claire war betroffen, doch ehe sie antworten konnte, gesellte Hugh sich wieder zu ihnen.

»In Ordnung, gehen wir. Wir wollen so schnell und so leise wie möglich vom Schiff.«

»Aye.« James ging zum Schrank, holte ein Paar Satteltaschen heraus und warf sie sich über die Schulter. Dann sah er zu Hugh hoch. »Glauben Sie, es wird Schwierigkeiten geben?«

Hugh zuckte mit den Achseln. »Wer weiß? Claire, du bleibst zwischen James und mir.«

Als Hugh Claire so beiläufig bei ihrem echten Namen nannte, hielt sie den Atem an. Dann lächelte sie ihn an, ein liebliches, bezauberndes Lächeln, bei dem er die Augen aufriss. James beobachtete dies und sah aus, als hätte er soeben Salzwasser verschluckt. Dann nahm Hugh Claires Hand und ging zur Tür. Kurz darauf bahnte sich die kleine Gruppe einen Weg durch den Korridor, auf dem erstaunlich viel Betrieb herrschte, und erklomm zwischen Seeleuten, die allein oder zu zweit verschiedene Lasten an Deck trugen, die Kajütstreppe.

17

Frankreich schien – zumindest aus Claires Sicht, als sie Hugh nun den Landungssteg hinab zum wackeligen hölzernen Kai folgte – im Wesentlichen aus einem schlammigen Strand, an dem die Wasserzungen leckten, sowie Scharen von Menschen und Schweinen zu bestehen. Die Dunkelheit wurde von qualmenden Fackeln erhellt, und es roch nach Fisch und brennendem Holz. Die *Nadine* hatte neben einer kleinen Armada heruntergekommener Fischerboote festgemacht. An drei Seiten wurde der Strand von einer steilen, mit Büscheln von Sumpfgras bewachsenen Uferböschung abgeschirmt; an der vierten Seite – hinter ihnen – fauchte und zischte das Meer wie eine zornige Katze. Der Wind war kalt, doch Claire war dankbar dafür. Von dem Augenblick an, in dem sie an Deck gekommen und die frische Nachtluft eingeatmet hatte, hatte sie sich zunehmend besser gefühlt. Sie war immer noch nicht ihr altes Selbst, doch sie hatte nicht mehr das Gefühl, jeden Augenblick ihren Mageninhalt von sich geben zu müssen.

»Bleib dicht bei mir.«

Instinktiv war sie stehen geblieben, um sich umzuschauen. Hughs mit leiser Stimme über die Schulter gesprochene Ermahnung war jedoch überflüssig. Sie hatte nicht die Absicht, sich auch nur einen Zentimeter weiter als nötig von seiner hochgewachsenen Gestalt zu entfernen. Seltsam, dass dieser Mann, vor dem sie weniger als einen Tag zuvor eine Todesangst gehabt hatte, ihr nun wie ein sicheres Bollwerk erschien, doch so war es. In dieser fremdartigen feindseligen Umgebung – Frankreich! – hätte sie ohne seinen Schutz schreckliche Angst gehabt und wäre gänzlich verloren gewesen.

Und er würde sie nach besten Kräften beschützen, das wusste sie.

Die drei erreichten das Ende des Landungsstegs. Sie blieben dicht zusammen, als sie den Kai betraten und auf sein im Dunkeln liegendes Ende zusteuerten. Sie gingen schnell, fiel Claire auf, ohne dass es den Anschein hätte, dass sie in Eile wären. Hugh ging voran, Claire folgte ihm so dicht wie ein Schatten, und hinter ihr kam James, der mit grimmiger Miene die Nachhut bildete. Das Echo ihrer Schritte auf den Holzplanken ging glücklicherweise in dem Tumult auf dem Kai unter.

Claire bemerkte, dass Hugh seine Pistole dicht am Körper hielt, als wollte er keine Aufmerksamkeit darauf ziehen. Er bewegte sich sehr vorsichtig, blickte wachsam um sich und hielt angespannt ihre Hand, sodass ihr Herz schneller schlug. Schon die Tatsache, dass er es für nötig hielt, tatsächlich eine Waffe in der Hand zu halten, sprach für sich, und James war ähnlich bewaffnet. Ihre Finger schlossen sich nervös fester um den Griff der Pistole, die Hugh ihr gegeben hatte. Sie war schwer, und Claire hielt sie unbeholfen, doch unter den gegebenen Umständen war sie froh, sie zu haben. Sie sah an sich hinab, um festzustellen, ob die Waffe immer noch in den schweren Falten ihres Umhangs verborgen war. Soweit sie es beurteilen konnte, war das der Fall, und die Dunkelheit bot weitere Deckung.

Gewiss würde sie nicht wirklich jemanden erschießen müssen; Hugh war zweifellos lediglich vorsichtig. Niemand schien auch nur zu ihnen hinzusehen. Alle, die sie sah – und auf den Kais waren Dutzende von Menschen versammelt –, waren mit ihren eigenen Angelegenheiten beschäftigt.

Dennoch war sie unwillkürlich ängstlich und reagierte infolgedessen äußerst sensibel auf ihre Umgebung. Als sie sich zum wiederholten Male umsah, erblickte sie ein Dorf mit strohgedeckten Häusern, die sich auf einem Hügelkamm oberhalb des Strands drängten. Sämtliche Häuser waren dunkel. Die Dorfbewohnter schienen allerdings vollständig ausgerückt zu sein, um das Schiff zu empfangen. Während sie sie beobachtete, strömten weitere Neuankömmlinge an den Strand, unterhielten sich im Flüsterton und beobachteten interessiert die Vorgänge. Eine erstaunliche Menge Schweine wühlten am Rande dieser Versammlung den Boden auf, was Claire zu einem irritierten Stirnrunzeln veranlasste. Hugh bemerkte ihre Miene und erklärte ihr, dass man eine Herde Schweine zum Strand heruntergetrieben habe, als man das Signal des Schiffs entdeckt hatte, damit jede Spur des Be- und Entladens am nächsten Tag verschwunden wäre. Tatsächlich arbeitete die Mannschaft der *Nadine* hart, zerrte eisenbeschlagene Fässer den Landungssteg hinab und entlud Jutesäcke, in Öltuch eingeschlagene Ballen und Holzkisten auf die Karren, Rollwagen und anderen Fahrzeuge, die man zu diesem Behufe auf den Kai geschafft hatte. Von diesen Fahrzeugen wurden auch Waren abgeladen und an Bord der *Nadine* gebracht. Die Einheimischen arbeiteten Seite an Seite mit den Seeleuten.

Die Nacht war dunkel, es standen keine Sterne am Himmel, und der Mond war nicht mehr als ein Splitter, der zudem ständig hinter Wolken verschwand. Die ganze Angelegenheit wurde im Licht der Fackeln, trotz der großen Zahl der hier versammelten Menschen beinahe lautlos und zudem rasch abgewickelt. Selbst für jemanden, der in solchen Dingen so wenig bewandert war wie Claire, war klar, dass hier eine heimliche, wenn auch vertraute und gut eingeübte Operation abgewickelt wurde.

»Sind das *alles* Schmuggler?«, fragte Claire Hugh im Flüsterton und beobachtete, wie sich anscheinend ein ganzes Dorf auf dem Strand drängte. Sie, Hugh und James näherten sich der Stelle, wo der Laufgang an einer hügelhohen Düne endete, die aus Sand, hohem Gras und Schatten zu bestehen schien. Bisher hatte offenbar niemand auch nur im geringsten auf sie geachtet. Dennoch wurde Claire immer nervöser.

Es lag eine gewisse Spannung in der Luft, und sie hatte das Gefühl, dass sehr leicht etwas schiefgehen mochte.

»Die Einheimischen, meinst du? Ja, die meisten. Es ist eine Möglichkeit, ein wenig Geld zu verdienen, und die Zeiten sind schwer. Praktisch jeder, der hier an der Küste lebt, ist in diesen Tagen auf die eine oder andere Weise am Schmuggel beteiligt.«

Hugh erreichte das Ende des Laufgangs und sprang in den knirschenden Sand. Dann drehte er sich um, fasste Claire um die Taille und hob sie schwungvoll zu sich herunter. Als sie in ihren eleganten Schuhen auf der Mischung aus Sand, Fels und Schlamm landete, glitten sie beide aus, und Claire wahrte ihr Gleichgewicht, indem sie Hughs Arm packte. Die Muskeln seines Oberarms wölbten sich unter ihrer Hand. Sie waren so groß und fest, dass sie sie auch durch den Rock und das Hemd hindurch spüren konnte, bemerkte sie, während sie zu ihm aufsah. Als ihre Blicke sich begegneten, fiel ihr erneut auf, dass ihr Kopf ihm gerade bis zum Kinn reichte und seine Schultern mindestens doppelt so breit wie die ihren waren. Sie, die große starke maskuline Männer nie gemocht hatte, stellte nun unvermittelt fest, dass sie ihr doch ausgesprochen gut gefielen. Oder jedenfalls gefiel ihr dieser große starke maskuline Mann ausgesprochen gut. Bei ihm fühlte sie sich – sicher. Und durch und durch weiblich.

»Aye, das stimmt, und das macht es verflucht schwer, Freund und Feind auseinander zu halten«, stimmte James zu und sprang neben ihnen zu Boden. Claire hielt sich immer noch an Hughs Arm fest und sah James an, während Hugh wieder ihre Hand nahm, sich umdrehte und sie hinter sich her auf die Dunkelheit am Rande des Strandes zuzog. James sah sie nicht an. Er beäugte die geschäftige Menschenmenge mit einer besorgten Miene, die Claires Herz schneller schlagen ließ. Wenn diese beiden Männer, die an Gefahren gewöhnt waren, nervös waren, dann machte ihr das Angst.

»Ah, Colonel! Sie nehmen also Abschied von uns?«

Der Kapitän der *Nadine* hatte sich unmittelbar vor ihnen aus der Menge gelöst. Seine dünne Gestalt war in einen prächtigen Mantel mit viel Silberspitze und Schnurbesatz gehüllt, und das Licht der lodernden Fackel, die in der Nähe in den Boden gerammt war, färbte seinen Putz sowie seine weiße Perücke stellenweise beinahe orange. Er blieb vor ihnen stehen. Seinem Gebaren entnahm Claire, dass er sie wohl absichtlich abgefangen hatte. Hinter ihm standen vier stämmige Seeleute.

Beinahe im selben Augenblick, in dem sie begriff, dass der Mann Hugh »Colonel« genannt hatte – und das war eindeutig ein militärischer Rang –, spürte Claire die eisigen Finger der Angst ihren Rücken hinabgleiten. Für eine Konfrontation wie diese hatten Hugh und James sich gewappnet, das wusste sie mit schlafwandlerischer Sicherheit. Hugh drückte ihr ein Mal warnend die Hand und ließ sie dann los. Mit nun von kaltem Schweiß feuchter Hand packte sie die Pistole fester. Sie durfte sie auf keinen Fall fallen lassen; sie könnte sie brauchen. Womöglich müsste sie mit dem Ding doch noch schießen – womöglich müsste sie wirklich einen dieser Männer erschießen.

Hugh hatte ihr nun seinen festen kräftigen Rücken zugewandt, und sie hatte den Eindruck, dass er sich absichtlich zwischen sie und die Seeleute stellte. Erneut spürte sie die Anspannung, die von ihm ausging, und von James ebenfalls. Sie waren in höchster Alarmbereitschaft. Zu Claires Überraschung blieb James trotz seines Argwohns dicht neben ihr, an ihrer rechten Seite. Er war Hughs Beispiel gefolgt und hatte sich so hingestellt, dass er sie mit seinem Körper abschirmte.

Die Pistolen beider Männer waren bereit und auf die Neuankömmlinge gerichtet. Unglücklicherweise waren die anderen Männer ebenfalls bewaffnet. Ihre Pistolen waren ebenso bedrohlich auf sie gerichtet.

»Das trifft sich gut, Kapitän: Sie haben mir die Mühe erspart, Sie aufzusuchen, um Ihnen Lebewohl zu sagen.«

Hughs Antwort klang sowohl ungezwungen als auch höflich und stand so im Gegensatz zu allem, was ihre Sinne ihr über seinen Gemütszustand mitteilten – wie auch zu diesen Pistolen, die eine deutliche Sprache sprachen. »Sie waren höchst gastfreundlich, doch wir müssen nun dringend weiter.«

»Ich denke, nicht.« Aus der Stimme des Kapitäns sprach leises Bedauern, und er schüttelte beinahe mitleidig den Kopf. Seine Pistole jedoch war unverwandt auf ihr Ziel gerichtet, und das war Hughs Herz. Dann schnippte er mit den Fingern. Die Männer hinter ihm schwärmten aus, sodass sie eine Barriere bildeten, die so undurchdringlich war wie eine Mauer. Eine mit Pistolen bewaffnete Mauer. Auf ihrem Platz hinter Hughs Rücken fiel Claire auf, dass offenbar keine Pistole auf sie selbst gerichtet war, und dafür konnte sie dem Schicksal nur danken. Sie hatte jedoch kaum Zweifel daran, dass sie keineswegs sicher war, sollte es eine Schießerei geben. Als Hauptziel all dieser Waffenkraft wäre Hugh zweifellos im Nu niedergeschossen. Er würde sterben …

Einen Augenblick schien die Welt für Claire stillzustehen. Hugh würde sterben – bei dieser Vorstellung wurden ihr plötzlich die Knie weich. Es erschütterte sie, wie wichtig er ihr in der kurzen Zeit geworden war.

Draußen in der Bucht kräuselte der Wind das Wasser und trieb lange Reihen schaumgekrönter Wellen auf den Strand zu. Das murmelnde Geräusch, das sie erzeugten, wenn sie sich wieder zurückzogen, nachdem sie an den schlammigen Strand geschlagen waren, bildete den Hintergrund für die leisen, auf Englisch und Französisch geführten Unterhaltungen der Schmuggler, die um sie herum immer noch schwer arbeiteten und von der Szene, die sich in ihrer Mitte abspielte, nichts mitbekamen. Rund dreieinhalb Meter von Claire entfernt blieb zu ihrer Linken ein Wagen, der unter einer schweren Last aus Fässern ächzte, im Sand stecken. Einheimische strömten auf ihn zu und versuchten, ihn weiterzuschieben. Der Fahrer stieg ab, zog den Pferden unter einer Flut französischer Flüche ruckartig die Zügel über den Kopf und versuchte zu helfen – ohne Erfolg, soweit Claire erkennen konnte. Räder quietschten, als andere, offenbar nicht so schwer beladene Wagen vorbeirollten und sich vom Kai entfernten. Es sah so aus, als wäre die Arbeit dieser Nacht beinahe getan.

»Sie müssen mir vergeben, Colonel, aber wir machen hier viele Geschäfte. Manchmal müssen wir den Franzosen um der Geschäfte willen einen Knochen hinwerfen. Heute sind Sie dieser Knochen – Sie beide und die Dame hier.« Ohne seine Gefolgsleute anzusehen, gab er die Anweisung: »Durchsucht sie. Nehmt ihnen die Waffen weg.«

Bei fünf Pistolen, die auf sie gerichtet waren, wäre es Selbstmord gewesen, wenn sie das Feuer eröffnet hätten. Claires Atem beschleunigte sich, ihre Knie gaben nach, und sie hoffte, dass Hugh und James sich nicht wehren würden. Sie taten es nicht. Schweigend stand Claire da und verbarg sich, so gut es ging, hinter Hugh und James, während man den beiden Männern die Pistolen abnahm und sie nach weiteren Waffen durchsuchte. Hugh nahm man auch sein Messer ab, das in einer im Bund seiner Hose versteckten Scheide gesteckt hatte. Dann traten die Seeleute zurück und nickten dem Kapitän zu, während sie die erbeuteten Waffen einsteckten.

Das Blut dröhnte Claire in den Ohren, als sie merkte, dass niemand einen Gedanken an sie verschwendet hatte. Die Pistole, die Hugh ihr gegeben hatte, kam ihr in ihrer Hand plötzlich so groß vor wie eine Kanone. Ihre Finger zitterten. Sie achtete darauf, die Waffe eng an ihren Schenkel zu drücken und betete darum, dass niemand sie in den Falten ihres Umhangs entdecken möge. Sie war als Einzige von den Dreien noch bewaffnet. Was sollte sie tun? Sie konnte ihre Pistole unmöglich auf fünf bewaffnete Männer richten – doch sie konnte auch nicht ohne Gegenwehr zulassen, dass Hugh, James und sie selbst gefangen genommen wurden.

Man würde sie töten, alle drei. Möglicherweise foltern, und sie selbst würde man höchstwahrscheinlich vergewaltigen, aber auf jeden Fall töten. Dessen war sie sich so sicher wie der Tatsache, dass die Flut kam.

»Nicht mehr der loyale Engländer, Kapitän?« Falls Hugh auch solche Angst hatte wie sie, so verriet seine Stimme nichts davon. Genau genommen klang er so gelassen, als wären er und der Kapitän sich zufällig auf der Straße begegnet und führten nun ein angenehmes Gespräch.

Der andere Mann zuckte mit den Achseln. »Wenn es mir gefällt. Aber zu viele Leute wissen, dass Sie auf meinem Schiff nach England übergefahren sind. Wenn ich Sie schütze, leide ich, meine Männer leiden, und meine Geschäfte leiden, und dazu bin ich nicht bereit. Besser, ich liefere Sie meinem Freund Brigadier de la Falais aus, dann kann er es sich als sein Verdienst anrechnen lassen, einen englischen Spion gefangen zu haben.«

Er nickte in Richtung des anderen Kaiendes.

Claire folgte seinem Blick und entdeckte zu ihrem Entsetzen einen kleinen Trupp französischer Soldaten – Chasseurs hießen sie, glaubte Claire –, unverwechselbar in ihren Uniformen mit den hohen Hüten und der Kokarde daran, die sich zu Pferd einen Weg durch die Menge bahnten. Von den Franzosen gefangen genommen zu werden – bei diesem Gedanken brach ihr der Schweiß aus, und sie musste die Lippen zusammenpressen, um ihre Atmung zu bezähmen. Würde man sie aufhängen oder erschießen oder sie in irgendeinen grässlichen Kerker werfen, bis sie an Altersschwäche starben? Gabby und Beth würden nie erfahren, was ihr geschehen war. Sie würde einfach verschwinden.

Doch sie hatte immer noch die Pistole. Einen Schuss. Was sollte sie tun?

»Sie wollen Ihre eigenen Landsleute an die Froschfresser ausliefern?«, fragte James mit heiserer Stimme. Er zeigte all die Erregung, die Hugh verbarg. Er hatte die Fäuste geballt, und sein Bart bebte vor Wut. Selbst sein Bauch schien sich vor Empörung zu blähen.

Sei vorsichtig, James, flehte Claire innerlich und packte die Pistole fester. Sollte sie sie einfach hervorholen und versuchen, fünf Männer in Schach zu halten? Sobald das Ding abgefeuert war, war sein Wert als Abschreckungsmittel erschöpft.

»Zu meinem Bedauern«, sagte der Kapitän und lächelte. »Und glauben Sie mir, ich bedauere es sehr.«

Er sah an Hugh vorbei zu Claire, die kaum zu sehen war, während sie an Hughs Schulter vorbeispähte. Zu ihrem Entsetzen begegneten sich ihre Blicke, und sie erstarrte entgeistert. Die Pistole in ihrer Hand schien ihr nun so deutlich sichtbar wie ein Signalfeuer. Wie, so fragte sie sich mit trockenem Mund, konnte man die übersehen?

»Miss Towbridge, zu Ihrem eigenen Vorteil sollten Sie vielleicht hierher zu mir kommen. Sie müssen keine Angst haben, wissen Sie. Die Franzosen werden Sie zweifellos mit offenen Armen empfangen – es sei denn natürlich, Sie entscheiden sich dafür, das Los Ihrer unglücklichen Landsleute hier zu teilen.«

Miss Towbridge. Herr im Himmel, er war im gleichen Irrtum befangen wie Hugh zunächst auch und James nach wie vor: Er dachte, sie sei eine Verräterin an England – eine Spionin für die Franzosen. Kein Wunder, dass sie sie nicht nach Waffen durchsucht hatten. Unter den gegebenen Umständen war ein solcher Fehler keine üble Sache, überlegte sie rasch. Genau genommen konnte er sich sogar als Geschenk des Himmels erweisen. Ein rascher ängstlicher Blick nach links, an dem festgefahrenen Wagen vorbei, zeigte ihr, dass die Soldaten näher rückten. Sie hatte nicht viel Zeit …

Plötzlich fiel ihr auf, dass Hugh die Hand hinter den Rücken hielt und wild die Finger bewegte. Nach einem kurzen erstaunten Blick sah sie weg. Sie wusste, was er wollte.

»O nein«, erwiderte Claire schließlich leichthin und

suchte, so gut sie konnte, die Identität jener Sophy Towbridge anzunehmen, während sie Hugh die Pistole in die Hand drückte und hinter ihm hervortrat. Sie dankte Gott für die Fackeln mit ihrem flackernden Licht und dem Schattenspiel, für den Wind, der die Rockschöße und Umhänge blähte, sogar für den feststeckenden Wagen und den Fahrer, der wortreich auf Französisch fluchte und dessen Nachbarn versuchten, ihm zu helfen, seinen Wagen wieder freizubekommen. So viele Ablenkungen mussten sich günstig für sie auswirken. Sie tat ihr Bestes, um eine weitere Ablenkung zu erzeugen, indem sie langsam auf den Kapitän und seine Männer zuging, die Kapuze zurückwarf und sie anlächelte. Das hatte den gewünschten Effekt: Fünf Paar Augen hefteten sich auf sie.

Und möge Gott ihr helfen im Falle, dass sie in ihrer Gewalt enden sollte, dachte sie grimmig.

»Ich bin Ihnen höchst dankbar, Sir, dass Sie mich gerettet haben. Ich habe meinen Freunden in Paris vieles zu sagen, was sie interessant fänden. Was diese Burschen betrifft – ich kann sie nicht Gentlemen nennen –, sie hätten mich getötet, glaube ich.«

»Vielleicht können wir eine Abmachung treffen, Kapitän«, warf Hugh unvermittelt ein.

»Eine Abmachung?« Der Kapitän hob die Augenbrauen und wandte seine Aufmerksamkeit Hugh zu. Claire war froh über jeden Vorwand, sich nicht zum Feind gesellen zu müssen. Sie blieb stehen, wo sie war, und drehte sich zu Hugh um. Sie stand nur etwa dreißig Zentimeter vor ihm, doch sein Blick streifte sie nur flüchtig, ehe er sich auf den Kapitän heftete. In der nur von Fackeln erhellten Dunkelheit waren seine Augen beinahe so schwarz wie sein Haar, und seine Körpergröße im Verein mit der Breite seiner Schultern machten ihn zu einer eindrucksvollen Erscheinung. Der Wind fuhr ihm in die Rockschöße; die Hände hingen seitlich herab, die Pistole war in den Schatten verborgen. Rechts von Hugh starrte

James sie wütend an. Claire erkannte, dass ihr Verhalten alle seine Vermutungen bezüglich ihrer Person bestätigt hatte: Nun war er zur Gänze davon überzeugt, dass sie wirklich Sophy Towbridge war.

Selbstverständlich ahnte er nichts von der Pistole in Hughs Hand.

Trotz des kräftigen Windes spürte sie, wie ihr der Schweiß die Wirbelsäule hinunterrann, als ihr klar wurde, dass Hugh bald handeln musste. Der kleine Trupp Soldaten befand sich nun beinahe auf Höhe des festgefahrenen Wagens. Es war nur eine Frage von Minuten, bis er sie erreicht hätte. Wenn die Franzosen sie erst in ihrer Gewalt hätten, befürchtete sie, wäre alles verloren. Doch Hugh stand vor dem gleichen Problem, das auch sie gequält hatte: eine Pistole, ein Schuss, gegen fünf bewaffnete Männer – und ein Kontingent gut bewaffneter Soldaten, die ihnen allmählich gefährlich nahe rückten.

»Miss Towbridge hatte einen Brief bei sich, den die Franzosen unbedingt haben wollen. Ich sage Ihnen, wo er ist – wenn Sie mich und meinen Mann gehen lassen.«

Der Kapitän lachte. »Was denn, haben Sie ihn ihr abgenommen? Miss Towbridge, stimmt das, was er sagt?«

»Er ist ein Schwein.« Von den echten Mastschweinen inspiriert, von denen mehrere gerade ganz in der Nähe im Schlamm schnüffelten, rümpfte Claire die Nase. Was hatte Hugh vor? Da war kein Brief, nichts Derartiges, wie er selbst festgestellt hatte, schlicht und einfach, weil sie nicht Sophy Towbridge war. Doch sie hoffte natürlich, dass sie geistesgegenwärtig genug war um sein Spiel mitzuspielen. »Aber er sagt die Wahrheit: Er hat mir den Brief abgenommen. Ich bin froh, dass er mich daran erinnert hat, denn ich hätte ihn gerne zurück.«

»Nun, Kapitän? Haben wir eine Abmachung?« Hugh klang beinahe gelangweilt. Claire begegnete seinem Blick – nur Hugh und James konnten ihr Gesicht sehen –, und seine

Augen sagten ihr, dass der rechte Zeitpunkt nun in der Tat gekommen war. Sie konnte die Pistole nicht sehen, doch sie wusste, sie musste schussbereit sein. Ihre Muskeln spannten sich an, und sie spürte, wie es in ihrem Nacken kribbelte.

»Gewiss, mein Freund. Sie müssen mir lediglich sagen, wo der Brief ist, und wir haben eine Abmachung. Vielleicht nicht für Sie – ich muss den Franzosen schließlich ihren Knochen vorwerfen. Aber für Ihren Gefolgsmann – Freiheit.«

»Master Hugh ...«, begann James heiser und sah Hugh verstört an.

»Es gibt keinen Grund, warum wir beide sterben sollten«, sagte Hugh und brachte ihn so zum Schweigen. Dann zum Kapitän: »Der Brief ist in meiner Tasche. Ich verlasse mich darauf, dass Sie als Offizier einem anderen Offizier gegenüber Ihr Versprechen halten.«

»Das können Sie auch.«

»Dorthin haben Sie ihn also gesteckt?« Claire spielte ihre Rolle, so gut sie konnte, und war stolz darauf, wie kühl sie klang. Der Brief in seiner Tasche war, wie sie sehr wohl wusste, derjenige, den er selbst in der Kajüte geschrieben hatte. Warum hatte er ihre Aufmerksamkeit darauf gelenkt? War es lediglich eine Verzögerungstaktik, oder gab es einen Grund, den sie noch nicht erfasst hatte? Ihr Herz schlug nun wie wild, sie wunderte sich, dass es nicht in der Luft widerhallte. Sie sah Hugh erneut in die Augen, konnte seinem undurchdringlichen Blick jedoch nichts entnehmen.

»Wenn Sie bitte den Brief holen und mir bringen würden, Miss Towbridge, wäre ich Ihnen sehr zu Dank verbunden.«

Claire nickte und trat auf Hugh zu. Eine bessere Schauspielerin hätte zweifellos viel Aufhebens gemacht und sämtliche Taschen durchsucht, als wüsste sie nicht, wo der Brief war. Doch sie war viel zu verängstigt – so verängstigt, dass ihre Hand zitterte, als sie sie in die Tasche steckte, von der sie wusste, dass sie den falschen Brief enthielt. Ihre Atmung war flach und hastig, ihr Herz raste. Ein rascher Seitenblick zu den Soldaten auf ihren großen prächtig aufgezäumten Pferden zeigte ihr, dass sie nun auf einer Höhe mit dem feststeckenden Wagen waren.

Gleich würde es zu spät sein. Ihre Kehle war so trocken, dass sie schlucken musste, ehe sie sprach.

»Ich habe ihn«, sagte sie laut genug, dass der Kapitän und seine Männer es hörten. Sie hatte die Augen weit aufgerissen, ihr verängstigter Blick begegnete Hughs in dem Augenblick, als sie den Brief aus seiner Tasche zog und hoch hielt. Wenn er jemanden erschießen wollte, wen auch immer, dann war jetzt der rechte Augenblick.

»Lass ihn fallen«, zischte er, als sie sich gerade wieder dem Kapitän und seinen Männern zuwenden wollte. Sie musste ihn wohl verständnislos angestarrt haben, denn er wiederholte den Befehl leise knurrend, und diesmal verstand sie ihn: »Lass den verdammten Brief fallen.«

»Miss Towbridge, gibt es Schwierigkeiten?« Der Kapitän sprach laut und klang misstrauisch. Hatten ihr Blick oder Hughs Befehl sie verraten? Der Kapitän konnte die Worte nicht gehört haben, das hätte Claire geschworen. Er stand zu weit weg, und um sie herum war zu viel Lärm.

»Nicht im Geringsten.« Claire hielt den Brief so hoch, dass er ihn sehen konnte, und wandte sich beinahe fröhlich zu ihm um. »Sehen Sie selbst.«

Dann öffnete sie eingedenk Hughs Anweisung wie auch der sich ihnen rasch nähernden französischen Soldaten, die auf ihren großen Pferden hochgewachsen und bedrohlich aussahen und nun nur etwa drei Meter von ihnen entfernt waren, die Hand und überließ den Brief dem Wind. »Oh! Ach je!«

Das weiße Rechteck flatterte ihr aus der Hand, wirbelte im Kreis und schwebte dann zu Boden. Die Augen des Kapitäns und seiner vier Männer folgten ihm, bis er in eine Pfütze fiel, sich wie ein Schwamm sogleich mit Wasser vollsog und zusätzlich von einem neugierigen Schwein gefährdet wurde.

Claire starrte immer noch auf den Brief, da sah sie aus dem Augenwinkel, wie Hugh den Arm hochriss. Die Pistole ging los – aus so großer Nähe klang es wie ein Donnerschlag neben ihrem Kopf.

Claire dröhnten die Ohren und sie schrie; kaum war der Laut aus ihrer Kehle, da brach er auch schon ab, weil ein ungeheures Gewicht sie im Rücken traf und der Länge nach in den Sand warf. Im Fallen sah sie flüchtig, wie der Kopf des Kapitäns hochfuhr. Dann gab es einen ungeheuren Knall, gefolgt von einer Explosion, und gleich darauf fegte ein heißer Luftschwall über ihren Kopf hinweg, den sie instinktiv in den Armen vergrub.

Schreie zerrissen die Luft, dazu ertönten Schüsse und Flüche und das Quieken verängstigter Tiere. Überall war Feuer und loderte hell zum Nachthimmel auf. Die Feuersbrunst war so heiß, dass Claire dachte, ihr würde das Gesicht versengt, als sie einen Blick riskierte. Es war der Wagen – der festsitzende Wagen, der irgendwie Feuer gefangen hatte und explodiert war. Der Kapitän und seine Männer lagen am Boden. Ein Soldat stand noch; sein Pferd hatte ihn abgeworfen, doch es war ihm gelungen, die Zügel festzuhalten, obwohl es sich aufbäumte und versuchte, sich zu befreien. Die anderen konnte sie nicht sehen, doch in ihrem Blickfeld lagen etwa ein Dutzend Menschen am Boden; andere eilten ihnen zu Hilfe.

All dies registrierte Claire flüchtig. Dann wurde das Gewicht von ihrem Rücken genommen, und jemand zog sie auf die Füße.

»Lauf!«

Eine Hand schloss sich um ihr Handgelenk, noch ehe der Befehl durch das Klingeln in ihren Ohren zu ihr durchgedrungen war. Ohne weitere Vorwarnung wurde sie fortgezerrt.

Hugh rannte und zog sie hinter sich her, und als ihr unvermittelt klar wurde, dass er es war, begriff sie, dass sie flohen, und nun rannte sie ebenfalls; ihre Füße in den dünnen Schuhen suchten nach Halt im schlammigen Sand.

»*Sacre bleu!*«

»Mein Wagen! Mein schöner Wagen!«

»Verdammte Engländer …«

»*Aidez-moi! Aidez-moi!*«

Weitere heftige Explosionen erschütterten in rascher Folge die Nacht. Feuer, so hell wie ein Freudenfeuer, färbte den Nachthimmel orange, gelb und rot. Die Hitze und die Rauchentwicklung waren enorm. Allenthalben herrschten Chaos und Verwirrung; überall schrien und rannten Menschen, auf den Explosionsherd zu wie auch davon weg.

»Hier entlang!«

Hugh zog sie hinter eine Sanddüne in die Schwärze der Nacht, außer Reichweite der schlimmsten Hitze. Claire erhaschte nur noch einen Blick auf zwei weitere Soldaten, die wieder auf den Beinen waren und versuchten, ihre flüchtigen Reittiere einzufangen. Dann verwehrte die Düne ihr die Sicht. Nun stampfte Hugh durch das hohe Gras auf das dunkle Dorf zu und zog sie hinter sich her. Sie rannte ebenfalls, so schnell ihre Füße sie trugen, denn sie wusste, dass sie um ihr Leben lief.

18

»Was hast du da hinten gemacht?«, stieß Claire keuchend hervor, als Hugh sie über eine niedrige Steinmauer hinweghob, die sich vor dem Dorf die Straße entlangzog.

»Die Fässer auf dem Wagen waren mit Schießpulver gefüllt. Ich habe auf eines davon geschossen.« Er stützte sich mit einer Hand auf der Mauer ab und setzte mit bemerkenswerter Leichtigkeit darüber hinweg.

»Und sie sind alle explodiert?« Claire fiel wieder ein, wie er sie den Bruchteil einer Sekunde, ehe der Wagen in die Luft geflogen war, zu Boden gestoßen hatte. »Wusstest du, dass das passieren würde?«

»Ich hatte es gehofft.« Auch er war außer Atem, bemerkte sie, als er wieder ihre Hand ergriff und mit ihr hinter eines der im Dunkeln liegenden Häuser schlüpfte.

»Die Pferde – sie sollten in – dem Stall da am Wald sein.« Claire hatte überhaupt nicht bemerkt, dass James mit ihnen rannte, bis sie hinter sich seine keuchende Stimme vernahm. Sie blickte sich um und sah den stämmigen Mann in ihrem Gefolge keuchen und taumeln, während er auf einen baufälligen Stall zeigte. Er lag am entgegengesetzten Ende des Dorfs, ein wenig zurückgesetzt von dem Bauernhaus, zu dem er anscheinend gehörte, unmittelbar am Rande eines dichten Wäldchens aus hohen Kiefern, die sich im Wind wiegten.

Claire hatte zwar keine Ahnung, wovon er sprach, doch Hugh offenbar schon. Er rannte über das Feld vor dem Stall, und Claire musste wohl oder übel hinter ihm herrennen. Sie hatte Seitenstiche, Steine in den Schuhen und Sand im Mund von ihrem Sturz auf dem Strand, doch sie rannte blindlings über den unebenen Boden, weil sie keine andere Wahl hatte: Hughs Hand lag wie ein Schraubstock um ihr Handgelenk, und er würde sie nicht loslassen.

Sie wurden zweifellos verfolgt. Die Frage war nur: Wie dicht waren ihnen die Verfolger auf den Fersen?

Der Stall war dunkel und roch nach Heu und Dung. Im hinteren Teil des Gebäudes liefen Kühe umher und muhten, als die drei Menschen ihre Ruhe störten. Sie starrten die Eindringlinge an, und ihre feuchten Augen glänzten schwach. Sobald sie im Gebäude waren, ließ Hugh ihre Hand los, und Claire krümmte sich erleichtert zusammen. Die Hände auf die Knie gestützt, schnappte sie nach Luft, wobei die Seitenstiche es ihr unmöglich machten, tief einzuatmen. Vergeblich wünschte sie ihr Korsett zum Teufel; das Ding engte sie ein, wo ihre Lunge sich dringend ausdehnen musste.

»Sind sie da?«

James keuchte immer noch laut, als er diese Frage stellte. Er ging an ihr vorbei und folgte Hugh nach hinten in den Stall.

»Sie sind hier. Minton ist ein guter Mann. Er hat mich noch nie im Stich gelassen.«

Claire stand unverändert vornübergebeugt gleich hinter der Stalltür, versuchte, wieder zu Atem zu kommen und zugleich den Sand auszuspucken, und so entging ihr das restliche Gespräch. Die Stimmen der Männer vermischten sich mit dem leisen Wiehern eines Pferdes, dem Stampfen von Hufen und dem Knarren von Leder.

Einen Augenblick später hörte sie ihre Schritte auf sich zukommen. Claire atmete tief durch, und endlich gelang es ihr, ihre Lunge mit genügend Luft zu füllen.

»In Ordnung, dann lassen wir sie einfach da.«

Diese Worte hörte Claire klar und deutlich. Sie blickte hoch. Der Sprecher war James, sein Tonfall war eindringlich, und sie hatte keinen Zweifel daran, dass er sie meinte. Nun sah sie zwei Gestalten auf sich zukommen, schwarz und massiv zeichneten sich sie sich vor der dunklen Stallwand ab, die von helleren schwarzgrauen Streifen durchzogen war, wo das Mondlicht durch die Fugen drang. Als die Gestalten sich ihr näherten, konnte sie Männer und Pferde unterscheiden. Hugh und James saßen jeder auf einem gesattelten, aufgezäumten Reittier.

Die Fetzen früherer Gespräche zwischen den beiden schossen ihr durch den Kopf, und sie kam zu dem Schluss, dass jemand namens Minton die Ankunft der *Nadine* erwartet und zwei gesattelte Pferde hier versteckt hatte, damit Hugh und James rasch von hier fortkamen.

Als ihr bewusst wurde, dass es nur zwei Pferde waren, durchfuhr sie kurz die Angst, dass Hugh James zustimmen und sie hier zurücklassen könnte. Was sollte sie tun, falls sie das täten? Bei dem Gedanken stockte ihr das Blut.

»Sie kommt mit uns.« Hughs Stimme klang schroff und ungehalten. Vor Erleichterung seufzte Claire innerlich auf. Selbstverständlich würde er sie nicht zurücklassen. Sie hätte wissen müssen, dass er das nicht tun würde. Diesem Mann konnte sie ihr Leben anvertrauen. Diesem Mann vertraute sie ihr Leben an.

»Master Hugh, denken Sie doch nach: Wir haben nur zwei Pferde.«

»Sie reitet mit mir.«

»Wir reiten um unser Leben!«

»Verdammt noch einmal, James! Ich lasse sie nicht zurück, und damit ist diese verfluchte Diskussion beendet!«

Damit waren sie bei ihr. Claire richtete sich auf und atmete nochmals tief durch, als die beiden Tiere neben ihr stehen blieben. Sie spürte die Wärme ihrer Körper, roch das Leder des Sattelzeugs, vermischt mit dem undefinierbaren Geruch nach Pferd. Eines schnaubte und schüttelte den Kopf, sodass sein Zaumzeug klirrte.

»Gib mir deine Hand«, sagte Hugh. Sie sah hoch, er hatte die Hand nach ihr ausgestreckt. Wie sein Gesicht war auch seine Hand nur ein heller Fleck in der Dunkelheit. Der Rest seines Körpers lag im Schatten, eine große eindrucksvolle Gestalt, die hoch zu Ross über ihr aufragte. Er zog seinen Fuß aus dem Steigbügel, als sie ihre Hand in seine legte.

»Stell einen Fuß in den Steigbügel, und schwing dich hinter mich.«

Sie gehorchte, und er zog sie so leicht zu sich hoch, als wöge sie nicht mehr als ein paar Schwanendaunen. Sie hatte keine andere Wahl, als im Herrensitz zu reiten, erkannte Claire sogleich, auch wenn sie das noch nie zuvor getan hatte.

Sie raffte die Röcke, schwang tapfer ein Bein über den Rücken des Pferdes und rückte auf dem kraftvollen Hinterteil des Tieres in Reitposition; die nackten Knie presste sie an das warme kratzige Fell, um das Gleichgewicht zu wahren. Dann beugte sie sich vor und schlang Hugh die Arme um die Taille, sodass ihre Brüste an seinem festen Rücken lagen.

»Halt dich gut fest«, sagte er zu ihr nach hinten gewandt. Während sie noch nickte, schlug er dem Pferd die Fersen in die Flanke, und es sprang los. Schon waren sie aus dem Stall heraus und unterwegs. Sie galoppierten über das schlammige Feld mit den stoppeligen Überresten einer längst eingebrachten Ernte. Lautlos wie Fledermäuse flogen sie dahin, schnelle dunkle Gestalten, und Claires Umhang flatterte wie ein einziger großer Flügel hinter ihnen. Sie waren nur zwei weitere unter all den anderen Schatten, welche die Nacht bevölkerten. Als Claire nach Süden sah, erblickte sie ein orangefarbenes Glühen, das den Himmel erhellte: Der Wagen brannte immer noch. Der beißende Rauch hatte sich so weit verteilt, dass sie ihn deutlich riechen konnte. Mit dem Rauch vermischte sich noch ein anderer Geruch, den sie nach einem Augenblick als Schießpulver identifizierte. Aus England herübergeschmuggelt, um in Napoleons Armee eingesetzt zu werden? So schien es, und die Perfidie dieser Tat erschütterte und erzürnte sie. In der Sicherheit ihres Heims hatte sie nie auch nur geahnt, dass überall um sie herum Verräter waren, überall.

Plötzlich erstarrte sie und krallte die Hände in den schweren Wollstoff von Hughs Gehrock. Vor dem Hintergrund der lodernden Flammen konnte sie die tief liegenden Häuser des Dorfes, das sie rasch hinter sich ließen, gerade eben noch erkennen. Nun sah sie Reiter die Steigung vom Strand her heraufkommen. Reiter mit hohen Hüten ...

Die Soldaten hatten sich offenbar neu formiert und suchten nun nach ihnen. Sie hegte keinerlei Zweifel an ihren Absichten. Konnten sie die galoppierenden Pferde sehen, die durch die Dunkelheit flohen? Claire konnte die Soldaten nur deshalb erkennen, weil sie sich flüchtig vor dem vom Feuer hell erleuchteten Horizont abgezeichnet hatten. Sie flehte Gott an, sie, Hugh und James möchten sicher im Schutz der Nacht verborgen sein. Sollten die Soldaten sie erblicken, so fürchtete sie, hätten sie wohl keine Chance. Soweit sie wusste hatten weder Hugh noch James irgendeine einsatzbereite Waffe bei sich.

Sie konnten nur um ihr Leben reiten.

»Die Soldaten! Sie kommen!«

Der Wind entriss ihr die Worte, doch Hugh musste sie wohl gehört haben, denn er warf einen flüchtigen Blick zurück über die Schulter und nickte. Dann drückte er seinem Pferd nochmals die Fersen die Flanken. Schlamm spritzte unter den Hufen des Tieres hoch. Claire spürte, wie es ins Rutschen geriet, als es über den schlammigen Untergrund galoppierte. Unvermittelt tauchte in der Dunkelheit vor ihnen eine Steinmauer auf, ein langer niedriger gewundener Schatten. Claire hatte kaum Zeit, sich zu fürchten, da war ihr Pferd auch schon darüber hinweg. Mit aller Kraft hielt Claire sich fest und schloss die Augen, als sie unelegant auf einem schlammigen Feld auf der anderen Seite aufsetzten, doch das Pferd rutschte zwar ein wenig über den Boden, stürzte jedoch nicht, und Claire gelang es, die Knie gegen den Pferdeleib gepresst, sich auf dem Tier zu halten. Sie blickte zurück und sah, wie James ebenfalls über die Mauer setzte, zwar nicht gerade kunstvoll, doch auch sein Pferd stürzte nicht, und er blieb im Sattel, und nur das zählte. Dann rasten sie in den Wald. Zweige schlugen ihnen entgegen und rissen sie beinahe aus dem Sattel; Claire verbarg ihr Gesicht an Hughs Rücken.

Sie ritten lange Zeit, zunächst in gestrecktem Galopp, dann, als sie die Verfolger, wie sie hofften, weit hinter sich gelassen hatten, in etwas gemächlicherer Gangart. Stets hielten sie sich von den Straßen fern und ritten querfeldein, denn auf den Straßen, warnte Hugh in einem kurzen Wortwechsel mit James, würden die Soldaten zuallererst suchen.

»Was ist mit der Mannschaft der *Nadine*? Wird die nicht auch nach uns suchen?« Claires Stimme hatte einen leicht hysterischen Unterton, doch sie sah es sich nach. Es war erst wenig mehr als vierundzwanzig Stunden her, dass man sie aus ihrer Kutsche entführt hatte – wobei ihr Kutscher und womöglich auch ihre übrigen Dienstboten ermordet worden waren – und die Ereignisse sich überschlagen hatten: Sie hatte Pläne für ihre eigene Ermordung mit angehört, einem bösartigen Grobian einen Nachttopf über den Schädel schlagen müssen, war aus einem Fenster geklettert und durch sumpfiges Gebiet um ihr Leben gelaufen; war eine Klippe hinabgeklettert, die so schlüpfrig und tückisch gewesen war, dass sie bei jedem Schritt um ihr Leben gefürchtet hatte; hatte einen Schlag auf den Kopf erhalten und war erneut entführt worden, wäre beinahe ertrunken, war danach von einer Horde Seeleute in Angst und Schrecken versetzt und gedemütigt, sodann von just dem Mann, mit dem sie nun floh, als Dirne und Verräterin bezichtigt worden, hatte eine Pistole auf eben diesen Entführer gerichtet, nur um festzustellen, dass sie nicht geladen war; war beinahe zu Tode geküsst worden und hatte dabei entdeckt, dass sie das Küssen und auch ihren Entführer recht gerne mochte; war so schrecklich seekrank geworden, dass sie sich eine Zeit lang gewünscht hatte, tot zu sein; war um Haaresbreite an feindliche Soldaten ausgeliefert worden und schließlich beinahe bei einer Explosion gestorben – und nun floh sie hier mit ihrem einstigen Entführer und dessen missbilligendem Gefolgsmann quer durch Frankreich, während französische Truppen zu ihrer Verfolgung ausgeschwärmt waren wie Bienen hinter einem Bären, der ihren Honig gestohlen hatte.

Es war gewiss kein Wunder, dachte sie, als ihr auffiel, dass auch ihre innere Stimme einen schrillen Unterton hatte, wenn ihre Nerven leicht strapaziert waren.

»Die überlassen es den Soldaten, dafür zu sorgen, dass wir ihnen nicht entkommen. Mittlerweile sucht wahrscheinlich die halbe französische Armee nach uns. James und mich jagen sie als Spione, und hinter dir, mein Täubchen, sind sie her, weil sie glauben, dass du etwas besitzt, was sie unbedingt haben wollen. Für die bist du Sophy Towbridge, denk daran, und Sophy Towbridge besitzt Informationen über das gesamte britische Spionagenetz in Frankreich. Das ist es, was in den Briefen steht.«

»Ach, du lieber Gott.« Falls Hugh sie damit hatte beruhigen wollen, war ihm das gründlich misslungen. Sie erschrak vielmehr zu Tode. Wenn die Soldaten Spione jagten, würden sie niemals aufgeben. Dann kam ihr ein Gedanke: Wenn Sophy Towbridge Informationen über britische Spione in Frankreich besaß und Hugh, den der Kapitän der *Nadine* mit »Colonel« angeredet hatte, die vermeintliche Sophy Towbridge entführt hatte, um diese Informationen irgendwie an sich zu bringen, ehe sie jene erreichen konnten, die in Frankreich daran interessiert waren, und wenn Hugh nun seinerseits als Spion gejagt wurde, dann war er sehr wahrscheinlich selbst einer der fraglichen britischen Spione oder etwas, das dem sehr nahe kam.

»Master Hugh! Da drüben!« James holte zu ihnen auf, ehe sie sich weitere Fragen stellen konnte. Er zeigte nach Westen. Sein Gesicht sah in der Dunkelheit sehr bleich aus, seine dunkle massige Gestalt war unbeholfen über den Hals seines Pferdes gebeugt. Durch die schnell dahinziehenden Wolken drang gerade genügend Mondlicht, um ihnen die Sicht auf ein, wie es schien, ganzes berittenes Regiment zu ermöglichen, das eine Straße entlanggaloppierte, die parallel zu ihrem eigenen Weg verlief. Die Soldaten waren noch ein Stück entfernt, vielleicht eine Viertelmeile, und nur deshalb für sie sichtbar, weil das Ackerland, durch das sie ritten, so flach war. Hugh hatte sie offenbar auch gesehen, denn er lenkte sein Pferd scharf nach links in das tiefer gelegene Flussbett, neben dem sie hergeritten waren. Auf ein Wort von Hugh stiegen sie alle ab, und Hugh und James hielten ihren Tieren die Mäuler zu, damit sie die Pferde der vorbeireitenden Soldaten nicht auf sich aufmerksam machen konnten. Claire spürte ihr Herz im Rhythmus der vorbeipreschenden Hufe pochen. Dann wandten die Soldaten sich nach Norden, ritten bis zum Horizont und waren außer Sicht.

»Haben die nach uns gesucht?«, fragte Claire mit leiser, bebender Stimme, als sie fort waren.

»Aye, würde ich sagen.« James' Antwort klang grimmig, als er energisch, aber wenig elegant wieder in den Sattel stieg.

»Keine Sorge, Kleines, heute Nacht finden sie uns nicht. Das kann ich dir versprechen.«

Hugh war zugleich mit James wieder aufgestiegen, wenn auch deutlich geschmeidiger. Nun streckte er ihr die Hand entgegen. Flüchtig sah sie seine Zähne in der Dunkelheit aufblitzen und begriff, dass er lächelte. Der Wahnsinnige!, dachte sie, als ihr klar wurde, dass er ihre Flucht auf befremdliche Weise zu genießen schien. Er empfand die Gefahr offenbar als belebend. Was Claire betraf – nun, nach den vielen Meilen, die sie nun schon in dieser ungewohnten Haltung geritten war, war ihr Gesäß wund geritten, ihre Beine zitterten und die Knie schmerzten; sie hatte Todesangst, und das Einzige, was sie an dieser ganzen abscheulichen Geschichte genossen hatte, waren, wenn sie ehrlich war, Hughs Küsse gewesen. Wenn sie sich jetzt selbst beschreiben müsste, würde sie sich ganz gewiss eher als tot denn als lebendig bezeichnen. Doch als sie nun Hughs Hand ergriff, ihren Fuß in den Steigbügel stellte und ihm gestattete, sie hinter sich aufs Pferd zu ziehen, brachte sie dennoch ebenfalls ein Lächeln für ihn zustande.

Denn – immer vorausgesetzt, sie überlebte das alles – allmählich hatte sie das Gefühl, dass die Begegnung mit ihm das Beste war, was ihr in ihrem Leben je widerfahren war.

Dann waren sie wieder unterwegs, und innerhalb von wenigen Minuten war das Lächeln vollständig aus ihrem Gesicht gewichen. Wie Pistolenkugeln schossen die Pferde dahin. Sie ritten querfeldein und so schnell sie konnten. Nicht lange, und Claire kam zu dem Schluss, dass dieser Ritt auf dem Rücken eines galoppierenden Pferdes eine der qualvollsten Erfahrungen in ihrem Leben war. Jedes Mal, wenn das Tier einen Satz nach vorne machte – also eigentlich unentwegt – landete sie so unsanft, als hätte ein Schulmeister ihr mit einem Rohrstock aufs Gesäß geschlagen. Zudem schmerzten die Innenseiten ihrer Schenkel grässlich, weil sie sie fest gegen den Leib des Pferdes gedrückt hielt, und ihre Knie fühlten sich an, als hätte sie sie am rauen Fell des Tieres wund gerieben. Nach einer weiteren Stunde litt Claire Höllenqualen. Sie verschränkte die Hände vor Hughs Bauch, vergrub ihr Gesicht an seinem Rücken und stellte sich darauf ein, diese Qualen noch lange erdulden zu müssen.

Schließlich kamen sie zu einem Fischerdorf, das in Form eines Hufeisens um eine glitzernde schwarze Bucht lag. Es war mitten in der Nacht, und alles schlief. Claire war am Ende ihrer Kräfte und lehnte sich schwer an Hughs Rücken, den einzigen Fixpunkt in einer auf- und niederhüpfenden Welt. Als sie müde aufsah, erblickte sie die Ansammlung schwarzer Häuser am Meer und fürchtete ganz kurz, sie seien aus irgendeinem Grund im Kreis geritten und landeten nun dort, wo ihre Flucht begonnen hatte. Doch am Strand brannte kein Feuer, am Kai hatte kein Schoner festgemacht, es roch nicht verbrannt. Ein Blick zum Mond, jenem schmalen Silbersplitter hoch über ihnen, der hin und wieder durch die Wolken zu spähen wagte, zeigte ihr, dass es nun beinahe Mitternacht war. Sie wusste nicht, wo sie sich befanden, doch sie waren auf jeden Fall ein gutes Stück vorangekommen.

Ein Hund bellte und weckte sie vollends. Sie wurden nun langsamer und trabten einen schlammigen Pfad entlang auf ein offenbar zweistöckiges Bauernhaus zu, das ein wenig abseits vom eigentlichen Dorf stand.

»Wo sind wir?«, fragte Claire im Flüsterton.

»In Sicherheit. Der Mann, der hier lebt, ist ein Freund. Er erwartet uns – nun ja, James und mich.«

Hinter dem Haus stand eine Scheune, eigentlich eher ein baufälliger Schuppen, und dort hinein ritt Hugh, und James folgte ihm auf den Fersen. Der modrige Geruch von Heu, das man hatte verfaulen lassen, empfing sie, und leises Flügelschlagen über ihren Köpfen verriet ihnen, dass hier wohl Tauben oder andere Vögel im Gebälk saßen.

»Lass dich zu Boden gleiten«, sagte Hugh und brachte das Pferd zum Stehen. Sie tat es, und als sie auf dem weichen Boden aufkam, stellte sie fest, dass ihre Beine sie kaum tragen wollten. Sie lehnte sich schwer an die Flanke des Pferdes; die Kapuze war ihr vom Kopf gerutscht, und das Haar hing ihr offen auf den Rücken – die Haarnadeln mussten irgendwo auf ihrem wilden Ritt verloren gegangen sein. Sie sah zu, wie Hugh und James abstiegen.

»Ich kümmere mich um die Pferde«, sagte James und nahm die Zügel von Hughs Pferd sowie die seines eigenen. Claire richtete sich auf, als James die Pferde tiefer in die Scheune hineinführte, doch als sie einen Schritt zurücktreten wollte, taumelte sie und wäre wohl gestürzt, wenn Hugh sie nicht mit beiden Händen um die Taille gefasst hätte.

»Ist dir übel?« Die Stirn gerunzelt, legte er die Arme um sie und zog sie an seine Brust. Dankbar für seine verlässliche

Stärke lehnte sie sich an ihn. Sein regelmäßiger Herzschlag an ihrem Ohr tröstete sie, und sie schüttelte den Kopf.

»Nicht übel«, erwiderte sie. »Es ist nur – ich bin es nicht gewohnt, im Herrensitz zu reiten.«

Er gab ein Geräusch von sich, das sich verdächtig nach einem Lachen anhörte. »Sattelwund! Allmächtiger, daran habe ich nicht gedacht.«

»Findest du das etwa amüsant?« Ihre Stimme klang kühl und hatte einen empörten Unterton.

»Nein, Kleines, nein, natürlich nicht.« Das kam recht hastig, und Claire glaubte, noch immer einen Anflug von Belustigung herauszuhören. »Armes kleines Mädchen, das waren schwere Stunden für dich, nicht wahr?«

»Ich bin«, entgegnete Claire entrüstet, »kein armes kleines Mädchen.«

Sie stieß ihn fort, tat einen Schritt und wäre erneut beinahe gestürzt, als ein quälender Schmerz ihr durch die Beine schoss.

»Au.« Sie konnte sich den leisen Schmerzlaut ebenso wenig verkneifen, wie sie darauf verzichten konnte, sich das misshandelte Gesäß zu reiben.

Er grunzte – es hätte auch ein getarntes Lachen sein können, dachte sie finster. Nach einem kurzen Blick in sein Gesicht erkannte sie, dass sie mit dieser Vermutung wohl richtig lag. Er stützte sie und hob sie dann hoch, ehe sie ihn erneut fortstoßen konnte. Claire versteifte sich, wehrte sich jedoch nicht. Sie war so erschöpft, so wund, so verängstigt, und es fühlte sich so gut an, wenn er sich um sie kümmerte, dass sie nicht mehr die Kraft und den Willen hatte, zu kämpfen. Sie gab ihre Verärgerung über ihn auf, schmiegte sich an seine Brust und schlang ihm die Arme um den Hals, als wäre sie genau dort, wo sie auf Erden am liebsten war.

Was ja auch stimmte.

19

»Es tut mir leid.« Hughs Mitgefühl klang aufrichtig. Er verließ mit Claire auf dem Arm die Scheune und ging über den schlammigen Hof auf das Bauernhaus zu. Als er sie ansah, fing sich das Mondlicht in seinen Augen und färbte sie silbern. Ihr Kopf lag an seiner Schulter, ihrer beider Augen waren nur Zentimeter voneinander entfernt. »Es tut mir alles leid. Es tut mir leid, dass du da hineingeraten musstest.«

»Mir nicht«, entgegnete Claire, atmete seinen moschusartigen Duft ein und spürte die Wärme, die von seinen kraftvollen Muskeln ausging, bis in die Zehenspitzen. »Jedenfalls nicht alles. Wenn ich nicht da hineingeraten wäre, hätte ich dich nie kennen gelernt.«

Er sah sie durchdringend an, und seine Lippen öffneten sich, als wollte er antworten.

Da hörten sie das Glucksen, das James Schritte über den aufgeweichten Boden begleitete.

»Ich hab sie abgerieben und gefüttert.« Er musterte die beiden und verzog das Gesicht, doch falls er etwas dazu zu sagen hatte, dass sein Herr sie so behutsam in seinen Armen trug, so behielt er es jedenfalls für sich.

»Sind da noch andere Tiere?«

»Ein Ackergaul. Ein paar Hühner, eine Kuh, und ein paar Ziegen.«

»Dann ist Hildebrandt noch nicht hier.«

»Offenbar nicht.« James bedachte Claire mit einem finsteren Blick, dann räusperte er sich. »Master Hugh, haben Sie mal daran gedacht, was der General wegen *ihr* sagen wird?«

Hugh zog eine Grimasse. »Er kann sagen, was er will. Ich habe die falsche Frau abgefangen, und damit hat es sich. Jetzt können wir sie nur sicher nach Hause schicken und alle Mann auf die echte Sophy Towbridge ansetzen.«

James hüstelte diskret. »Sind Sie sicher ...«

»Ich bin sicher.«

Sie kamen zu einer kleinen Veranda hinter dem Haus – in Wirklichkeit nur einige Bretter, die man auf einen Unterbau aus Steinen gelegt hatte. Ehe sie klopfen konnten, öffnete sich die Tür. Ein Mann, vom Aussehen her ein Bauer mit zerzaustem kastanienbraunen Haar und einem ungepflegten Bart in derselben Farbe, stand in einem weiten Hemd, Kniehose und derben Schuhen mit einer Laterne in der Hand in der Türöffnung und musterte sie misstrauisch.

»Schön, Sie zu sehen, Tinsley.«

»Colonel! Gott sei Dank! Ich hatte solche Angst, dass etwas schief gegangen sein könnte – Sie sind spät dran. Und General Hildebrandt ist auch noch nicht hier.« Sein schwacher Cockneyakzent ließ erkennen, dass Tinsley genauso wenig Franzose war wie Claire.

War auch er ein Geheimagent? Bei diesem Gedanken riss sie die Augen auf.

»Es ist auch etwas schief gegangen«, sagte Hugh und trug Claire vorsichtig durch die schmale Tür, als Tinsley nach einem Nicken zu James zurücktrat, um sie einzulassen. Claire klammerte sich an Hughs Hals. Sollte er sie absetzen, war sie nicht sicher, ob sie überhaupt würde stehen, geschweige denn gehen können. »Ich erzähle Ihnen alles, aber zuerst müssen wir uns um die Dame hier kümmern. Haben Sie ein Schlafzimmer, in dem sie sich ausruhen kann?«

»Aye, oben.« Tinsley schien nicht überrascht über diesen unerwarteten weiblichen Gast. Im Spionagegeschäft lernte man vermutlich, mit dem Unerwarteten zu rechnen, schätzte Claire.

»Gehen Sie vor.«

James schloss die Tür hinter ihnen. Tinsley ging voran und leuchtete ihnen mit der Laterne, und Hugh trug Claire die schmale Treppe hinauf in ein Schlafzimmer. Es war klein und schlicht. Das Mobiliar bestand aus einem Bett mit klumpig wirkenden Kissen, auf dem sich farbenprächtige Steppdecken türmten, einem Schrank, einem Waschtisch und einem Stuhl mit gerader Rückenlehne. Die Wände waren lediglich verputzt und getüncht, und der dunkle Dielenboden wirkte abgenutzt. Während Tinsley eine Kerze am Bett anzündete, setzte Hugh Claire ab. Heißer Schmerz schoss ihr in die Beine; sie tat einen schwankenden Schritt und sank auf den Stuhl, dann zuckte sie zusammen, als sie merkte, dass sie kaum sitzen konnte.

Sie musste wohl einen gequälten Laut von sich gegeben haben, denn Hugh sah sie fragend an. Unter diesem Blick gelang es ihr heldenhaft, die Finger von ihren gequälten Körperpartien zu lassen.

»Wie geht's dir?« Er ahnte offenbar, was ihr Problem war, denn seiner besorgten Frage zum Trotz funkelte es in seinen Augen. Claire blickte ihn finster an.

»Wunderbar, danke.« Ihre Stimme hatte einen scharfen Unterton.

Das Funkeln in Hughs Augen verstärkte sich.

»Ich überzeuge mich gerne selbst davon …«

Wütend starrte sie ihn an.

»Master Hugh …« Als Tinsley den Raum verließ, steckte James den Kopf zur Tür herein. Hugh sah sich nach ihm um. »Der General ist hier.«

»Ich komme.« Er sah wieder zu Claire; das Funkeln war aus seinen Augen verschwunden. »Bleib hier, bis ich zurückkomme.«

Sein barscher Tonfall ließ keinen Zweifel daran, dass es sich um einen Befehl handelte.

Claire nickte. Ohne ein weiteres Wort drehte Hugh sich um und verließ den Raum. Die Tür schloss er hinter sich.

Einen Augenblick lang saß Claire einfach nur da. Sie schätzte, dass die Schmerzen weniger schlimm waren, wenn sie einfach sitzen blieb und ihre Haltung nicht veränderte. Es war völlig still. Wenn die Männer sich, wie sie annahm, im Erdgeschoss berieten, so erreichte auch nicht der geringste Laut ihr Ohr.

Sie bemerkte, dass sie den Atem anhielt, und atmete langsam aus. Der plötzliche Wechsel in Hughs Verhalten hatte sie daran erinnert, dass sie sich in einer Situation befand, in der es um Leben und Tod ging, und dieser Gedanke ließ sie schaudern.

Es war mehr als sicher, dass sie einer der Hauptgesprächspunkte der Erörterung im Erdgeschoss sein würde, und sie fragte sich flüchtig, was sie tun sollte, wenn der gerade angekommene General es bezüglich ihrer Identität mit James hielt statt mit Hugh. Diese Möglichkeit war beängstigend, doch dann dachte sie an Hugh, und das beruhigte sie ein wenig. Hugh würde nicht zulassen, dass man ihr Schaden zufügte, daran hegte sie keinerlei Zweifel. Was den Rest betraf, so hatte es keinen Sinn, sich darüber den Kopf zu zerbrechen. Sie konnte nur in diesem Zimmer sitzen und abwarten, erkannte sie, und so versuchte sie, es sich so bequem wie möglich zu machen.

Darin wurde sie von James unterstützt, der nur wenige Minuten später mit einem Tablett erschien.

»Master Hugh dachte, Sie haben vielleicht Hunger«, sagte er, als Claire ihm mit einem fragenden Blick die Tür öffnete. Claire stellte fest, dass sie wirklich außerordentlich hungrig war. Rückblickend betrachtet waren der Tee und das Butterbrot, die sie im Gasthaus zu sich genommen hatte, ehe sie aus der Kutsche entführt worden war, ihre letzte Mahlzeit gewesen. Seitdem hatte sich ihr Magen so gründlich entleert, dass es sich nun anfühlte, als hätte er sich vollständig zusammengezogen. Eifrig sprach sie dem kalten Rindfleisch, dem Brot und dem Käse zu und trank von dem heißen gesüßten Tee.

Sie verputzte gerade als Nachtisch den Apfel und fühlte sich bereits viel besser, als es erneut an der Tür klopfte.

»Herein«, rief sie, denn sie wollte es sich ersparen, sich unter Schmerzen zu erheben und zur Tür zu gehen, wenn es nicht unbedingt nötig war. James öffnete die Tür, und als sie sah, was er vor sich hertrug, hätte sie ihm um den Hals fallen mögen: eine kupferne Sitzbadewanne, alt und verbeult, doch eindeutig funktionstüchtig. Claire erschien sie in diesem Augenblick wie der schönste Gegenstand auf Erden. So sehr sehnte sie sich nach einem Bad, und sie dankte James mit einer Inbrunst, die normalerweise der Verwandlung von Wasser in Wein vorbehalten blieb.

»Mit den besten Empfehlungen von Master Hugh«, sagte James kurz angebunden. Doch trotz seiner Missbilligung füllte er die Wanne auch für sie. Er musste mehrmals Kannen mit heißem Wasser aus dem Erdgeschoss holen, bis die Wassermenge für ein ordentliches Bad ausreichte. Bei seinem letzten Gang deutete er mit dem Kopf auf den Schrank. »Tinsley sagt, Sie können sich bei den Sachen von seiner Frau bedienen. Er hat sie heute Abend weggeschickt, damit sie in Sicherheit ist, aber er sagt, sie hätte es sicher gerne, dass Sie sie benutzen, wenn sie wüsste, dass Sie hier sind. Sind da in dem Schrank.«

Claire warf einen Blick zum Schrank, dann musterte sie James. Sie sah nicht die Spur eines Lächelns in seinem bärtigen Gesicht, und sein Blick war verschlossen, als er ihrem zufällig begegnete. Doch er war so freundlich gewesen, ihr zu essen zu bringen, und es war geradezu ein Akt der Barmherzigkeit, ihr ein Bad zu bereiten, auch wenn es auf Geheiß von Hugh geschehen war, und dafür war sie James dankbar.

»Danke, James«, sagte sie und meinte es ernst. Er nahm ihren Dank mit einem Nicken zur Kenntnis.

»Gern geschehen, Miss.« Dann fügte er unvermittelt hinzu: »Master Hugh hat mir – und den anderen da unten – gesagt, dass Sie ihm die Pistole gegeben haben, mit der er auf das Pulverfass geschossen hat. Also haben Sie uns das Leben gerettet. Egal, wie das hier ausgeht, dafür danke ich Ihnen.«

»Dann setzt er sich also für mich ein?«, fragte sie mit einem feinen Lächeln. »Daran tut er gut, weißt du. Ich bin wirklich Lady Claire Lynes. Ist das so schwer zu glauben?«

»Master Hugh haben Sie jedenfalls davon überzeugt.« James zögerte. »Es ist nur so, keiner von uns – nicht mal der General – hat auch nur die geringste Ahnung, wie Sie – wie Miss Towbridge – aussieht. Und Sie waren am Treffpunkt, und das macht sich nicht gut für Sie, Miss, daran kommt man nicht vorbei. Trotzdem, Master Hugh bleibt dabei, dass wir uns geirrt haben, und normalerweise ist er nicht gerade auf den Kopf gefallen. Aber so, wie Sie aussehen, und alles ... Trotzdem, kann sein, dass ich mich geirrt habe. Dann tut's mir leid.«

»Entschuldigung angenommen.«

Claires Lächeln wurde breiter und wärmer. »Zumal du so freundlich warst, mir dieses Bad zu bereiten. Danach habe ich mich so gesehnt.«

James lächelte nicht gerade zurück, doch der Argwohn war aus seinem Blick verschwunden, und sie hatte auch den Eindruck, dass seine Haltung nicht mehr ganz so steif und missbilligend war, als er sich mit einem Nicken umdrehte und das Zimmer verließ.

Zwar war sie ein wenig nervös bezüglich der Vorgänge im Erdgeschoss, doch sie kam erneut zu dem Schluss, dass ihre beste Strategie darin bestand, ihr Vertrauen in Hugh zu setzen und sich keine Sorgen zu machen. Unterdessen lockte die Badewanne. Hastig entkleidete sie sich, schüttelte ihre Kleider aus und legte sie sorgfältig über die Stuhllehne, damit sie sie am nächsten Morgen wieder tragen konnte. Dann stieg sie in das dampfende Bad und vergaß umgehend alles andere. Es war die reine Wonne. Claire saß zusammengekauert da, die Knie unterm Kinn, und erduldete die Qualen schmerzender Muskeln, ohne mit der Wimper zu zucken, während sie sich von Kopf bis Fuß einseifte. Die Vorstellung, sich auch die Haare zu waschen, war verlockend, doch bei so langen, dicken Haaren war das ein zeitraubender Vorgang, den man am besten an einem sonnigen Nachmittag in Angriff nahm. Voller Bedauern hatte sie ihre Haare daher zu einem Knoten geschlungen, damit sie nicht nass wurden. Als sie wieder aus der Badewanne stieg, glühte ihre Haut rosig, und das heiße Wasser hatte die Schmerzen in ihrem Hinterteil und ihren Beinen beträchtlich gelindert. Sie trocknete sich ab, inspizierte den Kleiderschrank und fand zwei Kleider, ein graues und ein schwarzes, beide mit langen Ärmeln, hochgeschlossen und beide alles andere als unmodern. Auf Regalbrettern lagen Unterwäsche, ein Paar Stelzschuhe und ein Nachthemd. Als sie das Nachthemd entdeckte, fühlte sich Claire wie ein Abenteurer, der auf Gold gestoßen war. Es war aus weißem Leinen, gröber, als sie es gewohnt war, weit geschnitten und mit einem schlichten runden Ausschnitt, der mit vier kleinen Knöpfen geschlossen wurde. Sein einziger Schmuck waren Volants am Saum der Ärmel. Claire zog es an und merkte, dass die Frau, der es gehörte, mindestens doppelt so breit war wie sie. Doch es war bequem und, was im Augenblick noch wichtiger für sie war, es war sauber und trocken. Sie schob die Ärmel hoch, nahm den Schildpattkamm vom Waschtisch und ging zum Bett. Sie kletterte hinein und steckte sich ein Federkissen in den Rücken. Wunderbar! So behaglich hatte sie sich seit Beginn ihrer Reise nach Hayleigh Castle nicht mehr gefühlt. Dann ließ sie ihr Haar herab und begann, es vorsichtig zu entwirren.

Mit dieser schlichten, tröstlichen Tätigkeit war sie noch immer beschäftigt, als es leise an der Tür klopfte. Ein nervöses Flattern im Magen erinnerte sie daran, dass sie nicht so ruhig war, wie sie gewünscht hätte. Beherzt sagte sie sich, dass es sicher James war, der die Badewanne abholen oder eine andere Besorgung erledigen wollte. Sie zog die Bettdecke bis zum Kinn hoch und rief ihn herein.

Als stattdessen Hugh die Tür öffnete, verzogen sich ihre Lippen spontan zu einem Willkommenslächeln. Er trug nur

Hemd, Hose und Stiefel, und sein Haar war offen. Es war ein wenig zerzaust, so, als wäre er mit den Händen hindurchgefahren, und hing ihm in großen Locken beinahe bis auf die Schultern. Auch ohne seinen Gehrock waren seine Schultern so breit, dass er den Türrahmen beinahe ausfüllte, und er war so groß, dass er den Kopf einziehen musste, als er eintrat. An seinen Stiefeln klebten immer noch Schlammreste, auch wenn man offenbar versucht hatte, den schlimmsten Schmutz zu entfernen. Seine Hose war ebenfalls voller Schlammspritzer, doch sie schmiegte sich auf eine Art und Weise an seine muskulösen Schenkel und seine schmalen Hüften, die jeden Gedanken an Schmutz aus Claires Kopf verdrängte.

Sein Hemd hatte kaum etwas abbekommen; es wirkte sehr weiß im flackernden Kerzenlicht, und sein weiter Schnitt betonte die Breite von Hughs Schultern und Brustkorb. Sein starker Hals war tief gebräunt. Er benötigte wieder eine Rasur; seine schlanken Wangen waren mit Stoppeln überzogen, und sie, die sie glatt rasierte Männer immer bevorzugt hatte, stellte fest, dass sie diesen kratzigen schwarzen Schatten unglaublich attraktiv fand.

Seine Augen wurden schmal, als er sie betrachtete, wie sie mit sittsam bis zum Hals hochgezogener Decke im Bett saß, während das schwarze Haar ihr wie ein seidener Umhang über die Schultern fiel. Das Funkeln, das plötzlich in seine Augen trat, als sein Blick dem ihren begegnete, sagte ihr deutlicher als jedes Wort, dass auch er sie höchst anziehend fand. Die Luft zwischen ihnen schien vor Hitze zu flimmern. Dann erinnerte eine Tür, die unten ins Schloss fiel, Claire an die Besprechung, an der er teilgenommen hatte, und ihr Lächeln erlosch.

»So bist du also gekommen, um den Urteilsspruch zu verkünden?«, fragte sie und hob herausfordernd das Kinn.

Sein Mund verzog sich zu einem sarkastischen Lächeln. Er stellte sich neben das Bett und betrachtete sie von dort aus.

»Du siehst aus wie sechzehn, weißt du das?«, sagte er anstelle einer Antwort. »Wie ein Schulmädchen. Bist du sicher, dass du eine verheiratete Frau von einundzwanzig Jahren bist?«

Sie sah ihm in die Augen, ihr Blick wurde milder. »Nicht mehr Sophy Towbridge?«

Er schüttelte den Kopf. »Nur Claire. Wunderschöne Claire.«

Ihr Lächeln kehrte zurück, unmerklich, nur an den Mundwinkeln zu sehen. »Findest du mich wirklich schön?«

»Sei nicht kokett, Kleines. Du weißt, dass du es bist. So schön, dass du die Sonne überstrahlst.«

Sie sah ihn durch gesenkte Wimpern an, ihr Lächeln vertiefte sich. »Nun, das ist die Art Schmeichelei, die ich gerne höre. Und ich *bin nicht* kokett.«

Er lachte, es klang halb wie ein Knurren. »Ich bin zu dem Schluss gekommen, dass das Kokettieren für dich so natürlich ist wie Atmen.«

Er verschränkte die Arme vor der Brust, und das Lächeln wich aus seinen Augen, als er hinzufügte: »Ich habe gute Neuigkeiten: Morgen fährst du nach Hause.«

Er sah nicht aus, als hielte er das für eine gute Neuigkeit. Genau genommen blickte er beinahe grimmig drein.

»Wirklich?«, fragte sie vorsichtig.

Er nickte. »Das bedeutet, dass du den Kanal nochmals überqueren musst, aber das Wetter ist jetzt viel besser, du wirst also wohl nicht allzu große Schwierigkeiten haben. Tinsley wird dich in seinem Boot übersetzen. Er gibt sich als Fischer aus, von daher ist sein Boot nicht groß, aber er wird sein Bestes tun, damit du es bequem hast.«

Beim Gedanken daran, wie sie auf hoher See gelitten hatte, schauderte es Claire innerlich. Doch sie war nun einmal in Frankreich und hatte keine andere Wahl: Wenn sie je wieder nach Hause wollte, sagte sie sich, dann musste sie durchhalten. In dem Versuch, ihren Gedanken eine fröhlichere Richtung zu geben, konzentrierte sie sich auf den Rest dessen, was

Hugh gesagt hatte, und runzelte die Stirn. »Tinsley ist Engländer, nicht wahr? Wenn er sich als französischer Fischer ausgibt, heißt das, er ist ein Spion?«

»›Geheimagent‹ lautet die bevorzugte Bezeichnung. Und ja, das ist er.«

Sie sah ihn nachdenklich an. »Dann bist du also auch ein Geheimagent, *Colonel?*«

Sein Lächeln war eine Spur reumütig. »Das hast du mitbekommen, ja? Das habe ich mir gedacht. Ja, ich bin Offizier beim britischen Geheimdienst. Colonel Hugh Battancourt, zu Ihren Diensten, Milady.« Mit der Hand über dem Herzen machte er eine spöttische Verbeugung. »Es gibt ein ganzes Netzwerk von uns überall in Frankreich. Und die Franzosen haben übrigens auch ein Netzwerk, das sich über ganz England erstreckt. Aber das ist natürlich streng geheim. Das bedeutet, wenn du wieder zu Hause bist, plaudere das nicht in ganz England aus.«

»Als ob ich das tun würde.« Gekränkt verschränkte sie die Arme vor der Brust und vergaß dabei völlig, die Steppdecken hochzuhalten. Sogleich rutschten sie bis auf die Taille herab. Sein Blick glitt über ihren Körper, und er grinste. Dann packte er neckisch eine Locke ihres Haars. Sie entzog sie ihm, doch dann vergaß sie zu schmollen, weil sie weitere Erklärungen begehrte. »Also kannst du mir jetzt auch die ganze Wahrheit erzählen: Jemand aus eurem Netzwerk hat mich mit einer Verräterin namens Sophy Towbridge verwechselt und mich aus meiner eigenen Kutsche entführt. Habe ich übrigens letztens, als du leugnetest, etwas von dem Überfall auf meine Kutsche zu wissen, erwähnt, dass bei meiner Entführung auf meinen Kutscher geschossen wurde? Und auf mein Dienstmädchen ebenfalls, soweit ich weiß. Es kann sehr wohl sein, dass sie tot sind, und das alles wegen eines Missverständnisses.«

Ihr Ton war streng.

Er schüttelte den Kopf. »Wir hatten wirklich nichts damit

zu tun. Ich wurde ausgesandt, Sophy Towbridge am Strand zwischen Hayleigh Castle und Hayleigh's Point abzufangen. Die französischen Agenten in England sollten sie dorthin bringen, und ein französisches Schiff sollte sie auflesen und nach Frankreich bringen. Mein Auftrag lautete, den Franzosen am Treffpunkt zuvorzukommen, was mir ja auch gelungen ist. Aber aufgrund eines beinahe unglaublichen Zufalls warst du dort am Strand, anstelle von Sophy Towbridge. Ich habe dich geschnappt, ehe die Franzosen kamen. Aber ich hatte nichts mit deiner Entführung aus der Kutsche zu tun – keiner von uns, soweit ich weiß, und ich würde es wissen. Der britische Geheimdienst hat schließlich keinen Grund, an Lady Claire Lynes interessiert zu sein, die sich nach einem unschuldigen Besuch bei ihren Angehörigen auf der Rückreise nach Hayleigh Castle befand. Dafür ist jemand anderes verantwortlich.«

»Aber wer?«

Schon die Vorstellung, dass der Überfall auf ihre Kutsche ihrer Verwechslung mit Sophy Towbridge zuzuschreiben war, war unerhört.

Doch wenn dies nicht der Grund war – und das hatte Hugh ja gesagt, und sie war an einem Punkt angelangt, an dem sie Hugh ohne weiteres glaubte –, wer würde dann eine solche Gräueltat begehen? Und warum?

»Das frage ich mich, seit du mir erzählt hast, was geschehen war, aber ich habe keine Antwort für dich. Das ist einer der Gründe, weswegen ich James mit dir schicke. Er wird dich von Tinsleys Boot sicher nach Hause bringen und dafür sorgen, dass alles in Ordnung ist, ehe er dich wieder verlässt. Und ich werde Verbindung mit einigen Leuten in England aufnehmen, die ich kenne. Sie werden das Ganze untersuchen. Sie werden herausfinden, wer deine Kutsche überfallen hat, und warum, und inzwischen wird man dich beschützen. Du brauchst keine Angst zu haben, dass das noch einmal geschieht.«

Eine Stelle in dieser Erklärung erregte Claires Aufmerksamkeit. Alles, was danach kam, hätte auch auf Sanskrit sein können, so wenig bekam sie davon mit.

»Hast du gerade gesagt, du schickst *James* mit?« Sie riss fragend die Augen auf. »Kommst du denn nicht auch mit?«

Er presste die Lippen aufeinander und schüttelte den Kopf. »Hildebrandt ist schon wieder fort, und ich muss auch bald los. James und Tinsley sind jetzt unten am Hafen und machen Tinsleys Boot fertig, damit ihr im Morgengrauen unbemerkt mit den übrigen Fischerbooten den Hafen verlassen könnt. Ich werde warten, bis du sicher an Bord bist. Dann muss ich nach Paris reiten. Sophy Towbridge ist immer noch auf freiem Fuß, und die Informationen, über die sie verfügt, werden sehr viele Menschenleben in Gefahr bringen, wenn sie in die falschen Hände geraten. Ich muss immer noch versuchen, das zu verhindern, wenn ich kann, und wenn nicht, dann gibt es Menschen, die sterben würden, wenn man sie nicht rechtzeitig warnt, damit sie nach England fliehen können.«

Claire starrte ihn mit wachsender Bestürzung an. »Aber – diese Soldaten, die nach dir suchen ... Selbst, wenn sie dich nicht unterwegs nach Paris fangen, die Mannschaft der *Nadine* kennt deinen Namen, jedenfalls nehme ich das an, weil der Kapitän dich ›Colonel‹ genannt hat. Wie schwer kann es schon sein, dich aufzuspüren? Du musst Frankreich verlassen.«

Hughs Augen wurden sehr dunkel. Plötzlich wirkten sie im Kerzenschein beinahe schwarz, fiel Claire auf. So rabenschwarz wie seine Haare.

»Sag nicht, dass du dich um mich sorgst, Kleines.« Sein Mund verzog sich beinahe zärtlich.

Er hatte bewusst leichthin gesprochen, doch Claire blieb ernst.

»Doch«, sagte sie, ergriff seine Hand und hoffte, ihm das Ausmaß ihrer Sorge irgendwie vermitteln zu können. »Doch, das tue ich. Wenn man dich fängt, wird man dich töten.« Sie holte tief Luft, und ihre Augen flehten ihn an. »Bitte, Hugh. Bitte komm mit mir zurück nach England.«

Seine Finger schlossen sich um ihre. Dann setzte er sich auf den Rand des Bettes, führte ihre Hand an seinen Mund und küsste ihre Fingerknöchel. Claire hielt den Atem an und betrachtete den über ihre Hand gebeugten Kopf. Als sein breiter harter Mund ihre Finger liebkoste, begann ihr Herz wie wild zu pochen. Seine Lippen waren warm und fest, und sie spürte seinen Atem auf ihrer Haut. Gebannt beobachtete sie, wie er den Kopf hob, ihre Hand mit den langen schlanken Fingern umdrehte und betrachtete, als wollte er sich jede Linie einprägen. Mit dem Daumen strich er ihr über die Handfläche, und ihre Kehle wurde trocken. Dann sah er ihr plötzlich in die Augen, und es traf sie völlig unvorbereitet.

Claire hatte das Gefühl, dass er bis auf den Grund ihres Herzens schaute.

»Ich bin Soldat, Kleines, und es ist Krieg. Ich muss nach Paris. Aber du musst dich wegen mir nicht sorgen. Ich bin bemerkenswert schwer zu töten.«

Sie musste erst tief und beruhigend durchatmen, ehe sie sprechen konnte.

»Also wirst du mich im Morgengrauen in ein Boot setzen, und dann reitest du davon. Einfach so.«

Seine Augen wurden schmal, er nahm ihre Hand und drückte sie an seine Wange. Sie spürte seine Wärme und das Kratzen seiner unrasierten Wangen mit jeder Faser ihres Seins.

»Ich werde es ein wenig bedauern, das muss ich zugeben.«

Er küsste ihre Handfläche – warme Lippen, die über weiche Haut strichen. Dann stand er unvermittelt auf. Er hätte ihre Hand losgelassen, doch sie hielt ihn fest.

»Hugh …«

»Es sind noch ein paar Stunden bis zum Morgengrauen. Du solltest ein wenig schlafen.«

»Ich will nicht schlafen.« Sie sagte es rasch, instinktiv, doch in dem Augenblick, in dem die Worte heraus waren, wusste sie, dass es die Wahrheit war.

Sie sah zu ihm hoch. Das flackernde Kerzenlicht warf bewegliche Schatten auf seine markanten Gesichtszüge, fand die rötlichen Strähnen in seinem schwarzen Haar, betonte den maskulinen Schnitt von Mund und Kinnpartie. Seine Augen waren zu einem Spalt verengt und sehr dunkel, als er zu ihr herabsah, und sein Daumen strich beinahe gedankenverloren über die Finger, die ihn noch immer festhielten. Ihr Blick wanderte über seinen gesamten Körper, über seine breiten Schultern und den breiten Brustkorb, die starken Arme, die schmale Taille und die schmalen Hüften, über die kräftigen Schenkel.

Ihn einfach nur anzuschauen benahm ihr den Atem. Als sie sich daran erinnerte, wie es sich angefühlt hatte, in seinen Armen zu liegen, setzte ihr Herz einen Schlag aus. Die Erinnerung daran, wie seine Hände sich auf ihren Brüsten angefühlt hatten, ließ ihren Körper irgendwo tief im Innern erbeben.

Als ihr Blick seinen Mund erreichte, der sich nun zu einem schiefen Lächeln verzogen hatte, und sie sich daran erinnerte, wie er sie geküsst hatte, schienen ihre Knochen dahinzuschmelzen. Erschüttert riss sie ihren Blick von seinem Mund los – und sah ihm unversehens in die Augen. Seine Augen waren nun schwarz wie Onyx, doch in ihren Tiefen meinte sie, winzige Flammen auflodern zu sehen, tausend Mal heißer als die Kerze, deren Spiegelung sie doch waren. Ihre Knie begannen zu zittern. Sie bemerkte es voller Erstaunen.

Noch nie in ihrem ganzen Leben, erkannte sie, hatte sie so empfunden wie bei Hugh.

Die Lüsternheit, die sie so beschämt hatte, die Lüsternheit, die sich nicht völlig hatte ersticken lassen, so sehr sie sich auch bemüht hatte, diese Lüsternheit gehörte anscheinend untrennbar zu ihrem Wesen, und ihr Herzschlag beschleunigte sich im selben Maße, wie ihre Erregung wuchs, als sie nun der Wahrheit ins Auge sah.

Sie konnte nicht zurück nach England segeln, zu den Schwestern, die sie liebte, zu dem leeren Leben mit David, ohne jemals bei Hugh gelegen zu haben.

Sie atmete tief durch, nahm all ihren Mut zusammen und sprach das aus, was sie sich, wie sie nun wusste, mehr als alles andere auf der Welt wünschte.

»Es ist falsch, ich weiß«, sagte sie mit fester Stimme. Ihre Augen ließen ihn nicht los. »Aber – wenn wir erst im Morgengrauen voneinander scheiden müssen, dann möchte ich dich bitten, heute Nacht bei mir zu bleiben.«

20

Seine Hand schloss sich fester um ihre Finger. Die winzigen Flammen in seinen Augen loderten hell auf, ehe er sie unter seinen Lidern verbarg, als er auf ihre verschränkten Hände hinabsah.

»Wenn du dir die Nacht in angenehmem Gespräch vertreiben möchtest – dazu bin ich nicht in der Lage, fürchte ich.« Seine Stimme klang höflich, aber kühl. Er sah sie wieder an, und die Hitze war aus seinem Blick verschwunden. Seine Miene war kühl und unnahbar.

Sie tat einen tiefen beruhigenden Atemzug und zwang sich, nicht aufzugeben. Sein Widerstand kam unerwartet für sie; sie hätte gedacht, sie müsste nur das allerleiseste Anzeichen von Bereitschaft zeigen, und dann würde er so rasch mit ihr ins Bett fallen, dass ihr keine Zeit mehr bliebe, um Atem zu holen, geschweige denn, ihre Meinung zu ändern. Doch hier bot sich die Gelegenheit, es sich noch einmal anders zu überlegen. Sie musste lediglich seinem Beispiel folgen und vorgeben, dass sie beide gar nicht wussten, was sie eigentlich gemeint hatte. Und sie erkannte, dass sie ihre Meinung nicht ändern wollte. Dies war, was sie wollte – er war das, was sie wollte –, und sie würde darum kämpfen, wenn sie musste. Er ermutigte sie nicht im Geringsten – es sei denn, durch jenes kurze Aufflackern von Leidenschaft, das sie ganz eindeutig in seinen Augen gesehen hatte. Doch sie wusste – sie wusste ohne jeden Zweifel –, dass er die Bande zwischen ihnen beiden ebenso stark spürte wie sie. Etwas hielt ihn zurück. Aber was? Ehrgefühl? Ritterlichkeit? Die Vorstellung, dass der Mann, den sie noch vor wenigen Stunden für einen gemeinen Schurken gehalten hatte, von einem solchen Gefühl zurückgehalten wurde, hätte eigentlich belustigend sein sollen. Nur hatte sie seither gelernt, dass dieser üble Schurke im Grunde seines Herzens ein echter Gentleman war. Zu sehr Gentleman, um mit ihr ins Bett zu gehen? Als er sie an Bord der *Nadine* geküsst und liebkost hatte, war von solchem Widerstreben nicht viel zu merken gewesen. Allerdings hatte er da auch in der Annahme gehandelt, sie sei ein Flittchen und eine Spionin. Nun glaubte er ihr, dass sie eine Dame von Stand war, und womöglich gab ihm genau dies jetzt zu denken. Für sie spielte das keine Rolle. Zum ersten Mal in ihrem Leben wusste sie, was sie wollte, und sie beabsichtigte, ihr Möglichstes zu tun, damit sie es auch bekam.

Doch dies erforderte eine Art von Mut, die sie bisher noch nie hatte unter Beweis stellen müssen: den Mut, rundheraus zu sagen, was sie von ihm wollte, und dabei eine gewisse Verlegenheit und möglicherweise auch seine Zurückweisung in Kauf zu nehmen. Ihr Magen rebellierte. Ihr Herz erbebte. Doch sie nahm allen Mut zusammen und blickte ihm direkt in die Augen.

»Du weißt sehr wohl, dass ein Gespräch nicht das ist, was ich will.« Ihr Tonfall war eher unverblümt als verführerisch. Nun ja, es fiel ihr schwer, etwas Derartiges auszusprechen. Noch nie in ihrem Leben hatte sie einen Mann umwerben müssen; immer, immer hatten die Männer ihr schon beim flüchtigsten Blick zu Füßen gelegen.

Seine Lippen verzogen sich zu einem schwachen sarkastischen Lächeln. »Augenstern, ich bin mir nicht sicher, ob *du* weißt, was du willst.«

»O doch. Das weiß ich.« Sie befeuchtete ihre plötzlich trockenen Lippen und sprach es kühn aus: »Ich möchte, dass du bei mir liegst. Ich möchte – dass …«

Trotz ihrer Entschlossenheit fehlten ihr in diesem Augenblick die Worte, und sie errötete.

Schweigend betrachtete er sie. Er presste die Lippen aufeinander, und in einem Mundwinkel begann ein winziger Muskel zu zucken. Sie hielt das für Anzeichen seines Widerstands und spürte, wie ihre Wangen heißer wurden. Anscheinend stand er kurz davor, abzulehnen. Das Blut dröhnte ihr in den Ohren, und ihr sank der Mut, als sie ihn betrachtete. Er schien sich gegen sie zu wappnen. Dann kehrten plötzlich die Flammen in seine Augen zurück, nur loderten sie jetzt so heiß und hell, dass an ihrem Wesen kein Zweifel mehr bestehen konnte. Doch er zögerte immer noch, weder näherte er sich ihr, noch zog er sie an sich. Seine Hand hielt ihre Finger nun wieder in einem festen Griff, den sie, wie sie vermutete, nicht würde lösen können, sollte sie es versuchen. Doch sie versuchte es nicht. Sie wollte nicht, dass er sie losließ. Nicht jetzt.

Nie mehr.

»Du kennst nicht einmal die richtigen Worte.«

Eine gewisse Schärfe lag in seiner Stimme. Sie spürte die Anspannung in seiner Hand, sah, wie steif seine Haltung war. Doch in seinen Augen loderten noch immer jene Flammen, und er wandte den Blick nicht mehr von ihr ab. Was ihn auch zurückhalten mochte, mangelnde Leidenschaft war es nicht, das sah sie. Schon fast ihr ganzes Leben lang hatten Männer sie mit diesem Blick angesehen, und sie wusste, was er zu bedeuten hatte.

Doch dies war das erste Mal, dass sie einen Mann wirklich ebenfalls begehrte.

»Ich möchte mit dir schlafen.«

Es war nur ein kehliges Flüstern, denn die Verlegenheit darüber, dass sie es so offen ausgesprochen hatte, schnürte ihr beinahe die Kehle zu. Und sie klang ein wenig trotzig.

Er gab ein Geräusch von sich, das halb Lachen, halb Stöhnen war. »Mein Gott, du bist so jung und so lieblich, du brichst mir das Herz.«

Die Hitze in seinem Blick versengte ihr das Gesicht, und er hielt ihre Hand beinahe so fest, dass es wehtat. Dennoch wirkte er sonderbar unentschlossen. Er stand da, und sein

Blick verbrannte sie, wo immer er sie berührte, doch sein Körper war so reglos, als wäre er zu Stein geworden.

»Claire …« In diesen Worten lag eine überdeutliche Warnung. Claire sah ihm fest in die Augen, als er nunmehr mit heiserer, leiser Stimme fortfuhr: »Kleines, denk gut nach. Ich würde auf Händen und Knien über ein Meer von heißen Kohlen kriechen, um mit dir ins Bett zu gehen, was du sehr wohl weißt, wie ich vermute. Aber du – morgen Abend bist du wieder in Sicherheit, bist zu Hause in England bei deinem Ehemann und deiner Familie. Ich möchte nicht, dass du in der Hitze des Augenblicks etwas tust, was du bereuen würdest, womöglich für den Rest deines Lebens.«

Claire richtete sich auf die Knie auf, nicht achtend, dass die bisher sittsam festgehaltene Steppdecke von ihr abfiel, und ihre Hand ließ seine keinen Augenblick los. Unbeholfen bewegte sie sich auf der zu weichen Matratze auf ihn zu, behindert vom Saum ihres langen Nachthemds. Hugh ergriff auch ihre andere Hand, um sie zu stützen. Dann hielt er ihre beiden Hände so fest, dass ein Mindestabstand zwischen ihnen gewahrt blieb – ganz bewusst, dachte sie. Als sie noch wenige Zentimeter voneinander entfernt waren, musste sie innehalten. Sie kniete vor ihm, nur in das weite weiße Nachthemd gekleidet, die schwarzen Haare fielen ihr wie ein seidenweicher Umhang über die Schultern und den Rücken hinab, und sie heftete ihren Blick auf das ungeheure Verlangen in seinen Augen.

»Bereuen würde ich einzig«, sagte sie leise, »wenn wir nur diese eine Nacht hätten und es nicht tun würden, denn dann müsste ich mein ganzes restliches Leben verbringen, ohne jemanden so zu wollen, wie ich dich will.«

Er hielt den Atem an, und der Blick, der über ihr Gesicht wanderte, loderte so heiß, dass er ihr die Haut zu versengen schien. Unwillkürlich bewegte er die Finger, und dann verflocht er sie mit ihren. Claire spürte die Wärme und Stärke seiner Hände, die ein wenig rauen Kuppen der langen Finger, welche die ihren hielten, und stellte sich vor, dass er sie damit berührte. Bei den Bildern, die dieser Gedanke in ihr heraufbeschwor, verspürte sie eine fiebrige Vorfreude, die sie zu jeder anderen Zeit veranlasst hätte, beschämt den Kopf zu senken.

Doch nicht heute Nacht. Nicht bei Hugh.

»Also das«, sagte er, und seine Stimme klang ein wenig unsicher, »wäre wirklich eine Schande.«

Dann gab er den Kampf auf, den er ohnehin nicht gewinnen konnte. Claire erkannte den Augenblick, in dem es geschah, denn sein Mund verzog sich, als würde Hugh sich geschlagen geben, und seine Augen blitzten sie wie zwei schwarze Diamanten an. Ihr Herz drohte, ihren Brustkorb zu sprengen, als sein Kopf ihr entgegenkam, langsam, als wollte Hugh ihr eine letzte Möglichkeit geben, ihm Einhalt zu bieten, sollte sie das wünschen. Doch das tat sie nicht. Denn dies war, was sie gewollt hatte, wovon sie seit Jahren geträumt hatte. Dass ihr die Frage beantwortet werden möge: Was war es, wonach ihr Körper sich sehnte? Der Gedanke, dass Hugh die Antworten darauf hatte, war berückend, verführerischer, als sie ertragen konnte. Das Feuer, das ihr aus seinen Augen entgegenloderte, war bereits auf sie übergesprungen, und nun brannte auch sie lichterloh vor Verlangen. Die Lüsternheit, gegen die sie jahrelang angekämpft hatte, ergriff wieder von ihr Besitz, und diesmal versuchte sie gar nicht erst, sie zu bekämpfen.

Berauscht vor Vorfreude hob sie ihm den Kopf entgegen. Ihre Lippen wurden weich und öffneten sich, noch ehe er sie berührte. Als er es schließlich tat, erbebte sie und schloss die Augen. Sie genoss das Gefühl seiner festen warmen Lippen, die Art, wie sein Mund sich sanft auf ihrem bewegte, das süße Eindringen seiner Zunge. Er schmeckte nach Wein; die Männer hatten wohl getrunken, während sie hier oben gewartet hatte. Es war ein sanfter Kuss, der Kuss eines Geliebten, und sie staunte. Doch sie wollte mehr, viel mehr, so viel, dass sie sich beinahe gierig vorkam vor Verlangen. Er hob ihr Kinn an und sah ihr mit einem Ausdruck in die Augen, in dem sich Verlangen und Zärtlichkeit auf eine Weise mischten, die sie schwindeln machte.

»Ich will dich mehr, als ich je eine Frau gewollt habe«, sagte er. Trotz der Leidenschaft, die seine Augen dunkel werden ließ, lag noch etwas in seiner Miene – war es Reue?

»Dann nimm mich.« Sie brachte ein schwaches Lächeln zustande. Die Reue verschwand aus seinem Blick, und er sah beinahe feierlich auf sie herab. Statt einer Antwort beugte er sich wieder zu ihr hinab.

Diesmal war der Kuss nicht annähernd so sanft. Vielmehr hart und fordernd, und sie genoss seine Wildheit. Das Kratzen seines unrasierten Kinns auf ihrer weichen Haut spürte sie bis in die Zehenspitzen. Claire taumelte gegen Hugh, und tief aus ihrer Kehle drang ein kleiner Laut, als seine Zunge zwischen ihre Lippen glitt. Sein Mund war heiß und feucht und fordernd. Seine Zunge berührte die ihre, streichelte sie, lockte sie, um mit ihr zu spielen. Sie reagierte, ohne nachzudenken, als er sie noch mehr über die schöne Kunst des Küssens lehrte, und das Ergebnis übertraf alle seine Erwartungen. Sie streckte ihre Zunge in seinen Mund und spürte, wie ihre Lenden sich zusammenzogen. Sie berührte seine Zähne, seinen Gaumen, seine Zunge, genau, wie er es bei ihr tat, und die Spannung in ihren Lenden verwandelte sich in ein Beben. Sie strich mit ihrer Zunge über seine Zunge, und das Beben wurde heftiger, bis sie dahinzuschmelzen schien und sie ihren Mund von seinem lösen musste, um durchzuatmen. Doch die Verlockung seines Mundes, der nur Zentimeter über dem ihren schwebte, war unwiderstehlich, und innerhalb von Sekunden küsste sie ihn erneut, gierig, presste ihren Mund auf seinen und wandte die Lektionen, die er sie gelehrt hatte, eifrig an.

Sie spürte seine feste muskulöse Brust. Hitze strahlte von ihr aus, und als Claire sich an Hugh drängte, schienen ihre

Brüste zu prickeln und anzuschwellen. Seine Schenkel fühlten sich fest und kraftvoll an ihren zarten Schenkeln an, und weiter oben spürte sie eine harte Schwellung, die gegen ihren Bauch drückte. Ihr wurde beinahe schwindelig, eine solche Lust bereitete ihr die Berührung seines Körpers. Als er ihre Hände losließ, um sie dann so eng an sich zu ziehen, dass ihr Körper von den Knien bis zu den Brüsten an ihn gepresst war, empfand sie die Berührung als so intensiv, dass sie beinahe zu atmen vergessen hätte. Sie spürte seine Wärme, seine stählernen Muskeln, den regelmäßigen Schlag seines Herzens, und dies alles zusammen ließ sie schwindeln. Sie schlang ihm die Arme um die Schultern, berauscht von der schieren sinnlichen Freude, die es ihr bereitete, mit den Händen über seine kraftvollen Schultermuskeln zu gleiten, sein seidiges Haar und die weiche Haut an seinem Hals zu berühren. Dann verschränkte sie die Hände in seinem Nacken und verlor sich gänzlich in diesem leidenschaftlichen Kuss.

Als er nach langer Zeit den Kopf hob, öffnete sie die Augen. Sein Gesicht war ihr ganz nahe, so nahe, und er atmete, als gäbe es auf der ganzen Welt nicht genügend Luft, um seine Lunge zu füllen. Aus halb geschlossenen Augen sah er sie an, sein Blick war sengend heiß.

»Du küsst schon weit besser, kaum wiederzuerkennen.«

Seine heisere Stimme passte nicht recht zu seinem schiefen Grinsen. Erneut bemühte er sich um eine gewisse Leichtigkeit, dachte sie. Doch die Heftigkeit der Empfindungen, welche die Luft zwischen ihnen knistern machten, ließ sich nicht leugnen.

»Ich habe auch einen sehr guten Lehrmeister.« Sie sprach ebenfalls leichthin, doch sie wandte den Blick nicht von ihm ab, und ihre geöffneten, bebenden Lippen straften ihren Ton Lügen.

»Tatsächlich?«

Er lächelte noch immer, während sein Blick sie verbrannte. Dann hob er langsam, ach, so langsam, eine Hand und berührte ihren Mund. Mit dem Daumen zeichnete er die sanfte Rundung ihrer Unterlippe nach, die noch feucht war von seinen Küssen – eine Berührung, die so leicht war wie die eines Schmetterlings, doch sie genügte, um sie erbeben zu lassen.

»Kalt?«, fragte er.

»Nein.«

Claire tat einen tiefen, zittrigen Atemzug, denn ihr war bewusst, was ihre Antwort bedeutete.

»Ah«, sagte er und küsste sie erneut. Auch dieser Kuss war hart, voller Leidenschaft und verlangte eine Antwort, die sie ihm bereitwillig gab. Sie schlang ihm die Arme um den Hals, drückte sich an ihn und küsste ihn, als hätte sie ihr ganzes Leben lang nur von diesem Augenblick geträumt – und so war es ja auch.

Als er den Kopf wieder hob, zitterten sie beide. Claire spürte das feine Zittern in den Armen, die sie umschlungen hielten, hörte seinen schweren Atem, sah die Röte, die ihm ins Gesicht gestiegen war und nun seine Wangen färbte, und war zutiefst erregt von dem Wissen, dass ihre Küsse eine ebensolche Wirkung auf ihn hatten wie auf sie.

»Kalt?«, flüsterte sie, ein Echo seiner Frage.

Zur Antwort huschte ein Lächeln über sein Gesicht.

»Nein«, entgegnete er.

Diesmal waren nicht ihre Lippen sein Ziel. Vielmehr fand sein Mund die empfindsame Haut gleich unter ihrem Ohr. Claire wollten schier die Sinne schwinden, als er mit seinem Mund an ihrem Hals entlangfuhr und prickelnde kleine Küsse auf ihre weiche Haut drückte. Er küsste ihren Hals, ihr Schlüsselbein und schließlich ihr Ohr. Das Kratzen seiner Bartstoppeln erregte sie ebenso wie die Spur aus heißen Küssen, die seine Lippen hinterließen.

Als er wieder ihren Mund suchte, war sie atemlos, und sie klammerte sich an ihn, als würde sie zusammenbrechen, wenn sie losließe. Er küsste sie, seine Zunge ergriff kühn Besitz von ihrem Mund, und sie war glücklich, von ihm besessen zu sein. Dann umfasste er ihren Hals mit einer Hand und streichelte die zarte Linie, die er soeben geküsst hatte, ehe er hinab zu ihrem Schlüsselbein wanderte, dann über die Vorderseite ihres dünnen Nachthemds und schließlich ihre Brust umschloss.

Claire keuchte. Seine große Hand an dieser intimen Stelle löste ein Erdbeben in ihrem Körper aus. Sie wölbte ihm ihre Brust entgegen, presste sie ganz schamlos in seine liebkosende Hand. Ihre Brustwarze hatte sich aufgerichtet und war so empfindlich, dass es beinahe schmerzte, als sie gegen seine Handfläche stieß. Er umschloss ihre Brust fester, und sie glaubte, sterben zu müssen, so wundervoll fühlte es sich an.

Als er seine Hand von ihrer Brust nahm, fühlte sie sich beraubt. Sie atmete schwer, so schwer, als hätte sie stundenlang getanzt, und ihre Beine waren so wackelig, dass sie beinahe zu einem kleinen Häufchen vor ihm zusammengesackt wäre, als sie einen Schritt zurücktat.

»Dann wollen wir dir das ausziehen.« Seine Stimme war nur ein heiseres Flüstern.

Seine Finger wanderten um den Ausschnitt ihres geliehenen Nachthemds herum; sie streiften ihre Haut nur, doch das genügte, um ihr seine Berührung schmerzlich bewusst zu machen. Er beobachtete sie, wartete ihre Reaktion ab, glaubte sie, und es gelang ihr zu nicken. Ihr Herz schlug heftig. Zu sprechen war ihr nun nicht mehr möglich, fürchtete sie. Er umfasste ihre Taille mit beiden Händen, hob sie vom Bett und stellte sie auf den Boden. Instinktiv taumelte Claire ihm entgegen, doch er schüttelte den Kopf und lächelte ein wenig. Dann barg er ihr Gesicht in seinen Händen und drückte ihr einen schnellen, harten Kuss auf die Lippen, ehe er nach den Knöpfen griff, mit denen ihr Nachthemd am Hals geschlossen war.

Er machte kurzen Prozess mit ihnen. Dann bückte er sich ohne ein weiteres Wort und zog ihr das grobe Leinengewand hoch und über den Kopf. Mit einer einzigen fließenden Bewegung hatte er sie entblößt. Das Gefühl ihrer Haare, die wieder vor ihre nackten Brüste glitten, erschreckte sie. Dann wurde sie sich der kühlen Luft bewusst, die ihre Haut liebkoste – und des harten Glanzes in seinen Augen, als er nun ihren Körper musterte.

Sie folgte seinem Blick und sah unwillkürlich an sich selbst hinab. Ihre Brüste mochten ein wenig größer als Orangen sein, fest und voll, sahnig weiß und gekrönt von rosigen kleinen Brustwarzen, die sich aufgerichtet hatten wie Soldaten in Habachtstellung und sich seiner Brust entgegenzurecken schienen. Ihre Taille saß schmal und wohlgeformt über sich sanft verbreiternden Hüften und einem flachen Bauch, der von einem hübschen runden Bauchnabel geziert wurde. Darunter überragte das samtige schwarz gelockte Dreieck, welches ihr Geschlecht verbarg, lange schlanke hellhäutige Beine.

Sie hatte sich schon viele Male nackt gesehen, im Bad und wenn sie sich ankleidete. Normalerweise dachte sie überhaupt nicht über ihren Körper oder darüber, wie er aussah, nach. Er war etwas, das man ankleidete, und ihr gefiel auch ihre Figur, die, wie sie wusste, recht gut war, denn sie mochte hübsche modische Kleider, und dank ihrer Figur sahen sie an ihr so aus, wie sie aussehen sollten. Doch sie hatte nie damit gerechnet, so nackt wie am Tag ihrer Geburt vor einem Mann zu stehen, zumal vor einem Mann, der praktisch ein Fremder war und dessen Blicke sie überall anerkennend berührten und mit offenkundigem Vergnügen an ihren intimsten Körperstellen verharrten. Das Wissen, dass er ihren nackten Körper betrachtete, ließ das unablässige Beben in ihren Lenden immer stärker werden. Diese Reaktion beschämte sie aufs heftigste – und erregte sie zugleich.

Doch noch während sie sich dies eingestand, gewannen die gesellschaftlichen Regeln, mit denen sie aufgewachsen war, wieder die Oberhand über ihre Lüsternheit, die sie für ihren größten Charakterfehler hielt. Unter Hughs tastendem Blick errötete Claire, und instinktiv hob sie die Arme und bedeckte sich damit in der uralten Geste aller sittsamen Frauen.

Als sie die Hände auf ihre Brüste und das schwarze Lockennest legte, sah er auf und begegnete ihrem plötzlich scheuen Blick.

»Du«, sagte er mit so leiser, heiserer Stimme, dass sie jemand anderem zu gehören schien, »bist so wunderschön, du benimmst mir den Atem. Hast du auch nur die geringste Vorstellung davon, welches Vergnügen es mir bereitet, dich einfach nur anzusehen?«

Mit pochendem Herzen gelang es Claire, den Kopf zu schütteln.

»Mehr als ich dir je sagen kann. Ich liebe es, dich anzusehen. Versteck dich nicht vor mir.«

Die heisere, verführerische Stimme und der glühende Blick wirkten Wunder: Claire ließ zu, dass er ihre Hände fortzog. Und sie wurde sogleich belohnt: Er holte scharf Luft, und in seinen Augen loderten wieder diese Flammen, als sein Blick über ihren Körper wanderte und sie überall berührte, so heiß, dass er ihr beinahe die Haut zu versengen schien.

»Herr im Himmel.« Seine Stimme klang belegt. »Ich will dich mehr, als ich je in meinem Leben etwas gewollt habe.«

Ehe sie eine Antwort formulieren konnte, packte er sie an den Hüftknochen. Seine großen, starken, warmen Hände hielten sie besitzergreifend fest. Als sie die Hände zu seinen Schultern hob und sich in seine Arme begeben wollte, hielt er sie dort fest, wo sie war, eine gute Handbreit von sich entfernt, und ließ seinen Blick weiter über ihren Körper wandern. Sie konnte nur zusehen, atemlos, als er schließlich den Kopf senkte und seinen Mund auf ihre linke Brust drückte. Als seine Lippen und seine Zunge ihre Brustwarze heiß und feucht berührten, schnappte Claire nach Luft. Ihr Körper spannte sich an, bebte, wollte schier vergehen. Mit laut klopfendem Herzen beobachtete Claire, wie Hugh an ihrer Brust saugte, spürte die feuchte Hitze, das Ziehen und Lecken an ihrer Brustwarze mit jeder Nervenfaser. Sie erzitterte, als ihr Körper in Flammen aufging.

»Hugh. O Hugh«, hauchte sie und krallte ihre Nägel in die festen Muskeln seiner Schultern. Der geheime Ort tief in ihren Lenden zog sich voller Verlangen zusammen, in einem heißen drängenden Rhythmus, der älter war als die Zeit. Sie schämte sich dessen nicht einmal mehr. Zu groß war ihr Verlangen nach Hugh.

Als er seinen Mund von ihrer Brust löste, sich aufrichtete und auf sie herabblickte, merkte sie an der kühlen Luft, die ihre feuchte Brustwarze liebkoste, dass ihr etwas fehlte. Instinktiv reckten ihre Brüste sich Hugh entgegen und flehten ihn wortlos an: Sie wollten mehr. Die Intensität ihres Verlangens erschütterte Claire – sie hatte das Gefühl, beraubt worden zu sein, als er von ihrer Brust abließ.

»Das gefällt dir, hm?« Seine Stimme klang belegt. Er hielt sie an den Hüften fest, sodass sie den geringen Abstand zwischen ihnen nicht überwinden konnte. Dabei wollte sie so gerne. Wollte in seinen Armen liegen. Wollte sich an ihn pressen. Wollte …

Claire suchte seinen Blick. Sie konnte das Verlangen nicht verbergen, gewiss loderte es in ihren Augen. Ihre innersten Sehnsüchte waren stets ihr Geheimnis gewesen, das sie schuldbewusst bewahrt und sorgfältig vor allen Menschen verborgen hatte. Sie hatte das Verlangen ihres Körpers stets für falsch gehalten, hatte befürchtet, seinetwegen keine richtige Dame zu sein. Gewiss hatte sie nie damit gerechnet, dieses Verlangen irgendjemandem, geschweige denn einem Mann, einzugestehen.

Doch Hugh blickte sie fragend an, die Augen glühend, die Wangen dunkel gerötet, der Mund hart und leidenschaftlich – und sie nickte.

Schamlos.

»Ja. Es gefällt mir.«

Ihre Lenden zogen sich fest zusammen. Einfach nur zu hören, wie sie so etwas zugab, erregte sie. Befriedigung leuchtete in seinem Blick auf.

»Das habe ich mir gedacht. Du bist für die Liebe geschaffen.«

Ehe sie darauf antworten konnte – ehe sie auch nur über eine Antwort nachdenken konnte – senkte er erneut den Kopf und umfing ihre andere Brust mit dem Mund, und da konnte sie nicht mehr denken. Sie schloss die Augen und überließ sich den schwindelerregenden Empfindungen, die sein Tun in ihr auslöste, überließ sich der Reaktion ihres bebenden Körpers. Nach diesen Gefühlen, nach dieser wilden Lust hatte sie sich all die Jahre gesehnt. Sie war das, was sie wollte, was sie brauchte, wovon sie geträumt hatte.

Sie hätte nie gedacht, dass sie außerhalb ihrer tiefsten, dunkelsten Fantasien existierte – außerhalb der geheimen, unanständigen Träume, die sie manchmal des Nachts gehabt hatte, der Träume, die sie nie hatte vertreiben können, obwohl sie es aufrichtig versucht hatte.

Sie musste lustvoll gestöhnt haben, denn er sah hoch und richtete sich auf. Seine Augen waren schwarz, sein Blick heiß, als er ihrem Blick begegnete.

»Du klingst wie ein Kätzchen. Ein hungriges Kätzchen.«

Das machte sie verlegen. »Das ist nicht wahr.«

»Mir gefällt es.«

Er schenkte ihr ein flüchtiges schalkhaftes Lächeln, und als sie vom Scheitel bis zu den Zehen errötete, hob er sie in die Höhe. Claire hatte kaum Zeit, Atem zu schöpfen, da hatte er sie schon mitten aufs Bett gelegt. Er stand über sie gebeugt und küsste sie auf den Mund, liebkoste mit beiden Händen ihre Brüste, bis sie immer schwerer atmete. Seine Finger verharrten bei ihren Brustwarzen, rieben sie, drückten die zarten Knospen und bereiteten ihr ein so intensives Vergnügen, dass sie es kaum ertragen konnte. Sie schrie auf; sein Mund erstickte den Schrei.

»Sachte. Wir fangen ja gerade erst an.«

Er zog ihre Arme von seinem Hals fort und richtete sich neben dem Bett auf. Dann sah er einfach nur auf sie hinab: Wie ein Festmahl lag sie vor ihm ausgebreitet da, und diesmal war sie es zufrieden, sich von ihm betrachten zu lassen. Als die Glut in seinen Augen erneut aufloderte, erkannte sie, dass sie diesem Mann, den sie noch zwei Tage zuvor gehasst und gefürchtet hatte, nunmehr völlig hilflos ausgeliefert war. Sie war nackt und erzitterte unter seinem Blick, und sie würde sich jedem seiner Wünsche fügen. Er konnte sie nehmen, wie es ihm gefiel.

Dann begegneten sich ihre Blicke. Sein Blick war heiß – und zärtlich.

Er machte sie schwindeln.

»Habe ich dir nicht gesagt, dass es Spaß machen würde?«

Es dauerte einen Augenblick, ehe sie die Bedeutung seiner Worte erfasste.

»Spotte nicht.« Ihre Stimme klang unsicher. Sie wandte die Augen nicht von seinem Gesicht ab, während sie die Finger ins Laken krallte, damit sie sie nicht nach ihm ausstreckte. Wie konnte er jetzt nur reden, während sie vor Verlangen nach ihm in Flammen stand?

»Ich spotte nicht. Lass mich nur meine Kleidung ablegen, dann beweise ich es dir.«

Er setzte sich auf den Rand des Bettes und begann, seine Stiefel auszuziehen. Schwer atmend, die Finger in die zerknäuelte Steppdecke gekrallt, beobachtete Claire das Spiel der Muskeln auf seinem breiten Rücken und lauschte dem dumpfen Knall, mit dem der erste seiner Stiefel zu Boden fiel, mit mehr Vorfreude, als sie je in ihrem Leben für irgendetwas empfunden hatte. Dann konnte sie sich nicht mehr beherrschen. Sie setzte sich auf. Er war ihr nahe, so nahe, dass sie ihn leicht berühren konnte, also tat sie das. Das Leinenhemd fühlte sich unter ihren Händen ein wenig rau an, doch es war so dünn, dass sie darunter die Hitze seiner Haut spüren konnte, als sie ihre Hände über seine Schultern gleiten ließ. Bei der ersten Berührung erstarrte er, doch nach einem kurzen Blick über die Schulter zog er wortlos den anderen Stiefel aus.

Dann zog er das Hemd über den Kopf. Als es zu Boden fiel, hielt Claire inne und versank in der Betrachtung seines nackten Rückens. Er war so schön, wie sie ihn in Erinnerung hatte: perfekte V-Form, gebräunte Haut; die einzige Dissonanz bildete die sich gelb verfärbende Prellung an einer Seite. Claire hatte Hughs Rücken bereits ein Mal berührt – ängstlich, verstohlen –, als sie seine Taille abgetastet hatte, um ihm das Messer abzunehmen. Nun berührte sie ihn ganz offen, ließ ihre Hände über seine Schultern gleiten; unter ihren Fingern fühlten sie sich an wie samtbedeckter Stahl. Plötzlich hielt Hugh den Atem an und versteifte sich.

Dann stand er auf und wandte sich ihr zu; seine Hände fuhren zu den Knöpfen an seiner Hose. Ihr Mund wurde trocken.

Gleich würde sie bekommen, wonach sie sich gesehnt hatte. Sie beobachtete, wie er den letzten Knopf öffnete und dann die Hose abstreifte.

Seine Schenkel waren athletisch und sehr muskulös. Doch nicht seine Beine erregten ihre Aufmerksamkeit. Die galt vielmehr jenem besonderen Teil von ihm, jenem enormen prallen Schaft, der sich ihr entgegenreckte, dem endgültigen Beweis seines Verlangens nach ihr. Er war viel größer, als sie ihn in Erinnerung hatte, viel größer als das einzig andere Glied, das sie je gesehen hatte – Davids, auf das sie ein, zwei Mal einen Blick erhascht hatte, als er im Dunkeln zu ihr ins Bett gestiegen war –, und sah zudem viel furchteinflößender aus.

Und gleich würde Hugh damit in ihren Körper eindringen.

Mit heftig schlagendem Herzen fragte Claire sich, ob er nicht zu groß für sie sein würde.

»Hugh«, begann sie und krampfte die Finger nervös um die Bettdecke. Mit weit aufgerissenen Augen blickte sie von seiner prall geschwollenen Männlichkeit in sein Gesicht. Sie hatte etwas sagen wollen, ihm vielleicht ihre Befürchtungen gestehen oder ihn warnen wollen, dass sie zu klein für ihn sei, doch es war zu spät. Er kam zu ihr aufs Bett, sein großer Körper schirmte das Licht der Kerze ab und warf einen Schatten auf sie; dann ließ er sich mit seinem ganzen Gewicht auf sie herabsinken und schickte sich an, sie zu seiner Frau zu machen.

Er streckte sein Knie zwischen ihre Knie und spreizte damit ihre Schenkel. Claire durchfuhr eisige Furcht, und sie versteifte sich – doch im selben Moment, in dem Hughs Mund fordernd den ihren berührte, erkannte sie, dass es viel zu spät war, um ihn noch aufzuhalten, selbst wenn sie das gewollt hätte.

21

Hughs Kuss war langsam, heiß und schwindelerregend süß und half ihr, sich mit der Vorstellung anzufreunden, dass er bald in sie eindringen würde. Warm und unglaublich schwer lag er auf ihr; seine Körperbehaarung fühlte sich rau an auf ihrer Haut, und sein langer muskulöser Körper bedeckte sie vollständig. Sie schlang ihm die Arme um den Hals und erwiderte seinen Kuss, und während sie der Magie erlag, die nur er bewirken konnte, war sie sich zahlloser unterschiedlicher Empfindungen bewusst: des schweren Drucks seiner breiten Brust auf ihren Brüsten, der sehnigen Kraft seiner Schenkel, welche die ihren spreizten, der sengenden Hitze seiner Männlichkeit, die an der Innenseite ihres Schenkels lag. Trotz der berauschenden Intensität der Empfindungen, die er mit seinem Mund und seinem Körper in ihr auslöste, konnte sie sich nicht vollständig in seinen Liebkosungen verlieren.

Zwar hatte Hugh noch nicht versucht, sich Einlass zu verschaffen, doch er hatte ihre Beine geöffnet und lag zwischen ihnen, und er würde, das wusste sie, dieses Ding in sie hineinzwängen, sobald er den Drang dazu verspürte, was jeden Augenblick der Fall sein konnte.

David hatte sein Glied immer kurz, nachdem er in ihr Bett gekommen war, in sie hineingezwängt. So war eben der Beischlaf: Das männliche Glied wurde in die Frau eingeführt, manchmal mit Leichtigkeit, manchmal, wenn es nicht zu kooperieren schien, unter Schwierigkeiten. Dann mühte der Mann sich flüchtig auf ihr ab und kam zu Ende, oder er wurde, wenn etwas schief ging, ärgerlich, weil er nicht konnte, und zog sich wieder aus ihr zurück. In jedem Fall war es nach wenigen Minuten vorüber, und dann stand er auf und ließ sie allein im Bett zurück.

So war jedenfalls der Beischlaf mit David gewesen. Würde es mit Hugh anders sein? Er hatte immerhin bereits Empfindungen in ihr wachgerufen, die sie niemals erwartet hätte. Wenn er sie küsste, wurde ihr schwindelig. Wenn er sie nackt wollte, errötete sie beschämt – und ließ sich nackt ausziehen, ließ zu, dass er sich an ihr satt sah. Wenn er ihre Brüste berührte oder liebkoste oder – so schockierend! – küsste, erbebte sie vor Lust. Nun lag er auf ihr, und sie machte die Erfahrung, dass sein Gewicht plötzlich genau richtig war, spürte seine Haut auf ihrer Haut, seine harten Muskeln an ihren weichen weiblichen Rundungen. Jetzt wollte sie endlich die Wahrheit erfahren.

Waren alle Männer im Bett gleich? Oder konnte Hugh, der sie bereits mit seinen Küssen, mit seinen Berührungen erregt hatte, ihr das geben, wovon sie bisher nur geträumt hatte?

Ihr Herz hämmerte unregelmäßig, als sie sich beunruhigt und mit einer Mischung aus Hoffnung und Furcht darauf konzentrierte. Endlich würde sie es wissen, so oder so.

»Ich – bin bereit«, flüsterte sie ihm tapfer ins Ohr. Sein Mund hatte sich von ihrem Mund gelöst. Nun wanderten seine Lippen über ihre Wange hinab zu ihrer Kehle und dann ihr Kinn entlang und hinterließen eine Spur aus heißen prickelnden Küssen.

»Wirklich?« Er hob den Kopf und sah sie an. Mit einer Hand strich er ihr das Haar aus dem Gesicht. Seine Augen waren dunkel vor Leidenschaft, doch als sie seinem Blick begegnete, verzog sich sein Mund zu einem kaum merklichen Lächeln.

Sie nickte, noch immer entschlossen, und das Lächeln wurde breiter, ehe es so plötzlich verschwand, wie es gekommen war. Er küsste sie auf den Mund, es war ein harter besitzergreifender Kuss, und noch während sie instinktiv darauf reagierte, spürte sie, wie sein Körper sich anspannte, spürte, wie seine harte Männlichkeit sich an ihrem Schenkel regte, und wappnete sich.

Unvermittelt verspürte sie eine überwältigende Neugier.

Dann fand sein Mund ihre Brust, und sie dachte nichts mehr. Anstelle der Gedanken traten Empfindungen, heiße drängende Empfindungen. Das Beben in ihrem Innern wuchs zu einem brennenden Verlangen. Ihre Hände lagen nun auf seinem Kopf, die Finger hatte sie in seinem Haar vergraben, so hielt sie ihn fest. Dann schien sein Rücken sich anzuspannen, und seine Männlichkeit erforschte das Dreieck zwischen ihren Beinen. Schwer atmend bewegte sie sich unablässig unter ihm. Sie war lichterloh für ihn entbrannt und spreizte ihre Beine weiter. Nun war sie nicht nur bereit für ihn, sondern sie wollte, dass er in sie eindrang.

Doch zu ihrer Überraschung glitt er an ihrem Körper hinab, sodass sein Glied sie nicht mehr berührte. Was tat er da? Das war es nicht, was sie wollte. Das war nicht die Art und Weise, wie man es tat. Sie riss die Augen auf, als er mit seinen Küssen bis hinab zur Mitte ihres Brustkorb wanderte, ohne erkennbaren Grund. Ihre Finger krallten sich in seine Haare.

»Hugh.« Trotz der Unsicherheit in ihrer Stimme war es sowohl ein Protest als auch eine Frage. Er sah zu ihr hoch, sein Blick glühte, seine Lippen waren geöffnet und er atmete wie jemand, der keine Luft mehr bekam »Ich habe gesagt – ich bin bereit.«

»Dann musst du dich in Geduld fassen, mein unschuldiger kleiner Liebling, denn ich bin es nicht.«

So sengend heiß sein Blick auch war, in seinen Augen glitzerte so etwas wie Belustigung, und dann war sein Kopf auf Höhe ihrer Taille. Er küsste ihren Bauchnabel und wanderte gar noch weiter hinunter …

»Hugh!« Diesmal klang ihre Stimme aufrichtig entsetzt, und sie kämpfte sich auf die Ellenbogen hoch, um zu sehen, was er vorhatte. *Sein Gesicht befand sich beinahe auf einer*

Höhe mit dem schwarzen Lockendreieck zwischen ihren Schenkeln – jetzt war es dort – er vergrub sein Gesicht in diesem weichen Nest! »O Gott, was glaubst du, was du da tust?«

Er sah hoch, und als Claire seinem Blick begegnete, erkannte sie, dass der Anblick, wie er da zwischen ihren bleichen gespreizten Schenkeln lag, das Gesicht nur wenige Zentimeter von jener Körperstelle entfernt, die sie sich selbst nicht anzusehen oder zu berührten traute, so weit von allen ihren zaghaften Fantasien entfernt war, dass sie nicht wusste, ob sie schreien, ihm ins Gesicht schlagen – oder sich einfach zurücklegen und ihn nach Gutdünken verfahren lassen sollte.

»Vertrau mir«, sagte er mit heiserer Stimme. Er streichelte sanft die weichen Innenseiten ihrer Schenkel und drückte ihre Beine noch weiter auseinander.

Claires Brust hob sich, als sie nach Luft schnappte, sie zitterte, doch sie konnte nur hilflos und zugleich fasziniert zusehen, wie sein Kopf zwischen ihre Beine tauchte und er sein Gesicht in das samtige Dreieck dort drückte.

Reines Feuer durchflutete sie, bebend sank sie nach hinten, als hätte sie keine Knochen, und empfand eine Lust, von deren Existenz sie nichts geahnt hatte. Sie schloss die Augen, aus ihrer Kehle drangen kleine Laute der Lust. Ihre Hüften wanden sich unter seinen Zärtlichkeiten. Sie konzentrierte sich allein auf die reine Ekstase, die sie empfand, als er seinen Mund an sie presste und seine Zunge sie leckte, als züngelte eine flüssige Flamme an ihr.

Seine Finger fanden jenen geheimen feuchten Ort, der ihr Einlass war, und glitten in sie; kühn glitten sie hinein und hinaus. Er küsste sie, und er streichelte sie, zugleich berührte er sie mit seiner Zunge, um sie zu Gipfeln der Ekstase zu treiben. Als ihre Lust sich in heißen wilden Zuckungen entlud, war das schöner, als sie sich je hätte vorstellen können.

Dann, als sie noch immer in anderen Sphären schwebte,

als sie sich wand und keuchte und wollte, dass er nie damit aufhören solle, da tat er genau das, ließ die Stelle ihres Körpers, der er soeben solche Lust verschafft hatte, pochend und feucht vor Sehnsucht zurück, schob sich wieder an ihrem Körper empor und küsste sie auf den Mund.

Vor Erregung zitternd begriff Claire, dass sie sich selbst auf seinen Lippen schmeckte. Sie stöhnte auf vor Begehren und Verlegenheit, berückt von dieser neuen Erfahrung. Dann schlang sie Hugh ihre Arme um den Hals und erwiderte seinen Kuss, als müsste sie sonst sterben. Sie spürte sein heißes Glied, das sanft ihre Pforte erforschte, die Stelle, an der sein Mund und seine Hände nur Sekunden zuvor noch schwarze Magie gewirkt hatten. Ein leises Wimmern drang tief aus ihrer Kehle, und in einer wortlosen Einladung hob sie ihm die Hüften entgegen. Diesmal war sie nicht nur bereit: Ihr Körper sehnte sich schmerzlich nach ihm, verzehrte sich nach ihm, zerging vor Begehren.

Mit einem einzigen langsamen Stoß war er in ihr, hart und heiß füllte er sie vollständig aus, dehnte sie sogar ein wenig, wie sie erwartet hatte, doch das Gefühl war wundervoll, es war unbeschreiblich, es war köstlicher als alles, was sie je gefühlt oder sich vorgestellt hatte. Sie grub ihm die Nägel in die Schultern und die Fersen in die Matratze, und sie hob ihre Hüften an, um ihn ganz zu empfangen.

»Claire.« Es klang rau und atemlos.

Ihre Lider hoben sich flatternd, und sie begegnete seinem Blick. Sein Körper war mit dem ihren vereint, und sie bewegte sich unter ihm wie die Dirne, die sie ganz gewiss war. Doch als sie ihn nun im Kerzenschein ansah, schämte sie sich nicht; im Gegenteil, sie war kühn und voller Leidenschaft. Gierig nahm sie die lodernde Hitze in sich auf, die in seinem Blick lag, seine geröteten Wangenknochen, seinen festen Mund, der noch feucht war von ihren Küssen, den Schweiß, der auf seiner Stirn und seinen Schultern glänzte. Diese Erfahrung verwandelte sie wie nichts, was sie kannte.

Nicht alle Männer waren im Bett gleich. Was sie mit David durchgemacht hatte, hatte nichts zu tun mit diesem süßen leidenschaftlichen Anschlag auf alle ihre Sinne.

»Schling deine Beine um meine Taille.«

Claire riss die Augen auf, als diese Aufforderung durch den Nebel drang, in dem ihr Verstand befangen war. Sie schnappte nach Luft. Und dann tat sie zitternd, wie geheißen. Sie hob die Beine und umklammerte seine Hüften mit ihren Schenkeln. Die Knöchel verschränkte sie hinter seinem Rücken. Die ganze Zeit über spürte sie ihn in sich, prall und heiß, zu voller Größe angeschwollen und unwiderstehlich, und sie konnte nicht anders: Sie bewegte sich unter ihm, und keuchte auf vor Lust.

»Jetzt, würde ich sagen, bist du bereit.« Es war ein zärtlicher Spott, ihr mit unsicherer Stimme ins Ohr geflüstert. Sie spürte, wie ein Beben ihn in Wellen überlief. Er war angespannt, stand an der Schwelle, zitterte, schwitzte – und dennoch wartete er auf sie.

»Ja. O ja.«

Claire hielt es nicht mehr aus, sie wogte ihm entgegen und schrie auf. Er erschauerte und schloss sie so fest in die Arme, dass sie keinen tiefen Atemzug mehr tun konnte. Dann vergrub er das Gesicht in der Mulde zwischen Hals und Schulter, presste ihr seinen offenen feuchten warmen Mund auf den Hals.

Und er begann, sich in ihr zu bewegen.

Claire schrie erneut auf. Sie verlor in diesem Moment jedwede Hemmung. Wild vor Begehren bewegte sie sich mit ihm, begegnete jedem Stoß von ihm, und in ihr baute sich ein Feuersturm auf. Er nahm sie hart und schnell, und sie war die ganze Zeit bei ihm, stieg höher und höher, bis es sie in Sphären der Lust trug, die sie sich nie erträumt hätte, und ihre Leidenschaft sich mit der Macht von Millionen von Sternschnuppen und Feuerrädern und berstenden Sonnen entlud. »Hugh Hugh Hugh Hugh *Hugh*.«

Noch während sie seinen Namen schrie und der Sturm sie hinwegtrug, versteifte er sich und stöhnte. Dann erzitterte er tief in ihr, als auch er seine Erlösung fand. Immer noch in einem fernen Universum gefangen, klammerte Claire sich an ihn, als er auf ihr zusammensank. Lange lagen sie so da, völlig verausgabt.

Schließlich drangen Kleinigkeiten wieder in Claires Bewusstsein vor. Zuerst bemerkte sie sein Gewicht, das auf ihr lastete. Er war ein großer Mann, muskulös und breitschultrig, doch er war auch schlank und konnte unmöglich so viel wiegen. Und doch war es so. Genau genommen presste er sie nun, da die Erregung nachgelassen hatte, in die Matratze, erstickte sie. Sie spürte seine schweißnassen Schultern unter ihren Händen, hörte seinen regelmäßigen rauen Atem – war er etwa eingeschlafen? – und blickte auf seinen Hinterkopf, da sein Gesicht immer noch an ihrem Hals vergraben war.

Sie musste wirklich dringend Luft holen.

Sie musste sich wohl bewegt oder einen Laut ausgestoßen haben, denn er hob den Kopf und sah sie an. Gebannt blickte sie in seine grauen Augen, die ebenso aufmerksam zurückblickten. Dann fiel ihr ein, dass sie nackt war und er auf ihr lag, und ihr fielen all die Dinge wieder ein, die er mit seinen Händen und seinem Mund und seinem Körper getan hatte – *und wie sie darauf reagiert hatte*. Hitze stieg ihr ins Gesicht, unvermittelt fühlte sie sich befangen und war sich plötzlich sicher, dass sie die Farbe einer frisch gepflückten, reifen roten Erdbeere angenommen hatte.

Als Hugh sie betrachtete, breitete sich langsam ein Lächeln auf seinem Gesicht aus. Claire bezweifelte nicht, dass er die Röte in ihrem Gesicht bemerkt und die richtigen Schlüsse daraus gezogen hatte. Im Gegensatz zu ihr wirkte er entspannt, gelöst und absolut vertraut mit der Situation, in der er sich befand.

»Und, hat das etwa keinen Spaß gemacht?« Das schalkhafte Glitzern lag wieder in seinem Augen. Claire betrachtete ihn, die schlanken unrasierten Wangen, die schmalen Augen und den schiefen Mund, und sie spürte ihr Herz flattern. Die Sittsamkeit sowie sämtliche Regeln über Damen und den Beischlaf, die sie je gehört hatte, verlangten von ihr, dass sie ihre Erfahrung herunterspielte, dass sie die Augen niederschlug und scheu nickte oder sogar leugnete, dass sie irgendetwas gespürt hatte. Doch sie war schon immer unheilbar ehrlich gewesen, zu Zeiten sogar unverblümt, was, wenn man ihren Schwestern glaubte, ein schwerer Charakterfehler war. Außerdem war er bei ihr gewesen, hatte sie beben und zittern gesehen, hatte gespürt, wie sie sich gewunden und aufgebäumt hatte, hatte sie stöhnen und seinen Namen herausschreien hören. Er würde ihr nicht glauben, wenn sie versuchte, ihn davon zu überzeugen, dass sie nicht die überwältigendste Erfahrung ihres Lebens gemacht hatte.

Also sagte sie ihm schlicht die Wahrheit.

»Es war wundervoll.«

Das Lächeln wurde breiter. Er sah recht zufrieden mit sich aus. »Tatsächlich?«

Sie nickte. Und weil sie wirklich keine Luft mehr bekam, versetzte sie seiner Schulter einen zarten Schubs.

»Jetzt, wo wir fertig sind, würdest du da bitte von mir heruntergehen? Ich bekomme keine Luft.«

»Oh, entschuldige.« Er rollte von ihr herunter, doch anstatt sie gehen zu lassen, packte er sie an der Taille und zog sie auf sich. Überrascht, plötzlich auf seiner Brust zu liegen, blinzelte sie ihn verständnislos an. Doch er lächelte sie einfach träge und charmant an und ließ erkennen, dass er beabsichtigte, in dieser Position zu verweilen. Bei dem Gedanken daran, was ihr baldiger Abschied bedeuten würde, hatte sie es auch nicht eilig damit, dass er aufstand, sich anzog und sie verließ. Daran mochte sie jetzt nicht denken, es hätte ihr die verbleibende Zeit mit ihm verdorben.

Wenn er sie verließ, konnte es gut sein, dass sie einander nie wiedersehen würden.

Der Gedanke war wie ein Messer, das ihr ins Herz gestoßen wurde.

»Wie meinst du das, ›jetzt, wo wir fertig sind‹«, fragte er, verschränkte die Arme hinter dem Kopf und bot ihr den interessanten Anblick zweier schwarz behaarter Achselhöhlen. »Wir haben doch gerade erst angefangen, du und ich.«

»Hugh.« Es versetzte Claire einen weiteren Stich, als sie erkannte, dass seine Worte, die möglicherweise stimmen mochten, auf einer anderen Ebene das genaue Gegenteil der Wirklichkeit waren. Und so vergaß sie ihre pedantischen Bedenken bezüglich der Sittsamkeit sowie die wenigen Hemmungen, die ihr noch geblieben waren, machte es sich auf seiner Brust bequem, verschränkte die Hände unter ihrem Kinn und sah ihn nachdenklich an. »Weißt du, nach heute Nacht sehen wir uns möglicherweise nie wieder.«

Sie beobachtete ihn genau in der Hoffnung, in seiner Miene eine Spur eben der Qual zu entdecken, die ihr in diesem Augenblick das Herz zerriss. Doch seine Miene blieb entspannt. Er lächelte sogar schwach, und in seinen Augen lag keine Spur von Schmerz, soweit sie sah.

»Man weiß nie, was das Leben bringt«, erwiderte er leichthin.

Es war ein Schlag, doch sie nahm ihn hin und trug den Kopf hoch. Nimm es leicht. Wenn sie sich nicht zum Narren beziehungsweise eine Dirne aus sich machen wollte, musste sie diese Sache zwischen ihnen leichtnehmen, was ja offenbar auch das war, was er bevorzugte. Hatte sie wirklich erwartet, er werde ihr jetzt seine unsterbliche Liebe erklären? Nicht vom Verstand her. Gewiss nicht. Doch ihr verletzliches Herz … Natürlich hatte er so etwas schon viele Male getan, mit vielen verschiedenen Frauen. Für ihn hatte es sicherlich nicht die Bedeutung, die es für sie hatte.

Für sie hatte es eine nahezu unfassbare Bedeutung. Doch auch daran würde sie jetzt nicht denken. Sie würde überhaupt nicht an morgen denken, oder an all die Tage danach.

Sie wollte nur daran denken, wie kostbar diese Nacht mit ihm für sie war.

Wenn sie nur eine einzige Nacht haben sollte, war das immer noch besser als nichts. Genau genommen war es das, wovon sie immer geträumt hatte und noch viel mehr.

Ein Schatten musste über ihr Gesicht gehuscht sein, denn nun sah er sie mit gerunzelter Stirn an. Er löste die Hände hinter seinem Kopf und hüllte sie in eine innige Umarmung, streichelte ihr übers Haar, über den Rücken.

»Stimmt etwas nicht?«, fragte er. In seinen Augen lag Besorgnis. Sie sah ihn an, begegnete seinem Blick und schüttelte den Kopf. Dann lächelte sie.

Dieses Lächeln, erkannte sie, war so ziemlich das Tapferste, was sie in ihrem Leben zustande gebracht hatte.

»Ganz und gar nicht«, erwiderte sie. In dem Versuch, nicht die Beherrschung über ihre Gesichtszüge zu verlieren, schlug sie die Augen nieder. Dann sah sie ihn wieder an, und ihr Lächeln wurde breiter. »Ehrlich gesagt, danke ich dir für die Lektion. Es war höchst lehrreich – und es hat Spaß gemacht.«

»Du hast ›wundervoll‹ gesagt.« Er schürzte die Lippen, und in seine Augen trat ein raubtierhaftes Glitzern.

»Das auch.«

Seine Hände glitten hinab zu ihren Pobacken und drückten zu.

»Autsch!«

Claire jaulte auf. Überrascht hob er die Hände, doch dann dämmerte ihm die Erkenntnis. Mit einer Grimasse rollte sie von ihm herunter. Auch mit dem Rücken zur Wand war es ihr unangenehm, doch sie konnte nicht anders: Sie musste einfach die misshandelten Muskeln kneten und so versuchen, den Schmerz ein wenig zu lindern.

»Es tut mir leid. Das hatte ich vergessen. Komm, ich mache es wieder gut.«

Er war voller Reue, und sein Versprechen klang überzeugend. So bewegte er sie dazu, sich auf den Bauch zu legen.

Dann massierte er die schmerzenden Stellen. Seine Hände waren sanft, und er gab Acht, die Schmerzen zu lindern, statt neue hervorzurufen, doch nach kurzer Zeit vergaß sie in dem reinen Vergnügen, dass er ihr bereitete, völlig, weshalb er ihr Gesäß liebkoste. Als er sich über sie beugte, um das in Mitleidenschaft gezogene Fleisch zu küssen, durchfuhr sie Erregung. Als er fortfuhr, ihr unter dem Vorwand, damit ihre Schmerzen zu lindern, überall auf den Po Küsse zu drücken, schmolz sie unter seinen Zärtlichkeiten bald dahin. Dann glitt seine Hand unter sie, fand und liebkoste jene winzige Knospe zwischen ihren Beinen, die kurz zuvor eine solche Offenbarung für sie gewesen war. Ehe sie sich's versah, ergriff das heiße süße Verlangen, das sie für eine einmalige Sache gehalten hatte, erneut von ihr Besitz; Hugh ebenso. Er glitt von hinten in sie und nahm sie mit einer langsamen Sicherheit, die sie noch mehr in Raserei versetzte als der erste Akt; sie krallte die Nägel in die Matratze und schrie seinen Namen bei jedem Stoß heraus.

Schließlich erfasste der Wirbelwind sie wieder, und sie erlag ihm mit einem Schaudern und einem freudigen Schrei, der ebenso instinktiv und ursprünglich war wie alles, was Hugh mit ihr getan hatte.

»Großer Gott.«

Als er diese Worte knurrte, wusste sie nicht, ob sie ein Fluch oder ein Gebet waren. Sie wusste nur, dass er in dem Augenblick, als er sie aussprach und sie selbst die höchste Lust empfand, mit einem wilden Hunger in sie stieß, sodass sie erneut aufschrie. Dann verharrte er reglos in ihr, und sein schlanker starker Körper erschauerte und zuckte. Schließlich sank er auf ihr zusammen und lag still.

Nach einer Weile rollte er auf die Seite und zog sie mit sich. Claire war schwindelig vor Erschöpfung und schmiegte sich in seine Arme. Verträumt lächelte sie ihn an. Hugh küsste sie auf den Mund. Sie war so müde, dass es sie Mühe kostete, auch nur seinen Kuss zu erwidern. Für kurze Zeit hielten sie einander umfangen, flüsterten sich Dinge zu, die immer weniger Sinn ergaben. Dann gaben ihre Lider, sie sich schon seit einiger Zeit anfühlten, als hingen Bleigewichte an ihnen, schließlich den Kampf auf und fielen endgültig zu. Sogleich war sie eingeschlafen in seiner Umarmung.

»Miss! Miss, es ist Zeit zu gehen.«

Zuerst dachte Claire, die Worte gehörten zu ihrem Traum. Sie hatte wundervoll geträumt – wovon eigentlich? Sie konnte sich nicht erinnern. Die hartnäckige Stimme, die sie wecken wollte, löschte ihn aus. Aufgebracht öffnete sie schließlich die Augen – und erblickte James neben ihrem Bett, der offenbar kurz davor stand, sie am Arm zu zupfen.

Sie trug das geborgte Nachthemd, bemerkte Claire erleichtert, als ihre Blicke sich flüchtig begegneten. Ganz kurz war sie verwirrt. War denn alles nur ein Traum gewesen? Doch nein. Zu viele außerordentlich intime Körperstellen schmerzten und prickelten wohlig, als dass sie nur geträumt haben könnte, was sie mit Hugh getrieben hatte.

Hugh. Sie riss die Augen auf. Ein rascher Blick in die Runde zeigte ihr, das sie nicht nur im Bett, sondern – bis auf James – auch allein im Zimmer war.

Sie öffnete den Mund, um ihn zu fragen, wo Hugh sei. Doch dann schloss sie ihn wieder, weil ihr klar wurde, dass sie damit einräumen würde, dass sie erwartet hatte, ihn bei sich im Bett oder doch zumindest im Schlafzimmer zu finden. Hugh war ganz eindeutig fort, und er hatte ihr offensichtlich das Nachthemd übergezogen, ehe er gegangen war, um ihr die Demütigung vor James zu ersparen.

»Miss, Sie müssen aufstehen und sich ankleiden. Master Hugh ist seit einer Stunde fort, und wir müssen bald zum Boot.«

Da schloss Claire die Augen und spürte, wie ihr tief im Innern das Herz brach.

22

April 1813

»Ich muss schon sagen, den ganzen Essig zu trinken war nicht sehr angenehm, doch das Ergebnis ist es gewiss wert.« Lady Elizabeth Banning drehte sich vor dem Standspiegel in ihrem verschwenderisch eingerichteten Schlafzimmer in Richmond House am noblen Londoner Cavendish Square hin und her und begutachtete zufrieden ihre nun schlanke Figur.

»Beth, du siehst absolut wundervoll aus«, sagte Claire voll aufrichtiger Warmherzigkeit zu ihrer kleinen Schwester. Twindle, Claires und Beths lebenslanges Kindermädchen und zugleich ihre Gouvernante und Gesellschafterin, die einst schon die Gouvernante von Claires Mutter gewesen und den drei Schwestern völlig ergeben war, stand neben Claire. Groß und mager mit einem schmalen runzligen Gesicht und silbrigem Haar, das sie im Nacken zu einem Knoten geschlungen hatte, nickte Twindle den beiden weise zu.

»Ich habe Ihnen ja gesagt: Lord Byron hat darauf als Abmagerungsmittel geschworen, und bei Ihnen, Miss Beth, scheint es hervorragend gewirkt zu haben. Alle überflüssigen Speckpolster, die Ihnen womöglich aus Kindertagen geblieben waren, sind jedenfalls verschwunden.«

Drei Monate waren vergangen, seit Claire allein im Bett eines Bauern in Frankreich erwacht war. In dieser Zeit war der Schmerz, den ihr das Wissen bereitete, dass sie Hugh aller Wahrscheinlichkeit nach nie wiedersehen würde, zu einem ständigen Begleiter geworden, der sie möglicherweise nie mehr verlassen würde, wie ihr allmählich klar wurde. Die Angst um sein Leben war eine weitere stetige Qual. Hatten die Soldaten ihn auf dem Weg nach Paris gefasst? Hatte ihn seither jemand verraten? Einen Spion konnten viele Schicksale ereilen, und die meisten waren schrecklich. Das Schlimmste war jedoch die Erkenntnis, dass sie es nicht erfahren würde, falls er verletzt, gefangen oder tot wäre. Sie würde es niemals erfahren. Doch es brachte sie nicht weiter, darüber zu grübeln und sich zu sorgen. Am besten, sie schlug sich ihre Befürchtungen – und ihn – aus dem Kopf.

Dies gelang nur, wenn sie sich auch nicht einen Augenblick Zeit zum Nachdenken ließ. Darum sorgte Claire dafür, dass sie nahezu hektisch aktiv war. Glücklicherweise war die Saison in London nun in vollem Gange, sodass sie in ihrer Funktion als Anstandsdame der achtzehnjährigen Beth alle Hände voll zu tun hatte. Sie gingen einkaufen, empfingen zu Hause Besucher, statteten ihrerseits Besuche ab, fuhren oder gingen im Park spazieren oder verbrachten die Tage mit einer der zahllosen anderen Vergnügungen. Beinahe jeden Abend fand irgendein Fest statt. Heute Abend würden sie selbst einen Ball geben, bei dem Beth offiziell in die Gesellschaft eingeführt wurde. Seit Wochen rieb Claire sich bei den Vorbereitungen auf. Sie begrüßte sowohl die zusätzliche Arbeit als auch die Ablenkung, auch wenn Twindle ihr just an diesem Morgen mit einem missbilligenden Blick gesagt hatte, sie sehe bis auf die Knochen erschöpft aus und solle sich ausruhen und das Personal die übrigen Vorbereitungen erledigen lassen. Claire hatte ihre Sorge mit liebevollen Worten und einem Lächeln hinweggewischt.

Twindle wusste nicht, dass Claire die Art von Schmerz verheimlichte, der starke Männer in die Knie zwang. Wie alle anderen auch wusste sie über Claires Abenteuer nur, dass ihre Kutsche angegriffen und Claire entführt worden war, jedoch hatte entkommen können. Als ihre Schwestern sie nach den zwei Tagen befragt hatten, die sie als Gefangene verbracht hatte, hatte sie eine Geschichte erfunden und behauptet, man habe sie mit verbundenen Augen in einem Bauerhaus gefangen gehalten. Auf die Empörung ihrer Schwestern hin hatte Claire ihnen versichert, man habe sie gut behandelt. James hatte ihr nahe gelegt, über alles Übrige – über Hugh – Stillschweigen zu bewahren, da es sich um Fragen der nationalen Sicherheit handele. Claire war seinem Rat gefolgt, ebenso sehr um ihrer selbst willen wie auch aus anderen Gründen: Falls sie über Hugh spräche, falls sie auch nur seinen Namen erwähnte oder versuchte, die wahre Geschichte zu erzählen, auch wenn sie die intimsten und persönlichsten Teile ausließe (beispielsweise den Teil, in dem sie am Ende nackt mit ihm im Bett lag), würden ihre Schwestern, so befürchtete sie, sogleich spüren, dass sie ihnen etwas vorenthielt, und ihr solange zusetzen, bis sie erahnten, was es war.

Im kalten, harten Tageslicht betrachtet war das, was sie getan hatte, Ehebruch. Weder war sie stolz darauf, noch war sie darauf erpicht, jemandem ihre Schuld anzuvertrauen, und nun würde sie dafür vermutlich mit lebenslangen Qualen bezahlen. Bei Hugh zu liegen, war Sünde gewesen. Das hatte sie gewusst, und sie hatte es dennoch getan. Selbst jetzt noch, als das alles lange vergangen war und sie solche Qualen litt, dass jeder Tag ein einziger Kampf war, konnte sie es nicht bereuen. Wenn diese eine Nacht mit Hugh alles war, was sie je von ihm haben würde, und dieser grässliche quälende Schmerz der Preis, den sie dafür bezahlen musste, dann sei es so. Wenn sie in der Zeit zurückgehen, das Geschehene ändern und sich so die darauf folgenden Qualen ersparen könnte – sie würde es nicht tun. Sie würde jene Nacht mit Hugh nicht missen wollen, selbst wenn sie ihretwegen für den Rest ihres Lebens leiden musste. Doch sie musste sich in Acht nehmen, das wusste sie. Am besten, sie behielt ihre Geschichte für sich, und das bedeutete, sie musste ihr Herzeleid verdrängen und sich nichts anmerken lassen. Denn abgesehen davon, dass das, was sie mit Hugh getan hatte, Sünde war, wäre es auch ein ungeheurer Skandal. Die Banning-Schwestern hatten erst vor wenigen Jahren knapp einen Skandal überstanden, der das Werk von Gabby und ihrem jetzigen Ehemann Nick gewesen war: Nick hatte sich damals als ihr Bruder ausgegeben, um einen Mörder zur Strecke zu bringen, und Gabby hatte sich in ihn verliebt. Bis auf Gabby hatten alle – auch Claire und Beth – gedacht, er sei wirklich ihr bis dato unbekannter Bruder. Dieses Drama hatte sich eine Saison lang vor den entrüsteten Augen der einflussreichen Gesellschaft abgespielt und hätte beinahe das endgültige gesellschaftliche Aus der Schwestern bedeutet. Glücklicherweise war ihre Tante Augusta – Lady Salcombe – eine der Stützen der Gesellschaft. Mit ihrer Hilfe sowie begünstigt durch den Umstand, dass Nick ein außerordentlich reicher Mann war, hatten sie den Skandal schließlich mit genügend Halbwahrheiten überdeckt, um die Sittenwächter zufrieden zu stellen und den Bannings zu erlauben, sich weiter in den besten Kreisen zu bewegen.

Doch sollte das Gerücht aufkommen, dass eine weitere Banning-Schwester sich über die gesellschaftlichen Konventionen hinweggesetzt hatte, wäre ihr Ruf, so befürchtete Claire sehr, wohl für immer ruiniert. Beths Hoffnungen auf eine Heirat wären zerstört. David könnte die Scheidung einreichen, und diese Vorstellung – der bloße Gedanke, in öffentlicher Gerichtssitzung eine Ehebrecherin geschimpft zu werden – ließ Claire schaudern. Und die klatschträchtigen Details aus Gabbys Liebesaffäre würden wieder aufgewärmt, ebenso wie die grausigen Geschichten über ihren Vater, den verruchten Grafen und seine vier Frauen, von denen drei je eine Tochter geboren hatten, ehe sie praktischerweise das Zeitliche gesegnet hatten. Man würde von schlechtem Blut raunen – oder, schlimmer noch, sie für nicht mehr salonfähig halten.

Solche Gerüchte hoffte Claire unter allen Umständen zu

vermeiden. Der mit ihrer Entführung verbundene Tratsch war schlimm genug, und sie erhielt immer noch Anfragen, ob die Suche nach den Verbrechern Erfolg gehabt hätte. Man hatte sie nicht gefunden, und allmählich sah es so aus, als würde man sie auch nie finden. Auf Nicks und Davids Beharren hatte die einzige Reise, die sie seither unternommen hatte – von Morningtide nach London –, im Schutze bewaffneter und berittener Begleiter stattgefunden. Claire verspürte manchmal immer noch ein beunruhigendes Gefühl, wenn sie einkaufen oder in die Leihbücherei ging oder Ähnliches, doch Londons Straßen waren voller Menschen, und sie achtete sehr darauf, nie allein zu sein. Wie groß war wohl die Wahrscheinlichkeit, dass sie erneut überfallen würde? So gering, dass man sie getrost vernachlässigen konnte, sagte sie sich nachdrücklich. Wenn sie manchmal den Eindruck hatte, sie werde verfolgt oder unsichtbare Augen beobachteten sie, dann schrieb sie das den Nerven zu, oder tröstete sich mit dem Gedanken, dass es sich vermutlich um einen der Männer handelte, von denen Hugh ihr gesagt hatte, dass sie sie bewachen würden. Jedenfalls weigerte sie sich, in ständiger Angst zu leben, daher ging sie ihren Pflichten nach. Glücklicherweise wurde diese Geschichte nun immer mehr zum Ondit von gestern, doch zu Beginn der Saison hatte sie die teilweise erfundene Version der Geschichte so häufig erzählen müssen, dass sie sie allmählich beinahe selbst geglaubt hätte.

Doch immer wenn ihr die Nacherzählung der Ereignisse zu leicht zu fallen drohte, erinnerte ihr leidendes Herz sie an den Rest der Geschichte.

Vielleicht hätte Claire sich Gabby anvertraut. Ihre ältere Schwester war ihre vertrauteste Freundin. Doch der Arzt hatte Gabby Bettruhe verordnet, als Claire zwei Tage nach jenem freudlosen Morgen, an dem sie in Frankreich in See gestochen war, Morningtide erreicht hatte. Stivers, der langjährige Butler der Familie, der mit Gabby bei ihrer Hochzeit nach Morningtide gezogen war, hatte auf Claires Klopfen hin die Tür geöffnet und einen gellenden Schrei ausgestoßen, als er sie erblickt hatte. Daraufhin war eine ganze Schar Dienstboten nebst Beth und Gabbys Ehemann Nick angerannt gekommen.

»Miss Claire, Miss Claire, wir haben schon befürchtet, Sie wären tot!«, hatte Twindle geschluchzt, als zuerst sie und dann Beth ihr unter Freudentränen um den Hals gefallen waren. Nick hatte einen lauten Schrei ausgestoßen und Claire praktisch fortgerissen, so eilig hatte er es gehabt, sie an Gabbys Bett zu führen. Nicht, dass Nick nicht auch ihretwegen außer sich vor Sorge gewesen wäre, hatte er ihr später hastig versichert, als alle sich wieder ein wenig beruhigt hatten. Doch Gabby, die bereits durch die Schwangerschaft geschwächt gewesen war, war in Ohnmacht gefallen, als sie vom Überfall auf Claires Kutsche erfahren hatte, und er hatte schon das Schlimmste befürchtet, wenn er ihr sagen müsste, das ihre geliebte kleine Schwester ein noch schlimmeres Schicksal ereilt hätte. Dass Claire gesund und munter auf ihrer Schwelle erschienen war, während er in halb England Männer nach ihr hatte suchen lassen – und, wie Nick hastig hinzugefügt hatte, auch David selbstverständlich seine eigene Gruppe von Möchtegernrettern losgeschickt hatte –, konnte man nur als Wunder bezeichnen.

Es hatte einen Augenblick gegeben, in dem Claire erwogen hatte, sich Nick anzuvertrauen – nicht, dass sie mit Hugh geschlafen hatte, doch zumindest die Tatsache, dass sie ihm begegnet war, man sie irrtümlich für eine Spionin gehalten und nach Frankreich geschafft hatte. Nick war selbst ein ehemaliger Geheimagent, auch wenn er diese Tätigkeit bei seiner Heirat aufgegeben hatte, und würde Hugh vielleicht kennen. Doch alles, was Nick wusste, wusste auch Gabby kurze Zeit später. Und wenn Gabby einen Teil der Geschichte kannte, würde sie Claire bald genug den Rest der beschämenden Geschichte entlockt haben. Fragen über den Zustand von Claires Ehe würden folgen, und Gabby würde sich schreckliche Sorgen machen, wenn sie erführe, wie unglücklich Claire in ihrer Ehe war, und in dieser für Gabby glücklichsten Zeit ihres Lebens wollte Claire sie nicht mit ihren Sorgen belasten.

So vertraute sie sich am Ende niemandem an. Stattdessen beschloss sie, sich alles aus dem Kopf zu schlagen, als wäre es nie geschehen, auch Hugh.

Doch darin hatte sie bisher kläglich versagt.

Claire erzählte also allen, es habe ja alles ein gutes Ende genommen, setzte ein tapferes Lächeln auf und tat ihr Bestes, jede Erinnerung an Hugh – genau genommen an alles, was geschehen war – zu verdrängen. Tatsächlich wurde ihr in den nächsten Tagen und Wochen klar, dass es die einzig vernünftige Lösung war, alles andere – Hugh – zu vergessen, denn jedes Mal, wenn sie an ihn dachte, fühlte sie sich so elend, dass sie sich nur noch ins Bett legen und weinen wollte. Die Qualen waren beinahe unerträglich, doch Claire biss die Zähne zusammen, hob das Kinn und ertrug sie. Tatsache war, dass ihre unverhoffte Liebesaffäre vorüber war, so unwiederbringlich wie ein Traum.

Sogar James war fort. Er war gegangen, nachdem er sie in Morningtide sicher durch die Tür hatte gehen sehen, ohne ihr auch nur Gelegenheit zu geben, ihn mit einer Nachricht für Hugh zu betrauen. Nicht dass sie das getan hätte. Jedenfalls nicht in jenem Augenblick. Damals hatte sie noch ihren Stolz gehabt. Nun, so fürchtete sie, war von diesem Stolz nichts mehr übrig; ihre Herzensqualen hatten ihn gebrochen. Wenn sie nun die Möglichkeit hätte, es anders zu machen, dann hätte sie James wohl gezwungen, sie gleich wieder zurück nach Frankreich und zu Hugh zu bringen, nachdem ihre Familie sich von ihrem Wohlergehen überzeugt hätte.

Doch das war natürlich töricht. Sie musste dankbar sein für jene Stunden, die sie und Hugh miteinander geteilt hatten, für das Wissen darüber, was zwischen Mann und Frau möglich war, anstatt unablässig zu bedauern, dass sie nicht mehr Zeit füreinander gehabt hatten. Sie versuchte ja auch, dankbar zu sein, doch das war schwer – sehr schwer.

Zwei Tage nach ihrer sicheren Heimkehr war David zu ihr nach Morningtide gekommen und hatte solche Freude zur Schau gestellt, dass sie unwillkürlich vermutet hatte, er verstelle sich. Zum ersten Mal nach Monaten hatte er in ihr Bett kommen wollen, anscheinend um unter Beweis zu stellen, wie wahrhaft besorgt er ihretwegen gewesen war. Doch sie hatte den Gedanken, bei ihm zu liegen, nicht ertragen können und ihn unter dem Vorwand abgewiesen, sie habe ihre kritischen Tage. Das hatte er ohne großes Bedauern akzeptiert und bisher auch keinen neuen Versuch unternommen, ihr Schlafzimmer zu betreten. Doch eines Tages würde er es tun. Er musste, wenn sie Kinder wollten. Die Vorstellung ließ sie erschaudern.

Sie liebte ihren Ehemann nicht. Sie hatte ihn nie wahrhaft geliebt. Sie hatte ihn in dem Glauben geheiratet, er sei das, was sie wollte, was sie brauchte: ein sanfter und liebenswürdiger Mann, der sie nie auf irgendeine Weise bedrohen würde. Doch sie hatte sich in David geirrt. Er war von seinem Wesen her ebenso wenig sanft und liebenswürdig wie eine Wespe. Und sie hatte sich auch hinsichtlich ihrer Bedürfnisse geirrt. Sie brauchte einen Mann, der sie zum Lachen bringen und wütend machen konnte, dessen Berührung oder Kuss sie nach Luft schnappen ließ. Kurz gesagt: Sie brauchte Hugh.

Doch Hugh war fort, und sie war mit David verheiratet. Sie saß fest wie eine Fliege in einem Spinnennetz und sah keinen Ausweg.

Und so drückte sie den Rücken durch, trug den Kopf hoch und schwor sich, den Rest ihres Lebens gelassen zu nehmen. Als erste Belohnung für so viel Tapferkeit hatte sie die gesunde Ankunft ihrer kleinen Nichte Anne Elizabeth Claire Devane vor gerade einem Monat miterleben dürfen. Gabby war außer sich vor Glück über die Geburt ihrer Tochter. Die geliebte Schwester glücklich und rasch auf dem Wege der Besserung zu sehen war einer der Lichtblicke in Claires Leben. Der andere war Beth. Ohne Beth hätte Claire nicht gewusst, was sie hätte tun sollen. Zwar wusste auch Beth nichts von Hugh, doch sie war Claires Familie. Claire stützte sich auf sie, war auf die Zuneigung, das Lachen und die Gesellschaft ihrer beherzten fröhlichen kleinen Schwester verzweifelter angewiesen, als Beth je wissen würde.

Beth in die Gesellschaft einzuführen gab ihr etwas, worauf sie sich konzentrieren konnte, dachte Claire nun, als sie ihre Schwester kritisch von oben bis unten musterte. Etwas, das ihre Aufmerksamkeit größtenteils in Anspruch nahm, bis der Sturm, der in ihrem Herzen tobte, vorüber war, was sicherlich – bitte, lieber Gott! – mit der Zeit geschehen würde.

»Die Perlenohrringe und die Perlenhalskette, Alice«, sagte Claire zu der Frau, die dicht bei Beth stand. Indem sie nach den Schmuckstücken verlangte, die Beths Aufmachung den letzten Schliff verleihen würden, signalisierte sie ihre endgültige Zustimmung. Alice, eine junge Frau mit rosigen Wangen und strahlenden Augen, die ihre ordentlichen braunen Flechten zu einem Krönchen aufgesteckt trug, war das Dienstmädchen gewesen, das bei Claires Entführung mit ihr in der Kutsche gesessen hatte. Man hatte sie auf den Kopf geschlagen, doch abgesehen davon war sie unverletzt geblieben und nach der Entführung nach Morningtide zurückgekehrt. Um sie ein wenig für den Schrecken zu entschädigen, hatte Claire ihr angeboten, sie könne als ihre Kammerzofe mit ihnen nach London kommen, da die Frau, die diesen Posten auf dem Land innehatte, ihre Familie nicht verlassen wollte.

»Ja, Miss Claire.« Gehorsam holte Alice das Gewünschte vom Toilettentisch im anderen Zimmer. Doch bei ihrer Rückkehr stand Beth nicht einen Augenblick still – sie drehte sich hin und her, um ihr Kleid aus jedem Blickwinkel zu betrachten.

»Steh still, Beth, bitte«, sagte Claire ungeduldig, nachdem

sie eine Weile Alices vergebliche Anstrengungen mit angesehen hatte.

Ihre Schwester, eine atemberaubende Debütantin von nunmehr ganzen achtzehn Jahren, trug ein weißes Satinballkleid mit einem Überzug aus glitzerndem Flor, in dem sie wie eine Feenprinzessin aussah – ein entzückendes neues Schmuckstück am Busen der Gesellschaft. Als Beth im Spiegel Claires Blick begegnete, streckte sie ihr die Zunge heraus.

Claire besann sich gerade noch rechtzeitig auf ihre Würde und verkniff es sich, Beth den Zweig mit winzigen weißen Rosen in einer filigranen silbernen Fassung, den sie ihr soeben reichen wollte, an den frechen roten Kopf zu werfen.

Sie beschränkte sich darauf zu bemerken: »Zu schade, dass der Essig sich nicht ebenso förderlich auf ihr Betragen ausgewirkt hat wie auf ihre Figur, nicht wahr?«

»Du bist doch nur eifersüchtig, weil du jetzt eine alte verheiratete Frau bist und ich diejenige bin, die alle Verehrer abbekommt«, erwiderte Beth gut gelaunt.

Das war so zutreffend, dass Claire nicht anders konnte, als ihrer Schwester im Spiegel eine Grimasse zu schneiden. Das wirkte nicht ganz so kindisch, wie jemandem die Zunge herauszustrecken, aber viel fehlte nicht.

23

Seit langem an dieses schwesterliche Geplänkel gewöhnt, blickte Twindle beide gleichermaßen missbilligend an.

»Jetzt reicht es wirklich, Mädchen.«

Als Claire diesen vertrauten Satz aus Kindertagen hörte, musste sie über ihren Rückfall in die vertrauten Verhaltensmuster der Kindheit lächeln. Sie beobachtete, wie es Alice schließlich doch noch gelang, der erwachsenen Beth die Ohrringe anzulegen. Gabby war diejenige Schwester, der sie sich am ehesten anvertrauen würde, doch Beth war diejenige, die sie am liebsten ohrfeigen würde. Sie waren nur drei Jahre auseinander und hatten die Entwicklungsjahre abwechselnd in Zank und Streit und dann wieder mit der Verteidigung der jeweils anderen gegen Angriffe von außen zugebracht. Claire liebte Gabby und Beth beide von ganzem Herzen. Sie freute sich darauf, Beth in die Londoner Gesellschaft einzuführen. Sie war glücklich, dass sie nun mehr Zeit mit ihrer Schwester verbringen konnte, die seit Gabbys Heirat bei Gabby in Morningtide gelebt hatte.

Wenn Beth nicht gewesen wäre, wäre Claire nun, da Gabbys Kind geboren war, in ihr eigenes Heim zurückgekehrt, schon, um den Schein zu wahren. Seltsam, nach beinahe zwei Jahren Ehe fiel es ihr immer noch schwer, diesen Besitz als Heim anzusehen. Labington, ein in Dorset gelegenes kleines Juwel, das David von seinem Vater, dem zweiten Sohn des verstorbenen vorigen Herzogs von Richmond, geerbt hatte, war einfach entzückend: ein schönes Haus, ein schönes Gelände, eine schöne Landschaft. Als David es ihr bald nach seinem Heiratsantrag gezeigt hatte, hatte sie gedacht, dass es wohl nicht lange dauern würde, diesen Besitz lieb zu gewinnen. Doch da war ihr nicht klar gewesen, dass ein Haus erst durch seine Bewohner zu einem richtigen Heim wurde. Sie hatte jedoch seit ihren Flitterwochen größtenteils allein auf Labington gewohnt, wenn man von den Dienstboten absah. Nicht lange nach der Hochzeit hatte Claire erkannt, dass David den Besitz verabscheute. Er verbrachte seine Zeit lieber auf den verschiedenen Gütern seines Cousins, des Herzogs, die deutlich aufwendiger gestaltet und ausgestattet waren. Da der Herzog, dem Claire noch nicht begegnet war, seit Jahren im Ausland lebte, wohnte Davids Mutter mit des Herzogs Erlaubnis seit langem auf dessen Gütern. Bis zu seiner Hochzeit hatte auch David dort gewohnt. Hayleigh Castle war eines jener Anwesen, und dieses erlauchte Londoner Stadthaus war ein weiteres.

Es war ideal für den Ball einer Debütantin, und Claire konnte ihrer Schwiegermutter nur dafür danken, dass sie ihr gestattete, Beth an einem so unvergleichlichen Ort in die Gesellschaft einzuführen. Nick trug sämtliche Kosten für Beths erste Saison, doch er war nur ein wohlhabender Bürger und konnte mit dem Prestige, das mit Richmond House und der Familie Lynes verbunden war, nicht dienen. Mit ihrer feurigen Schönheit, dem Ansehen von Richmond House im Rücken und ohne einen Skandal, der seinen Schatten auf sie geworfen hätte, konnte Beth eigentlich nur ein voller Erfolg werden.

Zudem freute sich Beth darauf, im Gegensatz zu Claire bei deren eigenem Debüt. Die Vorstellung, zu heiraten, machte ihrer furchtlosen kleinen Schwester keine Angst. Claire dagegen hatte große Angst davor gehabt, heiraten zu müssen, hatte sie doch gefürchtet, von da an ein Leben lang den Marotten eines herrischen, ausfallenden Tyrannen wie ihrem Vater ausgeliefert zu sein. Doch Gabbys glückliche Ehe hatte sie ermutigt, und das Wissen, dass sie Kinder wollte und eine Ehe die einzige Möglichkeit darstellte, wie sie Kinder bekommen konnte, hatte dann den Ausschlag gegeben. Und so war sie beim gut aussehenden David gelandet, dem Cousin und einzigen Erben des Herzogs von Richmond, der ihren Augen Gedichte gewidmet hatte, anstatt sie zu küssen, und der ihr Blumensträußchen geschickt hatte, anstatt sie richtig in die Arme zu nehmen, wenn sie tanzten.

Leider hatte sich herausgestellt, dass David ganz und gar nicht das war, was sie gewollt hatte. Aber war das nicht immer so im Leben? Die hässliche Wahrheit zu spät zu erfahren – war das besser, als sie gar nicht zu erfahren? Möglicherweise nicht. Wenn man nie herausfand, was man wollte, dann fehlte einem auch nichts.

Doch vielleicht würde Beth wie Gabby mehr Glück mit den Männern und der Ehe haben, sagte sich Claire und hoffte aufs innigste, es werde so kommen. Sie betete zu Gott, dass es so kommen möge.

»Miss Claire, Miss Twindlesham, glauben Sie, eine Locke – so?« Haney, eine zierliche Brünette, die man in London eingestellt hatte, war ihnen als eine Frau empfohlen worden, die zaubern konnte, wenn es darum ging, die neuesten Stilrichtungen umzusetzen. Sie war Beths Kammerzofe. Nun legte sie Beth eine von den langen Locken über die Schulter, sodass sie vorne herabfiel, beinahe bis zum Rand ihres schulterfreien Dekolletés. Die Wirkung war absolut bezaubernd, fand Claire, als sie ihre Schwester prüfend ansah – so als züngele eine Flamme auf unberührtem Schnee. In dem Bild jungfräulich weißer Perfektion, das ihre Schwester abgab, waren die einzigen Farbtupfer neben den feuerroten Haaren, die Beth lange gehasst hatte, ihre Lippen, auf die sie höchst dezent zerdrückte Rosenblüten aufgetragen hatte, um ihre natürliche Farbe zu vertiefen und ihre funkelnden blauen Augen zur Geltung zu bringen.

»So ist es perfekt«, stimmte Claire zu und lächelte ihre Schwester im Spiegel an. »Du siehst perfekt aus.«

Beth erwiderte ihr Lächeln etwas wehmütig. »Nein, du bist natürlich diejenige von uns beiden, die perfekt aussieht.

Wie immer. Es ist ausgesprochen demütigend, eine Schwester zu haben, die einen stets in den Schatten stellt, das kann ich dir sagen.« Dann wanderte ihr Blick wieder zu ihrem eigenen Spiegelbild. Ihr Lächeln wurde breiter, und ihre Augen funkelten gewinnend. »Aber daran bin ich ja gewöhnt. Jedenfalls finde ich, dass ich auch recht hübsch aussehe. Und ich bin weitaus lebhafter und längst nicht so schüchtern wie du. Also sieh dich vor, Claire.«

»Das ist doch kein Wettbewerb«, entgegnete Claire ernsthaft. Dann musste sie grinsen. Als kleine Mädchen hatten sie und Beth häufig Piraten gespielt. Sie hatten so getan, als seien ihre Stöcke Schwerter, und es war ihnen gleichgültig gewesen, dass sie Mädchen waren. *Sieh dich vor, Claire!*, hatte Beth immer gerufen, ehe sie zum Angriff übergegangen war. Gewöhnlich hatte sie Claire äußerst gewandt außer Gefecht gesetzt. »Außerdem: Ich bin bereits verheiratet, weißt du noch? Dieser Ball – diese Saison – ist nur für dich.«

»Ja, nicht wahr?« Beth wandte sich um und strahlte sie voller unverhohlener Freude an.

»Sie beide sollten jetzt lieber nach unten gehen. Sie können doch zu Ihrem eigenen Ball nicht zu spät kommen.« Twindle dachte praktisch und scheuchte Beth energisch zur Tür. Claire reichte Beth ihre Blumen.

»Ich bin ja so aufgeregt.« Beth tat einige schwungvolle Tanzschritte, dann umarmte sie Twindle, die Beth ihrerseits einen warnenden Vortrag über das Betragen hielt, das von jungen Damen bei ihrem gesellschaftlichen Debüt erwartet wurde. Claire lauschte dieser an ihre Schwester gerichteten Moralpredigt nur mit halbem Ohr. Sie trat vor den Spiegel, warf einen raschen Blick auf ihr eigenes Abbild und war zufrieden mit dem, was sie sah. Zwar mochte sie in den letzten drei Monaten ein wenig an Gewicht verloren haben, doch das war nur daran zu erkennen, dass ihr Schlüsselbein ein wenig weiter hervorragte. Ihr tief ausgeschnittenes Ballkleid aus spitzenbesetztem goldenem Satin ließ ihre Schultern frei und gewährte einen großzügigen Blick auf den Ansatz ihres Busens. Mit ihrem schwarzen Haar, das sie *à la Chinoise* hochgesteckt hatte, und Gabbys Topasgarnitur, die sie für diese Saison von ihr geliehen hatte und die nun an ihrem Hals und ihren Ohren funkelte, war sie so schön wie eh und je, befand sie. Zwar stand sie nicht mehr in der ersten Blüte ihrer Jugend, doch es würde genügen.

»Claire, komm schon«, sagte Beth ungeduldig. Claire sah sich um. Ihre Schwester stand bereits an der Tür.

»Ich komme ja.« Claire schob sich das Band ihres Fächers aus Schwanenhaut mit Fächerstäben aus Elfenbein und erlesener Bemalung übers Handgelenk und gesellte sich zu Beth. Gemeinsam verließen die beiden den Raum und gingen die breite gewundene Treppe hinab.

Zwar hatte die Uhr soeben erst zehn geschlagen, doch schon kamen die ersten Gäste die Treppe hinauf. Lord und Lady Olive waren die Ersten, sah Claire und lächelte ihnen zu. Lord Olive war ein freundlicher kleiner Mann, gespenstisch dünn und unprätentiös. Ebenso klein, doch so breit, wie sie hoch war, bot Lady Olive an diesem Abend in braunrotem Satin mit drei hoch aufragenden Federn in ihrem mausbraunen Haar einen wahrhaft furchterregenden Anblick. Das Paar besaß den Adelstitel noch nicht lange, und so genossen die beiden die Freuden des Gesellschaftslebens so begierig, als handelte es sich um Ale, und sie wären durstige Seeleute. Sie hatten sich noch nicht an den Gedanken gewöhnt, dass es als vornehm galt, zu spät zu kommen. Hinter ihnen sah Claire, wie Graham, der gleichmütige ältliche Butler, der schon seit Jahrzehnten in den Diensten der Familie stand, weiteren Neuankömmlingen die Tür öffnete. Durch die offene Tür erhaschte Claire einen flüchtigen Blick auf Kutschen, deren Laternen wie Sterne flackerten und die sich auf der dunklen Straße aneinander reihten, so weit ihr Auge reichte. Die Geräusche von Rädern und Hufen auf Kopfsteinpflaster drangen an ihr Ohr, ebenso die ersten Musikklänge aus dem Ballsaal am anderen Ende des Hauses. Unmengen weißer Rosen schmückten die Eingangshalle, die Treppe und den Ballsaal, und Kerzen aus feinstem Bienenwachs brannten dutzendweise im ganzen Haus in Kronleuchtern und anderen Kerzenständern. Ihre Düfte zogen an Claires Nase vorbei und bildeten das unvergleichliche Aroma eines Balls, der gleich beginnen würde. Beths Ball.

»Beeil dich, oder du kommst zu spät für das Empfangskomitee«, flüsterte sie Beth zu. Da Beth die Debütantin war, zu deren Ehren der Ball veranstaltet wurde, wäre das höchst unschicklich gewesen. Als sie die Eingangshalle mit dem Marmorboden erreichten, war Beth Claire schon ein Stück voraus. Sie nickte ihr zu und wandte sich zum Ballsaal. Claire trat vor, um die Olives zu begrüßen, die auf sie zukamen. Plötzlich fiel ihr auf, dass zwischen zwei Gruppen von Gästen mehrere staubige Koffer und Schrankkoffer die Treppe hinaufgetragen wurden. Claire riss erstaunt die Augen auf, doch sie beendete den Austausch von Nettigkeiten mit den Olives, ohne sich dazu zu äußern, obwohl sie sich fragte: War ein Übernachtungsgast eingetroffen? Wer? Soweit sie wusste, erwarteten sie niemanden. Sonderbar.

Sie sprach mit der nächsten Gruppe, dann entfernte sie sich rasch von den Gästen, die jetzt in immer größerer Zahl eintrafen, und huschte in den Speisesaal. Da man das Abendessen erst gegen Mitternacht servieren würde, war der Raum bis auf diverse Dienstboten, die alles vorbereiteten, leer. Als sie gerade jemanden nach Graham schicken wollte, um ihn nach dem Gepäck zu fragen, kam der weißhaarige Mann würdevoll die Stufen hinauf, und sie konnte ihn zu sich heranwinken.

»Haben wir einen Übernachtungsgast?«, fragte sie. Sie wusste, dass sie eigentlich unverzüglich zum Empfangskomitee eilen sollte, doch sie wusste auch, dass ihre Schwiegermutter, die hoffentlich bereits dort stand, verärgert wäre, wenn sie Kenntnis von einem solchen Umstand hätte und ihr nicht augenblicklich Bescheid gäbe. »Weiß Lady George Bescheid?«

Dass sie die Antwort auf ihre erste Frage nicht abwartete, ehe sie die zweite, angemessenere Frage stellte, verriet, wie nervös sie war. Als Frau des verstorbenen jüngeren Bruders des Herzogs, Lord George Lynes, nannte man ihre Schwiegermutter Lady George. Ihr Vorname lautete Emma, doch Claire hatte es noch nie gewagt, sie so zu nennen, und war auch noch nie dazu aufgefordert worden. Lady George war unbestritten die Dame des Hauses, Claire und Beth waren hier lediglich Gäste. Lady George herrschte mit eiserner Hand über alle, die sich in ihrem Einflussbereich befanden – oder versuchte es jedenfalls. Sie würde von Claire erwarten, sie unverzüglich von der Neuigkeit, dass es einen unerwarteten Übernachtungsgast gab, zu unterrichten.

»Miss Claire, der Herzog ist wieder zu Hause.« Graham klang aufgeregt, ein Gefühl, dass sie von dem stets würdevollen Butler nie erwartet hätte. »Seine Hoheit der Herzog ist *nach Hause* gekommen.«

»Der Herzog?« Claire hoffte, dass sie lediglich höflich interessiert klang. In Wahrheit war sie bestürzt. Schließlich veranstalteten sie den Ball aus Anlass von Beths Debüt im Haus dieses Mannes. Zwar war Lady George offiziell die Gastgeberin, und sie war entzückt gewesen, den Ball in Richmond House auszurichten, doch plötzlich kam Claire sich höchst vermessen vor. Solange der Herzog im Ausland geweilt hatte, war er nur eine abstrakte Gestalt gewesen, und man hatte das Gefühl gehabt, dass das Haus Lady George und somit David gehörte. Nun fühlte es sich plötzlich wie das Haus eines Fremden an. Sie nutzten das Haus des Herzogs ohne dessen ausdrückliche Erlaubnis.

»Weiß Lady George Bescheid?«, fragte sie mit hohler Stimme.

»Ja, Lady Claire. Ich habe sie selbst davon unterrichtet.«

Gott sei Dank, dachte Claire, doch sie sprach es zum

Glück nicht laut aus. Sie ließ Graham allein und schlüpfte durch das angrenzende Musikzimmer in einen kleinen Korridor, von dem aus eine Seitentür in den Ballsaal führte. So wich sie den Menschentrauben aus, die sich bereits in der Eingangshalle drängten. Einige Gäste hielten sich in der Nähe des Tisches mit den Erfrischungen auf, doch der riesige Saal mit seinen roten Brokatwänden, den Stuckarbeiten und den deckenhohen Spiegeln zwischen reich verzierten Säulen war noch immer dünn bevölkert. Die hohen Türen, die hinaus auf die Terrasse führten, waren noch geschlossen, würden jedoch später geöffnet werden, wenn die Gäste tanzten.

»Lady Barbara Mertz und der Ehrenwerte Mr John Mertz.«

Die dröhnende Ankündigung erfolgte an der Haupttür zum Ballsaal, wo das Empfangskomitee stand, das im Augenblick aus Lady George, David, Beth und Tante Augusta bestand. Claire ging ein wenig schneller. Die Musiker spielten bereits, allerdings hatten sie noch keinen Tanz angestimmt, und in den vier enormen Kronleuchtern an der Decke flackerten Hunderte von Kerzen. Der berauschende Duft der Dutzenden von weißen Blumen in den Ecken erfüllte den Raum. Claire atmete ihn genüsslich ein und schlüpfte zwischen ihren Ehemann und ihre Schwester.

»Du bist zu spät«, raunte David ihr vorwurfsvoll zu. Er wirkte ungewöhnlich angespannt, und sie fragte sich, warum wohl. Nach ihrer sicheren Rückkehr hatte er nur wenige Tage auf Morningtide verbracht, ehe er wieder seinen eigenen Beschäftigungen nachgegangen war. In der vergangenen Woche hatte er sich in London zu ihr gesellt. Seither war er äußerst liebenswürdig gewesen, so liebenswürdig, wie er seit der Anfangszeit ihrer Ehe nicht mehr gewesen war. David war nur durschnittlich groß, schlank und sah mit den aus dem Gesicht gekämmten blonden Haaren und seiner hellen Haut, die im dunklen Abendanzug gut zur Geltung kam, sehr gut aus. Seine Augen waren so blau wie der Sommerhimmel, seine Züge fein gemeißelt und ebenmäßig, und er besaß eine natürliche Eleganz – eine der ersten Eigenschaften, die Claire an ihm aufgefallen war. Claire musterte ihn von oben bis unten und dachte, dass sie immer noch recht gut verstehen konnte, wieso sie ihn geheiratet hatte. Die Verpackung war ausgesprochen attraktiv. Wer hätte wissen können, dass das Paket so wenig Inhalt aufwies?

»Dein Cousin, der Herzog ist nach Hause gekommen«, lautete ihre Erklärung.

»So sagte mir meine Mutter.«

Seine Stimme war kühl.

»Ich wüsste jedoch nicht, wie dies dein Zuspätkommen erklären sollte.«

Claire warf ihm einen langen Blick zu. Sein einschüchternder Ton war ihr vertraut: Dies war der David, zu dem er sich in den Monaten vor ihrer Entführung gewandelt hatte. Sie hatte sich bereits gedacht, dass seine Liebenswürdigkeit in der letzten Zeit zu schön gewesen war, um wahr zu sein. Er hatte versucht, sich bei ihr einzuschmeicheln – doch warum? Ehe ihr eine Antwort auf diese Frage oder eine Entgegnung auf Davids Bemerkung einfallen wollte, trafen weitere Gäste ein.

»Der Graf und die Gräfin von Wickham, Lord und Lady Arthur Peale, und der Ehrenwerte Charles Fawley und Mrs Fawley.«

Von ihrer Schwester mit einem Stoß ihres spitzen Ellenbogens zur Ordnung gerufen, wandte Claire sich lächelnd ihren Cousins zu. Lady George, die mit ihrem vogelartigen Körperbau und dem einst blonden, nunmehr schlohweißen Haar David sehr ähnlich sah, wirkte prachtvoll in hellblauem Krepp. Sie begrüßte die Gäste als Erste und schüttelte nun Cousin Thomas die Hand, der ihre zierliche Gestalt weit überragte. Groß, dünn und bereits reichlich kahl, befleißigte sich Cousin Thomas in letzter Zeit eines selbstgefälligen Gebarens, seit er sich daran gewöhnt hatte, den Titel des

Grafen von Wickham zu tragen, den zuvor Claires Vater und dessen Bruder getragen hatten.

»Gabby wurde von einem Mädchen entbunden, wie ich höre«, sagte Cousin Thomas jovial, als er ihre ausgestreckte Hand ergriff.

»Ja, ein wunderschönes kleines Töchterchen«, bekräftigte Claire mit einem entschieden liebenswürdigen Lächeln. Auch wenn sie einander in der Öffentlichkeit höflich begegneten, hatten sich die beiden Familien doch nie nahe gestanden, was sich in nächster Zeit wohl nicht ändern würde.

»Ohne Zweifel wird sie nächstes Mal einen Sohn bekommen«, sagte Cousine Maud, seine Frau, als habe sie Mitleid mit Gabbys Unglück, als sie Claire die Hand drückte. »Die liebe Thisby hat jetzt zwei Jungen, weißt du.«

Sie blickte sich liebevoll zu ihrer Tochter Mrs Fawley um, die hinter ihr stand.

Cousine Maud war eine schmächtige Blondine im Stil von Lady George. Die beiden Frauen waren in etwa im selben Alter und hegten hinter ihrer höflichen Fassade eine gegenseitige Abneigung. Natürlich hegte beinahe jeder eine Abneigung gegen Cousine Maud, sodass dieser Punkt nach Claires Meinung nicht unbedingt für Lady George sprach. Thisby war wie ihre Mutter blond, doch war sie nie eine Schönheit gewesen. Das höhere Alter – sie war zwei Jahre älter als Claire – hatte nichts dazu getan, ihr Aussehen oder ihre Eigenarten zu verbessern. Sie wechselte einige nichtssagende Sätze mit Claire und beobachtete dann ärgerlich, wie ihr Ehemann Claires Hand länger als schicklich festhielt, wobei die Bewunderung in seinem Blick für jedermann deutlich zu erkennen war. Als er ihre Hand endlich freigab, wandte Claire sich dankbar Desdemona zu, die ebenfalls mit ihrem frisch gebackenen Ehemann gekommen war und offensichtlich stolz wie ein Pfau an seinem Arm hing.

»Lord und Lady Jersey.«

Lady Jersey, die den Beinamen «Silence«, Schweigen, trug,

weil sie so viel redete, gab zum einen in der feinen Gesellschaft den Ton an und war zum anderen eine enge Freundin von Tante Augusta. Sie stand ein wenig länger als angemessen bei Claires Tante und hielt die Reihe auf. Lady Jersey trug sattgrünen Satin und Perlenschnüre um den Hals. Ihr Gesicht war quadratisch und eher unscheinbar, und ihre Figur hätte man, wenn sie denn einer weniger bedeutsamen Person gehört hätte, als klein und untersetzt bezeichnen können. Doch ihre blitzenden Augen und ihr herzliches Lächeln machten diesen Mangel wieder wett. Neben ihr sah Tante Augusta, die beinahe einen Meter achtzig groß und von maskulinem Körperbau war, höchst imposant aus. Mit ihren unscheinbaren Gesichtszügen hatte sie eine ausgeprägte Neigung zu unverblümten Reden. An diesem Abend trug sie ein Kleid aus perlgrauem Satin – in beinahe derselben Farbe wie ihre Haare, deren silberne Flechten sie in königlicher Manier hochgesteckt trug. Hell funkelnde Diamanten an den Ohren und um den Hals vervollständigten einen prachtvollen Gesamteindruck. Bei ihrer ersten Begegnung war Claire von ihr eingeschüchtert gewesen, doch im Lauf der Jahre hatte sie sie lieb gewonnen. Sie hatte keine eigenen Kinder und war sehr gütig zu den drei Nichten gewesen, die sie unter ihre Fittiche genommen hatte.

»Sie sind also Lady Elizabeth, nicht wahr?«, sagte Lady Jersey zu Beth, als sie ihr Gespräch mit Tante Augusta schließlich beendet hatte. »Nun, Sie sind ebenfalls sehr hübsch, aber warum sehen Sie drei sich nicht im Geringsten ähnlich?« Nachdem sie sie von Kopf bis Fuß gemustert hatte, blickte sie ostentativ auf Beths leuchtend rotes Haar, ehe sie verwirrt von Beth zu Claire sah. Dann jedoch hellte ihre Miene sich auf, und sie beantwortete die Frage selbst, ehe Beth es tun konnte. Das war vermutlich auch gut so, denn die hitzige Beth blickte sie bereits finster an. »Ach ja, verschiedene Mütter, nicht wahr? Nun, das erklärt alles. Mein beklagenswert schlechtes Gedächtnis. Sie müssen mir vergeben. Und Ihre Schwester Gabriella ist heute Abend nicht hier?« Ein rascher Blick in die Runde, als könnte Gabby plötzlich hinter einem der karmesinroten, zusammengebundenen Samtvorhänge hervortreten, die den gewölbten Eingang zum Ballsaal einrahmten, begleitete diese Erklärung. Ohne eine Antwort abzuwarten, plauderte sie weiter. »Ach, richtig, Augusta, du hast mir ja gesagt, dass sie dieses Jahr zu Hause bleiben würde. Nun, Augusta, das ist die Letzte der drei, nicht wahr? Schön, schön. Ich werde ihr Billetts für Almack's schicken wie den anderen beiden auch. Falls ich es vergesse, erinnere mich daran.«

»Das werde ich gewiss, Sally«, sagte Tante Augusta. Als Lady Jersey weitergegangen war, sagte sie leiser zu Beth: »Nun. Das hätten wir recht geschickt zustande gebracht. Billetts fürs Almack's! Und das, obwohl du sie finster angestarrt hast, was wirklich nicht klug von dir war. Sally Jersey mag viel schwatzen, doch sie ist herzensgut.«

»Sie hat meine *Haare* angestarrt«, murmelte Beth. Claire vernahm das mit Besorgnis. Ehe sie sich der nächsten Person in der Reihe zuwandte, stupste sie Beth in die Rippen. »Dein Haar ist wundervoll. Es macht dich einzigartig«, flüsterte sie. »Natürlich starren die Leute es an.«

Sie und Beth hatten das bereits erörtert. Beth verabscheute ihre roten Haare inbrünstig. Man hatte schon erlebt, dass sie nur deshalb die Beherrschung verloren hatte, weil jemand eine Bemerkung über die leuchtende Farbe gemacht hatte, was unglücklicherweise häufig geschah.

»Das hast du schon so oft gesagt, ich kann es nicht mehr hören«, flüsterte Beth zurück, und ihr Blick wurde immer finsterer. »Einzigartig oder nicht, es ist trotzdem unhöflich, mich anzustarren.«

Nur weil Claire fürchtete, Beth werde sich nicht beherrschen können und aufheulen, sah sie davon ab, ihrer kleinen Schwester gegen den Knöchel zu treten. Eine Debütantin blickte Lady Jersey nicht finster an. Nicht, wenn besagte Debütantin Erfolg haben wollte. Andere Leute finster anzublicken war vermutlich ebenfalls keine gute Idee.

Dabei wünschte Claire sich so sehr, dass Beth Erfolg hatte. Je größer die Auswahl an Männern war, die sich ihr bot, desto größer war auch ihre Chance, dass sie eine gute Wahl traf. Eine unglückliche Ehe war eine größere Bürde, als ein unverheiratetes Mädchen es sich vorzustellen vermochte.

»Oh, um Himmels willen«, murmelte Tante Augusta. »Sei nicht so schnell beleidigt, Kind, und *lächle.*«

Ein rascher Blick zeigte Claire, dass Beth offenbar wieder eingefallen war, wo sie sich befand, und sie sich beruhigte. So schnell sie sich ärgerte, so schnell vergab und vergaß sie die Dinge auch. Nun befolgte sie Tante Augustas Rat und lächelte strahlend, offenbar fest entschlossen, ihr Debüt zu genießen, komme, was da wolle.

Als Claire das Empfangskomitee verlassen konnte, taten ihr die Finger weh. Sie hatte rund fünfhundert Gästen die Hand geschüttelt. Nun drängten sich die meisten im Ballsaal, der jetzt gar nicht mehr groß wirkte. Andere, darunter David, waren bereits zum Kartenspiel in einem der kleinen Nebenzimmer verschwunden. Wieder andere waren im Damenruheraum oder genossen draußen auf der Terrasse die für die Jahreszeit ungewöhnlich warme Nacht. Tatsächlich war es im Ballsaal bereits zu warm, zu viele Menschen drängten sich dort auf engstem Raum – viele Damen machten regen Gebrauch von ihren Fächern. Claire hatte bereits mehrfach gehört, der Abend sei ein trauriges Gedränge, was ein echtes Anzeichen von Erfolg war.

»Ich muss sagen, dieses Kind hat sich prächtig entwickelt. Zu Weihnachten war sie noch recht pummelig.« Claire hatte Tante Augusta den Arm gereicht und geleitete sie zu den Stühlen der Anstandsdamen. Der Blick ihrer Tante lag auf Beth, die in diesem Augenblick begeistert durch eine Contredanse hüpfte. »Wer ist der Junge, mit dem sie da tanzt? Ist das einer der Rutherfords, oder …?«

»Claire, Liebes, ich möchte dir den Neffen meines verstorbenen Ehemanns vorstellen, den Herzog von Richmond.« Lady George war von hinten an sie herangetreten und beanspruchte ihre Aufmerksamkeit, indem sie Claire ihre kühlen Finger in die Ellenbeuge gleich oberhalb des Abendhandschuhs legte. »Er war zur Zeit deiner Hochzeit außer Landes, aber wenigstens hat er den Anstand, jetzt zu erscheinen, mit zwei Jahren Verspätung, der Lump.«

Einen solchen schelmisch-neckischen Ton hatte Claire bei ihrer Schwiegermutter noch nie gehört. Dieser Neffe musste eindeutig jemand sein, dem sie gefallen wollte. Gewiss, ihm gehörten die Häuser, in denen Lady George lebte, als wären es die ihren, und soweit Claire wusste, hatte er seiner Tante auch eine Rente ausgesetzt. Davids Vater hatte seiner Frau und seinem Sohn nicht allzu viel hinterlassen, das wusste sie sehr wohl, und der Herzog war schließlich das Familienoberhaupt. Es lag gewiss in Lady Georges Interesse, ihn sich gewogen zu halten.

Amüsiert über diese neue unerwartete Facette in der Persönlichkeit ihrer Schwiegermutter wandte sie sich mit einem kleinen Lächeln auf den Lippen um, um den verlorenen Sohn zu begrüßen – und erstarrte mit ausgestreckter Hand.

Vor ihr stand Hugh.

24

»... Meine Schwiegertochter, Lady Claire Lynes.«

Claire bekam kaum mit, wie Lady George sie vorstellte. Sie atmete nicht mehr. Ihr Herz hatte in dem Augenblick, in dem sie Hughs Blick begegnet war, einen großen Satz in ihrer Brust getan und schlug nun wie wild. Trotz der Hitze im Raum war ihr plötzlich eiskalt. Die Hand, die sie ihm hingestreckt hatte, ehe ihr klar wurde, wem sie sie reichte, hing in der Luft. Sie starrte ihm ins Gesicht.

Einen kurzen schrecklichen Augenblick lang dachte sie, sie würde ohnmächtig. Sie musste all ihre Willenskraft aufbringen, um auf den Beinen zu bleiben.

Halluzinierte sie? Das war ihr erster verwirrter Gedanke. Der zweite war: Konnte dies möglicherweise jemand sein, der ihm geradezu unheimlich ähnlich sah? Sein schwarzes Haar trug er kurz geschnitten in einer modischen Napoleonfrisur, doch abgesehen davon hatte sich nichts geändert. Er war dunkelhäutig wie ein Zigeuner, seine schlanken Wangen waren glatt rasiert, sein breiter Mund lächelte sie eher schief an. Sie kannte dieses Lächeln. Sie kannte diese Augen. Sie waren bleigrau. Er beobachtete sie wachsam, die kühle Vorsicht seines Blicks strafte sein Lächeln Lügen.

Sie hatte ihn nicht verwechselt. Die Möglichkeit einer Verwechslung bestand nicht. Dies war Hugh. Ihr Hugh.

In tadelloser schwarzer Abendkleidung, die seine hochgewachsene breitschultrige Gestalt perfekt zur Geltung brachte, beugte er sich über ihre behandschuhte Hand und hob sie an den Mund.

Claire beobachtete ihn und fühlte sich, als wäre sie in einem Alptraum gefangen. Der Mann, nach dem sie sich gesehnt hatte, von dem sie geglaubt hatte, sie werde ihn nie wiedersehen, der Mann, dessen Schicksal der Stoff ihrer Alpträume gewesen war, der Mann, dessentwegen ihr Herz in den letzten drei Monaten jeden Tag aufs Neue gebrochen war, stand nun vor ihr und küsste ihr die Hand, als wäre sie eine Fremde, der er zufällig begegnete, und ihre Begegnung völlig alltäglich.

»Ich fühle mich geehrt, die Bekanntschaft einer so entzückenden Cousine zu machen.«

Es war seine Stimme. Hughs Stimme. Daran bestand kein Zweifel. Sie würde sie jederzeit wiedererkennen, selbst in der dunkelsten Grube an einem beliebigen Ort auf der Welt. Claire atmete langsam aus und zwang ihre Knie standzuhalten, zwang ihre Hände, nicht zu zittern. Sie rang um einen gleichmütigen Gesichtsausdruck, doch sie wusste nicht, wie gut er ihr gelang. Hilflos blickte sie ihn an, als er seinen Mund leicht auf ihre Knöchel drückte, dann ihre Hand losließ, sich zu voller Größe aufrichtete und mit distanzierter Höflichkeit auf sie hinabblickte. Offenbar war in ihrer Miene etwas zu lesen, das sie besser nicht preisgab, denn er runzelte leicht die Stirn, und als er ihrem Blick begegnete, flackerte in seinen Augen plötzlich so etwas wie eine Warnung auf.

Hugh. Sie sah zu Hugh hoch. Sie tat einen weiteren tiefen beruhigenden Atemzug und ließ die Lider sinken, um ihre Augen zu verbergen, während sie sich grimmig sagte, dass dies nicht der rechte Augenblick war, um zu erörtern, wer welche Fehler gemacht hatte – sie hatten Publikum. In der ersten Erschütterung hatte Claire Lady George völlig vergessen. Ebenso Tante Augusta. Sie hatte alle anderen hier im Saal, im Haus, auf der ganzen Welt vollständig vergessen – bis auf sie beide.

So unwahrscheinlich es schien, Hugh war irgendwie wieder in ihr Leben getreten. Obendrein in der Gestalt des Herzogs von Richmond. Claire runzelte die Stirn, als ihr dieser

Nebenumstand wieder einfiel. Wie um alles auf der Welt konnte das sein?

»Sie sind zu liebenswürdig.«

Irgendwie gelang es Claire, mehr oder weniger normal zu sprechen, ein hart erkämpftes Lächeln auf ihre Lippen zu zaubern und die abgedroschene Verbindlichkeit zu äußern, die man von ihr erwartete, während sie versuchte, die Fragen, Gedanken und Gefühle zu ordnen, die in ihrem Kopf durcheinander schwirrten.

»Jesses, Herzog, das ist ja eine Überraschung. Soweit ich mich erinnere, war das Letzte, was ich von Ihnen gehört habe, dass Sie mit dem Heer in Spanien waren. Nun. Es ist gut, Sie wieder unter uns zu wissen.« Tante Augusta musterte ihn beifällig. Zu Recht, dachte Claire benommen. Auch in seiner neuen Rolle war er eine umwerfende Erscheinung: Er war immer noch hochgewachsen, dunkel und unglaublich anziehend. Nur, dass er jetzt ausstaffiert war, wie es sich für einen Herzog ziemte. Seine Abendkleidung war eindeutig von einem Meister geschneidert worden. Sein Rock aus schlichtem schwarzen extrafeinen Stoff war seiner breitschultrigen Gestalt perfekt angepasst. Seine Kniehosen waren ebenfalls schwarz und schmiegten sich beinahe zärtlich an die starken Muskeln seiner langen Beine. Sein Hemd war schneeweiß, die Krawatte meisterhaft gebunden. Ein Diamant glitzerte in ihren Falten. Ein weiterer Diamant zierte den Siegelring an seiner Hand. Den Siegelring des Herzogs? Selbstverständlich. Ein beinahe hysterisches Gelächter sprudelte in ihrer Kehle empor, als sie endlich vollständig erfasste, was geschehen war: Ihr Hugh, ihr geheimer Geliebter in einem unmöglichen Abenteuer, das sie nie vergessen würde, war so gelassen wieder in ihr Leben getreten, als hätten sie einander erst am Tag zuvor gesprochen – als Herzog von Richmond.

Bei diesem Gedanken wurde ihr schwindelig.

Seine kühlen grauen Augen beobachteten sie wachsam.

Claire passte ihre Reaktion seiner neuen Rolle an, während er Tante Augusta antwortete.

»Es ist gut, wieder hier zu sein – Lady Salcombe, nicht wahr?«

»Das ist richtig. Lady Claire – Ihre neue angeheiratete Cousine – ist meine Nichte.«

»Ah, dann weiß ich jedenfalls, wem sie ihren Charme zu verdanken hat – und ihr Aussehen.« Hughs Schmeichelei war charmant, sein Lächeln umso mehr. Tante Augusta lachte und erwiderte etwas in dem Sinne, es gebe keinen Grund, ihr schönzutun, da das Mädel bereits vergeben sei. Hugh antwortete – ihr entging völlig, was er sagte – und richtete jenes Lächeln auf sie. Es war das schiefe Lächeln, an das sie sich so gut erinnerte. Allein bei diesem Anblick verspürte Claire ein Kribbeln im Nacken. Spürte denn außer ihr niemand die Spannung zwischen ihnen beiden, welche die Luft flimmern ließ, die Unterströmung, die jedes Wort, jeden Blick, den sie wechselten, begleitete? Offenbar nicht. Mit einem raschen Blick in die Runde überzeugte sie sich davon, dass weder ihre Tante noch ihre Schwiegermutter etwas ahnten. Beide strahlten sie Hugh an wie stolze Eltern einen verlorenen Sohn. Claire hatte das Gefühl, ihr Gesicht wäre eingefroren. Es fehlte nicht fiel, und sie wäre vor Erschütterung völlig erstarrt. Mit knapper Not gelang es ihr, ihre Lippen zu etwas zu verziehen, das, wie sie befürchtete, gewiss eher eine Grimasse denn ein Lächeln war. Dennoch schien niemandem etwas an ihrer Reaktion auf die Bekanntschaft mit dem Oberhaupt der Familie Lynes aufzufallen. Tante Augusta nahm Hugh mit zunehmend durchdringendem Blick aus kleinen blauen Augen von Kopf bis Fuß in Augenschein. Sie war offenbar damit beschäftigt, seine Tauglichkeit als Ehemann für ihre Nichte einzuschätzen – Beth natürlich –, und ihr gefiel, was sie sah. Lady Georges Aufmerksamkeit war abgelenkt, da sie in diesem Augenblick einem vorüberkommenden Bekannten einen Gruß zurief.

Es wäre fatal, wenn sie erkennen ließe, dass sie Hugh bereits kannte, begriff Claire mit einem unangenehmen Gefühl in der Magengegend, denn das würde zwangsläufig Fragen zu Zeitpunkt und Ort ihrer Begegnung nach sich ziehen, und dann, so fürchtete sie, würde sie sich irgendwo in ihrem eigenen Gespinst aus Halbwahrheiten und nicht Gesagtem verheddern, und die Wahrheit würde unweigerlich ans Licht kommen. Der Gedanke ließ sie schaudern. Sie konnte sich kaum auf den Beine halten, geschweige denn eine so ungeheure Lüge aufrechterhalten. Grimmig kämpfte Claire darum, die Fassung zurückzuerlangen. Ganz bewusst versuchte sie, die Muskeln in ihren Schultern, ihrem Rücken und ihren Armen zu entspannen. Ihr Herz schlug irgendwann von allein wieder langsamer, das wilde Klopfen wich allmählich einem regelmäßigen Herzschlag. Nun konnte sie auch mehr oder weniger normal atmen, merkte sie, als sie es versuchte.

Hingegen konnte sie offenbar ihre Augen nicht von Hughs Gesicht losreißen.

Sie hatte gedacht, er wäre für sie verloren, für immer. Und nun stand er hier vor ihr, leibhaftig. Die Frage war: War das gut – oder schlecht?

»Du wusstest doch, dass David geheiratet hat?«, fragte Lady George, die ihre Aufmerksamkeit wieder ihnen zugewandt hatte, und Claire zwang sich, ihre Schwiegermutter anzusehen. Lady George hatte einen deutlich schärferen Blick als Tante Augusta, und da ihre Loyalität unverrückbar ihrem Sohn galt, stellte sie die weitaus größere Gefahr für Claire dar. Gott sei Dank war sie einige Augenblicke abgelenkt gewesen. So war ihr das Wechselbad der Gefühle entgangen, die kaleidoskopgleich über Claires Gesicht gehuscht sein mussten.

Bei der Vorstellung, dass ihre Schwiegermutter herausfand, wie gut sie Hugh kannte, wurde Claire übel. Der Skandal wäre entsetzlich; sie konnte den Gedanken daran nicht ertragen. Und Lady George würde dafür sorgen, dass die

Spatzen es von den Dächern pfiffen, falls sie irgendwie Wind davon bekäme. Ihre Schwiegermutter hatte sie nie besonders gut leiden können, das wusste sie. David – was würde David tun? Sie bedeutete ihm nichts mehr – falls sie ihm denn je etwas bedeutet hatte –, und er ihr ebenfalls nicht. Doch sie war seine Ehefrau.

Lieber Gott im Himmel, wie hatte sie nur da hineingeraten können? Und wie sollte sie da wieder herauskommen, ohne einen Skandal auszulösen, über den die feine Gesellschaft noch in Jahren tratschen würde?

»Ich habe es erst kürzlich erfahren.«

Hugh sah sie nicht mehr an, bemerkte Claire. Er blickte Lady George an und schien ein völlig normales Gespräch mit ihr zu führen, soweit Claire es beurteilen konnte, der das Blut in den Ohren rauschte. Seine Miene verriet nur das höfliche Interesse, welches das Thema erforderte. Hätte sie es nicht besser gewusst, sie hätte geglaubt, sich in einer völlig alltäglichen Situation zu befinden.

Doch sie wusste es besser. Ihre Begegnung musste ihn ebenso erschüttert haben wie sie. Er war einfach nur gewandter darin, es sich nicht anmerken zu lassen. Natürlich, er war ein Spion. Spione waren gut in solchen Dingen. Ganz normale Frauen wie sie nicht.

Dann wurde ihr klar, was dieses »Ich habe es erst kürzlich erfahren« bedeutete. Aller Wahrscheinlichkeit nach hatte Hugh von der Heirat seines Cousins David erfahren, als sie selbst es ihm erzählt hatte – zusammen mit dem Rest ihrer Lebensgeschichte, während sie in jener unvergessenen Koje auf der *Nadine* in seine Arme geschmiegt dagelegen hatte. Sie hatte Davids Namen gewiss mehr als ein Mal erwähnt, nebst einer Reihe aufschlussreicher Einzelheiten über ihr gemeinsames Leben.

Kein Wunder, dass er ihr schließlich geglaubt hatte, wer sie war. Jede Silbe, die ihr über die Lippen gekommen war, musste es ihm bestätigt haben.

Von diesem Augenblick an hatte er genau gewusst, wer sie war. Claire konzentrierte sich auf die schiere Niedertracht dieses Mannes, und ihre Stimmung schlug in kochende Wut um. Ihr Herz klopfte wieder schneller, und ihre Finger krümmten sich in ohnmächtiger Wut. Er hatte gewusst, wer sie war – und er hatte nichts gesagt. Als sie daran dachte, wie sie ihn angefleht hatte, sich zu ihr zu legen, stieg ihr die Hitze in die Wangen. Wenn sie nicht so sicher gewesen wäre, dass sie ihn nie wiedersehen würde, dass sie nur diese eine gemeinsame Nacht haben würden und er daraufhin für immer aus ihrem Leben verschwinden würde, dann wäre sie niemals so kühn gewesen.

Eines war sicher: Wenn sie gewusst hätte, dass er der Cousin ihres Gatten, das Oberhaupt der Familie, in die sie eingeheiratet hatte, der Eigentümer von Hayleigh Castle und Richmond House sowie der zahllosen anderen Häuser war, die David und Lady George wie ihre eigenen behandelten – anders gesagt, wenn sie gewusst hätte, dass er der Herzog von Richmond war, dann hätte sie sich nie, niemals, im Leben nicht so betragen, wie sie es getan hatte.

Sie hatte bei ihm gelegen. Nackt in seinen Armen. Hatte ihm gestattet, sie zu berühren und zu küssen – sie erschauerte, als sie daran dachte, wie intim sie gewesen waren. Sie hatte ihm gestattet, ihr allerhöchste Lust zu bereiten, und sie hatte seinen Namen hinausgeschrien, als sie diese Lust erfahren hatte.

Er hatte sie gelassen. Er hatte gewusst, wer sie war, und er hatte sie gelassen.

Wenn Blicke töten könnten, dann hätte der Speer, den sie in diesem Augenblick auf ihn schleuderte, ihn auf der Stelle erschlagen. Seine Augen weiteten sich ein wenig, als er ihre Botschaft empfing, doch ehe er reagieren konnte – wenn er das denn überhaupt beabsichtigte –, wurden sie unterbrochen.

»Hier sind Sie, Lady Claire! Ich habe Sie schon überall gesucht.« Der Sprecher war Lord Alfred Dalrymple, ein hochgewachsener, dünner Mann, prachtvoll anzusehen in einem purpurfarbenen Rock mit gestreifter Weste, womit er die Kleider der Damen in den Schatten stellte. Er war auf jedem Ball zu Gast und einer von Claires beharrlichsten Galanen. Mit Anfang dreißig war er ein musterhaftes Mitglied der feinen Gesellschaft und zudem ein erklärter Junggeselle. Er schloss sich stets verheirateten Damen an, um Schutz vor den zahllosen Müttern heiratsfähiger Töchter zu suchen, die ihm aus dem einfachen Grunde nachsetzten, Lord Alfred sei angeblich rund zwanzigtausend Pfund im Jahr wert.

»Ihr Diener, Lady Salcombe, Lady George.« Er vollführte eine elegante Verbeugung vor den beiden Damen, ehe er sich lächelnd an Claire wandte. »Lady Claire, ich glaube, dies ist mein Tanz. Sagen Sie nicht, Sie haben es vergessen.«

Das hatte sie in der Tat. Nun, da er sie daran erinnerte, fiel ihr wieder ein, dass er sie tatsächlich um den ersten Walzer des Abends gebeten hatte, als er und sein enger Freund Mr Calvert ihnen am Nachmittag zuvor einen Besuch abgestattet hatten. Als sie ihre Sinne nun auf die Musik einstellte, vernahm sie, wie die Musiker einen Walzer anstimmten. Zuvor hatte sie kaum etwas gehört, so laut hatte ihr Herz geschlagen. »Ah, Sie hatten es vergessen. Ich sehe es Ihnen an. Oh, Sie Treulose, wie Sie mich verwunden.« Lord Alfred legte sich eine Hand aufs Herz und bemühte sich, einen mitleiderregenden Anblick zu bieten.

Normalerweise brachte solche Schäkerei, die zu seinem festen Repertoire gehörte, Claire zum Lachen, woraufhin sie in gleicher Weise zu antworten pflegte. An diesem Abend reichte es jedoch nur für ein eher gezwungenes Lächeln. Doch er sah sie schon nicht mehr an. Er sah Hugh an, der gleich hinter ihr stand. Ein Grinsen lauerte plötzlich in seinen Mundwinkeln, und die Überraschung stand ihm deutlich ins Gesicht geschrieben.

»Bei Gott, bist du das, Richmond?«

»In der Tat. Wie geht es dir, Alfie? Und was zum Teufel machst du in einem purpurfarbenen Rock – von allen grässlichen Farben ausgerechnet Purpur?«

»Ich versichere dir, es ist absolut à la mode.« In die Defensive gedrängt, sah Lord Alfred an sich hinab, dann sah er Hugh ins Gesicht und lachte. »Pfui! Was weißt du denn schon? Du warst doch außer Landes – wie lange war das? Zwölf Jahre?«

»So in der Richtung«, räumte Hugh ein. Die beiden Männer grinsten sich an und schüttelten sich die Hände.

»Wir waren zusammen in Eton, wissen Sie.« Lord Alfred richtete diese Erklärung an die drei Frauen, von denen zwei ihn und Hugh nachsichtig lächelnd beobachteten, während die dritte – Claire – noch immer so betäubt war, dass sie kaum für neue Informationen empfänglich war. Dann wandte er seine Aufmerksamkeit wieder Hugh zu. »Weiß Dev, dass du zurück bist? Oder Connaught? Sie sind jetzt verheiratet, weißt du, die armen Narren. Haben beide eine Familie gegründet. Himmel, was haben wir doch früher Staub aufgewirbelt! Dann bist du ...« Plötzlich scheinbar befangen, brach er ab und verwandelte das, was er hatte sagen wollen, in ein Husten.

»Dann habe ich mich mit einer Frau davongemacht, die alt genug war, um meine Mutter zu sein, habe ihren Ehemann im Duell getötet, als er uns verfolgte, und musste daraufhin auf den Kontinent fliehen«, beendete Hugh den Satz trocken an Lord Alfreds Stelle. »Du brauchst meine schmutzige Vergangenheit nicht mit dem Mantel der Barmherzigkeit zu bedecken. Ich bin sicher, die ganze Stadt wird darüber reden, sobald bekannt wird, dass ich wieder zu Hause bin.«

»Das ist so lange her, ich bin sicher, alle haben es vergessen«, murmelte Lady George in nachsichtigem Tonfall, während Tante Augusta beifällig nickte und Claire Hugh mit weit aufgerissenen Augen anstarrte. Zwar wirkte er so vertraut wie ihr eigenes Spiegelbild, doch in Wirklichkeit, das erkannte sie nun, wusste sie nichts über ihn. Nichts bis auf die Art, wie er küsste, wie seine Hände sich auf ihrem Körper anfühlten, wie er …

»Ich fürchte, du hast meine neue Cousine mit deinen Erzählungen über meine skandalösen Taten schockiert, Alfie. Vielleicht sollte ich deinen Tanz übernehmen und versuchen, sie zu überzeugen, dass ich eigentlich nicht das Ungeheuer bin, als das du mich hinstellst.« Hugh blickte Claire an und bot ihr zu ihrem Entsetzen seinen Arm. »Wären Sie bereit, mich als armseligen Ersatz für meinen Freund mit der losen Zunge zu akzeptieren, Lady Claire? Ich bin wirklich recht harmlos, glauben Sie mir.«

»Nun ja, da du es bist, will ich dir den Vortritt lassen. Doch wohlgemerkt, nur dieses eine Mal.«

Da Lord Alfred seine Ansprüche mit einer Verbeugung abtrat und Lady George und Tante Augusta beide nachsichtig zusahen, konnte Claire nur ihre Hand in Hughs Ellenbeuge legen.

Erneut begann der Saal sich um sie zu drehen. Claire riss sich zusammen. Sie musste nur noch eine Weile durchhalten, bis sie aus diesem dreifach verfluchten Ballsaal hinaus und den Dutzenden neugieriger Blicke entfliehen konnte. Dann konnte sie zusammenbrechen. Dann. Nicht jetzt.

»Da bin ich mir sicher«, sagte sie, für die Zuhörer bestimmt, und mit einem Lächeln, welches ihr so steif ins Gesicht gemeißelt war, dass sie der Kiefer schmerzte, ließ sie sich auf die Tanzfläche führen.

Der Walzer hatte bereits begonnen. Hugh ergriff ihre Hand, legte ihr einen Arm um die Taille und reihte sich mit ihr in den Tanz ein. Durch ihren Handschuh hindurch spürte sie die Hitze seiner Finger, spürte, wie seine Knie die ihren streiften, spürte seinen starken Arm im Rücken, während er sie im vorgeschriebenen Abstand hielt, der ihr, da *er* ihr Partner war, plötzlich viel zu klein erschien. Sie lächelte so aufrichtig wie eine Porzellanpuppe und starrte unverwandt auf seinen Hals, denn sie wagte nicht, den Blick zu seinem Gesicht zu heben, ehe sie nicht sicher war, dass sie ihre Miene – und ihr Temperament – fest im Griff hatte. Ihre goldenen Spitzenröcke streiften seine schwarzgekleideten Beine bei jeder Bewegung. Seine breite Brust in dem makellosen weißen Hemd und der Weste befand sich nur wenige Zentimeter von ihren Brustspitzen entfernt, die sich ihm allen Versuchen zum Trotze, sämtliche erotischen Erinnerungen an ihn zu bezähmen, entgegenzurecken schienen. Sie war sicher, wenn er herabsah, hatte er einen höchst interessanten Blick auf die halb entblößten weißen Hügel und den tiefen Spalt dazwischen. Ihre Brust hob und senkte sich schneller, bemerkte Claire bestürzt. Doch das würde ihm hoffentlich nicht auffallen – ebenso wenig wie ihr Puls, den sie im Einklang mit ihrem immer wieder aussetzenden Herzschlag gleich unter der Oberfläche der weißen Haut an ihrer Kehle spürte. Claire war sich dieser Details gegen ihren Willen augenblicklich voll und ganz bewusst, obwohl sie sich zu zwingen suchte, ganz unbeteiligt zu sein, so unbeteiligt, als tanzte sie in Wirklichkeit mit einem Mann, den sie tatsächlich gerade erst kennen gelernt hatte, wie sie beide vorgaben.

Die Musik war berauschend, eine betörende, romantische Einladung, sich im Tanz zu verlieren. Der Duft der Blumen verband sich mit den Parfüms der Damen und versüßte die Luft. Die Kerzen über ihren Köpfen warfen ein warmes Licht auf die hier versammelten Tänzer, flackerten wie Hunderte und Aberhunderte von Glühwürmchen und wurden von den Spiegeln entlang der Seitenwände zurückgeworfen. Überall um sie herum wiegten sich Paare, wirbelten wie ein riesiges Ballett durch den Saal. Claire erhaschte einen Blick auf Beth, die mit einem strahlenden Lachen zu ihrem Partner emporsah, ehe eine Tanzbewegung sie wieder außer Sicht wirbelte. Dann trat ihr jemand auf den Saum ihres Kleides und sie stolperte, klammerte sich an Hughs Schulter und raffte ihre Röcke höher, um sie außer Gefahr zu bringen. Im selben Augenblick, als Hugh sie instinktiv fester packte, machte sie den Fehler, zu ihm hochzublicken.

Als sie in diese kühlen grauen Augen sah, schwand jeder Gedanke an ihre Umgebung.

Sie hatte ganz vergessen, wie groß er war, fiel ihr auf. Hatte vergessen, wie breit seine Schultern waren. Hatte seine stählernen Muskeln und den sinnlichen Mund vergessen, und auch den Schatten, der den Bart des nächsten Tages ankündigte und seine schlanken Wangen selbst dann verdunkelte, wenn er frisch rasiert war wie an diesem Abend.

Dann wurde ihr bewusst, dass sie noch andere Dinge vergessen hatte. Wie man atmete, zum Beispiel.

Als sie sich eingestand, dass der Mann, der sie umfangen hielt, ihr Hugh, wirklich und wahrhaftig ihr Hugh war, setzte ihr Herz einen Schlag aus. Dann fiel ihr ein, was er ihr alles vorenthalten und dass er sie angelogen hatte, und die Wut, die bereits in ihr brodelte, drohte, sie zu versengen.

»Du Schuft«, sagte sie.

»Vorsicht, dein Lächeln entgleitet dir.«

In seinen Augen lag ein neckisches Glitzern, doch sie glaubte, dort auch Zärtlichkeit zu entdecken. Auf verquere Weise gab das ihrer Wut nur neue Nahrung. Seiner Zärtlichkeit, so dachte sie, konnte man nicht mehr trauen. Ihm konnte man nicht mehr trauen. Sie hatte ihm alles über sich erzählt, hatte ihm alles gegeben, was sie zu geben hatte, und er hatte immer nur genommen und genommen und genommen und nichts gesagt.

Doch dieser überfüllte Ballsaal war nicht der rechte Ort, um ihrem Groll Ausdruck zu verleihen. Sie musste sich darauf konzentrieren, nicht die Fassung zu verlieren und ihr Geheimnis zu bewahren. Alles andere – zum Beispiel ihn einen verlogenen Hund zu nennen, wie er es verdient hatte – konnte warten.

Sie verzog ihre Lippen wieder zu einem verzerrten Lächeln.

»Bist du wirklich«, fragte sie viel zu höflich, »mit einer verheirateten Frau fortgelaufen und hast ihren Ehemann bei einem Duell getötet?«

»Ich war neunzehn und ein Narr«, erwiderte er achselzuckend, »und ihr Mann hätte mich getötet, wenn er gekonnt hätte. Zufällig war ich der bessere Schütze. Wie auch immer, er hatte es verdient. Er hatte sie geschlagen.«

»Und was wurde aus dieser Dame?«

»Ich weiß es nicht. Sie hat mir wegen eines besseren Interessenten den Laufpass gegeben, sobald ich sie ihres Mannes entledigt hatte.« Ein Lächeln spielte in einem Winkel seines Mundes. »Damit hat sie mich eine wertvolle Lektion gelehrt, die ich bis heute beherzigenswert finde.«

»Und welche Lektion ist das?«

»Frauen sind wahre Teufel.« Das klang, als kame es aus tiefstem Herzen, doch seine Augen funkelten, als ihre Blicke sich trafen.

Claire konnte nicht anders. Ganz kurz entglitt ihr das Lächeln, und sie starrte ihn wütend an. Er lachte und wirkte plötzlich sehr sorglos, weitaus sorgloser, als er unter den gegebenen Umständen sein dürfte, und er wirbelte sie schwungvoller umher, als angemessen war. Zu ihrem Ärger musste sie sich noch fester an seine breite Schulter klammern. Und genau das hatte er wohl beabsichtigt, dachte sie. Sie biss die Zähne zusammen, verkniff sich alles, was sie ihm gerne gesagt hätte, als sie an ihr Publikum dachte, und heftete sich wieder dieses offenkundig falsche Lächeln ins Gesicht.

Sie erreichten das andere Ende des Saals. Ein willkommener kühler Luftzug wehte durch die hohen Fenster herein, die jemand geöffnet hatte, um den überhitzten Tänzern zu etwas frischer Luft zu verhelfen. Die hauchdünnen Gardinen, die man zurückgezogen hatte, hingen neben den schweren Samtvorhängen und flatterten wie bleiche Motten in der Brise. Jenseits der Fenster schlenderten Paare über die Terrasse. Fackeln in verzierten eisernen Halterungen loderten in kurzen Abständen entlang der steinernen Brüstung. Jenseits der Fackeln, im Garten, der gerade erst zu blühen begann, war alles dunkel.

»Ich glaube, dieses Gespräch muss in einem privateren Rahmen fortgesetzt werden.« Mit einem schiefen Grinsen sah er auf sie hinab. »Bevor dein Gesicht in diesem schrecklichen Lächeln erstarrt.«

Bei diesen Worten entglitt ihr das Lächeln kurz, ehe sie sich fasste. Erneut krampfhaft lächelnd durchbohrte sie ihn mit ihren Blicken. Er lachte, ein leises, aufrichtig amüsiertes Lachen, das Claire unter anderen Umständen absolut charmant gefunden hätte. Ehe sie erkannte, was er vorhatte, wirbelte er mit ihr durch eine Glastür und quer über die Terrasse. Dann ergriff er ihre Hand, sodass sie ihm nicht fortlaufen konnte, und zog sie hinter sich her die niedrigen Stufen hinab in den vom Mond beleuchteten Garten.

25

»Hast du mich vermisst, Kleines?«, fragte Hugh mit einem schiefen Lächeln.

Er hatte sie fest untergehakt und führte sie einen mit Backsteinen gepflasterten, gewundenen Weg entlang, der sich außer Sichtweite der Terrasse im Garten verlor. Das war eindeutig die falsche Frage. Claire hatte sich geschworen, dass sie sich für die Dauer des Balls auf höfliche Konversation beschränken würde. Schließlich gab es keinen Grund, wieso sie einen womöglich sehr hässlichen öffentlichen Auftritt riskieren sollte – ein Risiko, das durchaus bestand, wenn sie ihren wahren Gefühlen freien Lauf ließe. Doch sie zu fragen, ob sie ihn vermisst hatte – und das hatte sie natürlich, ganz schrecklich sogar, was sie an sich schon fuchsteufelswild machte, aber das würde sie nun keiner Menschenseele gestehen, selbst unter Androhung der Todesstrafe nicht –, und sie obendrein noch Kleines zu nennen, war, als hätte er vor der Nase eines ohnehin schon gereizten Stieres mit einem roten Tuch gewedelt.

»Aber nein«, sagte sie mit gekünsteltem Gleichmut, das Kinn emporgereckt. »Ich war sehr beschäftigt, seit wir uns zuletzt sahen, musst du wissen. Warum?« Und sie sah mit einem trillernden amüsierten Lachen zu ihm auf. »Hast du gehofft, ich würde dich vermissen?«

»Lüg nicht.« Sein Lächeln wurde breiter, wodurch seine Augen schmaler wurden und die Falten um seinen Mund sich charmant vertieften. »Du hast mich vermisst.«

Er schien seiner selbst so sicher, dass Claires Augen, noch während die letzten Reste ihres Lächelns verblichen, vor Zorn blitzten. Sie blieb stehen und starrte ihn wütend an, und sie genoss die Freiheit, dies hemmungslos tun zu können. Dann entzog sie ihm ruckartig ihren Arm. Sie standen im Schutz eines hohen, gerade knospenden Fliederstrauchs, von dort konnte sie auf der Terrasse vor der Kulisse des Ballsaals Paare erblicken. Man konnte wohl davon ausgehen, dass weitere Paare über die schattigen Gartenpfade wandelten. Doch niemand war in der Nähe; sie und Hugh waren sozusagen allein. Dennoch sprach sie aus Vorsicht leise.

»Außer, dass du ein elender Schurke, ein ungehobelter Rüpel, ein Lümmel ohne jegliche Manieren und ein gewissenloser Schuft bist, leidest du auch noch unter einem beträchtlichen Dünkel, wie ich sehe. Ich habe dich nicht vermisst.« Dies sagte sie beinahe liebenswürdig, mit einem kleinen mitleidigen Lächeln, auf das sie verzeihlicherweise stolz war. Dann gewann ihre Wut die Oberhand und sie fügte hitzig hinzu: »Tatsächlich musste ich gerade denken, was für eine große Schande es doch ist, dass die Franzosen dich nicht erschossen haben.«

»Glaub mir, sie haben es versucht.« Seine Augen blitzten. Er ergriff ihre Hände und drehte Claire so, dass sie unmittelbar vor ihm stand. »Ich habe dich vermisst, Augenstern. Mehr als ich mir je hätte vorstellen können. James ist deswegen mit seiner Geduld schon am Ende. Du hast dich jeden Tag ein Dutzend Mal in meine Gedanken gedrängt, und des Nachts hast du mich im Traum heimgesucht. Keine andere Frau hat so etwas je geschafft, das versichere ich dir. Also habe ich Boney einem anderen Agenten überlassen, sobald ich konnte, und bin an deine Seite geeilt.«

Er hob erst eine, dann die andere behandschuhte Hand an den Mund und küsste die Rücken ihrer Finger, während er sie darüber hinweg beobachtete.

Ihre Blicke trafen sich. Die Wärme in seinen Augen rührte eine Saite tief in ihrem Inneren an, auf die ihr Verstand keinen Einfluss hatte. Unwillkürlich beschleunigte sich Claires Puls. Dass er an sie gedacht und von ihr geträumt hatte, war

Musik in ihren Ohren. Auch sie hatte an ihn gedacht, beinahe ununterbrochen, seit sie voneinander geschieden waren. Sie hatte ihn vermisst, o ja, das hatte sie! Als sie gedacht hatte, dass sie ihn nie wiedersehen würde, war der Schmerz beinahe unerträglich gewesen. Hatte er ebenso empfunden? Nein, selbstverständlich nicht, lautete die bittere Antwort. Er hatte die ganze Zeit gewusst, dass sie sich wiedersehen würden, wahrscheinlich sogar, wo und wann. Er hätte ihr das ganze Elend mit einem Satz ersparen können. Dieser Gedanke fachte ihre Wut erneut an. »Du«, sagte sie durch zusammengebissene Zähne hindurch, »bist ein verlogener Hund.«

Er richtete sich auf, ließ jedoch ihre Hände nicht los, als er in der Dunkelheit ihr Gesicht musterte.

»Du bist wunderschön, wenn du wütend bist.«

Ein kaum merkliches neckisches Lächeln spielte um seine Mundwinkel, während er ihre unbeugsame Haltung und ihren immer finstereren Blick betrachtete. »Ehrlich gesagt, bist du immer wunderschön. Wenn du bis auf die Haut durchnässt bist. Wenn du seekrank und ganz grün im Gesicht bist. Wenn du nichts als das beste Hemd meines Dieners trägst und dich in meinen Armen zusammengerollt hast. Wenn du überhaupt nicht bekleidet bist. *Ganz besonders,* wenn du überhaupt nicht bekleidet bist. Komm schon, Claire, hör auf, mich mit Blicken zu durchbohren und sag, dass wir wieder Freunde sind. Immerhin habe ich zwei Länder durchquert, um dich wiederzusehen.«

Claire sah ihn mit zusammengekniffenen Augen an. »Ich kann dir gar nicht sagen, wie geschmeichelt ich bin – oder wie geschmeichelt ich wäre, wenn ich wirklich glaubte, dass du ein Leben voller Schwindel, in dem dir ständig der Tod drohte, gegen ein luxuriöses, abgesichertes Leben in London eingetauscht hättest, einzig um dich wieder mit mir zu vereinigen. Aber das glaube ich nicht. Warum sollte ich? Du hast mich von Anfang an nur belogen.«

»Ich habe dich nicht belogen.«

»Ach nein, *Euer Hoheit?*« Sie betonte den Titel ganz bewusst. Dabei zerrte sie an ihren Händen, die er sich beharrlich weigerte freizugeben. »Soweit ich mich erinnere, war ich die Gefangene eines furchterregenden Briganten, der sich, nachdem er mich hinreichend bedroht und brutal behandelt hatte, als Colonel Hugh Battancourt vorstellte. Nicht als Herzog von Richmond, dessen Familienname, wie ich durch persönlichen Gebrauch weiß, Lynes lautet. Und es würde mich auch sehr wundern, wenn dein Vorname Hugh wäre. Ich habe deinen Vornamen nämlich gehört – den Vornamen des Herzogs –, und ich kann mich zwar nicht erinnern, wie er lautete, aber Hugh ist es nicht, da bin ich mir fast sicher.«

»Richard.« Immerhin besaß er den Anstand, ein wenig beschämt zu klingen. »Richard Phillip Arthur William Hugh Battancourt Lynes, um genau zu sein. Aber meine Freunde und meine Familie haben mich stets Hugh genannt.«

»In anderen Worten: Du hast gelogen.« Obwohl sie flüsterte, klang ihre Stimme schneidend.

»Nun ja«, räumte er ein, ohne auch nur mit der Wimper zu zucken. »Vielleicht ein bisschen, doch nicht mehr, als ich musste. Sei vernünftig, Claire. Du kannst doch nicht von mir erwarten, dass ich mich überall als Herzog von Richmond vorstelle, wenn ich als britischer Geheimagent im Ausland unterwegs bin. Um Himmels willen, ich dachte, du arbeitest als Spionin für die Franzosen. Warum hätte ich dir sagen sollen, wer ich bin?«

Oberflächlich betrachtet klang diese Entschuldigung beinahe logisch.

Seine Argumentation hatte nur einen kleinen Fehler. Claire öffnete schon den Mund, um sich wütend dazu zu äußern, doch dann hielt sie inne und blickte sich vorsichtig um, um sicherzustellen, dass sie auch wirklich allein waren in dieser dunklen Ecke des Gartens.

Sie waren es.

»Weil ich nie – nie – du weißt schon, was, getan hätte,

wenn ich die Wahrheit gekannt hätte«, zischte sie. »Und das weißt du. Du wusstest es.«

»Ich konnte es dir nicht sagen«, erwiderte er. »Was, wenn die Franzosen dich gefangen hätten? Sie hätten dich gefoltert und innerhalb von vierundzwanzig Stunden alles aus dir herausgeholt, glaube mir. Und wenn sie erst meine wahre Identität gekannt hätten, wäre meine Tarnung zum Teufel gewesen. Die Operation, an der ich mitgewirkt habe, wäre gefährdet gewesen. Zudem – ist der Umstand, dass ich der Herzog von Richmond bin statt einfach nur Hugh Battancourt, tatsächlich von solcher Bedeutung? War es nicht Shakespeare, der gesagt hat, eine Rose würde unter jedem Namen ebenso lieblich duften?«

»Und ein Stinktier ebenso stinken?«, fuhr Claire ihn an. Das hatte die Einleitung zu einer scharfen Kritik seines Betragens und seiner Moralvorstellungen sein sollen. Doch sie verstummte abrupt, als ein anderes Paar um eine Kurve des Gartenwegs bog und langsam auf sie zukam. Die beiden schienen völlig ineinander vertieft, von daher bezweifelte Claire, dass ihnen ihre und Hughs Anwesenheit auf der anderen Seite des Fliederbusches aufgefallen war. Dennoch durfte man den Herzog von Richmond keinesfalls in seinem dunklen Garten mit der Frau seines Cousins antreffen, die er angeblich gerade erst kennen gelernt hatte. Hugh schien im selben Augenblick zum gleichen Schluss gekommen zu sein, denn er packte ihre Hände noch fester und zog sie vom Weg auf den Rasen und hinter eine Gruppe Zierstechpalmen, welche die treffliche Eigenschaft haben, das ganze Jahr über Blätter zu tragen.

»Rose oder Stinktier, ich bin derselbe Mann, den du in jenem Bauernhaus in Frankreich in dein Bett eingeladen hast.«

Mit diesen verärgert geflüsterten Worten zog er sie in seine Arme. Aus Rücksicht auf das sich nähernde Paar verzichtete Claire darauf, mit der Vehemenz zu reagieren, die ein solch selbstherrliches Betragen eigentlich erfordert hätte. Sie ignorierte die Empfindungen, die in ihr aufstiegen, als ihre Brüste gegen seine warme verlässliche Brust gepresst wurden, und forderte ihn schweigend auf, sie freizugeben, indem sie seine Schultern fortzuschieben versuchte.

»Ich habe dich *nicht* in mein Bett eingeladen.« Sie sah wütend zu ihm auf in der Hoffnung, ihre Augen würden dem ganzen Zorn Ausdruck verleihen, den sie im Augenblick nicht laut zu äußern wagte.

»Schschsch.« Er sah warnend in Richtung des Gartenwegs, dann grinste er neckisch auf sie herab. Sie starrte immer noch wütend zu ihm hoch, als er den Kopf beugte und sie küsste.

Das Gefühl seiner warmen festen Lippen auf ihrem Mund war so verheerend, wie es unerwartet kam. Claire hielt den Atem an. Ihr Herz setzte aus und schlug dann wie wild. Einen Augenblick lang, nur für einen Augenblick, vergaß sie alles bis auf die Gefühle, die er in ihr hervorrief. Ihre Lider senkten sich, und sie neigte sich ihm zu. Ihr Blut erhitzte sich. Ihr Puls raste. Die Knie wurden ihr weich. Und dann, als sie gerade begann, seinen Kuss zu erwidern, fiel es ihr wieder ein – alles. Sie öffnete die Augen und riss ihren Mund von seinem los, während sie zugleich wütend seine Schultern von sich stieß. Er hob den Kopf und sah sie mit einem sinnlichen Glanz in den dunklen Augen an, der unter anderen Umständen dazu geführt hätte, dass sie ihm in einem willenlosen Häufchen zu Füßen gesunken wäre. Doch unter den gegebenen Umständen presste sie die Lippen fest aufeinander zum Zeichen, er solle es nicht wagen, sie nochmals zu küssen. Aus ihren Augen schoss ihm reines Feuer entgegen. Die Hände hatte sie zu Fäusten geballt.

»Wie kannst du es wagen?«, begann sie fuchsteufelswild und tat ihr Bestes, um sich aus seinen Armen zu befreien. Dann hörte sie das Gemurmel des sich nähernden Paares – Miss Bentley, dachte sie, und der jüngste Sohn von Lord Chester – sowie ihre leisen Schritte auf dem gepflasterten

Weg. Da verstummte sie und verharrte reglos. Schweigend, aber vor Wut zitternd stand sie da, gefangen in Hughs eiserner Umarmung, und wartete darauf, dass die Störenfriede vorbeigingen.

Als der Schurke, der er in ihren Augen war, nutzte er die Situation aus und versuchte, sie erneut zu küssen. Diesmal war sie vorbereitet und wandte ihr Gesicht in einer heftigen Bewegung ab, sodass sein Mund nur ihre Wange traf. Unbeirrt fuhr er mit dem Mund über ihre weiche Haut und drückte seine Lippen auf die empfindsame Stelle unter ihrem Ohr. Claire schob seine Schultern fort, versuchte, nicht zu reagieren, nichts zu empfinden. Dennoch war sie sich zutiefst bewusst, wie sein warmer Mund sie berührte, wie die Bartstoppeln, die sein Kinn bereits wieder rau machten, auf ihrer Haut kratzten, und dass er sauber nach Seife roch; war sich seiner schieren Größe und Muskelkraft bewusst. Ungeachtet ihres festen Entschlusses, nichts zu fühlen, war sie tief im Inneren erregt, kaum merklich zunächst, doch im Nu so wild und heiß, dass ihr schwindelig wurde. Gegen ihren Willen musste sie an die Lust denken, die er ihr bereiten konnte, an die glühende Ekstase, die nur er in ihr hervorrufen konnte.

»Hör auf«, zischte sie.

Er hob den Kopf und sah einigermaßen spöttisch auf sie hinab. »Dein Herz schlägt so schnell wie bei einem verängstigten Tier, ich fürchte, es verrät dich.«

»Still.« Ihre plötzliche dringende Warnung war kaum lauter als ein Atemzug. Miss Bentley und ihr Verehrer bogen um eine weitere Kurve und kamen wieder in Sicht. Ihre Schritte waren langsam, der gemächliche Gang eines Liebespaares, und sie waren noch immer so ineinander versunken, dass sie nichts anderes wahrzunehmen schienen. Noch einige Schritte, und sie würden sich der Stelle, an der Claire und Hugh eng umschlungen standen, bis auf knapp zwei Meter nähern. Nur die raschelnden Zweige der Stechpalmen und die wandernden Schatten würden ihnen Schutz bieten. Nun war jede befreiende Bewegung, jeder Laut des Protests zu riskant. Das andere Paar müsste nur einen Blick zur Seite werfen, und schon wären sie entdeckt, und dann würde sich ein Zetergeschrei erheben, und der Skandal wäre da.

Claire wandte bewusst die Augen von ihnen ab, denn sie fürchtete, die beiden könnten spüren, dass man sie beobachtete, und sich umsehen. Flüchtig starrte sie auf ihre schlanken weißen Finger, die gespreizt auf Hughs kostbarem schwarzem Samtrock lagen. Der weiche Stoff bildete einen faszinierenden Kontrast zu seinen festen Muskeln, dachte sie, was sie instinktiv genoss. Plötzlich war ihr sehr bewusst, wie seine Brust sich hob und senkte, und wie verlockend breit seine Schultern darüber waren. Die Arme, die sie umfingen, waren stark und fest. Doch sie wollte das alles nicht bemerken, sagte sie sich grimmig, und so wandte sie die Augen ab, während sie den Atem ausstieß, den sie, wie sie zu ihrem Ärger bemerkte, angehalten hatte.

Der Mond war eine ganz schmale silberne Sichel über ihren Köpfen und blinzelte immer wieder schüchtern hinter einer den rasch dahinziehenden dunklen Wolken hervor, als wollte er Verstecken spielte. Hughs Haut wirkte jetzt beinahe mahagonifarben und hob sich deutlich von seinem weißen Hemd ab, während seine Augen fast so schwarz waren wie sein Haar. Seine schlanke Kieferpartie sah glatt rasiert aus, obwohl Claire wusste, dass sie schon wieder ein wenig kratzte. Sie sah, dass er nicht lächelte, während er beobachtete, wie sie ihn betrachtete. Lieber Himmel! Als sie sich dabei ertappte, wie sie seinen Mund ansah, erkannte sie, dass sie genau das tat, was sie ganz bewusst nicht hatte tun wollen. Sie wandte den Blick ab und konzentrierte sich auf ihre Umgebung. Die sorgfältig zurechtgestutzten Büsche, die Zierbäume mit ihren raschelnden Zweigen, die hohe Sonnenuhr, die das Herzstück des Gartens bildete – sie alle warfen Schatten, die auf unheimliche Weise im Rhythmus der Musik zu tanzen schienen, welche aus dem Ballsaal drang.

Claire spürte die Liebkosung des leichten Windes auf ihren nackten Armen und Schultern, warm und sanft wie Atem. Sie zitterte, doch nicht vor Kälte. Schon eher – sie konnte es sich ruhig eingestehen – der Nähe dieses Mannes wegen.

So unglaublich es auch schien – Hugh war wieder in ihr Leben getreten. Die Arme, die sie umfingen, waren die seinen; die Brust, die ihre Brüste jetzt nur noch beinahe streifte, gehörte ihm. Bei diesem Gedanken spürte sie, wie es in ihren Lenden kribbelte und das Blut heiß und immer drängender in ihren Adern pulsierte. Ihr Körper geriet völlig unabhängig von ihrem Kopf in Erregung, und diese Erkenntnis entsetzte sie. Für das Leid, das in den vergangenen drei Monaten ihr stetiger Begleiter gewesen war, gab es keine Existenzberechtigung mehr; es zersplitterte bereits in Dutzende widerstreitender Gefühle, mit deren Sichtung und Ordnung sie gut für den Rest ihres Lebens beschäftigt sein könnte. Sie mochte ja verletzt sein, sich benutzt fühlen und fuchsteufelswütend auf ihn sein, doch ihr Körper frohlockte einfach, weil Hugh ihr so nahe war. Ihr Körper hatte sein eigenes atavistisches Gedächtnis und sehnte sich nach dem, was er schon einmal genossen hatte. Er bekannte sich freimütig zu seinen Bedürfnissen und zeigte ziemlich offen, dass er Hugh begehrte, auch wenn sie sich einredete, dass sie es nicht tat. Doch vielleicht, wenn er sich entschuldigte, nein, wenn er vor ihr zu Kreuze kröche, könnte sie womöglich ...

Nein. Das konnte sie nicht. Ob sie Hugh nun begehrte oder nicht, ob sie wütend auf ihn war oder nicht, spielte keine Rolle. Tatsache war, dass sie unwiderruflich verheiratet war, gleichgültig, wie wenig Zuneigung sie für ihren Ehemann empfand, oder er für sie. Die einzige Beziehung, die sie zu Hugh haben könnte, wäre eine verbotene Affäre, wie ihm gewiss bewusst war. Plötzlich war ihr völlig klar, welche Rolle er ihr in seinem Leben zugedacht hatte. Claire musste sich nun die Frage stellen: War sie bereit, seine Mätresse zu werden?

Die Antwort fiel ihr zugleich schwer und leicht, doch sie war eindeutig: Nein, nein, nein.

Schon das Wort ließ sie zusammenzucken: Mätresse. So weit durfte sie nicht sinken. Es war nicht einmal eine Frage der gesellschaftlichen Schicht. Es gab reichlich verheiratete Frauen der besseren Gesellschaft, für die es eine Ehre wäre, die Geliebte eines so hochrangigen Adeligen wie des Herzogs von Richmond zu sein. Wenn man noch hinzuzählte, dass er jung und reich war und umwerfend aussah, würde die Zahl der Freiwilligen erstaunlich schnell anwachsen.

Sie hatte bereits ein Mal bei ihm gelegen. Das war eine Sünde, moralisch verwerflich und eine persönliche Schande. Sich mit ihm auf eine längere Affäre einzulassen – das wäre weitaus schlimmer. Damit würde sie das herabwürdigen, was sie für ihn in jener unvergesslichen Nacht empfunden hatte, und was sie glaubte, das er für sie empfunden hatte. Damit würde sie sich selbst herabwürdigen.

Es konnte keine Wiederholung, keinen zweiten Akt geben. Diese eine Nacht war alles, was das Schicksal ihr je gewähren würde. Wenn man bedachte, wer er war und wer sie war, dann durfte es keine Fortsetzung geben. Falls er das nicht verstand – und das tat er offenbar nicht –, dann musste sie es ihm begreiflich machen, gleichgültig, welchen Schmerz sie sich selbst damit zufügen würde.

Claire blickte sich um und sah, dass Miss Bentley und ihr Begleiter beinahe außer Sicht waren. Sie atmete tief durch und sah zu Hugh hoch. Die Gegenwart des anderen Paares, dessen Stimmen allmählich leiser wurden, verurteilte sie noch immer zum Schweigen. Erneut versuchte sie, sich aus Hughs Umarmung zu befreien. Lächelnd schüttelte er den Kopf und hielt sie fest, als befürchtete er, sie könnte fortlaufen, wenn er sie losließe. Damit mochte er wohl Recht haben. Ihr war nach Fortlaufen. Ihr war zum Weinen. Ihr war danach, den Mond anzuheulen.

Endlich waren die Stimmen nicht mehr zu hören, in der

Dunkelheit verklungen, Miss Bentley und ihr Verehrer waren fort. Claire war wieder allein mit Hugh, nur der Mond, der Wind und die Bäume waren ihre Zeugen.

»Dies ist nicht der rechte Ort für unser Gespräch«, sagte er leise und blickte zu der Stelle, an der das andere Paar verschwunden war, und diese höchst vernünftige Bemerkung traf sie unerwartet, ehe sie in die Offensive gehen konnte, wie sie es beabsichtigt hatte. »Wenn mein Gedächtnis mich nicht täuscht, besitze ich ein kleines Haus in der Curzon Street, wo wir ganz ungestört wären.«

Als Claire die Bedeutung dieser Worte erfasste, spürte sie, wie ihr Magen sich zusammenzog. Selbstverständlich konnte ihre Beziehung nur diese Richtung nehmen, doch als er nun so beiläufig bestätigte, welche Rolle er ihr in seinem Leben zugedacht hatte, war ihr, als hätte er ihr ein Messer ins Herz gestoßen.

Sie drückte den Rücken durch, und während sie ihn so weit wie möglich von sich fortschob, begegnete sie seinem Blick.

»Dorthin möchtest du mich bringen?« Ihre Stimme klang bewusst gleichmütig.

Er runzelte die Stirn, seine Miene war reuig. »Nicht heute Nacht. Du kannst ja wohl kaum mitten in deinem eigenen Fest verschwinden. Aber morgen Nachmittag könntest du vielleicht einkaufen gehen und mich dort treffen, wann es dir am besten passt.«

»Und wir würden reden.«

Ein ungezogenes Lächeln umspielte seine Lippen. »Ja, das würden wir.«

»Unter anderem.«

»Du liest meine Gedanken, Kleines.«

Claire atmete tief durch. »Du machst deine Erwartungen ja sehr deutlich.« Irgendetwas an ihrem Gebaren musste ihn aufgerüttelt haben, denn das Lächeln verschwand, und er musterte sie genau, ehe er antwortete.

»Und welche Erwartungen meinst du?«

»Du beabsichtigst, dort fortzufahren, wo wir in Frankreich aufgehört haben, nicht wahr?«

Er lächelte gequält. »So ist sie, meine freimütige Claire. Jede andere Frau, die ich kenne, würde es vorziehen, die Angelegenheit der Stimmung des Augenblicks, der Stimme ihres Herzens zu überlassen, würde abwarten, ob jene süße Flamme der Leidenschaft sich entzündet. Nun gut, meine unverblümte kleine Taube, wenn du denn ohne Umschweife die Wahrheit hören willst: Ja, ich beabsichtige, dich zu lieben. Findest du daran etwas auszusetzen?«

»Liebe!« Sie lachte höhnisch auf und versuchte erneut vergeblich, seine Schultern fortzuschieben, um sich aus seinen Armen zu befreien. »So nennst du das also? Wenn du mich liebtest, hättest du nie bei mir gelegen, ohne mir zu sagen, wer du in Wahrheit bist, und somit wären wir jetzt auch nicht in dieser Verlegenheit.«

»Wenn du dich bitte erinnern möchtest, nicht ich hab dich in mein Bett eingeladen, sondern vielmehr du mich in deines.« Seine Stimme hatte einen ganz schwach sarkastischen Unterton. »Du bist verärgert, und mit einigem Recht, das will ich zugeben, doch die Schuld liegt nicht allein bei mir.«

»Ich hätte dich nicht in mein Bett eingeladen, wenn du mir die Wahrheit gesagt hättest«, entgegnete sie hitzig. »Ich tat es nur, weil ich – nun, weil ich etwas für dich empfand und dachte, du würdest gleich für immer aus meinem Leben verschwinden. Diesen Eindruck hättest du berichtigen können, wenn du gewollt hättest. Aber es war falsch, dass ich bei dir gelegen habe, und es kann nie wieder geschehen. Ich bin verheiratet. Mit deinem Cousin. Ob es dir nun gefällt oder nicht, ich werde keine Schande über mich oder meine Familie bringen, indem ich deine Mätresse werde.«

»Von Schande kann keine Rede sein.« Plötzlich klang seine Stimme rau.

»O doch.« Ihre Stimme bebte vor Leidenschaft. Sie schob erneut seine Schultern fort, drehte sich zugleich und endlich gelang es ihr, sich zu befreien. Als er sie wieder ergreifen wollte, huschte sie rasch außer Reichweite und schüttelte den Kopf. »Dass ich es ein Mal getan habe, ist schändlich genug. Es wird nicht wieder geschehen. Du wirst fortan so freundlich sein, mich in Ruhe zu lassen, und vergessen, dass wir – dass wir uns vor heute Abend je begegnet waren.«

»Claire.«

Er klang zugleich schmerzlich berührt und ungehalten über sie. Selbstverständlich kam er ihr hinterher. Hatte sie daran gezweifelt? Sie konnte sogar schon seine Schritte auf dem gepflasterten Weg hören, lange forsche Schritte, die sie im Nu einholen würden. Claire beschleunigte ihre Schritte, bis sie beinahe rannte. Sie bog um eine Kurve, und plötzlich war die von hinten beleuchtete Terrasse in Sicht, voller Paare, die frische Luft schnappten. Lange Lichtrechtecke fielen nicht weit von ihr in den Garten. Musik und der Klang lachender Stimmen erinnerten sie daran, dass der Ball – Beths Ball – noch immer in vollem Gange war. Plötzlich erkannte Claire, dass man sie so nicht sehen durfte, sie wich vom Weg ab und steuerte über den Rasen auf den kleinen Hof an der Seite und die Tür zu, welche in die Küche führte. Sie würde dort wieder hineinschlüpfen, ohne dass es jemand bemerkte. Dann würde sie sich mit »Kopfschmerzen« auf ihr Zimmer zurückziehen, bis sie sich ausreichend gefasst hätte, um ihren Gästen wieder in die Augen zu sehen. Es wäre nicht einmal gelogen. Sie hatte tatsächlich Kopfschmerzen – und Herzschmerzen außerdem. Die Kopfschmerzen würden vielleicht rasch vergehen, mit Unterstützung von einer Tasse Tee und vielleicht einem kalten Umschlag. Die Herzschmerzen, befürchtete sie, würden nie vergehen.

Doch sie hatte die einzig mögliche Entscheidung getroffen. Die richtige Entscheidung, auch wenn der Schmerz beinahe unerträglich war.

»Claire.«

Das weiche Gras hatte seine Schritte gedämpft, sie hatte

nicht gemerkt, dass er immer noch hinter ihr war, bis er sie an den Schultern fasste und ihre ungestüme Flucht beinahe im Schatten des Hauses aufhielt. Dann trat er so dicht hinter sie, dass sie seinen muskulösen Körper an ihrem Rücken spürte.

»Lass mich gehen.« Gerade rechtzeitig fiel ihr noch ein, leise zu sprechen. Mit durchgedrücktem Rücken starrten sie den Efeu an, der die Ziegelwände emporkletterte, die sich wiegenden Zweige, den nur wenige Meter entfernten, im Schatten liegenden Seitenhof, ohne etwas davon wirklich zu sehen.

»Ich hatte in der Vergangenheit die eine oder andere Mätresse, muss ich gestehen. Doch auf dich würde ich dieses Wort niemals anwenden.« Seine Finger umschlossen ihre Schultern, ohne ihr weh zu tun, doch sie wusste, dass es sie mehr Kraft kosten würde, sich aus seinem Griff zu befreien, als sie im Augenblick aufbringen konnte. Seine Hände fühlten sich warm und stark und besitzergreifend auf ihrer nackten Haut an. Sie spürte, wie seine Brust sich an ihrem Rücken hob und senkte und sein Atem durch ihre Haare strich. »Du wärst meine große Liebe.«

Ihre Hände hingen zu Fäusten geballt zu beiden Seiten herab, während sie versuchte, die instinktive Reaktion ihres Körpers zu bezähmen. Nein, die instinktive Reaktion ihres Herzens.

»Du magst es nennen, wie du willst«, sagte sie mit fester Stimme. »Rose oder Stinktier, große Liebe oder Mätresse, das ist alles ein und dasselbe. Es ist eine Rolle, die ich nicht spielen kann und werde. Zwischen uns kann nichts mehr sein. Genau genommen wäre nie etwas zwischen uns gewesen, wenn du mir zur rechten Zeit die Wahrheit gesagt hättest.«

»Also das«, sagte er wie schon ein Mal, und seine Worte hatten eine verheerende Wirkung auf sie, »wäre wirklich eine Schande.«

Seine Stimme klang plötzlich unglaublich zärtlich. Sein Griff um ihre Schultern wurde fester, und er senkte den Kopf, bis er mit den Lippen die sanfte Rundung zwischen Schulter und Nacken fand. Claire spürte, wie die feuchte Hitze ihr die Haut verbrannte, und neu erwachtes Verlangen schoss ihr in Schockwellen durch den Körper bis zu den Zehen. Sie hielt den Atem an, die Knochen wollten ihr schier schmelzen, und für einen winzigen Augenblick schloss sie instinktiv die Augen. Dann setzte ihr Verstand wieder ein und ging über die Reaktionen ihres Körpers hinweg. Sie riss die Augen auf und befreite sich aus seinem Kuss und seinem Griff. Dann brachte sie mehrere Schritte Abstand zwischen Hugh und sich, ehe sie wieder zu ihm herumwirbelte.

»Lass mich in Ruhe«, stieß sie durch die Zähne hervor und starrte ihn wütend an, die Arme in die Seiten gestemmt. »Lass mich einfach in Ruhe, hörst du? Wie kannst du es wagen, es mir noch schwerer zu machen, als es ohnehin ist? Wie kannst du es wagen, einfach hier zu erscheinen und zu erwarten, dass ich mich freue, dich zu sehen? Wie kannst du es wagen, mich zu fragen, ob ich dich vermisse? Wenn ich jemanden vermisst habe, so nicht dich. Ich kenne dich nicht. Hugh Battancourt war nur jemand, der du zu sein vorgabst.«

»Claire.«

Er griff erneut nach ihr, doch Claire warf ihm einen bitterbösen Blick zu und verbot ihm mit einem heftigen Kopfschütteln, sie zu berühren.

»Claire! Claire, bist du da draußen?« Es war die Stimme von Lady George, und sie traf Claire wie ein Schwall kalten Wassers ins Gesicht. Sie sah zur Terrasse und erkannte durch die sich bewegenden Blätter hindurch die zierliche Gestalt von Lady George, die in den Garten spähte, während sie die Treppe hinunterging.

»Meine Schwiegermutter sucht nach mir. Würdest du ihr bitte sagen, dass ich vor einiger Zeit mit Kopfschmerzen hineingegangen bin?«

Sie hielt sich sehr gerade, hatte das Kinn hoch erhoben und sprach mit sorgsam beherrschter Stimme.

Er runzelte ungehalten die Stirn. »Kleines, hör zu: Es ist eine verdammt verfahrene Situation, das gebe ich zu, doch es gibt nichts, was ich beabsichtigt hätte, was wir nicht …«

»Nein! Nichts mehr davon! Ich will deine trügerischen Worte nicht mehr hören. Was zwischen uns war, ist vorbei und, was mich betrifft, bereits halb vergessen. Wenn ich dir wirklich etwas bedeute, dann akzeptierst und respektierst du das und lässt mich in Ruhe, ehe du mich noch zur Gänze ins Verderben stürzt.«

Die Beherrschung, um die sie so gerungen hatte, brach. Am Ende bebte ihre Stimme. Hugh kniff die Augen zusammen und hörte ihr mit einem grimmigen Zug um den Mund zu. Als sie endete, hielt er ihren Blick einen kurzen bedeutungsschweren Augenblick lang fest, ehe er eine kleine ironische Verbeugung vollführte.

»Wie du wünschst.«

»Claire!«, rief Lady George erneut. Ihre Stimme klang nun ein wenig gedämpft, da sie den eigentlichen Garten erreicht hatte.

Hinter ihren verschränkten Armen verborgen ballte Claire ohnmächtig die Fäuste.

»Danke«, sagte sie.

Dann wandte sie ihm den Rücken zu und schritt hoch erhobenen Hauptes rasch in den Schatten des dunklen Seitenhofs und von dort ins Haus.

Wo sie sich einige kärgliche Minuten der Ungestörtheit gönnen konnte, während ihr das Herz zum zweiten Male brach.

26

»Sie ist wirklich absolut atemberaubend, nicht wahr?«

Diese gedehnt gesprochene Bemerkung veranlasste Hugh zu einem jähen Blick über die Schulter. Hinter ihm stand sein Cousin David, dem Hut und Stock in seiner Hand nach zu urteilen, wollte er offenbar ausgehen. Hugh war selbst gerade erst von einem höchst aufschlussreichen Nachmittag zurückgekehrt, der – keineswegs zufällig – auch einen Besuch bei seinem Advokaten beinhaltet hatte. Es war beinahe Essenszeit am Abend nach dem Ball, und er war in der riesigen, mit Marmor ausgelegten Eingangshalle von Richmond House stehen geblieben, da er Claires Stimme vernommen hatte. Dann war er die Treppe hinaufgelaufen und hatte instinktiv einen Blick durch die breite Tür des Salons geworfen, wo Claire offenbar gerade die letzten nachmittäglichen Besucher verabschiedete. Claires Schwester war ebenfalls anwesend, und die Besucher schienen eine Gruppe lebhafter junger Damen in Begleitung ihrer Mütter zu sein.

Er hatte nur Augen für Claire, die wie immer überwältigend aussah in einem schmalen weißen Musselinkleid, das mit hellblauen Bändern unter der Brust gebunden war. Sie trug eine schlichte Frisur, bei der ihre tiefschwarzen Locken sich üppig über Schultern und Rücken ergossen. Er hätte es nicht für möglich gehalten, doch als Dame der feinen Gesellschaft war sie ebenso bezaubernd wie die zerzauste Xanthippe mit den Augen einer Sirene, der es so unerwartet gelungen war, sein Herz zu erobern.

Verflucht sollte sie sein, die kleine Hexe, dachte er, als ihm unvermittelt auffiel, dass ein einziger kurzer Blick dafür gesorgt hatte, dass sein Körper sich angespannt und sein Herzschlag sich beschleunigt hatte. Er hatte ebenso wenig vorgehabt, ihrem Zauber zu erliegen, wie sie geplant hatte, ihn zu verführen, dennoch war es geschehen. Nun verspürte er Verlust und Wut zugleich. Vom Kopf her verstand er, dass sie jedes Recht hatte, eine Affäre mit ihm abzulehnen, und konnte ihr sogar Anerkennung für ihr Ehrgefühl und ihre moralischen Grundsätze zollen, die zu dieser Entscheidung geführt hatten. Doch mit dem Herzen – verfluchtes Ding! – spürte er, dass sie bereits sein war.

Zur Hölle mit allen Hindernissen, die das Schicksal ihm in den Weg geworfen hatte, sodass er sie nicht für sich beanspruchen konnte!

Im Gefolge des katastrophalen Russlandfeldzuges hatten Verwirrung und Chaos die französischen Streitkräfte geschwächt. Dies hatte dazu geführt, dass Bonaparte abrupt von Paris nach Mainz gezogen war. Das wiederum hatte Hughs letzten Auftrag beendet. Momentan wurde er nicht gebraucht, sodass er Hildebrandt um Urlaub hatte bitten können. Der war ihm gewährt worden, doch falls die Umstände auf dem Kontinent sich verschlechtern sollten, konnte man ihn jederzeit wieder zurückrufen, das wusste er. Von daher oblag es ihm, seinen lange hinausgezögerten Englandaufenthalt dazu zu nutzen, seine Anwesen zu besuchen und sich um seine Geschäfte zu kümmern, solange er dazu Gelegenheit hatte. Glücklicherweise hatte Claires Weigerung, ihre Beziehung fortzusetzen, ihn in den Stand versetzt, genau dies zu tun. Zweifellos war es von vornherein eine Narretei gewesen, sie aufzusuchen, wie James wiederholt erklärt hatte, seit sie wussten, dass sie nach England zurückkehren würden. Zwar war ihre Entscheidung gelinde gesagt unwillkommen, doch die Tatsache, dass sie beteuerte, sie wolle nichts mehr mit ihm zu tun haben, war zweifellos ein großer Glücksfall. Ein weiserer Mann würde ihr für ihre Besonnenheit danken. Unter den gegebenen Umständen würde jeder vernünftige Mensch ihre Beziehung, so beglückend sie auch vorübergehend sein mochte, wohl mit einer Bombe vergleichen, die jederzeit platzen konnte.

Sie wieder in seine Arme zu locken konnte nicht allzu schwierig sein. So sehr sie auch widersprechen mochte, er wusste genug über Frauen, um zu erkennen, dass sie ihn beinahe so verzweifelt begehrte wie er sie. Die weniger tugendhaften unter den Damen der Gesellschaft mochten insgeheim in zahllosen noblen Schlafzimmern ihr verbotenes Liebesleben genießen, doch Claire war nicht von ihrer Art. Sie war noch immer kaum mehr als ein unerfahrenes Mädchen. Wenn er sie trotz ihrer Proteste verführen und sie damit dem Zorn ihres Gatten, der Missbilligung ihrer Familie und den skandalhungrigen Zungen der Gesellschaft aussetzen würde, wäre das nichts weniger als ein Akt der Niedertracht von seiner Seite.

Er wusste das und akzeptierte es, wenn auch ausgesprochen widerwillig. Doch allein ihr Anblick verwandelte ihn körperlich wieder in einen unreifen Jüngling, der in seiner ersten jugendlichen Schwärmerei befangen war.

Was er brauchte, befand er grimmig, als er seine Aufmerksamkeit von Claire ab- und ihrem *Ehemann* zuwandte, war ein gut wirkendes Gegenmittel. Claire mochte es verschmähen, seine Geliebte zu werden, doch es gab reichlich Frauen – darunter gewiss auch atemberaubende Schönheiten –, die nicht solche ehrenhaften Anschauungen vertraten. Wäre er vernünftig, würde er sich zweifellos ohne zu zögern eine solche Frau suchen.

»Oh, keine Sorge«, sagte David. »Du kannst meiner Frau mit meinem vollen Einverständnis schöne Augen machen. Sicher, sie ist außerordentlich schön, doch seit ich von ihrem Nektar gekostet habe, flattere ich längst zu frischeren Blüten. Das verstehst du gewiss – schließlich ist das der Lauf der Dinge.« David beobachtete ihn mit trägem Interesse. Hugh wurde klar, dass seine Bewunderung für Claire sich in seiner Miene gespiegelt haben musste. Nun, das war nicht weiter erstaunlich. Jeder Mann zwischen zehn und neunzig musste sie einfach bewundern.

»Wie du meinst«, erwiderte Hugh und schützte nicht ohne Mühe Gleichgültigkeit vor. Als ihm aber die Bedeutung von Davids Worten klar wurde, stellte Hugh fest, dass ihn plötzlich der Wunsch ergriff, seinen Cousin am Kragen zu packen und ihn zu schütteln, bis ihm die Sinne schwanden. Jeder Anflug von Schuldgefühl, das er gehabt haben mochte, weil er mit Davids Frau geschlafen hatte, schwand dahin. Zusammen mit dem, was Claire ihm über ihre Ehe erzählt hatte, bestätigten Davids Worte, dass es da keinen Bund gab, den man zerreißen konnte: David empfand für seine Frau weder Zuneigung noch Wertschätzung, sondern betrachtete sie als Trophäe, die, seit er sie besaß, keinerlei Wert mehr für ihn hatte. Nicht, dass dies Hugh besonders überrascht hätte. David war sechs Jahre jünger, und Hugh war als junger Mann fort auf eine Schule geschickt worden, als sein Cousin noch in kurzen Jacken umhergelaufen war. So hatten sie sich als Kinder nicht nahe gestanden, auch wenn David sein ganzes Leben auf den herzoglichen Gütern verbracht hatte. Dennoch wusste Hugh so viel über ihn, dass er entsetzt gewesen war, als Claire ihm den Namen ihres Gatten offenbart hatte. David sah zwar gut aus, doch in seinem Innern war er immer schon kalt und berechnend gewesen. Tiere gingen ihm aus dem Weg, Bedienstete verließen ihn häufig schon nach wenigen Monaten wieder, und seine Freunde hatte er sich danach gewählt, wer sie waren und welche Vorteile die Freundschaft David eintragen konnte. An diesem Nachmittag hatte Hugh erfahren, dass die Liste der Laster und Charaktermängel seines Cousins noch länger geworden war, und dies war ein Thema, über das sie beide dringend sprechen mussten.

Ganz bewusst verdrängte er jeden weiteren Gedanken an Claire und musterte seinen Cousin ein wenig grimmig. »Wenn du eine Minute erübrigen könntest, ich muss dich kurz sprechen.«

»Ah, ich sehe, der allmächtige Herzog möchte mich mit einem Vortrag beglücken.« Lächelnd schüttelte David den Kopf. »Du musst mich entschuldigen, Cousin. Ich wollte gerade zu White's. Ich habe es Hazelden fest versprochen.«

»Ich bin sicher, dass du zumindest ahnst, über welches Thema wir sprechen müssen, und so weißt du gewiss auch, dass ich eine Absage nicht hinnehme. Wie auch immer, du musst deinen Freund nicht versetzen. Es wird nicht lange dauern.«

»Herzog! Wie schön, Sie wieder in England zu sehen! Lassen Sie mich Ihnen meine Tochter Harriet vorstellen. Gütiger Gott, sagen Sie nicht, Sie erinnern sich nicht an mich: Ich bin Lady Langford.«

Ein wenig verblüfft blickte Hugh sich nach der Urheberin dieser Unterbrechung um. Eine mollige Matrone, die ihm entfernt bekannt vorkam, hatte ihn offenbar erspäht und war pfeilschnell mit ihrer Tochter, die vor Verlegenheit sichtlich zusammenschrumpfte, aus dem Salon geschossen. Verflucht, man hatte ihn gestellt. Er hätte sich hier nicht so lange aufhalten sollen. Hugh biss die Zähne zusammen, lächelte und sagte ihr und den anderen Damen, die sich ebenfalls sofort um ihn drängten, die von ihm erwarteten Artigkeiten. Die Mütter waren recht freimütig in ihrem Eifer, sein Interesse auf ihre Töchter zu lenken, während die Töchter, allesamt soeben in die Gesellschaft eingeführte Debütantinnen, diskreter vorgingen. Harriet Langford, eine scheue kleine Blondine, war die attraktivste der jungen Damen, doch sie wurde von Claires Schwester, deren Name ihm im Augenblick entfallen war, völlig in den Schatten gestellt. Vom Aussehen her konnte die kleine Schwester zwar nicht mit Claire mithalten – wer konnte das schon? –, doch sie war auf ganz andere Art entzückend mit ihrem roten Haar, der milchweißen Haut und der üppigen Figur, die in einem sehr hellen pfirsichfarbenen tief ausgeschnittenen Kleid gut zur Geltung kam. Als sie seinem Blick begegnete, überraschte sie ihn damit, dass sie ihn ohne zu erröten erwiderte. Dann musterte sie ihn voller Neugier, die durch keine mädchenhafte Zurückhaltung geschmälert wurde.

Sie erinnert mich an Claire, dachte er, plötzlich belustigt über den freimütigen Blick der jungen Dame, und lächelte sie ebenfalls an.

»Wir sind uns noch nicht begegnet, glaube ich«, sagte er und trat im Schutze des allgemeinen Gesprächs an ihre Seite. »Ich bin Richmond.«

»Und ich bin Lady Elizabeth Banning und habe Ihr Haus höchst tadelnswert für mein Debüt mit Beschlag belegt«, erwiderte sie verschmitzt zwinkernd und streckte ihm die Hand hin. »In diesem Augenblick wünschen Sie mich gewiss nach Jericho.«

»Ganz im Gegenteil.« Er küsste ihre behandschuhte Hand, wie sie es offenbar von ihm erwartete, und ließ sie mit einem breiten Lächeln wieder los. »Seien Sie versichert, das Sie und Ihre Schwester in meinem Haus höchst willkommen sind.«

»Claire, Richmond versichert mir gerade, dass wir sehr willkommen sind«, sagte Beth fröhlich, blickte sich um und hakte ihre Schwester unter, um sie in das Gespräch einzubeziehen. Claire wandte sich von der Frau ab, der sie höflich gelauscht hatte, und begegnete seinem Blick. Einen Augenblick lang war sie nicht auf der Hut, und in ihren Augen leuchteten Schmerz und Verlangen auf. Sogleich schien sein Herz, das verräterische Organ, einen Schlag auszusetzen. Dann senkte sie die Lider, sodass er ihre Augen nicht mehr sehen konnte, und verzog ihr betörend schönes Gesicht zu einem – in seinen Augen – offenkundig falschen Lächeln.

»Wie reizend von ihm«, murmelte Claire kühl.

»In der Tat, und wie überaus günstig noch dazu, da wir erst heute Morgen über die Notwendigkeit sprachen, ein anderes Haus in der Stadt anzumieten, damit Richmond seine Ruhe hat. Ich bin sicher, Sie wären sehr betrübt, wenn wir das täten, nicht wahr, Euer Hoheit?« Diesen Geistesblitz brachte Lady Elizabeth mit einem breiten Lächeln vor. Ihre Unverfrorenheit war charmant, und Hugh war so überrascht, dass er in sich hineinlachte.

»In der Tat sehr betrübt«, entgegnete er. »Und von nun an bin ich Hugh für dich. Schließlich sind wir Cousin und Cousine, oder?«

»Dann bin ich Beth. Und meine Schwester ist Claire.«

»Beth. Claire. Ich bin hocherfreut, so entzückende neue Familienmitglieder kennen zu lernen.«

»Die Verwandtschaft sollte jedoch keine Entschuldigung dafür sein, die Gastfreundschaft Richmonds über die Maßen auszunutzen, indem wir den Rest der Saison unter seinem Dach wohnen«, sagte Claire zu ihrer Schwester.

»Ich bestehe aber darauf«, sagte Hugh. Claire sah ihn erneut an, erst zum zweiten Mal im Lauf dieses Gesprächs. Diesmal aber las er in ihren Augen – was? einen Tadel? –, ehe sie fortsah. Hugh betrachtete ihr von ihm abgewandtes Gesicht und stellte fest, dass er genauso wenig für eine geheime Beziehung geschaffen war wie sie. Claires Beweggrund mochten ihre moralischen Grundsätze sein. Der seine war eine heftige, besitzergreifende Liebe. Er konnte sich kaum beherrschen, sie in seine Arme zu reißen, mit ihr davonzueilen und so dieser ganzen absurden Farce ein Ende zu bereiten. Sie war sein, und damit basta.

Nur dass sie nicht sein war.

»Tatsächlich, Claire, ist es so, dass im Moment zweifellos nirgends in London ein passables Haus zu finden wäre, wenn wir umziehen wollten. Am besten, du überlässt diese Dinge mir.« Der Tonfall, in dem David zu seiner Frau sprach, war so herablassend, dass Hugh ihm einen scharfen Blick zuwarf, den er – zweifellos glücklicherweise – nicht sah.

»Ach herrje, das stimmt. Lady Dempsey erzählte mir erst kürzlich von dem wahrhaft entsetzlichen Haus, das sie gezwungen waren, für diese Saison zu nehmen, da sie kein anderes bekommen konnten. Es liegt in der Harley Street, ist das zu glauben!«, warf Lady Langford ein und verzog das Gesicht. »Und für einen solchen Preis! Lady Dempsey schwor, sie könne sich nicht vorstellen, dass der St. James Palace auch nur halb so teuer wäre.«

»Du siehst, Cousine Claire, was für ein grässliches Schicksal dich erwartet, wenn du verstockt bleibst.« Hugh konnte dem Impuls nicht widerstehen, sie dazu zu bewegen, dass sie ihn noch ein Mal ansah.

Sie tat es, doch diesmal war der Tadel in den Tiefen dieser atemberaubenden goldenen Augen nicht zu übersehen. Ganz eindeutig wünschte die Dame, sich aus seinem Haus und damit auch aus seinem Leben zu stehlen. Wäre er ein besserer Mensch, würde er es ihr vielleicht erleichtern, doch er stellte fest, dass er gerade niederträchtig genug war, ihr dabei nicht zu helfen. Im Schutze des Gesprächs, das Lady Langford nun auf die unmöglichen Londoner Preise im Allgemeinen brachte, lächelte er Claire zu. Sie riss die Augen auf, reagierte instinktiv voller Wärme, doch dann huschte Bestürzung über ihr Gesicht, und sie sah rasch fort. Gleich darauf zeigte sie ihm die kalte Schulter und begann ein Gespräch mit einer der Damen. Er beobachtete sie grübelnd, zugleich gelang es ihm aber auch, mit Lady Langford zu plaudern, doch hauptsächlich deshalb, weil diese redselige Dame die Unterhaltung beinahe allein bestritt. Claire hatte sich halb abgewandt, dennoch war sie weiter auf ihn eingestimmt, ebenso wie er auf sie. Ihre steife Haltung, ihre hartnäckige Weigerung, den Kopf in seine Richtung zu drehen, und ihr gezwungenes Lächeln verrieten sie – zumindest er erkannte das, wenn auch sonst niemand.

Auch wenn sie nach Kräften so tat, als sei er nicht da, war die Luft zwischen ihnen beinahe greifbar elektrisch aufgeladen. Spürte das denn außer ihm niemand? Ein verstohlener Blick in die Runde beantwortete seine Frage: offenbar nicht. Dann sagte Lady Langford etwas, das eine Antwort erforderte – er wusste nicht genau, worum es ging, doch seine Antwort war offenbar so passend, dass sie sich bemüßigt fühlte, weiterzuplaudern.

»Meine Damen, bitte vergeben Sie mir«, sagte er unvermittelt, als das Gespräch sich kommenden gesellschaftlichen Ereignissen zuwandte und Lady Langford verschämt zu ergründen versuchte, welche er zu besuchen gedachte. »Aber mein Cousin und ich haben Geschäfte, die keinen Aufschub dulden, auch wenn eine so brillante Gesellschaft höchst verlockend ist. Bitte entschuldigen Sie uns.«

In einer Kakophonie aus enttäuschten Abschiedsbekundungen und zahlreichen gezwitscherten Ermahnungen, auf jeden Fall dieses oder jenes zu tun, verlor Hugh den Überblick und hätte nicht mehr sagen können, wem er was versprochen hatte. Es gelang ihm zu fliehen, wobei er David scheinbar freundschaftlich unterhakte und seinen Cousin so zwang, ihn in sein Arbeitszimmer zu begleiten.

»Die Kupplerinnen haben bereits deine Fährte aufgenommen, wie ich sehe. Ach, wie schön muss es sein, jung, reich und Herzog zu sein.« David warf sich in den Ledersessel, der vor Hughs Schreibtisch stand, während Hugh die Tür hinter ihnen schloss. Der Raum war nicht groß, doch er war einer von Hughs Lieblingsräumen. Bücherregale säumten die holzgetäfelten Wände, und in einem enormen Kamin aus italienischem Marmor brannte ein kleines Feuer gegen die bereits einsetzende abendliche Kühle.

»Es gibt zweifellos Schlimmeres.« Hugh ging zu dem ausladenden Mahagonischreibtisch, der vor ihm schon seinem Vater und dem Vater seines Vaters und unzähligen Generationen vor ihm gehört hatte.

»Wirst du nun bald eine Familie gründen?« David sprach leichthin, doch in seinen Augen lag ein Glitzern, das Hugh zeigte, wie sehr diese Sorge an ihm nagte.

»Angst, es könnte dich jemand verdrängen, was?«, entgegnete Hugh trocken und setzte sich an den Schreibtisch. »Sollte ich planen, dich als meinen Erben zu ersetzen, dann lasse ich es dich wissen.« Er bot David eine Zigarre aus dem Kästchen auf seinem Schreibtisch an. Als David ablehnte, zündete er sich selbst eine Zigarre an, lehnte sich zurück und musterte seinen Cousin mit durchaus grimmiger Miene. »Wie ich höre, hast du das Geld mit vollen Händen ausgegeben, während ich fort war.«

»Ich weiß nicht, wovon du redest.« Wie stets, wenn ein Gespräch eine Wendung nahm, die ihm nicht behagte, schmollte David.

»Ich denke schon. Seit du großjährig geworden bist, hast du das nicht unbeträchtliche Vermögen, das dein Vater dir hinterlassen hat, praktisch Pfund für Pfund verschleudert, und in den beinahe zwei Jahren seit deiner Heirat ist es dir gelungen, auch die gesamte Mitgift deiner Frau durchzubringen. Alles, was dir jetzt noch bleibt, sind ein Treuhandvermögen, das so eingerichtet ist, dass das Kapital selbst nicht angerührt werden darf, und das dir ein kleines Einkommen verschafft, und Labington, das völlig schuldenfrei an dich überging und jetzt ganz und gar mit Hypotheken belastet ist. Du bist, um es offen zu sagen, ziemlich in Schwierigkeiten. All das würde mich nichts angehen – deine Finanzen sind schließlich deine Angelegenheit –, wenn mein Advokat nicht seit sechs Monaten Rechnungen für verschiedene Reparaturen und Dienstleistungen im Zusammenhang mit meinen Häusern erhielte – mit den Häusern, in denen du und deine Mutter mit meinem Einverständnis und auf meine Kosten gelebt habt –, und wenn diese Rechnungen nicht mindestens drei Mal so hoch gewesen wären, wie sie es eigentlich hätten sein dürfen. Heute Nachmittag haben er und ich sie uns gemeinsam angesehen. Du hast die Kosten künstlich aufgebläht und die Differenz in die eigene Tasche gesteckt, nicht wahr?«

David hatte sich im Sessel gerekelt, während Hugh gesprochen hatte, und auch jetzt änderte er seine Haltung nicht. Nur sein Mund verzog sich zu einem kaum merklichen höhnischen Grinsen, und seine Augen nahmen einen verdrossenen Ausdruck an. »Was kümmern dich ein paar armselige Rechnungen von mir? Du bist so reich wie der verdammte Krösus.«

»Reich oder nicht reich, was mir gehört, gehört mir. Ich hege eine angeborene Abneigung dagegen, übers Ohr gehauen zu werden. Und es schmeckt mir nicht, wenn man mich ausraubt.« Hughs Stimme klang unnachgiebig.

»Und was soll ich deiner Meinung nach jetzt tun, o mächtiger Cousin?« David setzte sich auf und warf Hugh einen spöttischen Blick zu. »Wie du schon sagst, ich bin finanziell am Boden. Doch auch wenn mein Vermögen unglücklicherweise einer Reihe unseliger Umstände zum Opfer gefallen ist, so muss ich doch von etwas leben. Ich muss auch immer noch eine Ehefrau unterhalten, falls es dir nicht aufgefallen ist, und wie du dir bei ihrem Anblick zweifellos denken kannst, sind die Kosten für diesen Unterhalt beträchtlich. Die Ausgaben für Kleider und Schmuckzeug und Flitterkram sind wahrhaft schwindelerregend, glaube mir. Als dein Erbe wäre ich dich um Hilfe angegangen, wenn du in England gewesen wärst. Da du es nicht warst, nahm ich an, du würdest nichts dagegen haben, wenn ich eine kleine Anleihe tätige.«

»In dieser Annahme bist du fehlgegangen. Und deine Frau wollen wir bitte außen vor lassen. Mir ist sehr wohl bewusst, dass du ein abgebrühter Glücksspieler bist und alles im Spiel verloren hast. Ich sage dir rundheraus – und ich werde das nur ein Mal sagen, also gibt Acht –, dass ich solche Torheit nicht unterstützen werde. Um deiner Mutter und deiner Frau willen werde ich dich diesmal nicht auf die Straße setzen. Ich werde sogar die Schulden bezahlen, die du bis jetzt angehäuft hast, und deine Einkünfte so weit aufbessern, dass du mit deiner Familie einigermaßen angemessen leben kannst. Doch wenn ich Wind davon bekomme, dass du wieder spielst, oder solltest du erneut versuchen, mich zu schröpfen, dann ist meine Geduld erschöpft, dann stelle ich meine Unterstützung deiner Ausgaben ein, und du kannst von mir aus gerne zum Teufel gehen. Habe ich mich verständlich ausgedrückt?«

Ihre Blicke begegneten sich und hielten einander fest. In Davids Miene lagen Wut und Groll. Hugh erkannte, dass sein Cousin, den er noch nie zu seinen Freunden gezählt hatte, sehr wohl sein Feind werden mochte. Wären nicht Claire und Lady George gewesen, die an Davids Missetaten schließlich unschuldig waren, wenn man davon absah, dass Lady George seine Mutter war, er hätte seinen Cousin unverzüglich hinausgeworfen. Nur um ihretwillen tat er es nicht.

»Klar und deutlich, Cousin.« David stand auf, steckte eine Hand in die Tasche und drehte in der anderen sein Monokel. »Nachdem du mich gerade wie einen Schuljungen auf Abwegen gemaßregelt hast, denke ich, ich muss dich wohl um deine Erlaubnis bitten, ehe ich mich aus deiner erlauchten Gegenwart entferne.«

»Solange du glaubst, dass ich meine Worte ernst meine, magst du von mir aus deinen Geschäften nachgehen.« So verlockend es auch war, David gegenüber die Beherrschung zu verlieren, gelang es Hugh doch, sich zurückzuhalten. Er entließ den jüngeren Mann mit einem knappen Nicken und beobachtete stirnrunzelnd, wie sein Cousin mit eleganter Überheblichkeit aus dem Zimmer schlenderte.

Nachdem David fort war, rauchte Hugh seine Zigarre zuende. Er lehnte sich zurück und sah nachdenklich dem Rauch hinterher, der in Wirbeln über seinem Kopf aufstieg. Ihm war ein Verdacht gekommen, und je länger er darüber nachdachte, desto handfester wurde er.

Hatte David im Rahmen einer verwickelten Intrige den Überfall auf Claires Kutsche beauftragt, um an Geld zu kommen? Vielleicht in der Hoffnung, ein Lösegeld für ihre sichere Rückkehr einheimsen zu können? Oder hatte er vielleicht sogar auf Schlimmeres gehofft?

Hugh nahm sich fest vor, dies herauszufinden.

27

»Claire, dort! Schau! Das *ist* Cousin Hugh, wie ich gesagt habe.«

Beth saß mit Claire und Twindle im Landauer der Familie und brach sich beinahe den Hals, um einen letzten Blick auf eine glänzende schwarze Karriole zu erhaschen, die in flottem Tempo in entgegengesetzter Richtung an ihnen vorbeifuhr. Der Fahrer schlängelte sich gewandt durch den langsameren Verkehr, der die Straße verstopfte. Es war ein strahlender sonniger Vormittag etwa drei Wochen nach Beths Ball, und die Damen kehrten von einem erfolgreichen Einkaufsbummel in der Bond Street zurück. »Ach, sieht er nicht einfach wunderbar aus? Und hast du die Dame bei ihm gesehen? Wer sie wohl ist?«

Claire saß neben Beth in der offenen Kutsche und wäre an Beths unschuldiger Frage beinahe erstickt. Sie hatte die fragliche »Dame« in der Tat sofort bemerkt, sobald Beth sie auf Hughs Equipage aufmerksam gemacht hatte, die ihnen durch das Gedränge auf der Straße entgegengekommen war. Sie war erstarrt und hatte sich nach Kräften bemüht, eine ausdruckslose Miene aufzusetzen für den Fall, dass er zu ihnen herübersehen sollte. Doch gegen Beths fröhliches Winken in Richtung der sich nähernden Kutsche war sie machtlos gewesen. Glücklicherweise hatte Hugh Beths Handzeichen entweder nicht bemerkt, oder er hatte den Anstand besessen, sie nicht zur Kenntnis zu nehmen. Trotz der Kürze der Begegnung hatte das Bild der Frau sich Claire tief eingeprägt: Goldene Locken umrahmten schwungvoll ein makelloses Gesicht, das Hugh zugewandt war, und die Frau lachte über irgendeine Bemerkung von ihm; ein glatter weicher

Hals und ein üppiger Busen in einem Kleid aus himmelblauer Seide, das ein wenig zu gewagt war, um es tagsüber zu tragen; um den Hals Perlenschnüre und Ketten mit farbigen Steinen, die im Sonnenlicht glitzerten; auf dem Kopf ein gewaltiger Hut mit einer geschwungenen Krempe und drei Straußenfedern, die so groß waren, dass sie bei jedem Schwanken der Kutsche ihre Schultern berührten. Keine der Damen aus Claires Bekanntenkreis würde sich im Traum einfallen lassen, sich derart aufgemacht in der Öffentlichkeit zu zeigen. Tatsächlich wusste Claire, was ein solcher Aufzug bedeutete: die Art Frau, die Hugh Beth – oder ihr selbst – nie vorstellen würde. Kurz gesagt, die Dame war keine Dame. Hugh hatte offensichtlich beschlossen, sich mit einer Dirne zu trösten.

Diese Erkenntnis traf Claire mit der Wucht eines Faustschlages.

»Er sieht so gut aus, Claire, meinst du nicht auch? Und er ist so liebenswürdig. Ich muss sagen, ich bin halb entschlossen, ihn mir zu angeln. Ich wäre eine ausgezeichnete Herzogin, und ich würde es sehr genießen, eine wichtige Person zu sein.«

»Miss Beth, dass ich solche Reden aus dem Mund einer jungen Dame hören muss, die ich mit erzogen habe!« Fassungslos schüttelte Twindle den Kopf. Die ältere Frau saß den Schwestern gegenüber und sah in einem weichen grauen Kleid mit passender Haube sehr adrett aus. Sie blickte Beth vorwurfsvoll an. »Ich warne Sie: Sie werden nie einen Ehemann von Rang für sich gewinnen, wenn Sie nicht lernen, Ihre ungestüme Zunge im Zaum zu halten.«

»Also wirklich, Beth, Richmond ist viel zu alt für dich«, sagte Claire.«

»Nanu, ich hätte ihn auf nicht viel älter als dreißig geschätzt.« Beth runzelte die Stirn und zog mit nachdenklicher Miene den neu erworbenen Norwich-Schal fester um ihre Schultern. Das Tuch aus fester weißer Seide mit Franseneinfassung war genau das Richtige für eine junge Dame in ihrer ersten Saison, da waren sie sich einig gewesen. Beth gefiel, wie es mit ihrem Musselinkleid mit dem Schlüsselblumenmuster harmonierte, und so hatte sie beschlossen, es gleich zu tragen, anstatt es mit den übrigen Einkäufen des Vormittags liefern zu lassen.

»Er ist einunddreißig«, meinte Claire geistesabwesend. Sie bemühte sich vergeblich, *nicht* weiter über das nachzudenken, was sie gerade gesehen hatte. Dann erkannte sie, dass sie vielleicht zu viel Wissen über ihren angeheirateten Cousin verriet.

»Das ist doch gar nicht so alt. Nicht älter als Shrewsbury, den du mir erst gestern Abend als sehr vorteilhafte Partie dargestellt hast.« Beth warf Claire einen empörten Blick zu. »Ehrlich gesagt scheint mir, du hast selbst ein Auge auf Cousin Hugh geworfen. Wenn er den Raum betritt, versteifst du dich, ganz erstaunlich, und ich glaube nicht, dass ich dich mehr als zwei Sätze zu ihm habe sagen hören, seit wir seine Bekanntschaft gemacht haben. Und er sieht immerzu dich an – was natürlich kein Wunder ist, weil die Herren immer dich ansehen –, aber das Interessante ist, dass du ihn normalerweise nicht ansiehst. Aber manchmal ist es so, dass du Richmond ansiehst, wenn er dich nicht ansieht. Sag mir die Wahrheit, Claire: Du hast eine Vorliebe für unseren neuen Cousin entwickelt, nicht wahr?«

Obwohl Beth sie nur neckte, spürte Claire, wie es ihr vor Schreck die Kehle zuschnürte. Ihre Schwester, die sie wirklich sehr gut kannte, mochte sehr wohl die feinen Anzeichen deuten, die anderen entgingen, doch was Beth ahnte, konnte irgendwann auch anderen klar werden. Bei der Vorstellung, dass David oder Lady George eine solche Beobachtung machen könnten, bekam sie vor Entsetzen feuchte Hände. Hatte sie ihre Gefühle wirklich so schlecht verborgen? Dabei hatte sie so sehr darauf geachtet, sich weder in Hughs Gegenwart noch ohne ihn irgendetwas anmerken zu lassen.

»Vergisst du etwa, dass ich verheiratet bin?«, erwiderte Claire so leichthin sie konnte. »Ich entwickle gewiss keine Vorlieben für andere Herren, das versichere ich dir.«

»Ich würde es tun, wenn ich mit deinem David verheiratet wäre«, entgegnete Beth freimütig. »Es tut mir leid, wenn dich das verletzt, Claire, aber er behandelt dich nicht so, wie er sollte, weißt du. Er mag gut aussehen, aber in seinem Inneren ist er ein *Wurm*. Ich habe gehört, wie er dir heute Morgen gesagt hat, dass du in deiner neuen Strohschute wie eine alte Vettel aussähst. Einmal abgesehen davon, dass er so etwas nicht zu dir sagen dürfte, auch wenn es wahr wäre – es stimmt nicht! Sie steht dir wunderbar, und meiner Meinung nach hat er das nur gesagt, damit du dich schlecht fühlst. Ja, und ich habe bemerkt, dass du sie wieder abgesetzt hast und jetzt eine ganz andere trägst. Das ist gemein von ihm, Claire, und das werde ich ihm bei der nächsten Gelegenheit auch sagen.«

»Beth, nein!« Die Vorstellung, ihre freimütige kleine Schwester könnte David um ihretwegen zur Rede stellen, entsetzte Claire. Nach dem Frühstück hatte Claire sich bereitgemacht auszugehen und war in der Eingangshalle auf David getroffen, der offenbar nach irgendwelchen nächtlichen Festivitäten soeben nach Hause gekommen war. Ihr Wortwechsel war genauso verlaufen, wie Beth es geschildert hatte. Und unmittelbar im Anschluss daran hatte Claire tatsächlich die fragliche Haube gegen den Kiepenhut ausgetauscht, der nun ihren Kopf zierte. Mit seinen dunkelgrünen Bändern passte er schließlich sehr gut zu ihrem hellgrünen Kleid, insofern war der Tausch kein großes Opfer gewesen. Ihr war nur nicht klar gewesen, dass Beth Davids Worte mit angehört hatte. Verlegenheit und Besorgnis ließen ihr die Röte ins Gesicht steigen. »Wirklich, Beth, ich bitte dich, tu es nicht! David war in letzter Zeit ein wenig – war nicht ganz er selbst, das stimmt, aber das beachte ich gar nicht, das versichere ich dir. Er – wir – werden uns wieder fangen.«

»Du magst dein Los tapfer tragen, wenn du willst, aber ich bin nicht ein solcher Einfaltspinsel, dass ich nicht erkenne, wenn du unglücklich bist, Claire.«

Beths Miene war ernst. »Wenn du nicht willst, dass ich mit David spreche, dann vielleicht mit Gabby, oder besser noch mit Nick …«

»Nein!« Claire schüttelte heftig den Kopf. »Nein, hörst du? Wenn es zwischen David und mir zurzeit etwas angespannt ist – und das trifft zu –, dann müssen wir selbst eine Lösung finden. Ach, Beth, lass uns einfach diese Saison hinter uns bringen, ja? Es läuft doch alles so gut für dich.«

»Aber ich möchte, dass auch für dich alles gut läuft«, entgegnete Beth nunmehr in sanfterem Ton und ergriff Claires Hand. Ihre blauen Augen waren dunkel vor Sorge. »Und ich glaube nicht, dass das der Fall ist.«

»Miss Beth, Sie hören jetzt sofort auf, Ihrer Schwester so zuzusetzen!«, unterbrach Twindle sie heftiger, als man es von ihr gewohnt war. Ihr Blick wanderte zu Claire, und ihr Tonfall wurde sanfter. »Miss Claire, Sie wollen doch nicht auf offener Straße weinen.«

»Aber Twindle …«, begann Beth hitzig. Claire drückte ihre Hand und brachte sie zum Schweigen. Dann ließ sie sie los und lachte versuchsweise, während sie die Tränen wegblinzelte, die ihr bei diesem unerwarteten Beweis für die Anteilnahme ihrer kleinen Schwester in die Augen getreten waren.

»Beth, Liebes, siehst du, was du angerichtet hast? Dein Eintreten für meine Sache hätte mich beinahe zu Tränen gerührt! Ich sterbe doch nicht gleich, nur weil David sich unhöflich über meine neue Haube äußert, weißt du, also mach dir bitte keine Sorgen wegen mir. Mir geht es gut, das versichere ich dir.«

»Wenn du es sagst«, erwiderte Beth skeptisch, doch Twindle warf ihr einen scharfen Blick zu, deshalb presste sie nur die Lippen aufeinander und sagte nichts mehr. Den Rest der Fahrt legten die drei in immer tieferem Schweigen zurück. Einzig das Klappern der Hufe und das Rattern der Räder auf dem Kopfsteinpflaster waren zu hören, als die Kutsche das geschäftige Treiben auf dem Boulevard hinter sich ließ und in die Umgebung der Park Lane kam, wo nur wenig Betrieb herrschte.

Gleich neben dem Hyde Park gelegen, war die Park Lane die vornehmste Adresse in London.

Die Häuser waren große vierstöckige Gebäude aus Back- und Naturstein. Steinerne Treppen führten von der Straße zu den Hauseingängen, und Reihen zweiflügeliger Fenster glitzerten in der Sonne. Da es noch vergleichsweise früh am Tag war, war kaum jemand auf der Straße, als sie sich nun Richmond House näherten: nur ein Hausmädchen mit einem Korb über dem Arm, das offensichtlich eine Besorgung erledigte, zwei Kinder, die ihr unglückliches Kindermädchen hinter sich her zum Park zerrten, und ein fleißiger Straßenfeger, der unterwürfig beiseite trat, als die Kutsche schwankend vor dem Haus zum Stehen kam.

»Beth«, sagte Claire in sorgsam neutral gehaltenem Ton, als der Kutscher ihnen die Tür öffnete und die Stufen ausklappte. »An deiner Stelle würde ich Richmond gegenüber nicht erwähnen, dass wir ihn heute gesehen haben. Die Frau bei ihm war *keine* Dame, das kann ich dir versichern.«

»Du meinst, er hat sich mit einer Kokotte eingelassen?« Beth, die bereits halb aus der Kutsche geklettert war, klang eher fasziniert denn empört, als sie Claire über die Schulter hinweg ansah. »Wie fesch er ist, wirklich! Ach, nun mach nicht so ein strenges Gesicht, Claire. Du musst doch wissen, dass es à la mode ist, wenn ein Gentleman sich eine solche Frau hält.«

Twindle stöhnte entsetzt auf und schlug sich die Hände auf die Ohren.

»Beth, wo um alles in der Welt hörst du solche Dinge?«, fragte Claire entgeistert. »Damen, ganz besonders junge unverheiratete Damen, sollten von solchen Dingen nichts wissen, und wenn doch, so sollten sie jedenfalls nicht darüber sprechen.«

»Wenn Sie sie davon überzeugen können, Miss Claire, dann hätten Sie die Gouvernante sein sollen, und nicht ich«, murrte Twindle, ließ die Hände sinken und warf Beth einen Blick zu, der jedem, der sie gut kannte, sagte, dass die Adressatin des Blicks sich auf ein Donnerwetter gefasst machen konnte, sobald sie mit ihr allein wäre.

»Pah!«, machte Beth wenig damenhaft und offensichtlich unbeeindruckt. Dann warf sie ihr feuerrotes Haar zurück und stieg die restlichen Stufen der Kutsche hinab.

Den Abend verbrachten sie im Almack's, jenem vornehmsten aller Clubs. Beim gemeinen Volk war er als Heiratsmarkt bekannt. Dort hineinzugelangen, war ebenso schwierig, wie den St. James Palace zu betreten. Geführt wurde der Club von mehreren Patronessen, zu denen glücklicherweise auch Tante Augustas gute Freundin Lady Jersey gehörte, daneben die hochnäsigere Prinzessin Esterhazy, die Gräfin Lieven und Mrs Drummond-Burrell. Die großen, vergleichsweise schäbigen Räumlichkeiten lagen an der King Street. Die Einrichtung war wenig beeindruckend, die armseligen Erfrischungen bestanden lediglich aus Tee, Limonade oder Orgeade, kleinen altbackenen Kuchen oder Brot und Butter, und die Abendunterhaltung beschränkte sich auf Tanz und einige Partien Whist oder Vingt-et-un. Dennoch war der Einlass in diese geheiligten Hallen das Ziel jeder englischen Dame mit gesellschaftlichen Ambitionen. Man musste zunächst die Zustimmung der Patronessen einholen, die in Form eines Billetts erteilt wurde. Erst dann konnte man eine Eintrittskarte erwerben. Die Patronessen waren berüchtigt für die Strenge, mit der sie die Eignung ihrer Gäste prüften. Glücklicherweise hatte Beth diese Hürde bereits bei ihrem Debüt genommen, weshalb nur ein großer Fauxpas von Seiten der jungen Dame ihre Zulassung noch hätte gefährden können.

Darum saß Claire nun bei den übrigen Anstandsdamen auf einem der vergoldeten Stühle, die an der Wand aufgereiht waren. Doch sie fühlte sich nicht privilegiert, weil sie zu einem so auserlesenen Kreis gehörte, sondern war gelangweilt. Sie hatte Kopfschmerzen und war unerklärlicherweise gedrückter Stimmung. Eigentlich war sie völlig verzagt, auch wenn sie das außer sich selbst niemandem eingestehen mochte. Es wollte ihr einfach nicht gelingen, das Bild von Hugh mit der blonden Frau in der Kutsche zu verdrängen, so sehr sie sich auch bemühte. Sie fragte sich, ob er in diesem Augenblick bei ihr war. Waren sie womöglich in jenem Haus in der Curzon Street, in dem Hugh sich mit *ihr* hatte treffen wollen? Küssten sie sich in eben diesem Augenblick, oder …

Hör auf damit!, befahl sie sich grimmig. Sie würde nicht darüber nachdenken. Sie würde sich Hugh und alles, was mit ihm zu tun hatte, aus dem Kopf schlagen.

Darum konzentrierte sie sich darauf, ihre Schwester ausfindig zu machen. Die Tanzveranstaltung war in vollem Gange, und Beth nahm lachend und voller Begeisterung, wie es ihre Natur war, ihren Platz in einem Reel ein. Beth war in jungfräulichem Weiß – praktisch der einzigen Farbe, die für eine Debütantin im Almack's infrage kam – entzückend anzusehen. Das leuchtend rote Haar hatte sie zu einem schlichten Knoten geschlungen und auf dem Kopf festgesteckt. Ihr Kleid mit der hoch angesetzten Taille und den kleinen Puffärmeln war unter ihrem Busen mit saphirblauen Bändern gebunden, die beinahe die Farbe ihrer Augen hatten; der schmale Schnitt brachte ihre Figur perfekt zur Geltung.

Ach, könnte sie noch einmal so jung und sorglos sein, dachte Claire wehmütig. Als sie die Gesichter der jungen Tänzerinnen beobachtete, die vor Zuversicht sprühten, fühlte sie sich plötzlich grässlich alt, und ihre Niedergeschlagenheit nahm noch weiter zu.

Sie aß von dem Mohnkuchen, den sie in einer Hand hielt, doch es war nicht leicht, den trockenen geschmacklosen Bissen herunterzubringen, ohne daran zu ersticken. Sie war erst einundzwanzig, dachte sie trübsinnig, aber ihr Leben war im Grunde bereits vorüber. Schließlich hatte sie die wesentliche Aufgabe einer Dame von vornehmer Geburt bereits erfüllt: Sie hatte geheiratet. Nun gab es außer dem Gebären von Kindern – und diese Freude würde ihr wahrscheinlich versagt bleiben – nichts, worauf sie sich noch freuen konnte.

Außer vielleicht auf eine leidenschaftliche Liebesaffäre mit dem Cousin ihres Ehegatten.

Als dieser ungeliebte Gedanke ihr unverhofft durch den Kopf schoss, verschluckte Claire sich doch noch an dem Kuchen. Aber der nachfolgende Hustenanfall hatte wenigstens ein Gutes: Er verdrängte die verlockende Vorstellung aus ihren Gedanken.

»Wirklich, meine Liebe, du solltest mittlerweile wissen, dass man die Kuchen hier nicht essen kann«, flüsterte Tante Augusta Claire vorwurfsvoll zu, als diese sich wieder erholt hatte. In einem lavendelfarbenen Satinkleid saß sie neben Claire, ganz die Grande Dame. »Die Erfrischungen hier sind wahrhaftig furchtbar, aber man kommt ja schließlich auch nicht des Essens wegen her.« Ein vorbeischlenderndes Paar erregte ihre Aufmerksamkeit und lenkte ihre Gedanken glücklicherweise in eine andere Richtung. »Himmel, sieh dir dieses Kleid an: Wer ist das? Ach, Emily Poole! Sie war immer schon ein höchst vorlautes Geschöpf! Wenn ihr Vater nicht Herzog wäre, würde niemand sie empfangen. Schau nur, wie das Kleid an ihr klebt. Glaubst du, ihre Unterröcke sind *angefeuchtet*?«

»Ich glaube nicht, dass sie einen Unterrock trägt«, erwiderte Claire und sah gehorsam zu der fraglichen Dame, einer Frau, die näher an dreißig denn an zwanzig Jahren war und dennoch wie ein junges Mädchen weißen Musselin trug, der in ihrem Fall praktisch transparent war. »Ich glaube, sie hat ihr *Kleid* angefeuchtet.«

»Ach herrje.«

Als Tante Augusta sich umwandte, um Mrs Weston, die auf ihrer anderen Seite saß, auf diesen Skandal aufmerksam zu machen, entledigte Claire sich des restlichen Kuchens, indem sie ihn einem vorbeikommenden Kellner reichte. Sie strich die letzten Krümel aus den Falten ihres Kleides und dachte versonnen, dass ihre Situation zumindest einen Vorteil hatte: Da sie nunmehr den begehrten Status einer verheirateten Frau innehatte, erwartete man von ihr nicht mehr, dass sie sich bei der Auswahl ihrer Kleider auf Weiß oder sehr helle Pastelltöne beschränkte.

An diesem Abend trug sie ein schimmerndes bronzefarbenes Kleid, das unter ihren Brüsten mit dunkelgrünen Bändern gebunden war. Dazu hatte sie eine zierliche Smaragdhalskette, die ihrer Mutter gehört hatte, sowie passende Ohrgehänge angelegt.

Claire plauderte oberflächlich mit Lady Holsted, einer sanften, molligen Frau und Mutter von vier vielversprechenden Töchtern, die auf ihrer anderen Seite saß, und beobachtete erneut – diesmal ein wenig neidisch –, wie ihre Schwester durch den Ballsaal hüpfte.

»Oh, da ist Barbara Langford, sie winkt mir zu. Nun, ich muss rasch zu ihr und sie fragen, was sie will«, flüsterte Tante Augusta ihr ins Ohr, stand auf und machte sich auf den Weg durch den Saal. Claire nickte und kämpfte gegen ihre Niedergeschlagenheit an, während Lady Holsted fortfuhr, von der kürzlichen Masernerkrankung ihrer jüngsten Tochter zu berichten.

Während Claire zuhörte, bemühte sie sich, nicht im Takt der Musik mit dem Fuß auf den Boden zu klopfen. Sie hätte gerne getanzt und dies auch jederzeit tun können, denn seit ihrer Ankunft hatten sie bereits ein halbes Dutzend Männer um einen Tanz gebeten, doch es war niemand da, mit dem sie tanzen mochte. Wenn sie mit jemandem aus der Gruppe ihrer engeren Freunde hätte plaudern können, hätte das ihre Laune womöglich ein wenig gehoben. Doch es schien niemand da zu sein, was nicht überraschend war, da die meisten entweder zu jung waren, um Töchter im heiratsfähigen Alter zu haben, oder selbst zu alt und bereits in den sicheren Hafen der Ehe eingelaufen, sodass sie nicht mehr auf dem Heiratsmarkt waren.

»Erlauben Sie, dass ich mich zu Ihnen geselle?«

Überrascht über die mit tiefer Stimme vorgebrachte Frage, sah Claire hoch und nickte mit einigem Widerstreben, als sie sah, wer der Fragende war. Umgehend nahm Lord Vincent Davenport den von Tante Augusta verlassenen Stuhl ein. Lord Vincent war ein Witwer zwischen vierzig und fünfzig Jahren, nicht sonderlich groß, aber so muskulös, dass man ihn untersetzt nennen konnte. Er hatte dichtes kastanienbraunes Haar, das aus der Stirn gekämmt war und ihm in Wellen über den Nacken fiel, sowie strahlend blaue Augen über einem quadratischen Kiefer. Lord Vincent war ein modebewusster Mann von Welt, Mitglied des Kutscherklubs Four Horse Club, und ein überzeugter Lebemann. Zurzeit war er auf der Suche nach einer neuen Ehefrau und wollte in London das derzeitige Angebot an Debütantinnen sichten, wie er Claire bei ihrer ersten Begegnung in seiner schleppenden Sprechweise erläutert hatte. Doch Claires Schönheit hatte ihn den Anlass seines Besuchs völlig vergessen lassen. Zunächst in Andeutungen und dann zunehmend expliziter hatte Claire versucht, ihm begreiflich zu machen, dass sie nicht zur Verfügung stand, doch Lord Vincent war sehr hartnäckig in seinen Aufmerksamkeiten. Claire musste nicht lange nachdenken, um zu erraten, welche Rolle er ihr in seinem Leben zugedacht hatte, doch bisher hatte er die Grenzen des Schicklichen noch nicht überschritten, und abgesehen von dem, was sie bereits versucht hatte, wollte ihr nichts einfallen, womit sie ihn entmutigen könnte. Wäre ihr Ehegatte je zur gleichen Zeit zugegen wie Lord Vincent, würde sich das vielleicht als hilfreich erweisen, doch David bevorzugte seine eigenen Vergnügungen und begleitete sie so gut wie nie zu ihren Abendunterhaltungen. Die Mütter heiratsfähiger Töchter hielten Lord Vincent für eine gute Partie, doch unter den gegebenen Umständen fand Claire seine Aufmerksamkeiten eher lästig denn erfreulich, und an diesem Abend machte die Anwesenheit von Lady George alles noch schlimmer: Ihre Schwiegermutter plauderte ganz in der Nähe mit Lady Sefton und Prinzessin Esterhazy und warf ihr unentwegt missbilligende Blicke zu. Claire zweifelte nicht daran, dass sie am nächsten Tag eine Lektion über die Gefahren der Leichtlebigkeit erhalten würde.

»Es wäre wohl vergeblich, wollte ich Sie einladen, sich morgen einer Picknickgesellschaft im Green Park anzuschließen, nehme ich an?«, murmelte Lord Vincent, während er zugleich ihren Fächer von ihrem Schoß pflückte und ihr damit sanft Luft zufächelte.

Obwohl es im Raum abscheulich stickig und der kühle Luftzug äußerst willkommen war, griff Claire unverzüglich nach ihrem Fächer. Er überließ ihn ihr lächelnd wieder.

»Absolut vergeblich, fürchte ich«, sagte sie und schob sich den Riemen des Fächers übers Handgelenk. »Ich bin ausschließlich als Anstandsdame meiner Schwester hier in London, wissen Sie, nicht um mich zu amüsieren.«

»Was für eine pflichtbewusste Schwester Sie doch sind«, entgegnete er und sah sie mit einem raubtierhaften Glitzern in den Augen an, das trotz seiner gesenkten Lider unübersehbar war. »Ich versichere Ihnen, ich bewundere Sie dafür – und auch für vieles andere.«

Claire antwortete nicht. Die Musiker spielten eine Quadrille – sie hatte nicht einmal bemerkt, dass der vorhergehende Tanz zuende war –, und das nutzte sie als Vorwand, um das Gesicht abzuwenden, als suchte sie unter den Tänzern nach Beth.

So auffallend Beth mit ihren leuchtend roten Haaren auch war, diesmal fand Claire sie nicht, denn zuvor blieb ihr Blick an einem anderen Tänzer hängen.

Hugh sah umwerfend aus in dem förmlichen Abendanzug, welcher der korrekte Aufzug für einen jeden Mann war, der auf Einlass im Almack's hoffte. Vor einer Weile war er noch nicht da gewesen – Claire hätte seine Anwesenheit auf jeden Fall gespürt. Da die Uhr gerade elf geschlagen hatte, musste er gekommen sein, kurz bevor die Türen um eben diese Stunde für alle Neuankömmlinge verschlossen wurden.

Ihr Herz tat einen Riesensatz in ihrer Brust. Plötzlich war die Welt wieder interessant und aufregend, farbenfroh und bedeutungsvoll. Dann drang der Rest dessen, was sie sah, zu ihr durch. Der Magen zog sich ihr zusammen, und sie ballte im Schoß die Fäuste. Hugh tanzte mit der kleinen Harriet Langford mit den flachsfarbenen Haaren, und es hatte ganz den Anschein, als genösse er den Tanz sehr.

28

Eifersucht war etwas Hässliches, stellte Claire fest, als sie Hugh beobachtete, der den Kopf über Harriet gebeugt hatte. Sie war sich selbst zuwider und konnte doch nicht gegen dieses hässliche, nagende Gefühl an. Noch nie hatte sie etwas Derartiges empfunden, erkannte sie, allerdings war es ihr schon häufig von anderen Frauen entgegengeschlagen – sie mochte lieber nicht darüber nachdenken. Und sie hatte nicht einmal Mitgefühl mit ihnen gehabt oder auch nur geahnt, wie grässlich sie sich gefühlt haben mussten. Beinahe verdiente sie es, dass sie diese Eifersucht nun selbst ertragen musste. Sie sagte sich, solange er mit Miss Langford im Almack's tanzte, konnte er wenigstens mit der deutlich weniger respektablen Weibsperson, die an diesem Vormittag in seiner Kutsche gesessen hatte, keine Zärtlichkeiten austauschen. Doch gleichgültig, wie sehr sie sich um eine rationale Haltung bemühte – als sie nun sah, wie er Miss Langfords Hand hielt, wie er ihr in die Augen sah und ihr jenes umwerfende charmante Lächeln schenkte, wie schlank, blond und ätherisch schön dieses junge Ding neben dem dunklen gut aussehenden Hugh mit seiner hochgewachsenen muskulösen Gestalt wirkte, da war das beinahe mehr, als sie ertragen konnte. Das Wissen, dass das Mädchen gerade achtzehn und im besten Heiratsalter war, machte die Sache nicht besser, und der Gedanke, dass Hugh als Herzog von Richmond notwendigerweise eines Tages heiraten musste, schon gar nicht.

Er würde eine andere heiraten. Sie, Claire, konnte niemals seine Braut sein.

Sie kam zu dem Schluss, dass es dies war, woran sie erstickte, während sie ihn mit einem falschen Lächeln beobachtete und dabei die Zähne so fest zusammenbiss, dass ihr der Kiefer schmerzte.

Er gehörte ihr, und doch konnte sie ihn nie haben, konnte nie ihm gehören.

»Lady Claire, fühlen Sie sich nicht wohl?« Lord Vincent beugte sich mit gerunzelter Stirn vor, um ihr ins Gesicht zu sehen. »Sie sind ja plötzlich ganz blass.«

Lord Vincent beobachtete sie, erkannte sie, als seine Stimme wie durch einen Nebel zu ihr durchdrang. Andere könnten sie ebenfalls beobachten. Sie durfte ihr Geheimnis nicht verraten. Sie musste vorsichtig sein, sehr vorsichtig, nicht nur um ihrer selbst, sondern auch um Beths Willen.

Sie bemerkte, dass Lord Vincents Miene echte Sorge zum Ausdruck brachte. Sie tat einen raschen und, wie sie hoffte, leichten Atemzug, öffnete die Fäuste und brachte ein Lächeln für ihn zustande.

»Ich dachte nur soeben«, sagte sie, »wie gerne ich tanzen würde.«

»Tatsächlich?« Er wirkte zugleich überrascht und erfreut. Kein Wunder – sie hatte seine Aufforderungen zum Tanz schon so oft abgelehnt, dass er es gänzlich aufgegeben hatte. Nun erhob er sich, machte eine Verbeugung und bot ihr seinen Arm. »Ich bin entzückt, Ihnen zu Diensten sein zu dürfen, glauben Sie mir.«

Die Quadrille endete gerade, als sie zur Tanzfläche gingen. Claire nahm Lord Vincent gegenüber Aufstellung, und die Musiker begannen eine Boulangère. Sie hatte Lord Vincent praktisch aufgefordert, sie zum Tanz zu bitten, weil sie wollte, dass Hugh sich ihrer Gegenwart ebenso bewusst würde wie sie sich der seinen. Doch dies, wurde ihr nun klar, würde so gut wie unmöglich sein.

Die Boulangère tanzte Hugh nämlich mit Beth.

Ums Haar wäre Claire aus dem Tritt gekommen, als sie die beiden zusammen beobachtete. Beth mit ihren leuchtend roten Haaren und der kurvenreichen weiblichen Figur bildete den idealen Kontrast zu Hughs dunkler Männlichkeit. Miss Langford hatte scheu gewirkt, doch Beth sprudelte über vor Lebendigkeit, sie lachte und schwatzte mit Hugh, als würde sie ihn schon ihr ganzes Leben kennen. Hugh seinerseits wirkte so entspannt, wie Claire ihn noch nie gesehen hatte. Er sah ihre kleine Schwester nachsichtig und mit einem kleinen Lächeln auf den Lippen an.

Unvermittelt kam es Claire in den Sinn, dass Beth frei war, ihn zu heiraten. Die Vorstellung, dass ihre kleine Schwester mit dem Mann verheiratet sein könnte, den sie liebte, schmerzte sie körperlich.

Mit dem Mann, den sie liebte. Der Gedanke versetzte ihre Seele in hellen Aufruhr. Sie hatte nicht einmal erkannt, dass sie so empfand, bis die Worte ihr jetzt durch den Kopf geschossen waren. Nun, da sie es wusste, musste sie sich zwingen weiterzuatmen.

Lähmende Angst ergriff von ihr Besitz. Sie riss den Blick von Hugh und Beth los und lächelte Lord Vincent strahlend an, der sie seinerseits mit einer eher sardonischen Miene beobachtete. Sie vollführte eine Pirouette, knickste, und die Musik endete.

Sie liebte Hugh. So sehr, dass ihr Herz in den Monaten, die sie getrennt gewesen waren, wie ein vereiterter Zahn geschmerzt hatte; so sehr, dass sie schon den Wunsch verspürte, mit den Zähnen zu knirschen und ihm eins überzuziehen, wenn sie nur sah, dass er sich in Gesellschaft einer anderen Frau amüsierte; so sehr, dass sie bereit war, darüber nachzudenken, ob sie nicht schließlich doch noch seine Geliebte werden sollte.

Sie durfte nicht seine Geliebte werden. O lieber Gott, sie durfte es nicht.

Lord Vincent sagte etwas zu ihr und bot ihr seinen Arm. Sie lächelte, murmelte zerstreut irgendeine Antwort und hakte sich bei ihm ein. Als sie den Rand der Tanzfläche erreichten, hüpfte Beth auf sie zu – mit Hugh im Schlepptau!

Claire begegnete über den Kopf ihrer kleinen Schwester hinweg Hughs Blick aus halb geschlossenen grauen Augen, und ihr Herz setzte aus. Hugh lächelte ihr zu, sein schiefes Lächeln, das sie jede Nacht in ihren Träumen sah, und ihr Herz begann, wie wild zu schlagen.

»Claire, ich bringe dir Cousin Hugh. Er hat keine Partnerin für den nächsten Tanz.« Immer noch Hughs Arm haltend, warf Beth ihm über die Schulter ein strahlendes Lächeln zu. Dann sah sie Claire an, und ihre Augen funkelten schelmisch. »Ich habe ihm gesagt, ich wüsste, dass du frei bist.«

Ach, Beth, dachte Claire in heller Aufregung. Du weißt nicht, was du tust.

Die Manieren, die Twindle ihr von Kindesbeinen an eingebläut hatte, erwiesen sich in diesem kritischen Augenblick als ihre Rettung. Mit fliegendem Puls und einem ganz unguten Gefühl in der Magengegend nahm Claire ihre Hand von Lord Vincents Arm, hob das Kinn und stellte die drei einander ordnungsgemäß vor.

Die Musiker schlugen einen Walzer an.

»Dürfte ich um diesen Tanz bitte, Cousine Claire?«, fragte Hugh und bot ihr seinen Arm. Nun war sein Lächeln kaum noch zu sehen, doch seine Augen blickten sie aufmerksam an, als sie instinktiv seinen Blick suchte.

Trotz allerbester Vorsätze fand sie nicht die Kraft, abzulehnen. Sie atmete tief durch, nickte und legte ihre Hand auf seinen Arm.

»Ach weh, ich nehme an, ich muss mich der Force majeure beugen«, murmelte Lord Vincent und blickte von Hugh zu Claire. Dann sah er Beth an und verbeugte sich. »Lady Elizabeth, möchten Sie tanzen?«

Es sagte einiges über Claires Gemütszustand, dass sie es kaum bemerkte, als ihre Schwester sich mit Lord Vincent entfernte. Unter normalen Umständen hätte sie beinahe alles getan, damit Beth nicht den Aufmerksamkeiten jenes eingefleischtesten aller Lebemänner ausgesetzt wäre.

Die Tanzfläche war voll, als sie dort ankamen und sie sich in seine Arme begab. Sie wollte seinem Blick nicht begegnen aus Angst vor dem, was er – oder andere – in ihrer Miene lesen könnten, und so sah sie sittsam zu Boden. Er legte ihr einen Arm um die Taille, sie legte ihm eine Hand auf die Schulter, und mit dem angemessenen Abstand zwischen ihnen reihte Hugh sich mit ihr in den Tanz ein.

Dann drehten sie sich im Walzertakt, und plötzlich nahm sie alles sehr intensiv wahr: den verführerischen Rhythmus der Musik – und die muskulöse Schulter unter ihrer Hand; die anderen Paare, die sich um sie herum drehten und wiegten – und seine starken warmen Finger, die ihre hielten; das rasche Heben und Senken ihrer Brüste, als die Anstrengung ihre Atmung beschleunigte – und die wenigen Zentimeter, die sie von seiner breiten Brust trennten; den gleitenden Rhythmus ihrer Schritte – und das seidige Knistern, wenn seine langen Beine den Rock ihres Kleides streiften.

»Du bist wunderschön«, sagte er leise, und ohne nachzudenken, hob sie den Kopf.

Er war dunkel wie ein Zigeuner; zwar hatte er sich zweifellos rasiert, ehe er am Abend ausgegangen war, doch schon waren die ersten Stoppeln zu sehen; sein breiter Mund hatte sich zu einem kaum merklichen Lächeln verzogen. Sie sah ihm in die Augen, in diese bleigrauen Augen, und entdeckte dort eine große Zärtlichkeit.

»Ich liebe dich«, sagte sie, und ihr Herz spiegelte sich in ihren Augen. Sie hatte nicht beabsichtigt, es auszusprechen; doch die unwiderstehliche Wärme seines Blicks hatte es ihr einfach entlockt.

Er riss die Augen auf; sein Schritt stockte; sein Griff um ihre Taille und ihre Hand wurde fester. Seine Augen bohrten sich in ihre.

Und dann lachte er, unerklärlicherweise.

Sie konnte es nicht fassen: Sie hatte ihm gesagt, dass sie ihn liebte, und er lachte!

Während Hugh seine Fassung und seine Schrittsicherheit zurückerlangte, wurde Claire von Entrüstung ergriffen. Sie versteifte sich, hob das Kinn, sah ihn mit einem kämpferischen Glitzern in den Augen an, das ihren Schwestern oder jedem, der sie näher kannte, zu denken geben würde.

Mit Rücksicht auf die anderen Tänzer, die mit ihnen über die Tanzfläche wirbelten, achtete Claire darauf, leise zu sprechen, als sie mit unheilvoller Stimme fragte: »Fandest du daran irgendetwas belustigend?«

Hugh schwang sie herum und schüttelte den Kopf. Doch dieser Verneinung fehlte die rechte Überzeugungskraft: Seine Augen funkelten, und seine Mundwinkel umspielte ein kleines Lächeln.

»Claire«, sagte er ebenso leise wie sie, aber dennoch voller Belustigung, die sich nicht verbergen ließ. »Ach, Claire. Nur du, mein freimütiger Liebling, kannst mir so etwas ausgerechnet mitten auf einer überfüllten Tanzfläche im Almack's gestehen, wo ein Dutzend Augenpaare jede unserer Bewegungen verfolgen und ebenso viele klatschsüchtige Zungen sich nur zu gerne über den leisesten Anflug eines Skandals hermachen würden. Was erwartest du, wie ich hier darauf reagieren soll? Sag.«

Er hatte sie seinen Liebling genannt. Doch Claire war nur wenig besänftigt und musterte ihn mit deutlich weniger Liebe, als sie noch wenige Augenblicke zuvor für ihn zu empfinden behauptet hatte.

»Du könntest«, erwiderte sie scharf, »es damit versuchen, mir zu sagen, dass du mich auch liebst.«

»Dummerchen«, entgegnete er mit einem nachsichtigen Grinsen.

Ehe Claire darauf etwas erwidern konnte – und sie beabsichtigte, recht heftig auf diese Brüskierung zu reagieren –, ging der Tanz mit einem ausgesprochen schwungvollen Schlussakkord zuende.

»Ich muss fort«, sagte er, plötzlich ernüchtert, als er sich über ihre Hand beugte. »Triff mich in einer Viertelstunde im Vestibül.«

Er musste fort? Wie meinte er das? Beinahe ebenso besorgt wie gekränkt konnte Claire gerade noch nicken, ehe Lord Vincent und Beth, welcher der Tanz mit ihm offenbar nicht geschadet hatte, sich zu ihnen gesellten. Claire gelang es irgendwie, ihren Teil zum Gespräch beizusteuern, während Hugh sie zu ihrer Tante zurückbegleitete. Hugh wechselte einige höfliche Worte mit Tante Augusta und ihrer Freundin Lady Cowper, mit der sie sich gerade unterhalten hatte; dann verbeugte er sich und ging. Beinahe im selben Augenblick wurde Beth von ihrem nächsten Tanzpartner aufgefordert und ließ sich nur zu gern von ihm entführen.

»Du machst dir da wohl Hoffnungen, Augusta?«, fragte Lady Cowper vielsagend und nickte in Hughs Richtung.

»Nun. Auch wenn das Mädchen meine Nicht ist, darf ich wohl sagen, dass sie großen Anklang findet. Aber Richmond kann sich seine Braut unter den besten Partien aussuchen. Es ist noch zu früh, um etwas zu sagen. Immerhin, die beiden scheinen sich recht gut zu verstehen. Wir werden sehen, was geschieht, wenn sie sich besser kennen lernen.«

Erschüttert begriff Claire, dass ihre Tante und Lady Cowper über eine mögliche Heirat zwischen Hugh und Beth sprachen. Er gehört mir, wollte sie rufen, doch es gelang ihr gerade noch, ihre Zunge im Zaum zu halten. Die nackte Wahrheit war, dass er nicht ihr gehörte. Nicht so, wie sie es ersehnte, vor dem Gesetz und für die Ewigkeit.

Und so konnte es auch niemals sein.

Dieser bedrückende Umstand sowie die Tatsache, dass Hugh ihr nicht ausdrücklich seine Liebe erklärt hatte, als sie mit ihrer Liebeserklärung an ihn herausgeplatzt war wie ein Schulmädchen, das in seinen Tanzlehrer verliebt ist, nagten an Claire, als sie sich nun entschuldigte, um den Erfrischungsraum aufzusuchen, und stattdessen ins Vestibül ging, um Hugh zu treffen.

Bei dem Gedanken, dass sie soeben einen vollendeten Narren aus sich gemacht hatte, wenn ihre Gefühle nicht erwidert wurden, sträubten sich ihr die Nackenhaare. Claire betrat das kühle Halbdunkel des Vestibüls und sah sich um. Abgesehen von zwei ein wenig verstaubten Topfpalmen schien die kleine rechteckige Eingangshalle leer zu sein. Selbst Stevens, der normalerweise an der Tür stand, schien seinen Posten verlassen zu haben. Der schattige Raum, der lediglich von dem Licht erhellt wurde, welches aus den dichter bevölkerten Räumen hereinfiel, hatte etwas leicht Unheimliches an sich. Musik, Stimmen und Gelächter erfüllten die Luft, doch sie genügten nicht, das Vestibül einladender zu machen.

Plötzlich erschien er wie aus dem Nichts. Sie zuckte zusammen und schnappte nach Luft, als er ihre Hand ergriff und sie in die Schatten zog, aus denen er soeben aufgetaucht war. Claire fand sich in einem anderen Raum wieder, der kleiner war als das Vestibül und so dunkel, dass sie gerade noch die Mäntel und Umhänge, die Umschlagtücher und Damenmäntel erkennen konnte, die dort hingen. Es roch nach Staub und schalem Parfüm, und sie benötigte nicht lange, um zu erkennen, wo sie war: in der Garderobe natürlich. Hugh hatte sie in die Garderobe gezogen. Sie war ebenso verlassen wie das Vestibül, bot jedoch deutlich mehr Abgeschiedenheit. Wieso die Garderobenfrau nicht da war, konnte sie sich nicht erklären, doch sie hatte keine Zeit, darüber nachzugrübeln, denn Hugh wirbelte sie herum, sodass sie mit dem Rücken zur Wand stand, und in dieser Haltung hielt er sie fest, indem er sich links und rechts von ihrem Kopf an der Wand abstützte.

»So, du liebst mich also«, knurrte er gespielt bedrohlich. Ehe sie antworten konnte, küsste er sie voll heißem Verlangen, sodass ihr Puls raste und ihr die Knie weich wurden. Bei der ersten Berührung seiner Lippen auf ihrem Mund gab Claire ihre Ungehaltenheit auf, schlang ihm die Arme um den Hals und erwiderte seinen Kuss mit fiebriger Hingabe; mit den Händen wühlte sie in seinem dichten seidigen Haar. Er lehnte sich gegen sie, presste sie mit dem Gewicht seines Körpers gegen die kalte Wand und ließ keinen Zweifel an der Dringlichkeit seines Verlangens nach ihr.

Als er schließlich den Kopf hob, war ihr schwindelig. Sie klammerte sich an ihn, wollte ihn nie wieder fortlassen, wollte sich in Geist, Herz und Körper für immer einprägen, wie er sich anfühlte, wie er roch, wie er schmeckte.

»Ich liebe dich auch«, sagte er mit leiser bebender Stimme und sah sie voller Leidenschaft an. Und dann küsste er sie erneut; er schlang die Arme um sie und zog sie fest an sich, so fest, dass sie an ihren Brüsten spürte, wie seine Brust sich hob und senkte, dass sie durch die Kleidung hindurch die Hitze seiner Haut und die harte Schwellung fühlte, die seine Männlichkeit war.

Als Claire schon dachte, er müsse sie auf den Boden legen und sie gleich dort zwischen den Mänteln nehmen, und sie in jeder Hinsicht bereit dazu war, da hob er den Kopf, atmete tief durch und schob sie bis auf Armeslänge von sich.

»Hugh.« Es war ein beinahe schamloses Wimmern, und Claire hörte das Flehen in ihrer Stimme auch, doch es war ihr gleich. Sie fühlte sich schamlos. Ihr war schwindelig, sie hatte weiche Knie und bebte vor Verlangen. Sie umschlang seinen Hals fester. So leicht würde er sie nicht loswerden.

»Ich muss fort«, sagte er und klang zu ihrer Genugtuung, als wäre er außer Atem. Sie kniff die Augen zusammen, als ihr wieder einfiel, dass er das schon auf der Tanzfläche gesagt hatte. »Ich werde ein paar Tage fort sein. Deshalb bin ich hergekommen – um mich von dir zu verabschieden.«

Sie versteifte sich beunruhigt. Er wäre nicht ins Almack's gekommen, um sich von ihr zu verabschieden, wenn er lediglich einen harmlosen Ausflug aufs Land machen wollte.

»Wohin reist du?« Ihrer Stimme war die Angst anzuhören. Sie suchte sein Gesicht nach einem Zeichen ab. »Nicht – doch nicht zurück nach Frankreich?«

Es war ebenso ein Flehen wie eine Frage.

»Das kann ich dir nicht sagen.« Er zog sie wieder an sich, drückte ihr einen harten schnellen Kuss auf den Mund und löste ihre Arme von seinem Hals. »Geh jetzt. Ich habe Stevens eine Besorgung aufgetragen, aber er müsste jetzt jeden Augenblick zurückkehren, und du möchtest gewiss nicht von ihm gesehen werden. Ich bin spätestens am Mittwoch wieder zurück. Dann werden wir sehen, wie wir aus dieser misslichen Lage herauskommen.«

Doch im Moment galt Claires Sorge weniger der fraglichen misslichen Lage als vielmehr der Gefahr, in die er sich begab, wie sie mit jeder Faser ihres Seins spürte.

»Hugh, bitte«, flehte sie und hielt seine Hände fest, »geh nicht.«

»Ich muss.« Seine Miene war plötzlich grimmig. »Sonst würde ich nicht gehen, glaube mir. Sei vorsichtig, solange ich fort bin, Augenstern.«

Er drückte ihr rasch einen Kuss auf den Mund und war fort.

29

Es war spät am folgenden Abend, und der Mond stand hoch am Himmel. In seinem schwachen Licht ritt Hugh durch Felder, die ihm einst so vertraut gewesen waren wie sein Handrücken. Er hatte seine früheste Kindheit auf Hayleigh Castle verbracht, und die unwillkommenen Erinnerungen drängten sich unerbittlich in sein Bewusstsein. Nachdem er praktisch die gesamten vergangenen vierundzwanzig Stunden im Sattel verbracht hatte, war er todmüde – zu müde, um die Geister seiner Vergangenheit abzuwehren. So ließ er sie denn kommen und wunderte sich, dass sie noch immer die Macht besaßen, ihn zu verstören.

Neben James ritt er durch dichten Ginster auf Hayleigh's Point zu, wo er einen Informanten treffen sollte. Der Nachricht zufolge, die Hugh erhalten hatte, kannte der Mann den Aufenthaltsort von Sophy Towbridge. Die Frau war seit der Nacht, in der Hugh Claire zum ersten Mal begegnet war, verschwunden, scheinbar vom Erdboden verschluckt. Selbst mit den vereinten Kräften der besten britischen Geheimagenten war sie – beziehungsweise waren die Informationen, die sie bei sich gehabt hatte – nicht aufzufinden gewesen.

Heute Nacht würden sie das Rätsel vielleicht lösen.

Als der Mann hinter einem Busch hervortrat und eine Schaufel schwang, schrak Hugh zusammen. Sein Pferd erschrak genauso und bäumte sich unter schrillem Gewieher auf. Es warf den völlig überrumpelten Hugh ab, und er stürzte hart ins dichte Gestrüpp. Einen Moment lang blieb er wie betäubt sitzen, wo er gelandet war.

Sein erster Gedanke war ein lautloses Stöhnen: *nicht schon wieder!*

»Master Hugh!«, stieß James keuchend hervor und tastete in seiner Tasche nach seiner eigenen Waffe, während Hugh nach seiner Pistole griff.

»He, 's tut mir leid, ehrwürdige Herren.« Der Mann mit der Schaufel klang verlegen. Beim Anblick von Hughs gezogener Pistole war er wie angewurzelt stehen geblieben und kaum mehr als ein wuchtiger Umriss in der Dunkelheit. »Ich wollte Sie doch nich' erschrecken.«

»Machen Sie sich nichts daraus«, sagte Hugh säuerlich und stand auf. Seiner ersten Einschätzung nach war der Mann harmlos, doch nach seinem Sturz vom Pferd wollte er kein Risiko eingehen und hielt die Pistole schussbereit.

»Geht es Ihnen gut?«, fragte James und ergriff die Zügel von Hughs nervösem Pferd.

»Bestens«, sagte Hugh und warf einen wachsamen Blick in die Runde, ehe er sich auf den Mann vor ihnen konzentrierte.

Der Sturz hatte ihn hellwach und gereizt gemacht. »Sind Sie Marley?«

»Aye. Und Sie sind …«

»Die Leute, die Sie suchen.«

»Sie gehen kein Risiko ein, was?« Marley lachte in sich hinein. »Wenn Sie's Geld dabei haben, is' mir der Rest egal.«

»Ich habe es.« Hugh gab James einen Wink. Der band einen kleinen Lederbeutel voller Guineen vom Sattel los und warf ihn Marley zu, der ihn geschickt mit einer Hand auffing.

Er ließ die Schaufel fallen, öffnete den Beutel und sah hinein. Augenscheinlich zufrieden band er ihn wieder zu.

»Sie haben Ihr Geld. Wo ist Sophy Towbridge?«

»Da lang.« Marley bedeutete ihnen, ihm zu folgen. Das tat Hugh, wobei er wachsam Ausschau nach einem möglichen Hinterhalt hielt. Die Information, die er erhalten hatte, hatte besagt, dass der Mann allein sein würde, doch er wollte kein Risiko eingehen. »Da.«

Marley deutete auf den Boden. Als Hugh seiner Hand mit den Augen folgte, entdeckte er ein teilweise geöffnetes Grab. Mondlicht schimmerte auf einem Schädel, an dem höchst grotesk immer noch ein Strang schmutziger, doch erkennbar blonder Haare klebte.

»Das ist sie?« James war ihm zu Fuß mit beiden Pferden gefolgt und sah hinab ins Grab. Dann blickte er Hugh kopfschüttelnd an. »Kein Wunder, dass sie keiner finden konnte.«

»Was ist mit den Papieren, die sie bei sich hatte?«, fragte Hugh Marley.

Marley griff in seine Jacke und brachte eine Ölzeugtasche zum Vorschein, die er Hugh reichte. Mit einem Blick zu James öffnete Hugh sie und sah hinein. Sie enthielt drei ordentlich gefaltete Briefe.

Es war zu dunkel, um sie zu lesen, doch Hugh war einigermaßen sicher, dass er gefunden hatte, wonach er so lange gesucht hatte.

Hugh nickte James zu und verstaute die Tasche in seinem Rock.

»Kann ich sie jetzt wieder bedecken?«, fragte Marley. »Ich will nicht, dass von den andern einer merkt, dass ich sie Ihnen gezeigt hab.«

»Nur zu.« Hugh wollte sich schon abwenden, da fiel ihm noch etwas ein. »In derselben Nacht wie Sophy Towbridge war hier noch eine andere Dame am Hayleigh's Point. Sie wurde aus ihrer Kutsche entführt, soweit ich weiß. Wissen Sie darüber etwas?«

Marley zuckte mit den Achseln. »Vielleicht …«

»Wie viel?« Hugh hatte den Mann durchschaut.

»Das Doppelte.«

»Abgemacht.« Hugh nickte James zu, der die erforderliche Summe aus der Satteltasche holte, welche ihre Reserve enthielt, und reichte Marley eine Rolle Geldscheine.

Der zählte das Geld und steckte es in die Tasche.

»Die andere Dame?«, soufflierte Hugh.

Marley schnaubte. »Sie meinen den Besen, der Briggs einen mit'm Nachttopf übergezogen hat, schätze ich. Wir sollten sie aus ihrer Kutsche holen und beseitigen. Bloß dass das inner selben Nacht war, in der wir noch 'ne andere Dame, die sich als die gute Sophy Towbridge hier rausgestellt hat, da runter zum Strand am Hayleigh's Point bringen sollten, wo'n Boot sie abholen sollte.

Da wussten wir nix davon, dass sie 'ne französische Spionin war, das schwör ich. Also hatten wir beide Damen zur selben Zeit hübsch in dem Bauernhaus, aber die beiden wussten nix voneinander. Dann hörten wir, dass nach einer französischen Spionin namens Miss Sophy Towbridge gesucht wurde. Tja, die beiden Damen, die wir da hatten, waren ziemlich verschieden, verstehen Sie, und eine ist unserm Anführer 'n bisschen naher gekommen, und da hat sie ihm erzählt, dass sie Sophy Towbridge heißt. Kann das Zufall sein, haben wir uns gefragt. Und wir haben uns gesagt: auf keinen Fall. Unsere Miss Sophy Towbridge und die, die angeblich für die Franzmänner spioniert hat, mussten ein und dieselbe sein. Also haben wir gründlich überlegt, wie wir die wieder an die Regierung seiner Majestät verkaufen könnten, klar? Aber das ging natürlich nich' so schnell. Also haben wir sie da gelassen, wo sie war, und am Ende ist sie nie zum Strand gekommen.

Aber wir hatten ein Problem: Die Franzmänner wollten ein Boot schicken, um Sophy Towbridge abzuholen, und diese Franzmänner können verdammt unangenehm werden, wenn man sie übers Ohr haut.

Also haben wir uns gefragt: Was tun? Und die Antwort lag direkt vor unserer Nase, einfach wunderbar. Wir hatten ja noch 'ne Dame – die *andere* Dame –, die wir töten sollten. Also haben wir gedacht, warum bringen wir nicht diese andere Dame um und erzählen den Franzosen, dass die tote Dame Sophy Towbridge ist, nur leider tot

Damit sind wir bei den Franzmännern aus dem Schneider,

und wir haben immer noch unsere tote Dame, die wir denen geben können, die uns bezahlt hatten, damit wir sie töten. Es war ein wunderschöner Plan, wenn ich das selbst sagen darf. Aber die andere Dame hat ihn durchkreuzt, weil sie nämlich entkommen ist, und wir sie nicht mehr finden konnten. Ich höre, jetzt ist sie heil und sicher in London. Und Sophy Towbridge ist am nächsten Tag in dem Bauernhaus da die Treppe runtergefallen und hat sich's Genick gebrochen. Einfach so, tot. Also haben wir das Geld für die auch nich' gekriegt.«

Er schüttelte traurig den Kopf.

»Wer hatte euch angeheuert, die Dame aus ihrer Kutsche zu entführen?«, fragte Hugh.

Marley zuckte mit den Achseln.

»Also, das weiß ich nicht. Donen hat das geregelt.«

»Donen?«, fragte Hugh und bemühte sich um einen gleichmütigen Ton.

Er wollte seinen Informanten jetzt nicht verschrecken. Doch als er hörte, wie der Mann so vergnügt von seinem und seiner Kumpane Plan erzählte, Claire zu ermorden, hätte er ihm am liebsten die Hände um den Hals gelegt und zugedrückt, bis alles Leben aus ihm gewichen wäre. »Wo kann ich ihn finden?«

»Ach, der ist irgendwo hin.«

Das klang so absichtlich unbestimmt, dass Hugh vermutete, Marley wisse sehr gut, wo Donen war.

»Wo?« Unwillkürlich hatte Hugh in scharfem Ton gesprochen.

Marley zuckte mit den Achseln.

»Sagen Sie mir alles, was Sie wissen, und ich verdoppele Ihr Geld noch ein Mal.«

Marley hob den Kopf wie ein alter, erfahrener Hund, der Wild wittert.

Unaufgefordert ging James wieder an die Satteltaschen. Ihre Reserve reichte nicht aus, sodass Hugh und James ihre eigenen Geldbeutel und Taschen plündern mussten, doch schließlich hatten sie genügend Geld beisammen, um Marley zufrieden zu stellen.

»Es ist 'ne wahre Freude, Geschäfte mit Ihnen zu machen, ehrwürdige Herren, wirklich«, sagte Marley herzlich, während er sich die Taschen mit Geld voll stopfte.

»Donen«, erinnerte Hugh ihn grimmig.

»Wissen Sie noch, die andere Dame, von der ich Ihnen erzählt hab? Tja, sehen Sie, wir hatten da diesen Auftrag ...«

Hugh hörte ihm zu, und das Blut gefror ihm in den Adern.

30

Sechsunddreißig Stunden, nachdem Claire Hugh ihre Liebe gestanden hatte, hatte sie sich in eine schier unerträgliche Mischung aus Schuldgefühlen und Angst hineingesteigert. Sie liebte Hugh. Im Lauf der letzten beiden schlaflos verbrachten Nächte war sie dahin gelangt, dies als unveränderliche Tatsache zu akzeptieren. Sie quälte sich mit der Frage, was er wohl gerade tun mochte. Was es auch war, es hatte gewiss mit seiner Arbeit als Geheimagent zu tun, daran zweifelte sie nicht, und das bedeutete, dass es gefährlich war. Sie musste sich zwingen, nicht unentwegt darüber nachzudenken. Stattdessen stellte sie sich vor, wie sie ihn heil und gesund wieder in seinem Haus begrüßen würde. Diese zugegebenermaßen verlockende Vorstellung brachte ihre eigenen Probleme mit sich: Wenn Hugh nach Hause kam, würde sie seine Geliebte werden.

Sie hatte keine Wahl. Sie liebte ihn viel zu sehr, um sich weiter von ihm fern zu halten.

Unglücklicherweise machte die Vorstellung, so eklatant ihr Ehegelübde zu brechen, sie ganz krank, zu schweigen davon, dass sie Schande über sich und möglicherweise sogar – falls die Liaison mit Hugh je entdeckt würde – gesellschaftliche Ächtung über ihre unschuldige Familie bringen würde.

Am zweiten Morgen, nachdem Hugh abgereist war, hörte Claire die unverkennbaren Geräusche, die Davids Heimkehr im ersten Morgengrauen begleiteten. Sie hatte die ganze Nacht wachgelegen und um eine Entscheidung gerungen, und als sie hörte, wie David die Treppe heraufkam, verzehrte sie sich vor Schuldgefühlen wegen ihrer Absichten. Obwohl David seit ihrer Heirat sehr wahrscheinlich mit vielen Frauen geschlafen hatte. Obwohl sie jetzt weder Liebe für ihn empfand, noch auch nur freundschaftliche Gefühle für ihn hegte und es nie wieder tun würde. Doch er war ihr Ehemann. Diese Tatsache war unumstößlich. Wenn er auch nur ein wenig Zuneigung für sie empfand, oder sie ihn dazu bewegen konnte, wieder Zuneigung für sie zu empfinden, dann war sie es ihrem Ehegelübde schuldig, sich ihm und ihrer Ehe erneut zuzuwenden.

Schweren Herzens stieg Claire aus dem Bett und tappte zur Schlafzimmertür. Sie würde keine Ruhe finden, bis sie dies nicht geklärt hatte. Wie die Entscheidung ausfiel, wenn sie dabei einzig auf die Stimme ihres Herzens hörte, wusste sie ohnehin.

Als sie in den immer noch dunklen Korridor im ersten Stock hinaustrat, stand sie David beinahe direkt gegenüber. Er blinzelte überrascht, dann runzelte er die Stirn.

»Sie sehen schrecklich aus, Madam«, sagte er anstelle einer Begrüßung. »Wenn ich dich so sehe, mit glänzendem Gesicht und nur in deinem Hemd, dann weiß ich wieder, warum ich nicht mehr in dein Bett komme.«

Sie trug einen höchst sittsamen Morgenmantel, doch als er seinen Blick nun von ihren zerzausten Haaren bis hinunter zu ihren nackten Zehen gleiten ließ, spürte Claire, wie sie errötete. Er feixte, und sie erkannte, dass er sie verletzen wollte.

In diesem Augenblick gewann sie eine plötzliche Erkenntnis über den Charakter ihres Ehegatten: David genoss es, Schmerz zuzufügen.

»Du liebst mich *wirklich* nicht, oder?«, fragte sie leise und trat instinktiv einen Schritt zurück. »Ich glaube, das hast du nie getan.«

»Versuchst du vielleicht gar, mich in dein Bett zu locken?« David sah an ihr vorbei durch die offene Tür zu ihrem Schlafzimmer auf das wuchtige, zerwühlte Himmelbett, in dem sie bisher nur allein geschlafen hatte.

»Nein«, erwiderte Claire und wünschte unvermittelt mit

aller Macht, sie hätte akzeptiert, was ihr Herz bereits gewusst hatte, und sich um alles Übrige nicht gekümmert.

»Du bist meine Frau.« In Davids Augen trat ein grausamer Glanz, als er ohne Vorwarnung ihren Arm packte. »Komm her, süßes Weib. Schließlich ist es deine Pflicht, mir zu Gefallen zu sein.«

Er schob sie gegen die Wand und hielt sie mit seinem Körper fest. Dann küsste er sie. Es war eine grässliche Parodie des Kusses, den sie noch vor kurzer Zeit mit Hugh erlebt hatte. Als David ihr seine Zunge in den Mund steckte, musste sie würgen, und Davids Körper, der sich an den ihren presste, ließ sie voller Abscheu zurückweichen, und als David seine Hände auf ihre Brüste legte, hätte sie sich am liebsten umgebracht, oder ihn. Dennoch ließ sie diesen Übergriff widerstandslos über sich ergehen, denn ihr war klar, dass Widerstand sein Bedürfnis, sie zu verletzen, nur angestachelt hätte.

Die schweren Schritte des Hausmädchens, das wie an jedem Morgen die Kohleneimer die Treppe hinauftrug, erlösten sie. David ließ von ihr ab, sah zur Treppe und dann wieder zu Claire.

»Nein, ich liebe dich nicht«, sagte er mit schneidender Kälte in der Stimme. »Ich habe dich nie geliebt.«

Dann wandte er sich ab und ging ohne einen einzigen Blick zurück zu seinem eigenen Zimmer ein Stück den Korridor hinab. Als Claire den Scheitel des Hausmädchens am Kopf der Treppe erblickte, flüchtete sie sich zurück in ihr Schlafzimmer, schloss die Tür und verriegelte sie sorgsam. Dann ließ sie sich aufs Bett fallen und weinte, als müsste ihr das Herz brechen.

Bis zum Abend hatte sie sich äußerlich wieder gefasst, doch innerlich bebte sie. Zwar war sie nun nicht mehr hin und her gerissen zwischen ihrem Herzen und ihrem Verstand, doch sie ängstigte sich noch immer furchtbar um Hugh, und sie schämte sich auch noch immer dessen, was sie fest entschlossen war zu tun, sobald er zurückkäme.

Sie und Beth hatten sich mit einer Gruppe Freunde verabredet, die Vauxhall Gardens zu besuchen. Da es eine große Gruppe war – sie bestand aus drei von Beths engsten Freundinnen, ihren stolzen Müttern und vier jungen Herren –, nahmen sie drei Kutschen und ratterten stilvoll über die Themsebrücke und dann in Richtung des Parks. Die Gruppe erreichte die Vauxhall Gardens in bester Stimmung, und man stellte fest, dass der Park noch entzückender als in den Beschreibungen sei. Er war sehr groß, und es gab zahlreiche von Hecken begrenzte und von Weinlaub überrankte Wege, die von unzähligen Fackeln und Laternen beleuchtet wurden. Im Zentrum des Parks befand sich ein großer offener Bereich, in dem man für einen Abend überdachte Logen mieten konnte. Erfrischungen wurden serviert, und die Abendunterhaltung bestand aus einem Orchester, Tanz und später einem Feuerwerk.

Als sie ihre Loge bezogen, tanzten bereits ein Dutzend Paare auf der runden offenen Fläche in der Mitte, und zahlreiche Besucher schlenderten über das Gelände, grüßten Bekannte und genossen das Wetter, das an diesem Abend besonders angenehm war. Mr Whetton, ein schlanker Mann von dreiundzwanzig Jahren, der Beths Freundin Mary Ivington ernsthaft den Hof machte, war der Gastgeber dieser Unterhaltung, und als sie angesichts des festlichen Schmucks der Logen in Begeisterungsrufe ausbrachen, bot er sogleich an, Erfrischungen servieren zu lassen.

Alle lehnten ab, und Beth und Miss Ivington verlangten lautstark danach, man möge sie zu den Schwänen im Zierteich geleiten. Mr Whetton und sein Freund Lord Gaines erfüllten ihnen den Wunsch galant. Claire fühlte sich nicht bemüßigt, Beth zu begleiten – Mr Whetton und Lord Gaines waren beide vollendete Gentlemen –, sondern lehnte sich in der Loge zurück, genoss die Parade der modischen und nicht so modischen Gewänder, die dort an ihr vorüberzog, und lauschte mit halbem Ohr den anderen, die sich ausgelassen über die Vorzüge des Tanzens gegenüber dem Schlendern durch den Park kabbelten.

Claire war es zufrieden, den Menschen, die vor ihrer Loge vorbeischlenderten, zuzusehen und der Musik zu lauschen. Da erregte ein hochgewachsener Mann, der durch einen der Laubengänge auf ihre Loge zukam, ihre Aufmerksamkeit. Es war schon recht dunkel, und der Mann war noch weit entfernt, deshalb konnte sie nur erkennen, dass er schwarze Haare hatte. Doch etwas an seiner Art, sich zu bewegen …

»Bitte entschuldigen Sie mich«, sagte sie und erhob sich, »aber ich glaube, ich sehe dort einen Freund.«

Die anderen nickten und lächelten und wendeten sich sogleich wieder ihren Gesprächen zu. Claire spürte, wie ihr Herzschlag sich beschleunigte, als sie die Loge verließ, und dann bewegten auch ihre Füße sich schneller, als sie den Weg erreichte. Er kam noch immer direkt auf sie zu, und plötzlich war sie sicher, dass es Hugh war. Ihr Herz schien sich vor Freude zu weiten, ein Lächeln bebte auf ihren Lippen, und um's Haar wäre sie gerannt, doch sie bezähmte sich und ging ihm nur geschwind entgegen.

Es *war* Hugh, und er sah sehr herzoglich aus in einem gut sitzenden Rock aus sehr feinem blauen Stoff über beigefarbenen Hosen; seine Krawatte hatte er elegant in einem Stil gebunden, dessen Name ihr entfallen war, und seine Stiefel glänzten im Kerzenschein.

Er lächelte sie an, und am liebsten hätte sie ihre schlüsselblumengelben Musselinröcke gerafft und wäre in seine Arme geflogen.

Doch sie war sich bewusst, dass sie Zuschauer haben könnten, und tat es nicht. Stattdessen begegnete sie ihm umsichtig mitten auf dem Weg, und als sie in sein Gesicht hochblickte, sah er ihr lächelnd in die Augen.

Claire spürte, dass sie noch nie so glücklich gewesen war, jemandem wiederzusehen.

»Hast du mich vermisst, Kleines?«, fragte er, wie er es

schon einmal getan hatte, nahm ihre Hand und führte sie an seine Lippen.

Sie liebte ihn inbrünstig, das wurde ihr jetzt klar. Und er war zurückgekehrt, und in Sicherheit, und sie gehörte ihm.

Also warum liefen ihr dann Tränen über die Wangen?

Sie wollte nicht, dass er es sah, und so entzog sie ihm ihre Hand, wandte sich ab und ging rasch einen gewundenen, von hohen Hecken gesäumten Weg entlang, der im rechten Winkel von dem Laubengang abging.

»Claire.«

Er folgte ihr, natürlich. Claire fuhr sich rasch mit den Fingern über die Wangen, um sämtliche Spuren ihres albernen Betragens auszulöschen. Hatte sie denn Grund, zu weinen? Ganz und gar nicht.

Der Mond glitt hinter eine Wolke, die nächtlichen Geräusche vervielfachten sich plötzlich, und der Wind wurde unverhofft kalt. Claire schlang die Arme um sich, blieb instinktiv stehen, wo sie war, und sah sich um. Unvermittelt schien der Park ein fremdartiger, furchterregender Ort zu sein. Sie war umgeben von dunklen Schatten, die innerhalb eines einzigen Atemzugs bedrohlich geworden waren. Als sich am fernen Ende des Pfades etwas zu regen schien, sträubten sich ihr die Haare.

»Claire.«

Hugh war hinter ihr, Gott sei Dank. Sie tat einen tiefen zittrigen Atemzug, dann drehte sie sich um und trat in seine Arme.

Doch anstatt sie zu umarmen, packte er sie an den Oberarmen, hielt sie ein Stück von sich weg und sah stirnrunzelnd auf sie hinab.

»Herr im Himmel. Weinst du?«

»Nein«, erwiderte Claire kategorisch, obwohl es stimmte. Sie spürte, wie die Tränen feucht ihre Wangen hinabkullerten, und hätte sie weggewischt, wenn der verfluchte Mann vor ihr nur nicht ihre Arme festgehalten hätte.

Er stieß eine Verwünschung aus. Dann zog er sie an sich, hielt sie ganz fest und küsste ihre nasse Wange, ihren Hals, ihr Ohr.

»Weine doch nicht«, flüsterte er ihr ins Ohr. »Ich liebe dich. Warum weinst du denn?«

Claires Herz begann wie wild zu pochen. Ihre Hände hatten vorne auf seiner Brust gelegen, flach und passiv. Nun schlang sie ihm die Arme um den Hals.

Sie schniefte, blinzelte die letzten Tränen fort und sah zu ihm hoch.

»Ich liebe dich auch. Außerdem: darum.«

Er gab einen Laut von sich, der eine Mischung aus Stöhnen und Lachen war, hob den Kopf und sah zu ihr hinunter. Seine Mundwinkel verzogen sich zu einem Lächeln, doch sein Blick war ernst.

»Nicht das schon wieder«, sagte er.

»In Ordnung. Weil du wieder da bist. Weil ich dich liebe.«

»Und das ist ein Grund zum Weinen?« Nachsichtig, doch verständnislos schüttelte er den Kopf.

»Manchmal.«

Sie tat einen tiefen beruhigenden Atemzug und begegnete seinem Blick. Im Mondlicht waren seine Augen schwarz, und sein Blick war unergründlich, doch seinen Mund umspielte ein zärtliches Lächeln. »Ich bin bereit, deine Geliebte zu werden. Wann immer du möchtest.«

»Ah«, sagte er, als wäre etwas, dass unverständlich gewesen war, nun klar geworden.

Und dann schloss er sie in die Arme und küsste sie. Sie erwiderte seinen Kuss, als wollte sie nie mehr aufhören. Als er schließlich den Kopf hob, ließ sie ihre Wange eine Minute an seiner Brust ruhen. An ihrem Ohr hörte sie sein wild schlagendes Herz.

»Claire«, sagte er und hob ihr Kinn an, damit er ihr ins Gesicht sehen konnte. Sie lehnte sich an ihn, zu schwach nach dem Kuss, um auch nur daran zu denken, sich zu regen, und ließ ihn gewähren. »Ich liebe dich. Himmel, ich will dich heiraten. Ich würde dich morgen heiraten, wenn ich könnte.«

»Aber du kannst es nicht.« Verzweiflung erfüllte ihre Stimme und ihre Gedanken. »Da ist David.«

»Ja, da ist David.« Er schien zu zögern. »Claire, da ist etwas, das ich dir sagen muss. Seit du Frankreich verlassen hast, lasse ich dich von meinen Leuten überwachen, und andere Leute haben Nachforschungen darüber angestellt, wie es zu dem Überfall auf deine Kutsche kam. Gestern Nacht bin ich schließlich zufällig auf die Wahrheit gestoßen.« Er erzählte ihr kurz von Marley und Sophy Towbridge und allem anderen. »Ich glaube, David will deinen Tod. Ich glaube, er hat jemanden angeheuert, dich zu töten.«

»Warum sollte er das tun?« Sie war erschüttert und verwirrt zugleich. Sie und David führten keine gute Ehe, doch er hasste sie nicht – jedenfalls glaubte sie das. Und er hatte ihr nie wirklich Schaden zugefügt, auch wenn sie an jenem einen Morgen kurz gefürchtet hatte, er werde es tun. Doch er hatte es nicht getan. Gewiss wollte er nicht ihren Tod.

»Er hat Frauen nie besonders gemocht«, sagte Hugh langsam und bedächtig. »Oder jedenfalls nur als Spielzeuge. Denk daran, ich kenne ihn, seit wir kleine Jungs waren, auch wenn wir uns nie nahe gestanden haben oder man uns nie hätte Freunde nennen können. Ich hätte nicht gedacht, dass er je heiraten würde. Als du mich davon überzeugt hattest, dass du tatsächlich mit ihm verheiratet bist, war ich überrascht, aber du, meine Taube, bist eine einzigartige Schönheit, und ich dachte, David müsse sich seit unserer letzten Begegnung so weit geändert haben, dass er dich zu schätzen weiß. Aber als du dann zurück nach England gereist bist, habe ich nachgedacht und ein paar Nachforschungen angestellt. Du hattest eine Erbschaft von zwanzigtausend Pfund, Liebes, und David steht jetzt tief in der Kreide. Genau genommen hatte er zu dem Zeitpunkt, zu dem deine Kutsche überfallen wurde, beinahe sein gesamtes Geld verloren, und deines ebenfalls. Er hat die Instandhaltungskosten für meine Güter aufgebauscht und die Differenz in die eigene Tasche gesteckt.«

»Willst du damit sagen, David hätte mich meines Geldes wegen geheiratet?«, stieß Claire hervor. Die Mitgift war ein Geschenk von Nick gewesen, der gesagt hatte, er liebe sie wie seine eigene Schwester und wolle nicht, dass irgendetwas sie daran hinderte, denjenigen zu heiraten, den sie heiraten wollte – beispielsweise der Skandal, den er und Gabby aufgewirbelt hatten, als die bessere Gesellschaft gedacht hatte, sie hätten sich ineinander verliebt, obwohl sie Bruder und Schwester seien. Dieses Geld hatte ihr tatsächlich die Freiheit verliehen, sich einen Ehemann auszusuchen – und sie hatte sie vertan, indem sie David erwählt hatte. Andererseits, tröstete sie sich, wäre jede andere Wahl ebenso falsch gewesen. Hugh war ja noch nicht in ihr Leben getreten.

Hugh zuckte mit den Achseln. »Ich glaube, schon. Er hat das Geld in weniger als sechs Monaten durchgebracht. Dann hat er es meiner Meinung nach mit der Angst zu tun bekommen. Er hat angefangen, mit hohen Einsätzen zu spielen, hat Pferdewetten abgeschlossen, und er hat so viel verloren, bis er tiefer verschuldet war als bei eurer Heirat. Ich glaube, da hat er den Entschluss gefasst, sich deiner zu entledigen und sich eine neue Frau mit einer hohen Mitgift zu suchen.«

»Bist du sicher?« Claire konnte es nicht glauben.

Hugh schüttelte den Kopf. »Nicht völlig. Wenn ich einen echten Beweis hätte, säße er jetzt schon im Gefängnis. Aber ich bin davon überzeugt. Mir fällt sonst niemand ein, der durch deinen Tod etwas zu gewinnen hätte. Dir?«

»Nein.« Allmählich zeigte der Gedanke, dass David womöglich tatsächlich diese Schläger, die ihre Kutsche überfallen hatten, angeheuert haben könnte, um sie zu töten, Wirkung, und eisige Schauer rannen ihr über den Rücken. »Mein Gott.«

»Keine Sorge. Du bist ganz sicher, seit du Frankreich verlassen hast. Ich habe meinen Männern befohlen, dich auf Schritt und Tritt zu bewachen. Ich lasse nicht zu, dass dir etwas geschieht, darauf gebe ich dir mein Wort. Aber das bringt mich zu einem anderen Aspekt: David ist verzweifelt. Meiner Meinung nach ist er so verzweifelt, dass er versucht hat, dich umbringen zu lassen. Wenn ich ihm genügend Geld biete, könnte ich ihn damit veranlassen, sich von dir scheiden zu lassen, glaube ich.«

Einen Augenblick lang starrte Claire ihn einfach sprachlos an. Eine Scheidung. Allein der Gedanke war so entsetzlich, dass sie nicht wusste, was sie sagen sollte. Sie konnte sich nicht scheiden lassen. Niemand ließ sich scheiden. Man musste eine Petition ans Parlament richten, wenn man sich scheiden lassen wollte. Ihre Familie wäre auf immer entehrt. Beths Aussichten auf dem Heiratsmarkt wären damit zunichte gemacht. Und sie selbst – man würde sie niemals mehr irgendwo außerhalb des Schoßes ihrer Familie empfangen. Sie wäre für immer als liederliches Frauenzimmer gebrandmarkt.

Doch Hugh würde ihr gehören, ganz legal und für immer.

»Eine Scheidung«, wiederholte sie benommen. Sie konnte nicht fassen, dass sie so etwas überhaupt in Erwägung zog.

»Ich liebe dich«, sagte er nochmals. »Ich will den Rest meines Lebens mit dir verbringen. Lass dich von David scheiden und heirate mich. Oder wenn du eine Scheidung nicht erträgst, dann lauf mit mir fort, und ich bezahle David dafür, dass er Stillschweigen bewahrt. Ich bin ein reicher Mann, und obendrein Herzog, das muss doch zu etwas gut sein. Ich werde gut für dich sorgen, das schwöre ich.«

»O Hugh.« Ihre Stimme bebte. Ihr Blick glitt über seine scharf geschnittenen Züge, liebkoste jede Fläche, jeden Winkel in seinem schlanken dunklen Gesicht. Dann erkannte sie, dass sie keine Wahl hatte: Sie wählte Hugh, gleichgültig, was sie dafür tun musste. Wenn sie Hugh hatte, würde sie Gott für den Rest ihres Lebens um nichts mehr bitten.

Seine breiten Schultern versperrten ihr die Sicht auf den Park. Sie konnte nicht mehr an ihm vorbeisehen und wusste daher nicht, ob sie immer noch allein waren. Doch es war ihr gleich, jedenfalls in diesem Augenblick. Sie war dabei, jede Vorsicht gründlich über Bord zu werfen, und es scherte sie nicht, ob sie dabei einhundert Zuschauer hätte, die sie anfeuerten.

»Ich liebe …«

Ehe sie diesen Satz zuende sprechen konnte, schwang etwas aus der Dunkelheit heran und prallte mit Wucht an Hughs Hinterkopf. Es gab einen widerlichen dumpfen Aufschlag, und Hugh erstarrte sofort. Claire blieb kaum Zeit zu erfassen, was geschah, da weiteten sich seine Augen flüchtig, er verdrehte die Augäpfel und sackte in ihren Armen zusammen.

»Hugh!« Entsetzt versuchte sie, seinen schweren, wie leblosen Körper zu stützen, während sie den Mund öffnete, um zu schreien. Doch aus ihrer Kehle drang nicht mehr als ein Quieksen, dann spürte sie einen wuchtigen Schlag gegen die Schläfe, und alles wurde schwarz.

31

Als Hugh benommen die Augen öffnete, war sein erster Gedanke, dass er in der vergangenen Nacht viel zu tief ins Glas geschaut haben musste, denn er hatte einen ganz unglaublichen Kater.

Sein Schädel fühlte sich an, als schlügen Tausende von kleinen Hämmern ein Loch in seinen Hinterkopf, er sah alles doppelt und manchmal sogar dreifach, und obendrein war ihm auch noch übel.

Das Komische daran war, dass er normalerweise gar nicht mehr so viel trank. Als junger unerfahrener Bursche war er ebenso häufig bezecht wie nüchtern und sein Ruf dementsprechend gewesen. Doch seit er zur Armee gegangen war, trank er beinahe überhaupt nicht mehr. In der Nacht vor einer Schlacht zu viel zu trinken war seines Wissens die beste Garantie dafür, dass einem der Kopf weggepustet wurde, und in den ersten Jahren nach seiner Abreise aus England hatte es eine Schlacht nach der anderen gegeben.

Dann hatte ihn vor sieben Jahren der Geheimdienst angeworben. Zunächst war er nicht sehr begeistert gewesen, denn ihm hatte gefallen, was er tat, und als junger idealistischer Offizier hatte er ein starkes Verantwortungsgefühl für seine Männer empfunden, doch der Geheimdienst – besonders Hildebrandt – hatte ihn mit dem Argument überredet, dass sein Land ihn brauche. Damals hatten sie einen besonderen Auftrag für ihn gehabt: Sie hatten ihn mit einem Mann in eine Zelle sperren wollen, den sie als französischen Agenten verdächtigten, der jedoch aus anderen Gründen im Gefängnis saß. Hugh sollte sich selbst als jemand ausgeben, der mit den Franzosen sympathisierte, sich mit dem Mann anfreunden und ihn dazu bringen, sich ihm anzuvertrauen. Um dem Mann Vertrauen einzuflößen, hatten sie behauptet, Hugh habe militärische Geheimnisse an den Feind verraten und ihn des Verrats angeklagt.

Die List hatte funktioniert. In dem Glauben, er habe in Hugh einen verwandten Geist gefunden, hatte der Mann freimütig gesprochen. Nachdem sein Auftrag erledigt war, hatten sie Hugh aus der Zelle geholt, doch dann hatte er festgestellt, dass ihm in den Augen einiger seiner Kameraden immer der Makel des Verräters anhaften würde, auch wenn er von dem entsprechenden Vorwurf freigesprochen worden war. Zu stolz, sich mit der Wahrheit zu verteidigen, hatte er das stattdessen mit seiner Pistole und seinen Fäusten getan. Doch als Hildebrandt ihm ein weiteres Angebot unterbreitet hatte, hatte Hugh nur zu gern angenommen. Diesmal war er nach Erledigung des Auftrags beim Geheimdienst geblieben, und schließlich hatte er erkannt, dass er genau dort hingehörte.

Doch im Dienst zu trinken, wenn man als Spion arbeitete, war sogar noch tollkühner, als zu trinken, wenn man sich bereit machte, in die Schlacht zu reiten. Also wie kam er dann zu solchen Kopfschmerzen?

Verflucht, wo war James?

Was er jetzt brauchte, und zwar sofort, war James' Spezialgebräu.

Seine Hände waren gefesselt, merkte er, als er sich vom Rücken auf die Seite rollen wollte.

Beinahe im selben Augenblick fiel ihm auf, dass er auf einem Teppich lag statt in einem Bett – und dass jemand über ihm stand und mit lässig in der Hand gehaltener Pistole auf ihn herabsah.

»Wieder wach?« Das Gesicht verschwamm ihm immer wieder vor Augen, doch Hugh musste es nicht genau erkennen können, um zu wissen, wer der Sprecher war: Das blonde Haar, das die Kerze auf dem Nachttisch neben dem Bett in einen Heiligenschein verwandelte, genügte, um ihn zu erkennen.

»David. Was zum Teufel …?«

»Hallo, Hugh.«

Auch seine Knöchel waren gefesselt, und seine Knie. Als Hugh versuchte, sich zu bewegen, musste er feststellen, dass er genau genommen dressiert war wie eine Weihnachtsgans. Sein Kopf pochte, ihm verschwamm immer wieder alles vor den Augen, und in seinem Magen rumorte es, doch Hugh war in seinem Leben oft genug in der Bredouille gewesen, um Kleinigkeiten wie körperliches Unwohlsein nötigenfalls zu missachten, wenn er sich auf Wichtigeres konzentrieren musste – wie eine tödliche Bedrohung.

Es war das Pferd. Das Pferd. Das drei Mal verfluchte Pferd. Am vergangenen Abend hatte sein Pferd ihn abgeworfen. Es war eine Warnung gewesen, wie er mittlerweile hätte wissen müssen. Wie hatte er nur so in seiner Wachsamkeit nachlassen können?

Hugh sah, dass ein anderer Mann mit dem Rücken zur Tür stand, ein großer stämmiger Bursche in einem übergroßen Friesrock und abgetragenen Kniehosen, der offensichtlich eine Art gedungener Schläger war. Der Mann trug einen Schlapphut, den er tief ins Gesicht gezogen hatte, und war wie David mit einer Pistole bewaffnet.

Hugh war in der Bredouille, keine Frage. Als er erkannte, dass er sich in Lebensgefahr befand, bekam er einen klaren, kühlen Kopf. Er war an Händen und Füßen gebunden, lag auf einem muffig riechenden Teppich in einem kleinen Schlafzimmer, das ihm entfernt bekannt vorkam, und David stand mit einer Pistole über ihm. Blitzartig erinnerte er sich wieder an alles: an den wilden Ritt zurück nach London; die Vauxhall Gardens; den Schlag auf den Kopf; Claire.

»Wo ist Claire?« Falls er Angst um sie verspürte – und dem war so –, so gab seine Stimme nichts davon preis. Doch da er David kannte, begann sein Herz wie wild zu schlagen. David war fähig, Schmerzen um der Schmerzen willen zuzufügen, und Claire war verletzlich.

»Du meinst mein Eheweib? Gleich hinter dir.« David deutete lässig mit dem Kopf in die fragliche Richtung. Hugh rollte sich unbeholfen auf die andere Seite. Claire kauerte nicht weit von ihm in einer Ecke zwischen Nachttisch und Wand, die einst elegante Frisur nun in trauriger Unordnung, sodass vereinzelte Strähnen ihres schwarzen Haars ihr über die Schultern und den Rücken fielen, die Hände offenbar hinter dem Rücken gefesselt, auch wenn er das Seil nicht sehen konnte.

Unter dem weichen gelben Musselin ihres Kleides hatte sie die Knie so eng an den Körper gezogen, dass sie praktisch ihr Kinn berührten. Ihre wunderschönen goldenen Augen mit den dichten Wimpern waren rot gerändert, weil sie geweint hatte, und vor Angst weit aufgerissen, als sie seinem Blick begegnete – und an ihrer Schläfe war eine frische Prellung, die sich allmählich violett verfärbte. Ihre Unterlippe war geschwollen und aufgeplatzt, und aus einem Mundwinkel lief ein Blutrinnsal herab.

Eine solche Verletzung war das Ergebnis eines Schlags mit dem Handrücken. Er hatte so etwas bereits zuvor gesehen; genau genommen kam es vergleichsweise oft vor bei den Soldatenhuren, die mit der Armee reisten. Die Frauen mussten häufiger eine grobe Behandlung erdulden, als die meisten Offiziere sehen wollten.

»Du hast sie geschlagen.« Hughs ganzer Körper versteifte sich. Aus seinen Augen sprach Mordlust, als sein Blick nun über Davids Gesicht peitschte. Blinde Wut raste durch seine Adern. *Dafür werde ich dich umbringen,* versprach er David innerlich. Doch es gelang ihm, die Drohung herunterzuschlucken. Wenn es je eine Zeit für behutsames Vorgehen gegeben hatte, dann jetzt. »Bei Gott, du Mistkerl, du hast sie geschlagen. Was für ein Mann bist du nur, dass du eine Frau schlägt?«

»Wie immer, Cousin, bist du der galante Streiter für die Huren der Welt.« David achtete darauf, ihm nicht zu nahe zu kommen. »Ich bin sicher, sie wissen das zu schätzen, aber es lässt dich leider eher wie ein Narr aussehen. Ich nehme an, es hat damit zu tun, dass deine Mutter eine war. Eine Schande, dass mein Onkel, der Herzog es nicht herausgefunden hat, bevor er sie geheiratet hat. Das hätte uns allen viel erspart.«

Er sah zu Claire. »Hat er dir von seiner Mutter erzählt? Sie war mit ihm schwanger, als sie meinen Onkel heiratete. Sie war ebenfalls aus gutem Hause, was es umso überraschender macht. Sie nahm sich einen Liebhaber und wurde schwanger, und als ihr Liebhaber starb, heiratete sie meinen Onkel und versuchte, ihm das Kind unterzuschieben, indem sie es als Siebenmonatskind ausgab. Und sie wäre damit auch durchgekommen, wenn Hugh seinem echten Vater nicht so ähnlich gesehen hätte. Die Lynes sind alle hellhäutig, weißt du. Er ist der einzige schwarze Vogel in dem ganzen Haufen. Mein Onkel hatte einen Verdacht, weil Hughs echter Vater ein guter Freund von ihm war, und er hat seiner Frau so lange zugesetzt, bis sie gestanden hat. Dann hat er sie die nächsten Jahre besinnungslos geschlagen, bis sie das einzig Richtige tat und starb.«

David sah wieder zu ihm. Aus seinen Augen sprach die reine Bosheit. »Da warst du – was? – dreizehn, Hugh? Was für eine Tragödie.« Er wandte seine Aufmerksamkeit wieder Claire zu. »Mein Onkel hätte den Bastard gerne verstoßen, aber er hätte es nicht ertragen können, sich öffentlich dazu bekennen zu müssen, dass er ein Narr und Hahnrei war. Von daher haben wir es hier mit einem Usurpator zu tun. Hugh hat nicht mehr Anspruch darauf, sich Herzog von Richmond zu nennen als du. Eigentlich sollte ich der Herzog sein. Nicht ein Tropfen Lynes-Blut fließt in seinen Adern.«

Hugh war froh, dass es zwar lange gedauert hatte, bis er mit seiner Familiengeschichte ins Reine gekommen war, es ihm jedoch irgendwann gelungen war. Einst hätte er es nicht ertragen können, dass David sie so höhnisch erzählte, und das wusste David. Doch nun war Hugh erwachsen und nicht mehr der unbändige Junge, den David gekannt hatte. Zwar war jede Erwähnung seiner Mutter, die nunmehr seit achtzehn Jahren tot war, schmerzlich für ihn, doch Gerede über die Umstände ihres Lebens – und Todes – erfüllten ihn nicht mehr mit blinder Wut. Was den Herzog betraf – er nannte ihn selbst im Stillen längst nicht mehr Vater –, er war gestorben, als Hugh fünfundzwanzig gewesen war. In seinen letzten Worten an seinen Erben hatte er erneut seiner Überzeugung Ausdruck verliehen, dass Hugh nicht sein Sohn sei, sowie seinem Wunsch, Hugh möge ein frühes Ende finden, ehe er selbst einen Sohn haben könnte, damit der Titel an denjenigen fallen könnte, der ihn von Rechts wegen führen sollte.

Also David.

Zwar hatte Hugh es sich selbst lange nicht eingestanden, doch nachdem der alte Herzog gestorben war, hatte er sein Bestes getan, um seinem Ersatzvater dessen letzten Wunsch tatsächlich zu erfüllen.

Aus Schuldgefühl, nahm er an.

Erst seit wenigen Jahren glaubte er endlich wirklich daran, dass er es verdiente, zu leben.

»Hugh«, sagte Claire. Ihre Stimme war ein raues Flüstern, das ihm Sorgen machte, ihn aber auch sofort zurück in die Gegenwart holte. Sie klang, als wäre ihre Kehle verletzt – was hatte der Scheißkerl ihr angetan, während er, Hugh, bewusstlos gewesen war? Ihm fielen zahllose Antworten ein, seine Muskeln spannten sich an, und seine Adern traten hervor, doch er zwang sich, sich wieder zu entspannen. Wut war ein Luxus, den er sich im Augenblick nicht erlauben konnte. »David beabsichtigt, dieses Haus mit uns darin zu verbrennen.«

David lächelte Hugh an.

»Oh, ich werde euch zwei natürlich vorher in den Kopf schießen. Ich halte nichts von unnötigem Leid.«

In Davids Stimme war ein spöttischer Unterton. Dann schwang sein Blick zu Claire herum, und ohne Vorwarnung richtete er die Pistole auf ihre glatte weiße Stirn. Hugh spürte, wie sein Herz aussetzte und ihm das Blut in den Adern gefror. »Du zuerst. Steh auf.«

Hugh spannte die Muskeln an und bereitete sich darauf vor, irgendwie einzuschreiten. Wenn er Glück hatte, würde er seine Beine mit Davids Beinen verhaken und ihn zu Boden reißen können. Das würde ihnen zwar nicht das Leben retten – der Schläger an der Tür würde ihn vermutlich binnen Sekunden erschießen, und wenn nicht er, dann David, sobald er sich wieder hochgerappelt hätte –, doch es war allemal besser, als zuzusehen, wie die Frau, die man liebte, vor den eigenen Augen erschossen wurde. Mit wahrhaft löblicher Selbstbeherrschung hielt Hugh sich zurück und wartete auf den richtigen Augenblick. Die Augen hatte er so fest auf Davids Finger am Abzug gerichtet, dass ihm der kalte Schweiß ausbrach, doch er hoffte, irgendeine Warnung zu erhalten, rechtzeitig, ehe David den Abzug tatsächlich betätigte. Während er sich auf Davids Hand konzentrierte, welche die Pistole hielt, beobachtete er aus dem Augenwinkel, wie Claire – so tapfer, wenn sie in die Ecke getrieben war, wie er aus eigener Erfahrung wusste – sich langsam erhob und David seinen eisigen Blick mit einem ebenso eisigen Blick vergalt. Angesichts von Davids Naturell – er war der Typ, der als Kind den Fliegen die Flügel ausgerissen hatte – war das selbstverständlich die völlig falsche Vorgehensweise, doch Hugh konnte nicht anders, als Claire dafür im Stillen zu bewundern. Er hatte ihre Kühnheit charmant gefunden. David würde sie zermalmen wollen, bis sie wimmernd zu seinen Füßen läge.

»David!« Er sprach in schneidendem Ton, um ihn abzulenken. Es funktionierte und verschaffte ihm einen kleinen

Aufschub vor dem Unvermeidlichen. Sein Cousin sah ihn an und senkte die Pistole. Hugh atmete leise aus. Er fühlte sich wie ein zum Tode Verurteilter, dem eine Gnadenfrist gewährt worden war. »Sag mir eins: Warum tust du das?«

Für den Augenblick schien David das Interesse an Claire verloren zu haben. Er kam quer durchs Zimmer zu ihm und sah auf ihn herab. Er trug einen flaschengrünen Rock und gelbbraune Kniebundhosen, sein Hemd war makellos und auch seine Frisur saß tadellos. Bis auf die Pistole in seiner Hand schien er ganz der Alte zu sein. In seinen Augen war keine Spur von Wahnsinn zu sehen, der erklärt hätte, was in seinem Kopf vorging. Er sah geistig völlig gesund aus, völlig normal.

Vielleicht war er das auch.

Hugh erkannte, dass dieser Gedanke unheimlicher war als die Alternative.

»Ach, wie wäre es mit – du hast im Park meine Frau geküsst.«

Offensichtlich hatte David oder einer seiner Schläger sie beobachtet. Hugh spürte, wie ihn erneut die nackte Angst packte. Dann begriff er, dass er Angst um Claire hatte. Er selbst hatte dem Tod schon viele Male kaltblütig ins Auge geblickt. Doch um Claire hatte er schreckliche Angst.

»Übrigens, Cousin, ich ziehe den Hut vor dir, du weißt wirklich, wie man Frauen umwirbt: Du bist erst einen Monat wieder in England, und in der Zeit hast du schon meine Frau verführt.«

Hugh erwiderte nichts. Er war überzeugt, dass er David im Augenblick nur noch mehr in Rage bringen würde, wenn er ihm erzählte, wie er und Claire sich in Wahrheit kennen gelernt hatten. An dieser Katastrophe musste er sich selbst die Schuld geben. Er hätte vorsichtiger sein müssen. Er hatte geglaubt, an einem öffentlichen Ort und in seiner Gesellschaft sei sie sicher. Wer hätte gedacht, dass die Schläger mitten in den Vauxhall Gardens auf sie warten würden?

Doch dies war nicht der rechte Zeitpunkt für Selbstvorwürfe. Er musste sich konzentrieren, wenn er überhaupt eine Chance haben wollte, Claire heil hier herausbringen.

»Darum geht es hier nicht«, sagte Hugh mit Bestimmtheit. Sein Instinkt riet ihm, er solle versuchen, Zeit zu schinden, und Hugh schwor darauf, seinem Instinkt zu folgen. Er hatte ihm mehr als ein Mal das Leben gerettet. Früher oder später würde James ihn vermissen – aber natürlich konnte James selbst dann – selbst, wenn er es früh bemerkte – nicht wissen, wo er war. »Dir ist es doch gleich, ob sie mit mir oder fünfzig anderen Männern schläft. Du wolltest sie doch schon längst töten – du hast den Überfall auf ihre Kutsche geplant.«

Einen Augenblick lang starrte David ihn einfach an. Dann schnaubte er höhnisch.

»Du bist so gut informiert«, staunte er. »Ich bin beeindruckt, das muss ich zugeben.«

Er sah Claire an, die immer noch stand, nun jedoch mit dem Rücken am Nachttisch lehnte, als hätten Furcht oder Entsetzen ihr so zugesetzt, dass ihre Beine sie nicht mehr tragen mochten, und seine Miene veränderte sich, wurde offen grausam.

»Sie ist wirklich ein hübsches Ding, nicht wahr? Und dazu mit einer hübschen Mitgift. Aber das Geld ist längst ausgegeben, sie hat ihren Reiz für mich verloren, und du hast mich davon in Kenntnis gesetzt, dass du mich nicht mehr finanzieren wirst, also musste ich Vorkehrungen für eine alternative Lösung treffen. Der ursprüngliche Plan lautete, einfach einen Unglücksfall zu arrangieren, damit ich mir eine neue Frau mit einer neuen Mitgift nehmen kann – ehrlich gesagt hatte ich diesmal eine echte Erbin im Sinn, den Chalmondley-Fratz, vielleicht hast du sie einmal in der Stadt gesehen, sie hat Zähne wie ein Hase, aber ihr Vater hat Geld wie Heu –, bloß haben Donen hier und seine Bande von Dilettanten meine Frau entkommen lassen. Stell dir meine Überraschung vor, als sie heil und gesund wieder bei meinem Schwager vor der Tür stand. Da blieb mir nichts anderes übrig, als den Plan für ein paar Monate fallen zu lassen. Ein zweiter Unglücksfall gleich nach dem ersten hätte zu verdächtig ausgesehen.«

Donen?

Der Anführer der Bande, die Claires Kutsche überfallen hatte und sie hatte umbringen wollen? Hughs Blick fuhr zu ihm herum. Im Stillen schwor er Rache. Marley hatte seinen Zorn bereits zu spüren bekommen. Mittlerweile sollte er sich eigentlich schon im Gewahrsam der Bow Street Runners befinden, einer Polizeitruppe in Zivil – und dieser Geselle hier würde sich glücklich schätzen dürfen, wenn das Schicksal so glimpflich mit ihm verführe.

Plötzlich bemerkte Hugh einen eigentümlichen Geruch. Einen Geruch, der nicht in diesen seit längerer Zeit geschlossenen Raum gehörte. Einen beißenden Geruch. Hugh sah in Claires Richtung. Sie starrte mit äußerster Konzentration vor sich – und dann sah er mit einer Mischung aus Erschrecken über ihre Kühnheit, Stolz auf ihren Mut und ihren Einfallsreichtum sowie Furcht, man könne sie dabei ertappen, dass sie ihre gefesselten Hände über die Kerzenflamme hielt, um das Seil zu durchtrennen.

Er lag so, dass er recht gut sehen konnte, was sie tat. Er glaubte nicht, dass David und der Schläger an der Tür es sehen konnten.

Doch beide konnten es riechen.

David sagte gerade etwas zu Donen. Weil sein Herz wie eine Trommel schlug und er die Angst um Claire körperlich so stark spürte, dass sie einen metallischen Geschmack in seinem Mund hinterließ, bekam Hugh nicht mit, was er sagte. Als David verstummte, sah er zu ihm auf und sprach ihn hastig an.

»Wir könnten doch eine Vereinbarung treffen, du und ich. Du willst sie nicht, ich schon. Wie wäre es, wenn ich dich dafür bezahlen würde, dass du dich von ihr scheiden lässt? Sagen wir, einhunderttausend Pfund. Das sollte dir für einige

Zeit finanzielle Sicherheit gewähren, und du müsstest dafür niemanden töten.«

David sah ihn an und schien darüber nachzudenken, doch dann schüttelte er den Kopf. Hugh wusste bereits, dass es aussichtslos war; David wäre ein Narr, wenn er sein Angebot annehmen würde, und was er auch sonst sein mochte, ein Narr war er nicht. Doch Hugh wollte ihn auch lediglich ablenken, und seine List ging auf.

»Nun, das ist wirklich verlockend, das muss ich zugeben. Aber du und ich, wir wissen beide, dass ich bereits zu weit gegangen bin. Jedenfalls hatte ich heute Abend, während ich in den Vauxhall Gardens im Gebüsch gelauert habe, einen wahrhaft brillanten Einfall. Warum nicht euch beide töten? Dann wäre ich endlich der sagenhaft reiche Herzog von Richmond, der ich von Rechts wegen ohnehin sein sollte, und hätte mich obendrein meiner unerwünschten Frau entledigt, alles auf einen Streich. Es ist ein wirklich raffinierter Plan. Ehrlich gesagt bin ich sehr stolz darauf.«

Claire schien die Schultern sinken zu lassen, und dann wich sie rückwärts in Richtung Wand zurück. Davids Aufmerksamkeit war auf Hugh gerichtet, er schien nichts zu bemerken. Der Schläger an der Tür war offenbar halb eingeschlafen. Hugh saß auf glühenden Kohlen. Hatte sie Erfolg gehabt?

Er wusste es nicht.

»Damit kommst du niemals davon«, entgegnete Hugh.

Doch in Wahrheit, so erkannte er, war das sehr wohl möglich. Eigentlich war David ein nahe liegender Verdächtiger, doch mit Hughs Tod würde er der Herzog von Richmond sein, sehr mächtig und sehr reich. Nach Hughs Erfahrung waren die Behörden sehr vorsichtig, wenn es um reiche, mächtige Adelige ging. Doch ob David nun damit durchkäme oder nicht, spielte keine Rolle, denn wenn diese Frage verhandelt würde, wären er und Claire bereits tot.

»Ich denke schon.« David sah zu Claire, dann wieder zu

Hugh. Ihm schien nichts Ungewöhnliches aufzufallen, doch Hugh wäre beinahe das Herz stehen geblieben. »Als ihr zwei euch im Ballsaal bei Beths Debüt zum ersten Mal begegnet seid, war es ziemlich offensichtlich, dass es zwischen euch eine Anziehung gibt.

Meine Mutter hat mich darauf angesprochen. Sie kam zu mir, um mir zu erzählen, dass du mit meiner Frau von der Tanzfläche direkt hinaus auf die Terrasse getanzt seist, und ich solle doch bitte dafür sorgen, dass meine Frau zur Räson kommt, ehe sie uns alle in einen fürchterlichen Skandal verwickelt. Da warst du ja wohl nicht besonders diskret. Hast du wirklich geglaubt, das würde niemand bemerken? Und als du dann im Almack's mit ihr getanzt hast und ihr hinterher beide zur gleichen Zeit verschwunden wart, meinte meine Mutter, das Betragen meiner Frau und auch deines seien skandalös gewesen. Als ich heute Abend sah, wie du sie geküsst hast, fiel mir das wieder ein, und da hat sich mein schöner Plan ganz von selbst eingestellt, als könnte es gar nicht anders sein. Dein Ruf kommt mir dabei sehr zupass, weißt du: Du bist als Libertin berüchtigt. Wenn man eure Leichen hier findet, wird es so aussehen, als hättest du meine Frau aus den Vauxhall Gardens hierher in dieses Haus gebracht – es ist das Haus in der Curzon Street, in dem du früher deine Mätressen gehalten hast, Hugh, erkennst du es nicht? Zurzeit steht es glücklicherweise leer. Während du schändlicher Verführer sie also mit deinen verruchten Listen betörst, bricht im Haus ein Feuer aus, und unglücklicherweise brennt es rasch bis auf die Grundmauern nieder, mit euch beiden darin; hinterher sind eure Leichen bis zur Unkenntlichkeit verkohlt – niemand wird bemerken, dass ihr erschossen worden seid, bevor die Flammen euch überhaupt erreicht haben.«

Es klopfte an der Tür. David brach ab und sah sich um. Der Schläger – Donen – öffnete. Draußen stand ein weiterer Mann. Durch die offene Tür wehte ein strenger Geruch herein. Es dauerte einen Augenblick, doch dann erkannte Hugh den Geruch: Petroleum.

»Wir sind alle so weit. Sobald Sie's sagen, zünden wir'n Streichholz an.«

David nickte. »Tut das. Wir kommen gleich runter.«

Er ging auf die Tür zu. Einen hoffnungsvollen Augenblick lang dachte Hugh, er werde sie tatsächlich zurücklassen, vermeintlich gefesselt und dem Feuer hilflos ausgeliefert, und sie hätten eine geringe Chance, sich zu retten.

Donen hielt immer noch die Tür auf, und als David an ihm vorbeiging, blickte er zu Hugh zurück.

»Herzog von Richmond«, sagte er versonnen. »Das klingt hübsch, findest du nicht?«

Dann ging er an Donen vorbei auf den Korridor.

»Erschieß sie«, sagte er über die Schulter gewandt und war fort.

32

Sobald Claire die Augen geöffnet und einige der Männer erkannte, die ihre Kutsche überfallen hatten, wusste sie, dass sie versuchen würden, sie zu töten. Beim ersten Mal war es ihnen nicht gelungen, und nun waren sie zurückgekommen, um ihr Werk zu vollenden. Sie waren fast alle da: der Anführer, Donen hatten sie ihn genannt, Briggs, dem sie mit dem Nachttopf auf den Kopf geschlagen hatte, und noch zwei andere, deren Namen sie nie gehört hatte. Marley – der mit den Jagdhunden – fehlte als Einziger. Es war ihr Alptraum, und nun begann alles von Neuem.

Dann war David ins Zimmer getreten, war direkt zu ihr gekommen und hatte sie ohne Vorwarnung ins Gesicht geschlagen. Sie war rückwärts gegen die Wand getaumelt, hatte sich den Kopf angeschlagen, und ihre Lippe war aufgeplatzt.

»Das ist dafür, dass du mich lächerlich gemacht hast«, hatte er gesagt. Sie hatte ihn hasserfüllt angesehen und sich das Blut vom Mund gewischt. Und zu ihrer unermesslichen Erleichterung hatte die Wut die Angst verdrängt. Ihr ganzes Leben lang war sie von boshaften, gewalttätigen Männern umgeben gewesen. Welche Ironie, dass sie am Ende einen Mann erwählt hatte, der hinter seiner gut aussehenden, kultivierten Fassade ebenso gewalttätig war wie ihr Vater, obwohl sie sich so sehr bemüht hatte, genau das zu vermeiden.

Hugh hatte Recht gehabt. David war derjenige gewesen, der die ganze Zeit ihren Tod gewollt hatte, der die Männer angeheuert hatte, die ihr aufgelauert hatten, der hinter dem Überfall im Park an diesem Abend steckte. Doch David wusste nicht, wozu sie fähig war. Ihre Kindheit hatte sie nur deshalb heil überstanden, weil sie bereit gewesen war, sich mit Klauen und Zähnen zu verteidigen, wenn sie mit dem Rücken zur Wand stand.

Und in dieser Nacht stand sie mit dem Rücken zur Wand.

Als Donen ihr mit einem boshaften Grinsen, das ihr Vergeltung dafür versprach, dass sie ihm beim letzten Mal entkommen war, die Hände auf den Rücken zerrte und sie so fest zusammenband, dass ihre Finger taub wurden, hatte sie erkannt, dass sie von diesen ruchlosen Männern keine Gnade erwarten durfte.

Sie wollten alle ihren Tod, jeder Einzelne von ihnen.

Claire beabsichtigte, um jeden Preis zu überleben.

Dann hatten sie Hugh ins Zimmer getragen und ohne Umstände zu Boden fallen lassen.

Warum sollten sie sich schließlich um einen Mann sorgen, den sie töten wollten?

Einen scheußlichen Augenblick lang hatte sie sich gefragt, ob er wohl schon tot sei, und war mit einem Aufschrei auf ihn zugestürzt. Da hatte Dolen sie brutal mit dem Unterarm geschlagen, und sie war erneut gegen die Wand getaumelt. Er hatte sie hart an der Kehle getroffen, sodass sie würgend und hustend an der Wand hinuntergeglitten war, bis sie mehr oder weniger am Boden gesessen hatte. Doch sie hatte die Augen nicht eine Sekunde von Hugh abgewandt, und so hatte sie mit einiger Erleichterung gesehen, dass Briggs sich neben ihn gekniet und ihm mit brutaler Effizienz die Hände und Beine gefesselt hatte.

Also war er nicht tot. Sie hätten sich nicht die Mühe gemacht, einen Toten zu fesseln.

Dann hatte David sich neben sie gestellt. Er hatte eine Pistole in der Hand gehalten, und sie hätte beinahe Angst gehabt. Doch dann fiel ihr wieder ein, wie er sie geschlagen hatte, und Wut überkam sie und verdrängte die Furcht. Sie begrüßte dieses Gefühl, das heiß durch ihren ganzen Körper flutete. Es gab ihr Kraft und Mut, und beides konnte sie gebrauchen.

Dann hatte Hugh sich geregt, und David war zu ihm gegangen.

Glücklicherweise war David ab diesem Augenblick mehr mit Hugh als mit Claire beschäftigt gewesen. Während David Hugh gequält hatte, hatte sie ihre Lage eingeschätzt und sich, so gut sie konnte, einen Plan zurechtgelegt. Es hatte einen weiteren Augenblick akuter Angst für sie gegeben, als David die Pistole auf ihre Stirn gerichtet und ihr befohlen hatte aufzustehen. Doch dann hatte sie ihm in die Augen gesehen und erkannt, wie sehr er ihre Angst genoss, und da hatte sie sie in ihr tiefstes Inneres verbannt, wie sie es als Kind mit allen unliebsamen Gefühlen zu tun gelernt hatte. Sie hatte aufrecht dagestanden und ihm in die Augen gesehen.

In dem Augenblick, als Hugh Davids Aufmerksamkeit auf sich gelenkt hatte, hatte sie die Kerze gesehen und gewusst, was zu tun war.

Und nun, als Davids Befehl, sie zu erschießen, immer noch in der Luft hing und Donen die Tür schloss, dann zwei Schritte weit ins Zimmer hineinging, um den Befehl auszuführen, wappnete sich Claire. Ihre Haut kribbelte und brannte, wo die Flamme, die ihre Hände befreit hatte, sie versengt hatte, doch sie spürte den Schmerz kaum.

Jetzt war es so weit, sie musste um ihr Leben kämpfen. Um ihres und um Hughs Leben.

Hugh lag auf der Seite und starrte grimmig zu Donen hoch. Seine Muskeln waren angespannt. Den Kopf hatte er mehrere Zentimeter angehoben, reckte ihn auf seinem kräftigen Hals, und die Schultern schien er fest an den Boden zu drücken, als wollte er sie als Hebel benutzen. Seine Miene war grimmig, die Augen waren unentwegt auf Donens Gesicht gerichtet.

Das Gesicht zu einem höhnischen Grinsen verzogen, hob Donen die Pistole und zielte auf Hugh.

Claire schrie gellend.

»Jesses!« Donen sah erschrocken auf, als der Schrei im

Raum widerhallte. Die Hand mit der Pistole zuckte zur Seite. Da handelte Hugh: Seine gefesselten Beine peitschten wie ein Knüppel über den Boden, erwischten Donen an den Knöcheln und zogen ihm die Füße unterm Leib weg. Unter Gebrüll feuerte Donen einen Schuss ab, hing mehrere Herzschläge lang in der Luft und stürzte dann krachend zu Boden. Betäubt blieb er liegen.

Die Pistole vollführte einen hübschen Salto und landete auf dem Bett.

»Hol sie! Hol die Pistole!«

Hughs Befehl war unnötig. Noch während Claire danach hechtete, wand Hugh sich wie eine Schlange über den Boden, um sich in die richtige Position zu bringen, und drehte sich auf den Rücken. Dann hob er seine Beine hoch in die Luft und schmetterte Donen seine gefesselte Füße mit aller Macht auf den Hals.

Der Mann gab einen würgenden Laut von sich und zuckte krampfhaft. Dann lag er still.

Mit der Pistole in der Hand kletterte Claire vom Bett, stand eine Minute über Donen gebeugt und betrachtete ihn mit weit aufgerissenen Augen.

»Ist er tot?«

»Ich weiß es nicht. Verschließ die Tür, und dann bind mich los. Ich habe das Gefühl, wir haben nicht viel Zeit.«

Claire beeilte sich zu tun, was er gesagt hatte. Als sie den Schlüssel im Schloss drehte, fiel ihr ein unangenehmer Geruch auf. Er war intensiv und beißend, und sie wusste auch sogleich, was er zu bedeuten hatte.

»Das Haus brennt.«

Sie rannte zurück zu Hugh und kniete sich neben ihn, legte die Pistole neben sich auf den Boden und behielt Donen die ganze Zeit im Auge.

»Das habe ich mir gedacht.«

Schließlich hatte sie die Knoten gelöst, und Hughs Hände waren frei. Dünne Rauchtentakel krochen unter der Tür hindurch. Entsetzt bemerkte Claire, dass sie in der Ferne ein Prasseln hören konnte.

»Lass mich. Steig aus dem Fenster«, sagte er und riss an den Knoten, mit denen seine Knöchel gebunden waren. Claire war ebenso eifrig damit beschäftigt, die Knoten im Seil um seine Knie zu lösen, und schüttelte den Kopf.

»Verdammt, Claire«, begann er. Da löste sich das Seil um seine Knöchel, und die Fessel um seine Knie war plötzlich ganz leicht zu lösen. Er schnappte sich die Pistole, stand auf und ging rasch zum Fenster. Claire war unmittelbar hinter ihm. Hugh steckte die Pistole in den Hosenbund und versuchte mit aller Macht, das Fenster zu öffnen. Es rührte sich nicht.

Hugh fluchte. »Bleibt nur die Tür. Komm.«

Er nahm ihre Hand und zog sie zur Tür. Rauch quoll jetzt darunter hervor. Er drehte den Schlüssel im Schloss, zögerte dann und blickte zurück zu Donen. Der Mann vollführte schwache Schwimmbewegungen. Er war eindeutig nicht tot.

»Zur Hölle mit dem Scheißkerl«, fluchte Hugh verbittert und stürzte praktisch mit einem einzigen Satz quer durchs Zimmer zu Donen.

»Steh auf.« Er zerrte den Mann auf die Füße. Donen schwankte benommen und wäre beinahe wieder zusammengesackt. Erneut fluchend, stützte Hugh ihn, dann lehnte er eine Schulter an den Bauch des Mannes und warf ihn sich über die Schulter. Hugh verzog das Gesicht ob des Gewichts, dann ging er zur Tür.

»Halt dich an meinem Rock fest, und bück dich.«

Claire tat, wie geheißen, und dann gingen sie hinaus. Tief gebückt, hasteten sie den Korridor im Obergeschoss entlang. Rauch quoll die Treppe hinauf und erfüllte die Luft. Claire bückte sich tiefer, um ihm aus dem Weg zu gehen, doch als sie die Treppe erreicht hatten, war dies nicht mehr möglich. Die Treppe war sozusagen zu einem Schornstein geworden, und als sie den Abstieg begannen, waren sie von Rauch umgeben, von undurchdringlichem rußigen Rauch, der in dichten Schwaden durchs Haus wallte und Claire in Nase und Kehle drang. Sie hustete, würgte, dann hustete sie erneut. Hugh hustete ebenfalls, und sie umklammerte seinen Rockschoß wie eine Rettungsleine. Der Rauch biss in ihren Augen, es war schwer, etwas zu erkennen. Hugh war nur noch ein zusammengekrümmter schwarzer Schatten, beinahe unkenntlich gemacht durch Donens massige Gestalt über seiner Schulter. Unten sah sie ein orangefarbenes Glühen, und sie hörte das Prasseln und Knallen des Feuers.

Doch Feuer und Rauch waren nicht ihre einzigen Feinde, nicht einmal ihre Hauptfeinde.

Das waren David und seine Schläger – und Claire wusste, ohne sagen zu können, woher, dass sie ganz in der Nähe waren. Sie würden warten, um sicherzugehen, dass sie und Hugh nicht entkamen.

Sie hatten die Treppe bereits zur Hälfte bewältigt, und Claire sah, wie die Flammen an den Gardinen und an den Wänden emporzüngelten. Das gesamte Erdgeschoss des Hauses schien in Flammen zu stehen. Die drei verbleibenden Treppenstufen erschienen ihr plötzlich wie drei Meilen. Ihr wurde schwindelig, in ihrem Kopf drehte sich alles, ihre Augen brannten und sie glaubte, an dem dichten Rauch zu ersticken.

»Gleich geschafft.« Auch Hugh musste würgen, er ging tief gebückt unter der Last von Donens Körper. Plötzlich stolperte er und wäre beinahe gestürzt, er konnte gerade noch das Geländer ergreifen. Claire schrie angstvoll auf und packte ihn am Arm. Sie hörte ein Klappern, ein metallisches Klappern, als vor ihnen irgendetwas die Treppe hinunterfiel. Es war zu dunkel um zu erkennen, was es war, doch Claire wusste es auch so: Es war die Pistole. Sie hatten sie verloren. Sie zu suchen, war ausgeschlossen. Es war zu dunkel, zu verraucht, und ihnen blieb keine Zeit. Das Feuer loderte erneut auf und schlug ihnen über den Boden entgegen. Claire wusste, wenn sie nicht bald hinauskämen, würden sie niemals entkommen.

Dann erreichten sie wundersamerweise plötzlich ebenen Boden und gingen auf einem Teppich Richtung Tür. Jedenfalls hoffte Claire, dass es die richtige Richtung war. Sie hatte jede Orientierung verloren, jedes Gefühl für Zeit oder Entfernung. Sie konnte sich nur an Hughs Rockschoß klammern, husten und beten.

»Master Hugh!«

Das war James' Stimme, James' kräftige Gestalt, die durch den Rauch und die Flammen auf sie zukam.

»Hier!« Hugh war heiser und hustete. James erreichte sie, zerrte Donen von Hugh herunter und warf ihn sich selbst über die Schulter.

»Hier lang.«

Hugh griff nach ihrer Hand, und dann folgten sie James tief gebückt, während das Feuer über die Zimmerdecke raste und Stücke brennendes Holzes und Stuck wie Blätter im Herbst um sie herum zu Boden segelten. Claires Augen tränten so schlimm, dass sie kaum noch etwas sehen konnte, und ihre Kehle brannte. Schwarzer Rauch schlängelte sich um sie herum und machte das Atmen beinahe unmöglich, und sie hörte nur noch das Tosen des Feuers. Sie gab sich und Hugh in Gottes Hand, und Sekunden darauf spürte sie einen frischen Luftstrom. Da wusste sie, dass sie es schaffen würden. Sie folgte Hugh und stolperte hinaus auf eine kleine Veranda, auf der immer noch ein Topf mit farbenprächtigen Blumen stand, und sog gierig die köstlich kühle Luft ein. Als sie die niedrigen Treppenstufen hinabging, drohten ihr bei jedem Schritt, die Knie nachzugeben. Immer noch hielt Hugh ihre Hand unerbittlich fest.

»Nein!« Es war ein Schrei voller Wut und Verzweiflung, und er ließ Claire hochsehen und die Dunkelheit mit ihren tränenden, brennenden Augen absuchen, so gequält klang er. Eine Gruppe Männer stürzte auf sie zu, umringte sie und nahm James Donen ab. Noch während Claire auf die Knie sank, erkannte sie den Mann, der geschrien hatte.

Es war David. Drei Männer mussten ihn festhalten. Sein Blick war starr auf sie und Hugh gerichtet, als sie auf dem Rasen vor dem brennenden Haus zu Boden sanken. Hugh hustete heftig und sie ebenfalls. Ihre Lunge schmerzte, als sie versuchte, den Rauch auszuatmen, den sie eingeatmet hatte. Dennoch ließ irgendetwas sie den Blick nicht von David abwenden. Und siehe da, plötzlich riss David sich von den Männern los, die ihn festgehalten hatten, und stürzte auf sie und Hugh zu. Er hatte eine Pistole in der Hand.

»Hugh«, kreischte sie oder versuchte es wenigstens, denn sie brachte kaum mehr als ein Krachzen hervor. Aber Hugh hatte sie gehört und sah hoch. Einen Augenblick lang erstarrte er. Er tastete in seinem Hosenbund nach der Pistole und fand sie nicht. Sie hatten nichts, womit sie sich verteidigen konnten. Sie versuchte, auf die Beine zu kommen, doch ihre Kräfte waren erschöpft. Immer noch auf den Knien, stieß Hugh sie hinter sich.

Ein Schuss ertönte. Hugh keuchte auf und griff sich vorne an den Rock. Claire schrie. David stürzte auf sie zu, als sie die Hände nach Hugh ausstreckte, und starrte sie beide an, sein Gesicht eine hasserfüllte Fratze. Dann sprang er die Treppe hinauf und verschwand im brennenden Haus.

»Komm zurück, du!« Männer trampelten hinter David her, wie viele, hätte Claire nicht zu sagen vermocht. Sie hielt Hugh im Arm und hatte das Gefühl, dass sie allein ihn noch aufrecht hielt.

»Hugh! O Hugh!«

»Er hat mich getroffen«, sagte er. Er sprach erstaunlich deutlich. »Keine Sorge, es ist nicht allzu schlimm.«

Dann taumelte er, und obwohl sie die Arme um ihn geschlungen hatte, kippte er seitlich ins Gras.

Genau in diesem Augenblick ertönte im Haus ein weiterer Schuss.

33

»Milady, ich habe schlechte Nachrichten.« Immer noch über Hugh gebeugt, sah Claire verständnislos zum Sprecher dieser Worte hoch. Der dünne drahtige Mann von vielleicht Mitte fünfzig Jahren stand mit der Mütze in der Hand da und sah sie beklommen an.

»Was ist?«, fragte sie ungeduldig. James, der auf Hughs anderer Seite kniete, hatte seinen Rock ausgezogen und versuchte, damit die Blutung zu stillen. Man holte eine Kutsche, die Hugh nach Hause bringen sollte.

»Ihr Mann – tut mir leid – er is' tot.«

Da wurde Claire ganz still. Sie ließ sich nach hinten in die Hocke sinken und starrte zu dem Mann hoch. Ein Blick über die Schulter zeigte ihr, dass das Haus immer noch lichterloh brannte; helle Flammen loderten prasselnd himmelwärts, erhellten die Nacht und färbten alles, was in der Nähe lag, orange. Man hatte eine Eimerkette gebildet und schüttete Wasser auf die größten Flammenherde. Es schien nichts zu nützen. Sie spürte die Hitze des Feuers noch dort, wo sie hockte.

»Ich bin ihm nach drinnen nachgegangen. Ich hab gesehen, wie er's getan hat, aber ich konnte nix machen.« Sein Ton war halb entschuldigend, halb streitlustig.

»Wie er was getan hat?« Sie verstand noch immer nicht.

»Den hat nich' das Feuer erwischt, Milady. Er hat sich erschossen.«

»Oh mein Gott.« Claire konnte es nicht ändern, die Nachricht traf sie wie ein Schlag ins Gesicht, und ihr wurde übel. »Warum hat er das getan?«

Sie war so betäubt, dass sie nicht zu sagen vermochte, was

sie Davids Tod wegen empfand. An erster Stelle stand wohl die Erleichterung darüber, dass er ihr oder Hugh nicht mehr würde schaden können.

»Milady, als wir ihn auf der Straße geschnappt haben, haben wir ihm gesagt, dass er verhaftet ist, weil er die Ermordung Ihres Kutschers und Ihre Entführung in Auftrag gegeben hatte, und wegen dem versuchten Mord an Ihnen und seiner Hoheit da.«

»Er wollte nicht mehr leben. Er wäre entehrt gewesen, und finanziell ruiniert.« Hughs Stimme war schwach, doch allein, sie zu hören, erfüllte Claires Herz mit Freude.

»Hugh.« Sie beugte sich über ihn und legte ihm sanft die Hand an die stoppelige Wange. Er wandte ihr den Kopf zu und hauchte einen Kuss auf ihre Hand. »Versuch nicht, zu reden. Gleich kommt eine Kutsche, die dich nach Hause bringt, und da wartet dann schon der Arzt auf uns.«

Seine Augen waren offen; im Schein des Feuers glänzten sie dunkelgrau, und er lächelte sie schwach an. James drückte seinen mehrfach zusammengefalteten Rock fest auf eine Stelle ganz oben auf Hughs linker Schulter. Seine geschürzten Lippen und die steife Haltung seiner Schultern verrieten höchste Missbilligung darüber, dass sein Arbeitgeber überhaupt in Erwägung zog, irgendetwas zu tun.

»Sorge dich nicht um mich. Es ist gewiss kaum mehr als eine Fleischwunde. Ich hatte schon weit schlimmere Verletzungen und habe sie überlebt.« Hugh griff nach ihrer Hand, und sie verschränkte ihre Finger mit den seinen. Dann sah er an ihr vorbei den Mann an, der die Nachricht von Davids Tod überbracht hatte.

»Ich nehme an, Sie sind einer der Polizisten aus der Bow Street. Wie heißen Sie?«

»Sam Dunn. Und ich hatte den Auftrag, Nachforschungen über die Entführung von Milady hier vor'n paar Monaten anzustellen. Gestern Abend haben wir einen Burschen festgenommen, der uns alles erzählt hat, und dann haben wir nach seinen Freunden gesucht, von denen er gesagt hat, dass sie dran beteiligt war'n. Der Rest hat sich dann einfach daraus ergeben.«

Hughs Blick zuckte zu Claire.

»Wir verfügen über solide Informationen zu diesem Fall, Euer Hoheit, und außerdem haben wir einen Kronzeugen, einen gewissen Mr Marley. Die andern hier werden wahrscheinlich baumeln.« Mit dem Kopf deutete er nach links. Als sie seiner Geste folgte, bemerkte Claire zwei Männer, die sich über Donen beugten. Dieser war in die Knie gegangen und hustete sich die Seele aus dem Leib. Hinter ihm lag die Straße. Dort hatten sich wegen des Brandes kleine Grüppchen von Schaulustigen zusammengefunden.

»Ich muss Ihnen etwas sagen, Mr Dunn«, sagte Hugh.

»Master Hugh, die Kutsche steht bereit. Sie haben später noch reichlich Zeit zum Reden, wenn diese Kugel erst mal aus Ihrer Schulter is'«, schalt James und sah Claire um Beistand heischend an.

»Ich stimme James zu«, sagte sie und sah Hugh an.

»Ihr zwei wollt euch doch ab jetzt nicht etwa gegen mich verschwören, oder?« Trotz seiner zunehmenden Schwäche hörten sei einen amüsierten Unterton in seiner Stimme. »Das lasse ich nicht zu, ich warne euch beide.«

»Papperlapapp!«, sagte James und rümpfte die Nase.

Claire lächelte. »Ich stimme James zu.«

»O Gott. Ich sehe schon, von nun an wird mein Leben ein einziges Jammertal sein.« Doch Hugh brachte ein Lächeln zustande, ergriff ihre Hand und führte sie an seinen Mund. Dann schien er erneut an ihr vorbei, Dunn anzusehen.

»Ich möchte Sie um einen Gefallen bitten«, sagte er unvermittelt zu dem Mann. Nun lächelte er nicht mehr. »Mein Cousin – er hinterlässt eine Mutter, die ihn von Herzen geliebt hat. Um ihretwillen möchte ich Sie bitten, nichts über die Verbrechen, die er womöglich begangen hat oder versucht hat zu begehen, oder darüber, wie er gestorben ist, verlautbaren zu lassen. Ich möchte ihr – und auch allen anderen – sagen, dass er beim Brand meines Hauses unglücklicherweise ums Leben gekommen ist, weiter nichts. Das soll sich für Sie natürlich lohnen.«

Mr Dunn neigte den Kopf. »Sehr wohl, Euer Hoheit. Wie Euer Hoheit wünschen.«

»Master Hugh, Sie haben sehr viel Blut verloren, mein Rock ist blutgetränkt! Und hier kommen George und William, zwei von unseren eigenen Lakaien. Die werden Sie zur Kutsche tragen. Ich hoffe, es gibt nicht noch mehr Mitglieder der niederen Schichten, mit denen Sie vorher sprechen wollen?«

»Nein, James, ich bin absolut bereit«, erwiderte Hugh demütig, ließ sich hochheben und zur Kutsche tragen. Claire ging neben ihm und lächelte ihm mitfühlend zu, wenn er zusammenzuckte, als es über eine Bodenunebenheit ging oder man ihn in die Kutsche hob.

»Ich möchte mit dir reden, sobald diese dreimal verfluchte Kugel aus meiner Schulter ist«, sagte er und bemächtigte sich ihrer Hand, als sie sich auf den Sitz neben ihn setzte. »Du wirst so freundlich sein, keine Pläne zu schmieden, ehe ich es nicht getan habe.«

»Sehr wohl«, sagte sie lächelnd. Den Rest der Fahrt legten sie größtenteils schweigend zurück. Als sie Richmond House erreichten, lösten sie dort sogleich größte Betriebsamkeit aus. Man trug Hugh nach oben, wo ihn der Arzt erwartete, und Claire oblag nun die unerfreuliche Aufgabe, Davids Mutter die Nachricht vom Tod ihres Sohnes zu überbringen. In ihrem ganzen Leben, so dachte sie, als sie neben Lady George in ihrem Schlafzimmer saß, während deren Zofe ganz in der Nähe mit Riechsalz bereitstand, hatte es noch keine Aufgabe gegeben, die sie so ungern übernommen hatte.

34

Letzten Endes dauerte es nahezu eine Woche, ehe Claire Gelegenheit erhielt, ein echtes Gespräch mit Hugh zu führen. Die Gelegenheit ergab sich auch nur, weil er es müde war, darauf zu warten, dass sie von selbst zu ihm kam, und James geschickt hatte, sie an seine Seite zu holen. Es war später Nachmittag, und im Haus war es völlig still. Hugh saß aufrecht in seinem Bett und trug ein frisches weißes Nachthemd über seinem Schulterverband. Wie er selbst vorhergesagt hatte, war die Wunde nicht lebensbedrohlich gewesen, doch der Blutverlust und ein Fieber, das damit einhergegangen war, hatten ihn länger ans Bett gefesselt, als er es erdulden mochte. Infolgedessen war er reizbar und benötigte eine Rasur, und das alles machte ihn für Claire so liebenswert, dass sie ihn einfach liebevoll anlächeln musste, wenn er versuchte, ihr Anordnungen zu geben.

Er begrüßte sie knapp, dann verkündete er: »Ich beschaffe uns eine Sondergenehmigung, und dann können wir – sagen wir, Ende nächster Woche heiraten.«

Immer noch lächelnd schüttelte Claire den Kopf.

Sie hielten sich an der Hand, ihre Hände lagen auf der Bettdecke.

»Ich fürchte, das kann ich nicht tun«, sagte sie.

»Wie meinst du das, das kannst du nicht tun? Was kannst du nicht tun? Mich heiraten?«

Er klang haargenau wie ein quengeliger kleiner Junge.

»Ich kann dich nicht nächste Woche heiraten«, stellte sie richtig.

»Nun gut, dann sagen wir, in der darauf folgenden Woche.«

Sie lächelte ihn sanft an. »Sagen wir, nächstes Jahr um diese Zeit.«

Er starrte sie an, offensichtlich glaubte er, er könne seinen Ohren nicht trauen. »Was?«

»Nächstes Jahr«, sagte sie entschieden. »David liegt nicht einmal drei Tage unter der Erde. Es schickt sich, dass eine Witwe mindestens ein Jahr wartet, ehe sie sich wieder verheiratet.«

»Zur Hölle damit.«

Er blickte sie empört an.

»Du kannst nicht ernsthaft von mir erwarten, dass ich ein Jahr warte.«

Claire schüttelte den Kopf. »Und du kannst nicht ernsthaft von mir erwarten, dass ich dich nächste Woche heirate. Der Skandal wäre unglaublich.«

»Der Skandal ist mir gleichgültig.«

»Aber mir nicht.«

Er blickte sie finster an. »Ich liebe dich.«

»Ich liebe dich auch.«

»Wenn du mich liebst, dann wirst du mich verdammt noch mal heiraten!«

»Ich will dich ja heiraten. Ich werde dich heiraten. Aber erst in einem Jahr.«

»Du meinst das wirklich ernst, nicht wahr?« Ungläubig starrte er sie an.

Sie nickte.

»Ich nehme an, du willst eine große Hochzeit. Kirche. Brautjungfern. Möchtest alles richtig machen.« Er klang, als fände er die Aussicht darauf nicht gerade verlockend.

»Ehrlich gesagt, nein. Es wird ja meine zweite Hochzeit sein«, erwiderte sie kleinlaut. »Ich dachte, wir könnten sie klein halten, hauptsächlich meine Schwestern und mein Schwager und noch ein paar ausgewählte Verwandte und Freunde.«

»Das klingt gar nicht übel.« Seine Miene hellte sich beträchtlich auf. »Das sollte sich leicht machen lassen. In Ordnung, ich bin bereit zu einem Kompromiss: Wie klingt nächster Monat?«

Sie schüttelte lachend den Kopf. »Zu schnell.«

Er musterte sie enttäuscht. Dann vermeinte sie, ganz kurz einen Ausdruck unglaublicher Durchtriebenheit in seinen zusammengekniffenen grauen Augen aufblitzen zu sehen.

»Claire«, sagte er anklagend und zupfte an ihrer Hand, »du hast mich noch gar nicht geküsst.«

Argwöhnisch, doch zugleich mehr als bereitwillig gab sie dem Druck, den er auf ihre Hand ausübte, nach und setzte sich auf den Rand des Bettes. Er hielt ihre Hand weiterhin fest im Griff.

Als Claire ihn ansah, wie er mit dem Rücken an den Kopfkissen aufrecht dort im Bett saß, als sie sein markantes gut aussehendes Gesicht, sein zerzaustes schwarzes Haar, seine breiten Schultern in dem weißen Nachthemd betrachtete, setzte ihr Herz einen Schlag aus.

Dann legte er ihr die freie Hand auf den Hinterkopf und zog ihren Mund auf den seinen. Sie hatte einen harten Kuss erwartet, oder zumindest einen fordernden Kuss, und sie hätte das auch sehr genossen. Stattdessen spürte sie warme weiche Lippen, und sein Kuss war so unwiderstehlich, so sanft verführerisch, dass Claire die Erregung bis in die Zehenspitzen hinein spürte.

»Heirate mich«, bat er und wanderte auf einer Spur aus heißen Küssen, die auf ihrer Haut prickelten, von ihrem Mund abwärts und an ihrem Kinn entlang.

»Ja, das werde ich.« Sie war abgelenkt, das hörte er.

»Nächsten Monat.« Sein Mund suchte erneut ihre Lippen, und seine Hand bedeckte eine ihrer Brüste. Sie war vollständig angekleidet und trug ein schlichtes Trauerkleid aus schwarzer Seide, doch die Hitze, die von seiner Handfläche ausging, versengte ihr durch die Schichten von Kleid, Korsett und Hemd hindurch die Haut.

»Oh«, machte sie in seinen Mund hinein, als sein Griff fester wurde, denn sie war wirklich erstaunt, wie wunderbar sich seine Hand auf ihrer Brust anfühlte. Es war lange her, seit sie mit ihm geschlafen hatte, und es war ihr beinahe gelungen, zu vergessen, dass er sie in seinen Armen wahrhaft dahinschmelzen lassen konnte.

»Nächsten Monat«, sagte er mit fester Stimme und küsste sie erneut.

Ganz gemächlich nahm seine Zunge ihren Mund in Besitz. Claire schlang ihm die Arme um den Hals und erwiderte seinen Kuss gierig und hemmungslos. Zugleich drückte er ihre Brust und rieb mit der Handfläche über ihre Brustwarze. Als seine Finger die harte kleine Knospe umfassten und sanft kneteten, spürte sie, wie reines Feuer in ihre Nervenenden schoss, und bog den Rücken durch, um seiner Hand noch näher zu kommen.

»Hugh«, stöhnte sie und streichelte mit den Handflächen seine breiten Schultern und die sich dehnenden Schulterblätter.

»Nächsten Monat. Ich kann nicht länger warten.« Es war ein heiseres Knurren. Seine Lippen ließen von ihrem Mund ab und wanderten ihren Hals hinab, und dann war sein Mund auf ihren Brüsten, und er küsste sie durch die schwarze Seide hindurch, biss sanft in ihre Brustwarzen, saugte an ihnen und hinterließ feuchte Flecken an den Stellen, wo sein Mund gewesen war.

Sie presste ihn an sich, keuchte, war vor Leidenschaft für ihn entbrannt, spreizte bereits ihre Beine, während er noch ihre Röcke aus dem Weg zerrte. Als sie bis zur Taille nackt war, berührte er sie zwischen den Beinen und fand jene geheime Stelle, die er ihr bereits ein Mal offenbart hatte, drückte sie, knetete sie. Sie schrie auf. Dann rollte er sich ganz auf sie und drang hart und schnell in sie ein, stieß tief in sie, entriss ihr mit jedem Stoß jähe Schreie der Ekstase. Er nahm sie mit einem wilden Verlangen, und sie reagierte ebenso wild, schlang ihm die Arme um den Hals und die Beine um die Taille und bewegte sich mit ihm, als müsse sie sonst sterben. Sie keuchte, bebte, die Wonnen, die er ihr verschaffte, ließen sie lichterloh brennen.

Als er erneut ihre Brust durch das schwarze Seidenkleid küsste, das sie noch immer trug, geriet sie außer sich. Sie klammerte sich an ihn, erstickte ihre Schreie an seiner Schulter und verlor jeden Kontrolle über ihren Körper. Er führte sie noch weiter, noch höher, noch über das Wunderland hinaus, das er ihr bereits gezeigt hatte, bis sie sich nur noch an ihn klammern und seinen Namen schluchzen konnte.

»O Gott, Claire«, stöhnte er, als er ein letztes Mal in sie stieß. Dann hielt er inne und erschauerte. Claire schrie auf und hielt ihn fest umschlungen, während der Wirbelwind sie erneut davontrug.

Später – viel später – erhob er sich von ihr, rollte auf den Rücken und zog sie mit sich. Sie schmiegte sich an seine Seite, ihr Kopf lag an seiner unverletzten Schulter, ihre Hand entspannt in Brusthöhe auf seinem Nachthemd. Ihr Haar war in Unordnung, ihre Röcke waren in Unordnung, aber es war ihr gleich, weil sie sich so wunderbar, so unglaublich lebendig fühlte, so gewiss, dass ihr Platz genau hier bei diesem Mann war.

»Ich hoffe, die Wunde hat sich nicht wieder geöffnet«, murmelte sie ein wenig verlegen, denn daran hatte sie wirklich nicht mehr gedacht, seit er begonnen hatte, sie zu küssen.

»Alles in Ordnung. Das war die beste Medizin für mich.«

Er ergriff ihr Kinn und drehte ihr Gesicht zu sich.

Sie hob die Wimpern und sah ihn fragend, doch zugleich schläfrig an.

»Kleines«, sagte er, und ein Lächeln spielte um seinen Mund. »Ich möchte, dass du mich heiratest. Nächsten Monat.«

Claire sah ihm in die grauen Augen, die nun, als er ihrem Blick begegnete, alles andere als kühl waren, musterte die schlanken dunklen Wangen, den breiten lächelnden Mund. Sie liebte ihn so sehr, dass es an Raserei zu grenzen schien. Er gehörte ihr, ohne jeden Zweifel, unwiderruflich. Und sie kam wirklich beinahe um vor Sehnsucht, ihn zu heiraten.

»Einverstanden«, erwiderte sie.

»Nächsten Monat.«

Da lächelte er ein sehr selbstzufriedenes Lächeln und senkte den Kopf, um sie erneut zu küssen.

Epilog

Yorkshire im Frühsommer war wunderschön. Rund um das riesige steinerne Herrenhaus Morningtide erstreckte sich ein sanft gewelltes Meer aus violetter Heide. Der Nachmittagshimmel war wolkenlos blau, die Sonne schien, und die leichte Brise trug den lieblichen Duft des Heidekrauts herbei.

Es war fünf Minuten nach zwei an Claires Hochzeitstag. Die Zeremonie, die im Salon stattfinden sollte, hatte um Punkt zwei Uhr beginnen sollen.

Doch die Braut stand auf der Vordertreppe des Hauses ihrer Schwester und versuchte, sich zu beruhigen, indem sie die frische Luft tief einatmete.

»Mein Gott, Claire, wir haben dich überall gesucht. Der Pfarrer ist bereit anzufangen.« Gabby trat aus der Tür und sah in einem Kleid aus olivgrünem Sarsenett mit ihrem dicken, zu einem weichen Knoten am Hinterkopf hochgesteckten kastanienbraunen Haar ganz bezaubernd aus. Ihre kleine Tochter schlief an ihrer Schulter. Trotz der Geburt war Gabby so schlank wie eh und je, und sie schien von innen heraus zu glühen. Das rührte daher, dass sie so glücklich war. Als sie nun vorwurfsvoll den Kopf über ihre jüngere Schwester schüttelte, sah sie allerdings nicht besonders glücklich aus.

»Du bist doch nicht etwa nervös?« Beth trat neben Claire hinaus auf die Treppe. Wie Gabby trug sie Grün, doch ihr schlichtes Musselinkleid war von einem zarten Blassgrün, das ihre lebhaften Farben am besten zur Geltung brachte. »Das verstehe ich nicht. Du heiratest doch Cousin – ich meine, du heiratest doch Hugh.«

Ein beinahe unhörbarer neidischer Unterton lag in Beths

Stimme. Claire glättete nervös den Rock ihres Hochzeitskleids aus weißer Seide und Spitze und richtete ihren Schleier, während sie den Mund öffnete, um ihrer Schwester zu antworten.

»Ich weiß, und ...«

Gabbys Ehemann Nick war der Nächste, der auf die Treppe hinaustrat. Seine Ankunft unterband Claires alles andere als wahrheitsgetreue Beteuerung, sie sei überhaupt nicht nervös. »Gabby, was ...? Ach, da bist du ja, Claire. Und du auch, Beth. Was zum Teufel treibt ihr drei hier draußen?« Groß, breitschultrig und gut aussehend wie immer, ging Nick direkt zu seiner Frau, die ihm zulächelte, als er ihr das Kind abnahm. Er lachelte zurück, und die innige Vertrautheit dieses Blickwechsels ließ Claire ein weiteres Mal tief durchatmen. Nick legte sich den schlafenden Säugling an die Schulter und sah Claire an.

»Du hast es dir doch nicht etwa anders überlegt? Himmel, ich weiß, wie es in dieser Familie zugeht! Wenn du es dir anders überlegt hast, werde ich derjenige sein, der Richmond sagen muss, dass du ihn vor dem Altar stehen lässt.«

»Ich habe es mir nicht ...«, begann Claire ungehalten und blickte Nick wütend an, obwohl der Gedanke ihr sehr wohl gekommen war.

»Du lässt mich am Altar stehen?«, fragte Hugh nachsichtig, als er sich zu der Gruppe vorm Haus gesellte. Er sah so umwerfend attraktiv aus in seinem grauen Rock und der schwarzen Hose, dass Claires Herz einen Schlag aussetzte. Als er nun seine nervöse Braut musterte, schien er nicht sonderlich besorgt.

»Nein, natürlich nicht«, entgegnete Claire tapfer und kreuzte die Arme, an denen sie plötzlich fror, vor der Brust.

»Du hast natürlich jedes Recht, deine Meinung zu ändern«, sagte Hugh lächelnd.

»Ich möchte meine Meinung nicht ändern. Es ist nur – ich weiß nicht, ob ich schon bereit dazu bin ...« Ihre Stimme verklang, und sie wandte sich um und blickte auf die Heidelandschaft hinaus.

»Oh-oh«, meinte Nick. »Gabriella, Beth, ich denke, dass ist das Stichwort für unseren Rückzug.«

Einen Augenblick später waren sie und Hugh allein.

Er trat hinter sie und drehte sie zu sich herum. Seine Hände lagen warm auf ihren Armen, als er nun ihr Gesicht musterte.

»Du bist dir nicht mehr sicher, ob du mich heiraten willst?«

»Doch. Doch! Aber ich bin mir nicht sicher, ob ich bereit bin, die Herzogin von Richmond zu werden.« Claire erbebte. »Das klingt größer, als ich je sein kann.«

»Zu groß für dich, hm?« Zu ihrer Erleichterung lächelte Hugh. Sie entspannte sich ein wenig, als ihr wieder einfiel, dass er gütig und ihr vertraut und teuer war, trat einen Schritt näher und legte ihre Stirn an seine Brust.

»Und wenn du annimmst, dass ich einfach Hugh Battancourt bin? Wärst du dann bereit, mich zu heiraten?« Er schlang ihr die Arme um die Taille.

»Ja.« Sie sah zu ihm hoch.

»Eine Rose würde unter jedem Namen …«

Claire lächelte, als er sie so an ihre Auseinandersetzung auf Beths Ball erinnerte, und spürte, wie die Spannung, die sie den gesamten Vormittag über nicht losgelassen hatte, allmählich von ihr wich.

»Unter den gegebenen Umständen finde ich die Lesart mit dem Stinktier passender«, entgegnete sie frech. Hugh lachte, und unwillkürlich musste Claire mit ihm lachen. Sie blickte hoch in dieses schlanke schöne Gesicht, sah die Zärtlichkeit in seinen grauen Augen, und sie erkannte, dass sie ihre Gefühle für ihn nie infrage gestellt hatte, gleichgültig, woran sie sonst auch gezweifelt haben mochte.

»Ich liebe dich«, sagte sie.

Ein triumphierender Glanz trat in seine Augen. »Schon besser«, sagte er mit rauer Stimme und senkte den Kopf, um sie auf den Mund zu küssen. Claire schlang ihm die Arme um den Hals, drückte sich so eng wie möglich an ihn und erwiderte seinen Kuss.

»Ä-hem.« James war vors Haus getreten, ohne dass sie ihn gehört hätten, und als sie nun auseinander traten, betrachtete er sie missbilligend.

»Was ist, James?« Hugh klang schicksalsergeben.

»Alle warten, Master Hugh. Miss Claire.« Er rümpfte die Nase und brachte damit zum Ausdruck, was er von Hochzeitspaaren hielt, die zu spät zu ihrer eigenen Hochzeit kamen. Dann ging er zurück ins Haus.

Hugh sah wieder Claire an und verzog den Mund zu einem unwiderstehlichen Lächeln.

»Nun, Kleines, bist du jetzt bereit, hineinzugehen und mich zu heiraten?«

Sie lächelte zurück. Ihr Vertrauen war wiederhergestellt, und ihre Gefühle waren ihr an den Augen abzulesen.

»Ja«, sagte sie.

Denn es war höchste Zeit.

Weltbild Buchverlag – Originalausgaben –
Genehmigte Lizenzausgabe 2006 für
Verlagsgruppe Weltbild GmbH,
Steinerne Furt 67, 86167 Augsburg

Projektleitung: Dr. Ulrike Strerath-Bolz
Übersetzung: Alice Jakubeit
Umschlag: Hauptmann & Kompanie Werbeagentur GmbH, München–Zürich
Umschlagabbildung: Ennis, John (Taschenuhr) und
Daeni, Pino (Paar) cia Agentur Schlück GmbH
Satz: avak Publikationsdesign, München
Druck und Bindung: GGP Media GmbH, Pößneck

Gedruckt auf chlorfrei gebleichtem Papier

Printed in Germany

ISBN 3-89897-412-X